L'EMPREINTE DE LA BÊTE

Pierre Bellemare est né en 1929. Dès l'âge de dix-huit ans, son beau-frère, Pierre Hiegel, lui ayant communiqué sa passion pour la radio, il travaille comme assistant à des programmes destinés à RTL. Désirant maîtriser la technique, il se consacre ensuite à l'enregistrement et à la prise de son, puis à la mise en ondes. C'est Jacques Antoine qui lui donne sa chance en 1955 avec l'émission « Télé Match ». À partir de ce moment, les émissions vont se succéder, tant à la radio, où il est connu et reconnu par les auditeurs comme un exceptionnel conteur, qu'à la télévision. Au fil des années, Pierre Bellemare a signé plus de quarante recueils de récits extraordinaires. Retenons, parmi ses dernières parutions, *Je me vengerai !* (2001).

PIERRE BELLEMARE

JEAN-MARC ÉPINOUX
JEAN-FRANÇOIS NAHMIAS

L'Empreinte de la bête

50 histoires
où l'animal a le premier rôle

Documentation Gaëtane Barben

ALBIN MICHEL

AVANT-PROPOS

C'est un souvenir d'enfance. Nous nous étions réfugiés en Normandie et nous logions dans une maison de village à Pontécoulant. C'était la « drôle de guerre ». Le fiancé de ma sœur est venu en permission, il avait dans son blouson un chiot blanc et noir. C'était un cadeau militaire car le corniaud était enfant de chien de liaison. Nous l'avons nommé Briscard. La visite était en octobre. L'hiver est passé. Le chien a grandi, une oreille droite et l'autre cassée. J'avais 10 ans et je courais presque aussi vite que Briscard.

À la fin du mois de mai, nous avons vu passer sur la route la débandade d'une armée. Et puis le silence. Ils sont arrivés deux jours plus tard, non pas en ordre de bataille, mais en ordre de parade. En tête, la Mercedes du général ; derrière, deux voitures amphibies avec des officiers, et enfin, à l'infini, la colonne des chars, tourelle au repos, canon reposant sur l'arrière. Briscard s'est élancé sur la route. Il était là, au milieu, face à cette colonne majestueuse.

À quelques mètres de l'animal qui aboyait furieusement, le général a levé la main et la colonne s'est immobilisée. Mon père et ma sœur étaient au bord de la route, en larmes. Dans un français parfait, le général a dit : « Mademoiselle, veuillez prendre votre bête, nous ne faisons pas la guerre aux chiens. » Jacqueline a pris Briscard dans ses bras. La colonne est repartie dans la poussière de cet été 40. L'humiliation ne faisait que commencer.

Les animaux se mêlent ainsi à des événements tristes ou heureux, mais parfois ils deviennent le héros de l'histoire et la marquent de leur empreinte.

Pierre BELLEMARE

LE MYSTÈRE DES CHEVAUX D'ELBERFELD

— Incroyable, fantastique !

— Mais, mon cher professeur, tout cela n'est qu'une supercherie ! Il y a un truc, sinon c'est tout l'ordre du monde qui serait bouleversé. Je suis certain que si je vois ça de près, je vais trouver la manigance...

La discussion entre les deux hommes se poursuit tandis qu'ils s'éloignent dans cette rue allemande du début du siècle.

Nous sommes en 1900 et les deux doctes Germains sont en proie aux brûlantes interrogations que toute l'Allemagne scientifique se pose depuis peu. De quoi est-il question exactement ? De chevaux. Ces chevaux sont au nombre de trois et portent des noms simples : Mohamed, logique car il s'agit d'un anglo-arabe, Hans, ce qui est typiquement allemand, et enfin Zarif, typiquement oriental, pour le troisième.

Ces chevaux ont appartenu à un certain Van Osten. Celui-ci a vu très rapidement grandir la réputation de ses animaux. Car ces chevaux sont des chevaux « calculateurs ». La discussion reprend de plus belle :

— Mais c'est un exercice très courant. Le dresseur leur pose à haute et intelligible voix quelques questions dont, bien sûr, il connaît les réponses et, par un système discret qui a fait l'objet d'un apprentissage plus ou moins long, il indique aux chevaux ce qu'il attend d'eux. Le cheval qui perçoit ces signaux, bruits ou contacts, les comprend, les mémorise et réagit autant de fois qu'il est nécessaire, en frappant la terre de son sabot. Pour le public des cirques, enfants et adultes naïfs, le cheval donne l'impression de réfléchir et de calculer. En fait il ne fait que répondre aux stimuli de son dresseur : une fois, deux fois, trois fois, autant de fois que nécessaire...

— C'est déjà extraordinaire !

— Joli numéro, mais rien à voir avec de la réflexion ou du calcul mental. Il suffit d'observer, mais, il faut l'avouer, c'est parfois, et souvent même, si bien fait que l'on ne parvient pas à trouver le... truc.

— Écoutez, je vous parie un baril de bière que vous ne trouverez pas le truc qui fait que ces chevaux calculent...

— Calculer ! Calculer ! mais qu'est-ce qu'ils font comme calculs ? Des additions de deux chiffres ? Des multiplications ? Des divisions ?

— Vous n'y êtes pas, Herr Doktor ! Ils calculent des racines carrées ! Et non seulement des racines carrées mais aussi des racines cubiques !

— Des racines cubiques ! Ma foi, je n'ai jamais été capable d'en calculer moi-même au lycée ! Je ne vous crois absolument pas.

Et c'est ainsi que tout ce qui compte de gens un peu éduqués et de curieux se presse pour admirer Mohamed, Hans et Zarif. Hans semble étonner plus que ses deux confrères puisqu'on lui décerne bientôt le surnom de « Kluge Hans », c'est-à-dire « Hans l'astucieux ».

Ceux qui assistent au spectacle des « chevaux calculateurs » d'Elberfeld, puisque tel est le nom de l'agglomération où ils se produisent, restent ébahis et bien incapables de comprendre comment un cheval à qui on présente une ardoise sur laquelle un mathématicien pris dans l'assistance a inscrit un chiffre est capable, après un très court temps de réflexion, de répondre correctement.

— Racine carrée de 2 025 ?

Hans l'astucieux hésite une seconde puis, de son pied gauche, il tape quatre fois sur le sol. Avec le pied droit il frappe cinq fois.

Sans même attendre l'explication du maître à l'intention des ignorants, les spectateurs applaudissent : Hans l'astucieux a répondu 45. Réponse exacte car 45 fois 45 font 2 025. 45 est la racine carrée de 2 025 ! Comment fait ce diable de cheval ? Mystère.

Bientôt, une nouvelle intéresse tous ceux qui se passionnent pour les chevaux calculateurs : Van Osten vient de se décider à vendre ses trois animaux merveilleux. On ignore le prix payé mais, tant qu'ils sont en vie, les trois équidés sont certains de faire rentrer beaucoup d'argent dans la poche de leur nouveau maître. À condition qu'il ait acheté, lui aussi, le « mode d'emploi » secret de ces animaux surprenants.

Le nouveau propriétaire, un certain Krall, ne semble guère, quant à lui, se préoccuper du « truc ». Il continue à exhiber ses trois chevaux sans préparation spéciale. Juste un petit discours à l'intention du cheval. En fait ce petit discours est là pour faire monter la tension dans le public :

— Alors, Mohamed, tu es prêt, tu te sens en forme ce matin ? Tu vas bien répondre quand ces messieurs vont te poser quelques problèmes mathématiques ?

Mohamed secoue la tête d'avant en arrière comme

pour dire qu'il est en pleine forme. Sa crinière bien soignée accompagne un joli mouvement du col. Mohamed paraît heureux de vivre et de calculer.

— Mohamed, regarde bien quel est le chiffre inscrit par ce monsieur sur l'ardoise.

Le monsieur pris au hasard a inscrit 13 824.

— Mohamed, tu lis bien ce chiffre. À présent, réponds sans te préoccuper. Quelle est la racine cubique de 13 824 ?

Mohamed retrousse un peu les lèvres comme s'il souriait d'aise. Son sabot gauche frappe deux fois sur le sol.

— 2, très bien ! Et maintenant le chiffre des unités !

Mohamed lève le pied et frappe quatre fois sans se presser puis s'arrête.

— 4 ! Ainsi la racine cubique de 13 824 est donc 24.

Dans l'assistance de nombreux hommes ont sorti leurs calepins et leurs crayons pour effectuer les calculs. Ils mettent de toute évidence plus de temps que Mohamed : $24 \times 24 = 576 \times 24 = 13 824$.

Les applaudissements crépitent mais quelques sceptiques persistent à garder leurs applaudissements pour plus tard. Il y a un truc, c'est certain. Excellent truc, faramineuse astuce. Reste à connaître le secret.

M. Krall propose à l'assistance, pourtant déjà très impressionnée, de compliquer la tâche de Mohamed :

— Mohamed le cheval calculateur va répondre avec un sac sur la tête. Comme il se doit, je ne lui ferai pas lire l'ardoise mais je lui poserai la question de vive voix !

Et l'exercice recommence. Mohamed ne semble pas le moins du monde gêné par le sac. Il prend un temps après que son maître lui a demandé :

— Quelle est la racine cubique de 226 981 ?

Six coups du sabot gauche, un coup du sabot droit : 61. C'est clair, net, précis et... exact.

Pourtant, le cheval se trompe parfois : 57 arrive comme racine cubique de 103 823, mais avant même que des ricanements ne s'élèvent dans le public Mohamed s'ébroue comme pour dire : « Excusez-moi, j'ai fait une erreur. Un peu de fatigue. »

Et aussitôt il reprend le compte. Quatre coups du sabot droit, sept coups du sabot gauche : 47 au lieu des 57 annoncés par erreur. M. Krall lui flatte l'encolure pour lui signifier que l'erreur est chevaline et lui donne un bout de carotte en signe de pardon. Mohamed esquisse un petit pas de danse.

Guillaume II, empereur d'Allemagne aux moustaches en croc, à l'orgueil démesuré et au bras atrophié, entend bien ne rien ignorer de ce qui se passe dans son empire, astuce ou pas. Il ordonne... la formation d'une commission d'enquête pour découvrir le secret des « chevaux calculateurs d'Elberfeld ».

Les savants de l'Empire désignent un observateur bardé de diplômes et c'est un dénommé Oskar Pfungst, élève du laboratoire de psychologie de Berlin, qui est chargé d'établir un rapport circonstancié. Il faut dire qu'aucun des « Herr Doktor » du laboratoire n'a consenti à s'abaisser à une besogne aussi basse que d'aller examiner de près un vulgaire numéro de cirque. Un coup à détruire sa réputation au cas où il conclurait à l'intelligence des « canassons ». Pour que, quelques années plus tard, le propriétaire des « chevaux calculateurs » aille dévoiler le pot aux roses et expliquer que « le truc est très facile et qu'il suffit de communiquer avec le cheval au bon moment par un moyen très simple ».

Pour l'instant on ne sait rien de cette technique supposée « de contact ». Et comment expliquer que

M. Krall, le nouveau propriétaire, soit un calculateur aussi rapide et aussi génial que Van Osten ? Ça se serait su, vous ne croyez pas ?

Oskar Pfungst, avec la vanité de la jeunesse et la suffisance d'un petit fonctionnaire, finit cependant par déposer des conclusions qu'il voudrait accablantes. Son rapport, qui est beaucoup trop volumineux pour être honnête, sans doute dans l'espoir de décourager une lecture complète, conclut : « Je me suis consacré à l'observation du cheval nommé Hans. Ce cheval n'est pas intelligent (entendez : il n'est pas plus intelligent que les autres chevaux, ce qui n'est déjà pas si mal, même en comparaison des bipèdes nommés humains). Hans n'est pas intelligent et par voie de conséquence il n'est pas "calculateur" au sens mathématique du mot. Hans ne sait pas compter et il n'y a pas d'autres conclusions à tirer de ce numéro de cirque sinon que le cheval Hans, ainsi que Mohamed et Zarif, ne fait que répondre à des "stimuli" imperceptibles émis par son maître au cours des pseudo-exercices de calcul mental. Signaux imperceptibles ou, si l'on préfère, "infinitésimaux". »

Quant à savoir en quoi consistent ces signes infinitésimaux ou imperceptibles, Oskar est bien incapable d'en donner la moindre définition un peu précise...

M. Krall continue donc à exercer son dur métier de montreur de chevaux savants avec un sourire ironique sur les lèvres et des carottes plein les poches. Certains esprits chagrins croient avoir trouvé la solution :

— M. Krall et avant lui M. Van Osten ont les mains dans leurs poches pendant les démonstrations.

— Ah bon, pourtant il semble qu'ils ne les ont pas plus que les autres.

— Oui, mais quand le cheval se voit poser la

question, Herr Krall a les mains dans les poches et je suis persuadé qu'il fait légèrement cliqueter l'ongle du pouce et celui de l'annulaire...

— Pourquoi l'annulaire plutôt qu'un autre ?

— Parce que l'annulaire est le doigt qui s'oppose le mieux au pouce. Celui qui est le mieux placé pour produire un petit bruit perceptible du cheval. Enfantin, non ? Deux petits clics : deux coups de sabot. Quatre petits clics : quatre coups de sabot ! Je suis certain que c'est ça !

— Mais il faut supposer que M. Krall et avant lui M. Van Osten sont des calculateurs prodiges...

Un lourd silence s'abat sur le groupe des sceptiques. Quelqu'un dit :

— Rien de tout ça ne tiendrait debout si l'on posait des questions aux chevaux en l'absence de M. Krall ! Qu'en pensez-vous, Herr Krall ?

— Excellente idée. Je suis tout à fait d'accord pour que vous interrogiez mes chers chevaux hors de ma présence. Mais je vous demande votre parole d'honneur qu'ils ne subiront aucun mauvais traitement physique et que vous vous contenterez de leur poser des questions et d'enregistrer leurs réponses sous le contrôle d'un huissier.

— Monsieur, vos soupçons nous font injure ! Nous sommes des gens d'honneur. Vos chevaux seront traités exactement comme si vous étiez présent. Et vous pourrez même fournir les carottes si vous avez le moindre doute !

Et c'est ainsi que Mohamed, Hans et Zarif se voient soumis aux mêmes examens, aux mêmes problèmes mathématiques en l'absence de leur maître qui a été éloigné à bonne distance. C'est le professeur Georges Bohn qui, en 1914, dirige l'expérimentation, en tête à tête avec Mohamed. Au grand désarroi des sceptiques, tout se passe avec autant de brio :

— Racine cubique de 389 017 ?

Mohamed répond 73.

Maurice Maeterlinck, le fameux poète belge, auteur de *Pelléas et Mélisande* et de *La Vie des abeilles*, entend parler des chevaux calculateurs. Il pense peut-être qu'il y a un rapport entre les chevaux et les abeilles. En tous les cas, il se transporte jusqu'à Elberfeld, assiste aux exploits des chevaux et reste pensif...

Une nouvelle théorie apparaît alors parmi les témoins désorientés par ces calculs invraisemblables :

— Ces chevaux sont télépathes !

Comment serait-ce possible ? On sait qu'entre des êtres humains éloignés qu'une grande affinité unit l'un à l'autre, à l'occasion d'une circonstance particulièrement dramatique ou même tragique, des messages mentaux peuvent être transmis. Cela peut même se faire d'un bout à l'autre du monde. Mais comment un cheval, même doué, pourrait-il faire de la télépathie avec un humain ?

— Bon, d'accord, supposons qu'après des années d'éducation affectueuse Herr Van Osten ait pu établir un contact télépathique avec un cheval. Mais avec trois, c'est pratiquement inconcevable.

— Et pourquoi cette télépathie ne s'exerce-t-elle que dans le domaine relativement austère du calcul mental ? Hein ? Est-ce que ça ne serait pas bien plus spectaculaire si, par exemple, à la demande du public, Mohamed ou Hans ou Zarif pouvait obéir à des ordres mentaux tels que : « Va me chercher ma pipe ! Enlève le chapeau du barbu en veste verte ! Marche sur le pied du colonel ! Tire sur l'ombrelle de la jeune fille en robe bleue ! » Ça serait bien plus populaire et charmant. Vous vous rendez compte : obtenir ces exercices sans prononcer le moindre mot !

— En admettant que Van Osten ait pu obtenir le contact télépathique avec ses trois chevaux... comment aurait-il pu vendre ce genre de contact à M. Krall ?

Georges Bohn, scientifique habitué à pousser les méthodes d'investigation du zéro jusqu'à l'infini, fait une proposition nouvelle :

— Parmi l'assemblée de mathématiciens qui voudront bien assister aux exercices et aux contrôles, je propose que chacun de ces messieurs inscrive un chiffre dont il désire la racine carrée ou la racine cubique et on présentera l'ardoise à Mohamed sans que j'y jette un regard. Ainsi, tout risque de transmission de pensée entre le cheval et la personne qui lui présente l'ardoise sera éliminé.

Tout le monde soupire un grand coup, car tout le monde y perd son latin. Eh bien, va pour l'interrogation sans que Herr Bohn lui-même connaisse le problème posé. Mais déjà on se dit que Mohamed, Hans et Zarif vont, toujours aussi imperturbables, donner les mêmes désespérantes bonnes réponses à coups de sabot droit et de sabot gauche.

Car maintenant, au-delà du mystère de l'intelligence animale ou même du génie calculateur, les savants allemands et ceux des autres pays en arrivent à toucher l'insondable. On n'est plus très loin de la preuve de l'existence de Dieu ! Alors que les esprits forts, de plus en plus nombreux et agressifs, rejettent toute référence à une intelligence supérieure et qui plus est divine.

Si la science et le rationalisme gagnent du terrain, un autre courant de pensée s'infiltre de plus en plus dans les différentes couches sociales de la bourgeoisie européenne et américaine. Le spiritisme devient une sorte de nouvelle religion. Les guéridons et les ectoplasmes animent de plus en plus de soirées impressionnantes. On découvre des voyants, plus ou moins efficaces, parfois terriblement précis, jeunes ou vieux, hommes, femmes ou pucelles.

— Et si ces chevaux étaient des « voyants » ?

— Que voulez-vous dire par là ?

— Et si ces chevaux, dans leur forme animale, étaient des médiums ? Et s'ils n'étaient que la forme physique que prendraient des entités de l'au-delà pour communiquer avec les êtres humains ?

— Vous me donnez le frisson. Mais si cela était, cela ne résoudrait pas tous les aspects du problème...

— Lesquels ?

— Eh bien, il faudrait que ces entités soient elles-mêmes des calculateurs prodiges.

— Qu'ils l'aient été dans leur vie humaine, quelle importance ? Dans le monde de l'au-delà je pense que tous les êtres en errance, que toutes les âmes disparues doivent être en mesure de répondre à quelques questions concernant des racines cubiques ou carrées. Dans l'autre monde on doit savoir tout faire...

Un nouvel épisode vient corser encore le problème : M. Krall achète un nouveau cheval, Berto, un étalon qui ne répond pas aux questions en lisant sur une ardoise. Pour une bonne et simple raison : Berto est un étalon aveugle. Il met un certain temps pour se mettre au diapason de ses collègues. Mais bientôt il résout les racines cubiques et carrées avec brio. Et il répond lui aussi à coups secs de sabot du pied droit et du pied gauche. Les chevaux, à présent, parviennent à lire l'heure. Les sceptiques, bien que sceptiques, se disent : « Nous donnons notre langue au cheval. » Il n'y a jamais eu d'explication scientifique aux « chevaux calculateurs d'Elberfeld ».

C'est un beau soir d'été dans les années 30, la campagne tout autour du pavillon respire le calme. À peine si l'on entend le cri d'une hulotte dans le bois voisin. La journée a été très normale pour la famille Webster. Il est temps de se coucher. Après s'être souhaité une bonne nuit !

— Bonne nuit, Mamie !

Mamie a 82 ans et depuis des années elle ne se sent bien que dans son lit. Mais toute la famille la dorlote : Mark Webster son fils, Evelyn Webster sa belle-fille. Sans oublier les enfants : Rose et Daryl, 8 et 12 ans. Et même le chat qui n'oublie jamais de venir frotter ses moustaches contre la joue de Mamie... Le chat c'est Ronnie, un sacré lascar, un gouttière pure race, malin comme un singe, qui miaule avec une voix de fausset :

— Ça suffit, Ronnie, tu t'en vas. Tu fatigues Mamie !

Si on laissait faire Ronnie, il aurait tôt fait de se coucher sur l'oreiller de Mamie, au risque de l'étouffer. Il adore la vieille dame. Alors, Ronnie quitte la chambre. De toute manière, on sait où l'on va le retrouver : dans le lit de la petite Rose, ce qui est interdit, ou dans celui de Daryl, ce qui est défendu. Alors, on le pose dans son panier mais il a vite fait d'aller se fourrer au pied du lit d'Evelyn... À quoi bon lutter, un chat est toujours le vrai maître de la maison...

En bas, dans le salon, la pendule Westminster égrène les heures, même les demi-heures, sans oublier les quarts d'heure. Mais la famille Webster est habituée. Si on supprimait la pendule, personne ne dormirait normalement.

Vers deux heures du matin, un crissement se produit au niveau de la fenêtre du salon. Mais personne n'y prête attention. Les Webster dorment du sommeil du juste et c'est pourquoi ils n'entendent rien quand le volet est forcé par une pince-monseigneur. Rien non plus quand quelqu'un pénètre dans la maison.

— Mark ! Réveille-toi ! C'est ta mère !

Mark émerge d'un sommeil profond.

— Encore !

Il écoute et, effectivement, il lui semble qu'une sorte de gémissement parvient du rez-de-chaussée, où se trouve la chambre de Mamie.

— Tu entends, Mark ? Va voir.

Mark aime bien sa mère mais il connaît son petit défaut : la vieille dame a la fâcheuse habitude de rêver. Comme tout le monde. Mais elle, quand elle rêve, elle parle à haute voix, pousse des cris. Depuis longtemps, Mark sait qu'il ne s'agit que de cauchemars ridicules. Si Mamie a besoin d'aide, ses appels se font très précis, elle crie : « Mark ! Mark ! »

Elle n'appelle que son fils. Jamais sa belle-fille. Si Mamie se met à hurler : « Au secours ! À l'assassin ! » on sait que ce n'est pas bien grave. La dernière fois que Mark est descendu affolé, il a trouvé sa mère tout étonnée : « Ah, c'est toi ! Ouh ! J'étais en train de faire un de ces cauchemars ! Figure-toi qu'un homme essayait de m'étrangler pour me voler ma part de gâteau aux pêches ! » Et Mark est remonté se coucher.

C'est pourquoi, ce soir, en entendant les gémissements de sa mère il ne s'inquiète pas trop :

— Cette fois ce sera un individu qui essayait de l'embrasser dans le cou !

Evelyn proteste :

— Chéri, si c'est ça, laisse-moi dormir. Tu sais, je fais partie de la première équipe au standard. Il ne me reste que deux heures de sommeil. Bonne nuit !

Evelyn essaie en vain de trouver le sommeil. Quelque chose lui dit qu'elle devrait se lever. Qu'elle devrait aller voir si tout se passe bien chez les enfants, mais elle se sent si fatiguée... Soudain la porte de la chambre de Mark et d'Evelyn s'ouvre brutalement. Trois hommes, le visage recouvert d'une sorte de bas de nylon, font irruption dans la chambre. Ronnie le gros chat saute discrètement du lit et file hors de la pièce sans que personne le remarque. Avant que Mark ait eu le temps de se lever deux hommes se ruent sur lui :

— Pas un geste ou tu es mort !

Les revolvers qu'ils tiennent à la main valent mieux qu'un long discours. Mark jette un regard désespéré vers Evelyn. Elle est maintenue sur son lit par le troisième bandit. Il la serre à la gorge et lui applique son revolver sur la tempe. Mark dit :

— Ne lui faites pas de mal. Prenez ce que vous voudrez. De toute façon nous n'avons rien ici. Juste quelques dollars dans mon portefeuille et dans son sac...

Les hommes ont l'air de mauvaise humeur. Ils attrapent le sac d'Evelyn et le vident sur le lit. Piètre butin. Comme prévu, le portefeuille de Mark n'est guère plus garni... Mark hésite à parler. Il réfléchit à toute vitesse : les enfants ? Ont-ils vu les enfants ? Si j'en parle, ils vont se précipiter vers leur chambre. S'ils ne se sont pas aperçus de leur présence...

Mais Mark aperçoit soudain Rose et Daryl qui apparaissent dans l'encadrement de la porte. Ils ont entendu du bruit chez leurs parents et viennent voir ce qui se passe. Pas besoin d'explication. Rose se met à hurler de peur. Daryl se retient pour ne pas pleurer. Un des gangsters attrape Rose et lui applique son arme sur la tempe :

— Alors, maintenant vous avez compris : pas un mot, sinon ce sont les mômes qui trinquent !

Avec les cordons des rideaux de la fenêtre, deux des hommes attachent Rose et Daryl. Pour plus de précaution on leur ferme la bouche avec des pansements que les hommes ont trouvés dans l'armoire à pharmacie de la salle de bains. Mark dit :

— Maman ? Vous n'avez rien fait à Maman ?

Le plus grand des malfrats répond :

— On l'a endormie pour un moment !

Que faut-il comprendre ? Est-elle assommée ? Morte peut-être ? Celui qui semble le chef dit, en ricanant :

— Bon, toute la famille est là. Pas de « nounou » en train de dormir dans la soupente ? Pas de chien méchant ?

Mark et Evelyn, chacun ligoté comme un saucisson, restent pétrifiés sur leur lit respectif. À quoi bon crier, ils sont trop isolés dans leur campagne si calme... Ils vont assister, par la vue, ou par l'oreille, au sac systématique de leur maison. À chaque meuble forcé, Mark, en bon comptable, calcule instinctivement la note. Bien sûr, ils sont assurés mais quand il faudra se faire rembourser... Enfin, la famille est saine est sauve... À condition que Mamie n'ait rien de grave... Une bonne bosse sur la tête peut-être. Mamie est du genre solide. De la race des pionnières. Elle est née en 1847 en pleine conquête de l'Ouest... Du temps des durs à cuire.

Et le saccage continue. Après avoir dérobé tout ce qui avait un peu de valeur les malfrats s'installent. Le chef dit :

— Bon, Ricky, descends à la cuisine et ramène-nous quelque chose à boire et à manger. Il faut qu'on décide de ce qu'on va faire d'eux !

Mark et Evelyn sentent la sueur leur couler le long de la colonne vertébrale. Ainsi, les cambrioleurs ne vont pas les laisser simplement sur place. Décider de ce qu'on va faire d'eux. Il n'y a pas trente-six solutions : ou ils déguerpissent et laissent les Webster se débrouiller, ou bien... ils suppriment les témoins.

Mark dit :

— Partez, nous n'avons pas vu vos visages. Nous ne pourrons pas vous identifier. Laissez-nous en paix. Ce cambriolage ne porte pas vraiment à conséquence. Mais si vous décidez de nous... faire taire, vous aggraverez votre cas. C'est la chaise électrique qui vous guette. La police vous rattrapera de toute manière.

Le chef réfléchit :

— Et qu'est-ce qui vous dit que nous ne sommes pas déjà à moitié assis sur cette fameuse chaise ?

L'argument est sans réplique. Evelyn ne dit rien. Elle prie et mentalement se récite les versets de la Bible, un peu dans le désordre : « Le Seigneur est mon berger... Quand j'entrerai dans la vallée de la Mort. »

Soudain, le réveil se met à sonner. Tout le monde sursaute, y compris les pilleurs de maison. Evelyn explique :

— C'est pour moi, je commence très tôt ce matin.

— Quel genre de boulot ?

— Je travaille au standard téléphonique d'Abergreen. Je suis de la première équipe du matin.

— Eh bien, ma jolie, ils vont devoir se passer de vous...

Qu'est-ce qu'il faut comprendre ? Ricky remonte du rez-de-chaussée, avec un plateau, des verres et un carton de bières. Sur un plat, un poulet froid, celui qu'Evelyn a préparé pour le dîner du lendemain... Les hommes, après avoir soulevé les bas qui transforment leur visage en sorte de pomme de terre informe, se mettent à manger et à boire. Ils chuchotent entre eux et éclatent de rire. Mark commence à espérer. Il dit :

— Il y a quelques bouteilles de bourbon toutes neuves dans le buffet du salon...

Avec un peu de chance, ces bandits pourraient s'enivrer et s'endormir sur place. Ou peut-être se disputer et s'entre-tuer... Le dénommé Ricky fait remarquer au chef de la bande :

— Tu as prononcé mon nom, c'est pas très malin. Ça fait un indice pour nous mettre le grappin dessus. Rien que pour ça je serais d'avis de les réduire au silence.

— Les mômes aussi ?

— Foutus pour foutus, on ne va pas faire le détail.

— Et la vieille, tu crois que tu l'as estourbie ?

— Je vais aller vérifier.

Ricky descend et remonte presque aussitôt :

— La mamie est toujours dans les vapes. Elle gémit, ça prouve qu'elle vit encore !

Rose, en entendant le mot « Mamie », se remet à hurler de plus belle. Daryl, ficelé dos à dos avec elle, essaie de la calmer comme il peut. Le chef s'énerve :

— Hé, essayez de calmer votre gamine sinon je sais comment la faire taire ! En ce bas monde il y a trois choses qui me portent sur les nerfs : les portes qui claquent, les chiens qui aboient et les mouflets qui braillent !

Evelyn lance, la voix brisée :

— Rose, calme-toi. Mamie n'a rien : elle dort, c'est tout. Tout va bien !

Cela fait deux heures que les Webster vivent leur cauchemar.

Le chef des bandits regarde Mark et Evelyn. Il lui semble lire quelque chose de nouveau dans leur regard. Sans bouger il ironise :

— Qu'est-ce qui se passe ?

Ce qui se passe, c'est que cinq policiers en uniforme viennent d'apparaître dans l'entrebâillement de la porte, revolver au poing. Les hommes masqués n'ont plus qu'à lever les bras. Ils sont faits comme des rats. Une fois délivrés Mark et Evelyn se précipitent chez Mamie. Elle se réveille d'un demi-coma en se frottant le crâne. Les policiers demandent une ambulance pour la transporter à l'hôpital. Mark finit par dire :

— Mais enfin, comment avez-vous été prévenus ?

Le lieutenant de police répond :

— Vous n'allez pas le croire. Quelqu'un nous a appelés. Il n'y a pas d'autre mot.

— Mais qui ? Nous étions tous hors d'état d'appeler !

— Regardez : dans l'entrée, votre téléphone est décroché. Cela a déclenché un signal au standard téléphonique. Lucy O'Hara, la collègue de Mme Webster, a identifié votre numéro. Mais elle n'obtenait personne sur la ligne. Pourtant, au bout du compte, elle a perçu un appel...

— Un appel ? Mais nous n'avons pas osé pousser un cri !

— Il y en a un qui appelait pourtant ! D'ailleurs le voici !

Ronnie, le chat de gouttière, apparaît dans la lumière. C'est lui sans doute qui a réussi à décrocher le téléphone de la maison en pleine panique. En tous les cas ce sont ses miaulements désespérés et sa voix de fausset que Lucy O'Hara, familière de la maison, a reconnus à l'autre bout de la ligne. Elle a immédiatement donné l'alerte à la police. Et elle a accompagné les forces de l'ordre pour leur montrer la route.

Ulla Nielsen est secrétaire de direction dans une compagnie d'assurances d'Östersund, une petite ville au centre de la Suède. Ulla a 32 ans. Elle est jolie comme peuvent l'être les Scandinaves. Elle est heureuse de vivre. Elle aime bien son travail et sa ville. À Östersund, les hivers sont rudes mais les étés sont magnifiques.

Or, l'été commence précisément ce vendredi 21 juin. Il est cinq heures de l'après-midi, Ulla Nielsen se prépare à partir. Demain elle ira en pique-nique avec sa fille.

Le patron entre dans son bureau. Il lui dit avec entrain :

— Vous pouvez vous en aller, Ulla. Bon week-end.

— Bon week-end...

Il y a comme cela des phrases machinales, qu'on dit sans y penser, et qui deviennent par la suite d'une horrible ironie !

Ulla Nielsen est montée dans sa petite voiture. Elle va d'abord se rendre au supermarché faire ses provisions pour le pique-nique. Ulla s'entend parfaitement avec sa fille. Katy a 12 ans. Elles vivent seules dans une jolie maison à l'extérieur de la ville. Après son divorce, Ulla n'a pas eu envie de se remarier. Elles sont bien comme cela, toutes les deux.

Une fois ses courses terminées, Ulla Nielsen rentre chez elle. Il y a environ un quart d'heure de route. En chemin, la jeune femme constate que le temps est en train de changer. Alors qu'il avait fait si beau toute la journée, de gros nuages sont en train de s'amonceler. Il commence à faire très lourd. Ulla pense : « Pourvu que l'orage éclate aujourd'hui ou cette nuit. Ce serait vraiment trop bête que demain notre pique-nique soit gâché... »

Elle est maintenant arrivée. À son coup de klaxon, Katy et Storm se précipitent. Storm, c'est le chien, un gros bâtard tout brun de 1 an à peine, avec de longs poils et les oreilles pendantes.

Il est six heures de l'après-midi. Ulla Nielsen décide de faire un petit tour en forêt. Tiens, pourquoi ne pas aller repérer un endroit agréable pour le pique-nique ?...

Elle se change, met un blue-jean, un vieux chemisier et demande à sa fille si elle veut venir. Mais Katy a des devoirs et préfère rester. Elle part donc seule en voiture avec Storm et prend la direction des bois.

Ulla Nielsen roule pendant une vingtaine de kilomètres puis s'arrête au bord d'un petit lac entouré de bouleaux. L'endroit rêvé pour un pique-nique. Elle descend, avec Storm qui court autour d'elle en aboyant.

Ulla s'avance sur le petit chemin qui conduit à la berge du lac. Elle est surprise par la lourdeur de l'atmosphère. Depuis tout à l'heure, les nuages ont encore grossi. L'air est chargé d'électricité... Les moustiques sont une véritable plaie en cette saison, et il y en a des quantités autour du lac.

Ulla Nielsen continue à se frapper le visage. L'orage les excite et les rend agressifs... Non, ce n'est pas un bon endroit pour pique-niquer... Elle décide de rentrer. Elle siffle Storm, qui a disparu quelque part dans les fourrés. Elle l'appelle. Storm n'arrive pas. Ulla, qui commence à être dévorée par les moustiques, s'énerve :

— Storm, allez, Storm !

Mais où est-il passé ? Il est sans doute en train de poursuivre une bête...

Ulla Nielsen revient sur ses pas. Storm a disparu dans ce buisson. Elle se penche, écarte les branches. Elle appelle encore une fois :

— Storm, Storm !

Et c'est l'horreur qui commence...

Brusquement, il y a un nuage, un nuage noir qui recouvre tout. Ulla pense à l'orage, mais en même temps elle sait que ce n'est pas l'orage. Il y a une odeur qui s'est levée de la terre. Comment la définir ? Une odeur de viande... Oui, c'est cela, une âcre, une lourde, une abominable odeur de viande...

Dans un réflexe, Ulla a fermé les yeux. Elle ne voit rien, mais elle entend... Un bruit épouvantable, assourdissant, l'environne, la recouvre, la submerge. C'est aigu, c'est grinçant. C'est comme si dix mille violons désaccordés s'étaient mis à jouer en même temps... Ou plutôt, ce sont des cris d'enfants, d'enfants fous. Oui, dix mille enfants fous sont en train de crier autour d'elle...

Instinctivement, la jeune femme s'est protégé la tête avec les mains. Elle ne voit rien, elle ne comprend rien, mais elle sent qu'il va arriver quelque chose d'horrible, d'innommable. Et effectivement, l'instant d'après, c'est l'attaque...

D'un seul coup, des centaines de petits poignards frappent son cuir chevelu, ses mains, ses bras, son dos. Le sang lui coule partout sur le visage. Maintenant, elle est piquée à la poitrine et au ventre...

Ulla Nielsen se jette à terre. Instantanément, son chemisier déchiqueté s'en va en lambeaux. Son dos est lacéré, dévoré de toutes parts... Les mains collées sur sa figure, Ulla n'a qu'une pensée, plus forte encore que la douleur : « Mes yeux... Protéger mes yeux... »

Combien de temps dure ce supplice ? Une minute, cinq minutes, dix minutes ? Elle ne le sait pas... Elle ne le saura jamais...

Sur la route, une voiture de gendarmerie passe devant le petit lac. Le conducteur stoppe brutalement. Il touche le bras de son collègue.

— Regarde ces corbeaux ! Je n'en ai jamais vu autant...

L'autre considère quelques instants ce spectacle impressionnant. Il conclut :

— Ils ont dû trouver une charogne...

Et soudain, il pousse un cri. Il vient d'apercevoir quelque chose de bleu. La jambe d'un blue-jean.

— Bon Dieu, il y a quelqu'un là-dessous. Fonce !

Sirène hurlante, phares allumés, la voiture de gendarmerie dévale le sentier et pile net devant les corbeaux avec un crissement de freins. Mais pas un des oiseaux n'a bougé. Ils continuent à s'acharner sur leur victime...

Après s'être concertés, les deux gendarmes jaillissent ensemble de leur véhicule. Chez les corbeaux, il y a un instant de flottement. Et brutalement, tous ensemble, quittant Ulla, foncent sur eux...

Les deux hommes, avec des gestes désespérés des bras, tentent d'écarter cette montagne de chair noire hurlante qui les recouvre. Titubants, ils parviennent à rejoindre leur voiture et à s'y enfermer. Instantanément, les corbeaux les abandonnent et retournent sur le corps allongé...

Sans perdre de temps, le conducteur approche la voiture le plus près possible de l'endroit du drame. Alors il ouvre brusquement la portière et, aidé de son compagnon, il tire la jeune femme à l'intérieur.

Ils l'installent sur le siège arrière. Son corps n'est plus qu'une plaie... Ils écrasent à coups de pied, à coups de poing les corbeaux qui sont entrés en même temps dans la voiture. Ils pensent que le cauchemar est terminé. Ils se trompent. C'est maintenant qu'il commence vraiment...

Après avoir été un instant désorientés, les oiseaux,

dans un bruit épouvantable, foncent sur eux. Ils attaquent la voiture !

En une seconde, la masse noire les recouvre. C'est un fracas assourdissant. Les corbeaux cognent sur le capot, sur les portières, sur le toit, sur les vitres. Les yeux agrandis d'horreur, les occupants de la voiture voient des centaines de becs jaunes au pare-brise et aux fenêtres, qui frappent et qui frappent. Le conducteur se met à crier :

— Ils vont faire éclater les vitres ! On est fichus...

Mais son compagnon crie à son tour :

— Non. Je viens de comprendre... Démarre et avance tout droit pendant dix mètres. Là, je sortirai. Quand je frapperai à la portière, tu m'ouvriras. Dépêche-toi. C'est notre seule chance !

Le conducteur, sans comprendre, s'exécute. L'autre sort d'un bond et disparaît...

Au volant, le conducteur attend. C'est long, interminable. Dans un bruit de grêle, de mitrailleuse, les becs continuent à marteler les vitres... Il n'ose imaginer la ruée immonde si les vitres cédaient. Des milliers de tueurs jaillissant ensemble dans cet espace clos, les prenant aux yeux, à la gorge...

On cogne à la portière. Il ouvre. À sa surprise, c'est un chien qui bondit dans la voiture, puis son collègue, le visage tailladé... Et au même instant, ce n'est plus de la surprise qu'il éprouve, c'est de la stupeur...

Comme par enchantement, tous les corbeaux viennent de s'envoler... Ils ont disparu dans les airs. Le bruit épouvantable a cessé. On n'entend plus que le gémissement continu de la jeune femme.

Tandis qu'ils foncent vers l'hôpital pour y conduire Ulla Nielsen, dont les blessures sont heureusement superficielles, le gendarme explique ce qui vient de se passer :

— Tout à l'heure, en arrivant, j'ai vu le chien

dans les buissons. Il était hors de portée des oiseaux et il tenait quelque chose dans la gueule. Quand tu m'as déposé, j'ai sauté dans les buissons à mon tour. Dans sa gueule, il avait un jeune corbeau qui n'était pas mort et qui poussait de petits cris. Je le lui ai arraché et je l'ai jeté sur le chemin. Un corbeau l'a vu, s'est approché de lui et il est allé vers les autres. C'est à ce moment qu'ils se sont tous envolés...

Oui, c'étaient les appels de détresse d'un jeune oiseau qui les avaient tous rendus fous, à cause de l'orage sans doute. Ils voulaient simplement lui porter secours.

LA BÊTE QUI VALAIT UNE FORTUNE

L'étude des notaires Appleby et Jones est une des plus importantes de New York. Me Peter Appleby approche de la soixantaine. C'est un homme distingué, de haute taille, aux cheveux déjà blancs. Il n'a pas cette décontraction qu'affichent habituellement les hommes d'affaires américains. On lui donnerait plus volontiers une nationalité européenne, anglaise peut-être.

En face de son luxueux bureau ultra-moderne, un homme du même âge est installé dans un siège très design. Bob Hardy est un vieil ami de Me Appleby. Ils se sont connus au cours de leurs études à la faculté de droit. Mais une fois leurs diplômes obtenus, ils ont choisi des chemins bien différents. Bob Hardy a fondé une agence de détective privé et il a d'ailleurs parfaitement réussi. C'est l'une des plus dynamiques en cette fin d'année 1968.

Me Appleby allume un gros cigare.

— Bob, je t'ai fait venir pour te confier une affaire... Est-ce que le nom de John Derek te dit quelque chose ?

— Vaguement, oui... Il me semble que c'est un milliardaire. Pas Rockefeller, mais il doit peser son paquet de dollars.

— Exact. À cette différence près qu'il *pesait* son paquet de dollars. Il est mort il y a trois mois. Son testament était chez moi. Un bien curieux testament...

Les yeux de Bob Hardy s'allument... Il a déjà traité une ou deux affaires d'héritage et elles se sont avérées parmi les plus rentables dont il ait eu à s'occuper. Le notaire continue :

— Pour que tu comprennes la situation, il faut que tu saches que John Derek est mort célibataire et sans enfant. Il a été marié cinq fois, mais aucune de ses ex-épouses n'a droit à quoi que ce soit concernant l'héritage...

Me Peter Appleby chausse ses lunettes et prend une lettre dans son bureau.

— Maintenant je vais te lire le testament : « Je lègue toute ma fortune à mon enfant naturel dont j'ignore tout, à commencer par le sexe. Je charge Me Appleby d'engager un détective privé pour le retrouver. Je lui alloue à cet effet les fonds nécessaires.

« Cela peut paraître invraisemblable, mais c'est ainsi : je ne connais pas le nom de famille de sa mère. Au cours de notre brève liaison, je ne l'ai appelée que par son prénom : Jane.

« À l'époque, c'est-à-dire à l'automne 1933, j'avais 18 ans et j'étais chômeur comme beaucoup de jeunes gens. Mes parents, qui sont morts depuis, étaient pauvres. Nous habitions Grass Town, une petite ville industrielle du Dakota du Sud. Jane était ouvrière dans l'unique usine de textile de la ville.

Nous étions dans la misère, mais nous avons connu trois mois de bonheur, jusqu'au 4 novembre 1933 où j'ai commis la plus grande faute de ma vie. Jane est venue m'annoncer qu'elle était enceinte. J'ai fait semblant d'être heureux, mais le soir même, je montais sans billet dans un train et j'allais droit devant moi jusqu'à New York. Vous connaissez la suite, maître. À New York je suis devenu chiffonnier et j'ai si bien réussi que j'ai fait fortune en quelques années...

« Bien que je n'aie aucune excuse, je sais pourquoi j'ai agi ainsi. J'avais une envie folle de réussir, de prendre ma revanche sur la misère. J'ai pensé qu'avec un enfant, je ne pourrais pas me lancer dans l'aventure. Mais je veux réparer. Je charge le détective choisi par vous de retrouver mon enfant. Et si c'est le cas, je lui attribue sur la succession une prime de dix mille dollars... »

Bob Hardy émet un sifflement.

— C'est une somme !

— Attends, tu n'as pas entendu le principal : « Naturellement, l'enfant devra apporter la preuve qu'il est bien le mien. Pour cela, il lui faudra répondre à cette question : quel cadeau sa mère m'a-t-elle offert pour mon anniversaire, le 3 septembre 1933, deux mois avant notre rupture ? La réponse se trouve dans l'enveloppe cachetée que je joins à ce testament et que seul pourra ouvrir Me Appleby... C'est la condition *sine qua non* pour entrer en possession de mon héritage. Si elle n'était pas remplie, la totalité de ma fortune irait aux orphelinats de l'État de New York. Fait en toute conscience, le, etc. » Tu vois la tâche qui t'attend ?

— C'est parfaitement clair ! Le mieux est de ne pas perdre de temps...

Bob Hardy prend congé de son ami Peter, en le remerciant chaleureusement d'avoir pensé à lui et, quelques heures plus tard, il roule dans sa voiture en direction du Dakota du Sud.

Bob Hardy consulte le lendemain même les registres de l'état civil de Grass Town pour l'année 1934. Jane, ayant annoncé qu'elle était enceinte début novembre 1933, c'est aux environs du mois de mai suivant qu'il faut chercher. La consultation n'est pas longue. À la date du 18 mai, une certaine Jane Norton a déclaré une fille prénommée Daisy, née de père inconnu.

Malheureusement, ni Jane ni Daisy Norton n'habite Grass Town. Ce serait trop beau. Il faut se mettre en chasse. Bob Hardy passe systématiquement la région au peigne fin. Il dévore les annuaires et les listes électorales. Et il finit enfin par trouver, à Cheyenne, la capitale du Wyoming, à deux cents kilomètres de là.

C'est Daisy Norton, la fille, et non Jane, la mère, dont il a découvert l'adresse. Il s'y présente. C'est un immeuble misérable du centre de la ville. Personne ne répond lorsqu'il sonne au petit appartement occupé par Daisy. Une voisine sort sur le palier.

— Vous ne verrez pas Daisy à cette heure-là.

— Excusez-moi, j'ignore où elle travaille.

— Pas loin d'ici. Elle est serveuse au Golden Bar, dans la grand-rue.

Le Golden Bar est une gargote où l'on sert des beignets trop gras, dans une odeur de friture. Daisy Norton est habillée de l'uniforme de l'établissement, qui lui donne des allures d'infirmière négligée. Moyennant un billet de cinq dollars, le patron ne fait aucune difficulté pour qu'elle s'entretienne avec Bob Hardy.

Elle fait plus que ses 35 ans. La vie, qui a débuté pour elle d'une manière aussi défavorable, ne l'a visiblement pas épargnée. Elle est blonde, trop grande, trop pâle. Elle porte des lunettes aux verres épais. Elle s'adresse à lui sans aménité :

— Qu'est-ce que vous me voulez ? Je ne vous connais pas !

— Effectivement. En fait, je cherchais aussi votre mère Jane.

— Elle est morte il y a un an.

Le détective a un sursaut qui n'échappe pas à Daisy.

— Vous étiez un ami de maman ?

— Non, pas exactement... De votre père... Est-ce qu'elle vous a parlé de lui ?

— Mon père ? Non, jamais. Elle m'a dit qu'il l'avait abandonnée et que je ne devais même pas savoir son nom... Mais qu'est-ce que c'est que cette histoire à propos de mon père ?

En quelques phrases, Bob Hardy expose à la jeune femme l'extraordinaire situation et sa mission auprès d'elle... Il conclut :

— Vous n'avez aucune idée de ce cadeau que votre mère a fait à votre père ?

— Non.

— Elle n'a jamais fait une allusion à ce sujet ? Essayez de vous souvenir... Un mot qui lui aurait échappé...

— Mais non ! Mon père, elle ne m'en a jamais parlé. Jamais !

— Alors, avec votre permission, nous allons fouiller dans les affaires de votre mère. Il y aura peut-être ce que nous cherchons : un papier, un journal intime...

Daisy Norton regarde le détective d'un air désespéré et éclate en sanglots.

— Je les ai jetés !

— Pardon ?

— Je les ai jetés ! J'ai tout jeté... Oui, il y avait

bien ce que vous dites : des lettres attachées par une ficelle et un vieux carnet noir. C'était dans l'armoire où maman rangeait ses affaires. Malgré ce qu'elle m'avait dit, elle n'avait pas oublié papa et elle gardait ses souvenirs... Le lendemain de sa mort, j'ai tout jeté...

Non, Hardy sait bien qu'il ne devrait pas accabler la jeune femme, dont le désespoir est visible, mais c'est plus fort que lui : il enrage !

— Pourquoi avez-vous fait cela ? Pourquoi ?

— Je ne voulais pas connaître mon père. Je haïssais cet homme que je rendais responsable de tout...

— Vous êtes sûre qu'il n'y a plus aucun moyen de mettre la main sur les papiers ?

Daisy Norton a un petit rire sinistre au milieu de ses larmes.

— Ils sont partis à la poubelle il y a un an. Allez les récupérer si vous voyez un moyen !...

Elle agrippe soudain le bras de son interlocuteur.

— Écoutez, vous êtes bien d'accord ? C'est moi la fille de John Derek. Vous l'avez vu à l'état civil, non ? On peut le prouver !

— Bien sûr que c'est vous. Mais ce n'est pas suffisant. Vous devez répondre à la question : quel cadeau Jane Norton a-t-elle offert à John Derek le 3 septembre 1933 pour son anniversaire ?

Daisy montre son misérable uniforme de serveuse. Son visage sans grâce reflète le désespoir le plus total.

— Mais vous avez vu où je travaille ? Vous avez vu où je vis ? Il n'y a pas moyen d'attaquer ce testament absurde ?

— Prendre un avocat serait bien au-dessus de vos moyens, et de toute manière, je ne pense pas qu'une telle démarche aboutisse. Par rapport à John Derek, vous n'êtes légalement rien. Il ne vous a pas reconnue comme sa fille. Non, malheureusement, la seule manière est de répondre à la question... Mais si vous, vous ne pouvez pas, quelqu'un d'autre pourra peut-être... Vos grands-parents ?

— Ils sont morts.

— Avez-vous des oncles, des tantes ?

— Non. Maman était fille unique.

Le détective pousse un soupir. Il y a un silence. Ils se regardent longuement, lui et elle, dans ce bar misérable de Cheyenne, qui sent la friture, surveillés de loin par le patron intrigué... Et soudain, pour la première fois, le visage de Daisy s'éclaire :

— J'ai peut-être une idée !... Je pense à Grace Spinelli. C'était la meilleure amie de maman. Elle travaillait avec elle à l'usine de textile de Grass Town. Quand l'usine a fermé, un peu avant la guerre, Grace est allée à New York et nous, nous sommes venues ici, à Cheyenne. Maman et elle auraient bien voulu se revoir. Mais c'était bien trop loin, trop cher... Elles se sont écrit pendant quelques années et puis elles ont cessé... Oh oui ! J'en suis sûre ! Je me souviens qu'un jour, maman m'a dit : « Nous nous disions tout. »

Grace Spinelli, femme de ménage dans une entreprise de nettoyage industriel, habite un immeuble lépreux du Bronx, le quartier pauvre de New York. Elle a la soixantaine. C'est une petite femme voûtée et flétrie. Bob Hardy n'a mis que vingt-quatre heures pour la retrouver. Mais pour lui, ce n'est pas une performance, c'est de la routine.

En entendant la question fatidique, Grace Spinelli ne marque pas une seconde d'hésitation :

— Le cadeau qu'elle a fait à John ? Bien sûr que je sais ce que c'est, puisque c'est moi qui le lui ai donné !

— C'est vous ?

— Oui. Je m'en souviendrai toujours... Ma chienne avait eu des petits. Jane m'avait dit, ce jour-là, qu'elle voulait faire un cadeau à John pour son anniversaire mais qu'elle n'avait pas d'argent. Je lui ai répondu : « Donne-lui un de mes chiots, cela en fera un de moins que je tuerai. » Elle a choisi une femelle... C'était un petit bâtard de griffon noir et blanc.

Le 27 décembre 1968, Bob Hardy se retrouve dans le bureau de Peter Appleby en compagnie de Daisy Norton. Malgré leur vieille amitié les deux hommes se regardent d'une manière solennelle.

— Bob, selon toi, Miss Daisy Norton, ici présente, est-elle la fille de mon client John Derek ?

— Absolument !

— Bien... Miss Norton, c'est donc à vous que je pose la question : quel cadeau votre mère a-t-elle fait à John Derek pour son anniversaire, le 3 septembre 1933 ?

Daisy Norton est visiblement émue. Pour la circonstance, elle s'est habillée avec ce qu'elle avait de mieux : le tailleur sombre qu'elle avait acheté pour l'enterrement de sa mère. Mais cela ne l'empêche pas de manquer singulièrement d'allure, avec ses épaules trop larges, son teint pâle et ses lunettes aux verres épais. Elle répond, ou plutôt elle murmure :

— Un petit chien...

Mᵉ Appleby parle de sa voix la plus professionnelle :

— Je note : « un petit chien ». Maintenant, je vais procéder à l'ouverture de la lettre scellée...

Il y a un moment d'angoisse, troublé seulement par le bruit des cachets de cire qui sautent... Peter Appleby parcourt rapidement la lettre et un sourire s'inscrit sur son visage. Bob et Daisy savent que c'est gagné...

— La réponse est : « un petit chien »... « C'est en sa compagnie que j'ai quitté la malheureuse Jane. Je l'ai emporté avec moi quand j'ai pris le train sans billet pour New York. C'était un griffon bâtard, une petite femelle. Je pensais qu'elle m'aiderait à réussir et je l'ai appelée Mascotte. Aujourd'hui, je crois que si j'ai fait fortune, c'est grâce à elle. Entre les chiffonniers, la concurrence était dure. Mais à moi, les gens donnaient plus facilement leurs vieilles affaires parce que Mascotte, qui ne me quittait jamais, attirait leur sympathie. Lorsqu'elle est morte, treize ans plus tard, j'étais déjà très riche. »

Tel est l'épilogue de cette histoire. Daisy Norton est entrée en possession de l'immense héritage de son père et nous ne savons pas précisément ce qu'elle en a fait. Mais quelle importance dans le fond ? Cela, c'est son problème, son heureux problème.

LES CHIENS SAUVAGES ET L'ENFANT

Comment vivent les Russes aujourd'hui ? Il y a deux hypothèses. Certains ont su profiter de l'arrivée de la démocratie et du commerce libéral pour « surfer », comme on dit, sur la vague tumultueuse de l'offre et de la demande. Ils ont les moyens d'acheter ou ils ont quelque chose à vendre. Ils ont les moyens de se faire protéger. Politiquement et physiquement. Ce sont les nouveaux riches ou les nouveaux mafiosi. Ils ne songent qu'à des séjours au soleil, à des palaces de luxe. Les autres, trop pauvres ou trop vieux, se débrouillent comme ils peuvent pour trouver une nourriture chaque jour plus rare et plus chère. Il y a les vieux, mais il y a les jeunes. Souvent abandonnés à eux-mêmes.

C'est ainsi qu'en ce mois de juin 1998, dans un petit village russe, des gamins s'amusent comme ils peuvent. Tout leur est bon.

— Regardez la bande des chiens sauvages. On y va. Le premier qui arrive à en choper un avec un caillou gagnera une bouteille de bière !

Les gamins, dont le plus âgé doit avoir 12 ans, se précipitent pour ramasser des pierres. À quelques mètres de là, dans la demi-obscurité de l'orée du bois, une meute de chiens de tous poils se glissent, la gueule basse. Ils cherchent quelque nourriture, quelques déchets comestibles. Les gamins jettent des cailloux vers les animaux mais se tiennent quand même à bonne distance. Les chiens poussent des glapissements en voyant les pierres rebondir sous leurs truffes. Si l'un d'entre eux est touché, il lance un court aboiement de douleur mais les animaux continuent à rester groupés en glissant le long du bois touffu.

— Hé, les gars, regardez un peu ! Il y a un drôle d'animal avec les chiens ! Qu'est-ce que c'est que cette bestiole ?

En effet, au milieu de la meute, auprès d'une grande femelle, mélange puissant de chien-loup et de doberman, on voit quelque chose qui ressemble vaguement à un singe. En tous les cas, il ne s'agit pas d'un chien.

Mais les gamins agressifs n'en sauront pas plus ce jour-là. La meute tout entière décide de s'enfoncer dans l'épaisseur de la forêt. Aucun des petits moujiks n'a le courage de les poursuivre. En terrain plat, à portée de vue des villageois, les enfants se sentent un peu en sécurité. Dans la profondeur de la forêt, ce sont les chiens qui auraient facilement le dessus. Ils seraient capables d'entourer un des petits imprudents et de le dévorer tout cru...

Une semaine plus tard. Irina Vedrechkova, une brave mère de famille, sort de bon matin pour aller chercher un peu de ravitaillement dans la ferme de sa sœur, à quelque distance du village. Soudain Irina s'arrête net :

— Qu'est-ce que c'est que ça ?

« Ça », c'est une créature chevelue, nue, grise, couleur de boue. Une créature qui se déplace à toute vitesse sur ses quatre pattes. Quatre pattes ou bien deux pieds et deux mains. Irina n'y voit pas suffisamment clair. Elle se demande si les monstres des légendes russes n'existent pas réellement dans le cœur de la forêt.

Dès qu'elle rentre, son panier plein de raves et de lait, elle se précipite au bureau politique du village pour y conter son étrange vision.

— Une créature qui marche et je dirais même qui « court » à quatre pattes. Mais je n'ai pu m'approcher car la meute des chiens sauvages du bois l'entourait !

— Camarade, tu es une femme sensée et d'une sobriété exemplaire. Nous n'avons aucune raison de mettre en doute ce que tu dis avoir vu. Nous allons essayer de mettre la main sur la créature que tu as aperçue. Est-ce un animal ou un être humain ? Il faut le savoir.

Après une réunion spéciale du comité du Parti, les responsables du village décident de tendre un piège : il s'agit d'attirer la meute et son « chien » étrange dans une sorte de nasse et de filets tendus. Dans un premier temps quelques quartiers de viande réussissent à faire venir les chiens, mais au moment d'attraper les bêtes, les volontaires qui se sont offerts pour cette besogne renoncent. Les chiens possèdent tous des crocs bien blancs et bien pointus. Leur colère est si évidente qu'il n'est d'autre solution que de les laisser filer. Au milieu de la meute, toujours flanquée de la chienne puissante, la créature poilue et grise suit le train. Tout le monde remarque que la créature, contrairement aux autres, ne possède pas de queue.

Au bureau du comité on décide qu'il faut réussir cette capture. Quelqu'un suggère :

— Et si on se servait de la cabane où l'on remise la pompe à incendie ?

Le plan est simple. Dès le lendemain soir la meute des chiens sauvages sort de l'ombre du bois. C'est logique car, pour le flair des animaux, une forte odeur de viande fraîche est un appât irrésistible. La meute, prudente, s'approche de la cabane des pompiers. Comme par hasard la porte est entrouverte. La grosse chienne s'approche la première et flaire avec précaution l'entrée du petit bâtiment de bois. Puis elle se décide à y pénétrer : la tentation de la viande fraîche est trop forte. Juste derrière elle, la « chose » inconnue se glisse, puis les autres chiens suivent. De toute évidence, tous respectent une hiérarchie dans laquelle la grande chienne est le chef de la meute, et la créature grise et chevelue bénéficie de la protection de la grande chienne pour avoir accès à la meilleure part.

À peine le dernier chien de la meute est-il entré que la porte se referme sur la meute tout entière. Un policier vient de la faire claquer d'un vigoureux coup de botte.

Mais aucun villageois n'est entré dans la cabane. Par les fenêtres crasseuses tous jettent un coup d'œil prudent. Ils sont armés de fourches ou de gourdins. À l'intérieur, la créature s'est ruée sur la porte et tente de forcer cette barrière. L'animal (mais est-ce un animal ?) se dresse sur ses pieds et martèle le panneau de bois de ses poings.

— C'est un enfant ! Il se tient debout !

L'enfant chevelu et couvert de boue essaie de mordre la poignée de métal et la serrure. Au bout d'un moment, épuisé et haletant, il se calme. On entrouvre la porte et on se trouve face à face avec la créature, aux yeux hagards. Que lit-on dans ces yeux ? De la haine ? Sûrement pas. De la terreur plutôt. Une terreur animale qui n'a rien d'humain. Bizarrement les chiens sauvages, eux, sont tous assis sagement sur leurs arrière-trains. Certains continuent de dévorer à belles dents le morceau de mouton qui les a piégés. Mais aucun n'essaie d'attaquer les humains du dehors. Leur instinct leur fait comprendre qu'entre l'homme et le chien l'homme est le maître incontesté. Alors ils attendent le résultat de la confrontation entre l'enfant sauvage et ses congénères villageois.

Deux policiers décidés à faire parler d'eux veulent prendre cet enfant inhabituel. Mais, de toute évidence, ce petit homme a séjourné trop longtemps parmi les chiens de la forêt. Il se met à montrer les dents tout comme ses compagnons et à gronder d'une manière que ne désavouerait aucun loup de Sibérie.

Cependant ni l'agressivité ni la détermination animale du jeune garçon ne peuvent rien contre l'astuce de l'homme organisé. L'enfant se retrouve séparé de la meute. Les chiens en profitent pour se faufiler hors de la cabane des pompiers et ils regagnent les profondeurs de la forêt. Longtemps, cette nuit-là, on les entend hurler à la mort comme pour envoyer un dernier adieu à leur compagnon de quelques mois.

L'enfant se retrouve à l'orphelinat du village. Il a beau se débattre, on coupe ses longs cheveux. On l'entrave pour couper les griffes qui, à ses mains et à ses pieds, ont remplacé les ongles. On le nourrit. Au début il flaire avec dégoût la bouillie d'orge chaude et seuls les morceaux de viande semblent l'intéresser.

La foule se presse pour le voir quand il est en promenade dans le jardin de l'orphelinat. Il est solidement entravé car, les premiers jours, il a tenté de sauter par-dessus les grilles de fer qui datent de la Russie tsariste. Mais les chiens, même sauvages, ne lui ont pas appris à franchir de telles hauteurs. Alors il retombe lourdement au sol sans avoir pu franchir les pointes dorées qui le coupent du monde, de son monde, sauvage et forestier.

Au bout de quelques semaines, l'enfant commence à parler. Bien qu'on estime qu'il ait 8 ans, son langage ne dépasse pas le vocabulaire d'un enfant de 4 ans. Normal ! Quand un mot lui manque, bizarrement, il compense avec un aboiement que, fatalement, personne ne comprend.

Mais il fait des progrès rapides et, petit à petit, il parvient à communiquer et à raconter son histoire qu'une psychologue note soigneusement. On voudrait bien savoir comment il se nomme, ou au moins son prénom. Divers essais se révèlent infructueux, jusqu'au jour où il entend qu'on appelle quelqu'un dans un couloir tout proche :

— Vania !

L'« enfant chien », puisqu'on le nomme ainsi faute de mieux, réagit brusquement :

— Oui ! Vania ! Vania ! Moi, Vania !

C'est un premier soulagement : l'enfant chien se prénomme Vania. On va pouvoir peut-être commencer une enquête.

Il faudra des mois pour en savoir plus. Au bout

d'un an on a reconstitué l'histoire de Vania. Celui d'un petit garçon de 6 ans qui vivait seul avec son père depuis que sa mère était morte dans un accident de la circulation : la malheureuse avait été renversée par un chauffard ivre mort qui avait d'ailleurs pris la fuite en zigzaguant à bord de son véhicule sans que personne ait pu noter son numéro d'immatriculation. Une grosse femme est alors venue s'installer chez son père, un boucher alcoolique.

— Nous avons découvert que son père était boucher simplement au cours de promenades en ville. Dès qu'il voyait un boucher dans son costume professionnel Vania était pris de panique ! La physionomie des bouchers ne comptait pas. Pas plus que leur attitude. Seuls le costume, la coiffure et les instruments le terrifiaient.

La grosse dame a fini par quitter le père boucher. On a compris qu'elle était à la fois grosse et maternelle parce que Vania allait d'instinct vers les femmes à forte corpulence. L'alcoolisme du père est devenu évident car Vania ne supportait pas que quelqu'un, même animé des meilleures intentions du monde, s'approche de lui dès que son haleine sentait un peu la vodka.

De détails significatifs, d'élans en refus, de terreurs inexplicables en replis sur lui-même, à l'aide de son petit vocabulaire d'enfant sans éducation ni amour, on finit par comprendre les détails de son drame : le père, alcoolique, ne trouve souvent aucun autre moyen de communiquer avec Vania que par des coups de ceinturon appliqués sur son dos maigre. L'état de malnutrition où se trouve Vania indique que les privations n'ont pas commencé quand il a vécu avec les chiens. Ses carences datent de la prime enfance. Pour Vania la nourriture comportait très peu de calories et de protéines. Et les calories étaient sans doute constituées essentiellement par de l'alcool de grain ou de pomme de terre.

Vania, du haut de ses 6 ans anémiés et martyrisés, a pris petit à petit l'habitude de chercher des compléments alimentaires dans les pauvres poubelles de la ville.

De recherches administratives en dossiers incomplets, l'administration soviétique finit par fournir un élément : Vania, qui se nomme Bakouneff, aurait été placé deux ans auparavant par un père incapable de le supporter plus longtemps dans un foyer pour orphelins. Mais il se serait échappé et serait allé rejoindre les cinquante mille enfants sans foyer qui traînent dans les rues de Moscou et des autres villes soviétiques, se nourrissant de bribes de nourriture disputées aux rats, logeant dans des caves abandonnées.

La saleté de Vania et son jeune âge lui ont sans doute évité de se trouver en butte à des propositions malhonnêtes qui l'auraient conduit à la prostitution.

On pense que c'est au cours de luttes farouches entre enfants et chiens pour de la nourriture issue des poubelles d'un hôtel que Vania serait tombé nez à nez avec une grosse chienne qui aurait perdu, sans doute, un chiot. Une sorte de coup de foudre entre humain et animal.

La chienne est le chef d'une meute hétéroclite. Et c'est sans doute elle qui invite, à sa manière, l'enfant à les suivre. Les autres chiens n'ont pas voix au chapitre. Ou peut-être sont-ils compatissants envers ce petit d'homme qui est bien incapable de leur faire aucun mal.

D'autres témoignages, d'autres rapports viennent compléter le tableau : Vania s'habitue petit à petit à la chaleur animale du groupe. Il suit sa « mère adoptive » jusqu'à une décharge publique où la meute a élu domicile. À la belle saison il n'a sans doute pas d'autre choix que de s'habituer à la compagnie permanente des puces. Il a attrapé la gale, mais personne ne sait depuis quand. Un badigeonnage complet vient à bout du parasite auquel Vania ne semblait plus sensible.

Vania donne d'autres détails sur sa vie de « chien » :

— La nuit, les chiens se couchaient sur moi pour me tenir chaud. Maman chien me donnait des os à ronger et quand elle trouvait de la viande elle m'en apportait toujours un morceau.

En entendant cela, le personnel hospitalier, pourtant habitué à en entendre des vertes et des pas mûres, frissonne de dégoût : la viande sortie des poubelles, avariée, puante, grouillante de vers... Le bon cœur de « maman chien » leur donne la nausée. Et l'hiver ? Eh bien, Vania passe deux hivers sous sa couverture de chiens vivants ! Il faut dire que l'hiver 1996, dans la région de Moscou, a atteint des records de froid sidérants : moins 30°. Cet hiver-là, la neige tombait si dru qu'elle a atteint le premier étage des tristes immeubles du village. Comment un enfant nu a-t-il pu survivre ?

Vania emmène ses accompagnateurs jusqu'à un immeuble qui, pour des raisons inconnues, n'a jamais été terminé. Une porte en fer rouillée donne accès au sous-sol. Dans les couloirs obscurs et déserts de la cave, des restes de nourriture, des os à demi rongés dénoncent la présence récente de la meute qui a servi de famille à l'enfant.

On fait une contre-enquête et on finit par découvrir le père de Vania. Entre deux bouteilles de vodka le géniteur semble peu intéressé par le destin de son rejeton. D'une voix pâteuse il parvient à réveiller dans sa mémoire le souvenir d'un enfant qui devait être coupable de tous les défauts :

— Comme sa putain de mère ! La garce ! Foutu

le camp. Que le diable l'emporte ! Vania ? Ah oui, il me semble bien que c'était Vania ! Petite vache. Je l'ai dressé à coups de ceinturon. Lui apprendre à vivre. Respect à son père qui le nourrissait ! Aucune reconnaissance !

Le père de Vania semble lui aussi ressortir d'un établissement hospitalier. L'asile psychiatrique en particulier. Mais tant qu'il n'a commis aucun crime ni aucun désordre important, tout ce qu'on peut lui administrer, c'est une nuit en cellule de « dégrisement » au commissariat de police. Avec les soins attentifs que l'on suppose de la part de policiers mal payés, nerveux et surchargés de travail. Les nuits de « dégrisement » laissent en général des marques sur le corps et sur le visage...

Le père de Vania, Sacha, avoue qu'il a un moment suivi de loin le destin de son fils, même dans les débuts de sa vie de « chien ». Il ne s'est pas trop étonné de le voir traîner à quatre pattes. À l'époque, Vania avait encore sur le dos des vêtements plus ou moins déchirés. Lors de l'hiver terrible 1996 Sacha ne s'est pas trop inquiété de la disparition de Vania du paysage urbain :

— J'ai pensé que la police l'avait collé dans un orphelinat, et que c'était un bon débarras ! Ou bien qu'une famille plus à l'aise que moi l'avait recueilli. Ou qu'il s'était réfugié auprès des popes. Ou bien qu'il avait été bouffé par les chiens. Ça arrive tous les jours !

Moyennant une rasade de vodka, Sacha accepte de continuer le récit de ses problèmes de père :

— Un jour j'ai vu arriver la meute des chiens. Mais Vania n'était plus là. J'ai pensé qu'ils avaient dû le bouffer. J'en ai parlé à quelqu'un qui m'a traité de salaud et de père indigne et qui m'a menacé de me dénoncer à la police. Il gueulait que j'avais peut-être tué Vania et que je l'avais découpé moi-même pour vendre la viande. Vous vous rendez compte ?

Sacha se met à pleurer devant ce soupçon indigne. En fait cette vie de spartiate a donné à Vania une résistance inhabituelle pour un enfant de son âge. Et des défenses immunitaires qui vont faire de lui un vrai costaud. Quant à sa forme physique, il possède des facultés de vitesse, de résistance qui ne peuvent qu'aller en s'améliorant avec un régime diététique approprié. Un des infirmiers qui a le sport chevillé au corps suggère :

— Il faudrait voir dans quel sport il est le plus performant. Qui sait, ce sera peut-être un des futurs représentants de la Russie aux Jeux olympiques, dans quinze ou vingt ans ?

Pour l'instant Vania, enfin un peu heureux, continue à grogner quand, lors d'une promenade en ville, il croise un adulte. Quand il voit des chiens il jappe et les chiens lui répondent. Que se disent-ils ? Mystère.

MASSACRE POUR UN OISEAU VOLEUR

Cette histoire nous ramène quatre cents ans en arrière. Et dans une contrée alors sauvage. Aux abords de la forêt amazonienne, un nandou couve l'œuf que sa femelle vient de pondre. De cette scène banale vont découler des événements qui vont bouleverser tout un continent pendant cent cinquante ans. Pour l'instant nous sommes aux environs de l'an 1600 et le nandou couve. Les nandous sont les cousins américains des autruches. Ils sont ornés de plumes noires ou brunâtres. Du haut de leur

1,70 mètre ils surveillent l'horizon des pampas pratiquement inhabitées que de nouveaux hommes troublent depuis peu. Les hommes de fer et de feu qui animent cette aventure sont les successeurs des conquistadores. Il y a longtemps que les Espagnols ont mis le pied sur le Nouveau Monde. Depuis déjà soixante-dix ans les Européens, tout d'abord menés par Sébastien Cabot, explorent avec avidité ces contrées et ces pampas au cœur de l'Amérique du Sud.

Nous sommes aux abords de la forêt amazonienne, dans de vastes étendues qui ne se nomment pas encore le Paraguay. Un nandou couve, et des hommes se frayent un passage parmi les hautes herbes et la forêt. À partir de ce non-événement, les faits historiques les plus surprenants, les plus dramatiques, une tragédie et même un génocide vont se succéder durant plus de cent cinquante ans. Le nandou couve mais bientôt le soleil au zénith va l'inciter à une petite pause. La tragédie commence.

Quelques années auparavant les Jésuites, hommes en soutanes noires, membres d'un ordre fondé par saint Ignace de Loyola, furent les premiers conquérants d'une province nommée « Paraguay », énorme région qui inclut l'Argentine actuelle, le Chili, l'Uruguay et le sud du Brésil. De quoi galoper à l'aise si le cheval était un animal un peu plus répandu qu'il ne l'est alors. Pour l'instant le nandou couve et nous sommes au cœur de ces régions riches et sans défense, près du rio Tebicuary. Régions encore sauvages où l'on rencontre en même temps des bandes armées et sans scrupule tout aussi bien que des lieux de prière. La même dévotion à saint Ignace de Loyola anime sincèrement deux groupes d'assassins catholiques apostoliques et romains. Au milieu du fracas des combats à l'épée, on trouve un oratoire, petit, fragile, une construction légère en pisé, recouverte de tuiles. Une petite porte de bois grossièrement ornée en marque l'entrée. À l'intérieur, quelques chandeliers de métal supportent quelques cierges qui sont parfois allumés. Pour marquer la dévotion au saint de l'endroit : saint Ignace lui-même.

Sa statue a été sculptée dans une défense d'ivoire africain et transportée jusqu'ici à bord d'un de ces galions qui amènent en Amérique des hommes ambitieux et remportent vers l'Espagne de Philippe III des monceaux d'or, d'objets de culte précolombiens, de pierres précieuses, de lingots d'argent.

Aujourd'hui, comme chaque jour dans l'Amérique du Sud en pleine conquête, des hommes revêtus d'armures et coiffés de casques disparates se battent. À une distance respectueuse de grands oiseaux les observent : les nandous. Les oiseaux fixent de leurs gros yeux ronds et noirs les cuirasses métalliques qui brillent au soleil. Le fracas des épées ne les inquiète pas. Sans doute savent-ils qu'en cas de danger leur aptitude à la vitesse les mettrait rapidement hors de portée.

Les Espagnols, entre deux coups de rapière, ont peut-être aperçu les grands nandous mais leur présence les laisse indifférents, car si les premiers conquistadores ont capturé les grands oiseaux pour les faire rôtir, ils y ont vite renoncé : les grosses volailles sont immangeables. Leurs œufs, à la rigueur. Donc les Espagnols ferraillent à qui mieux mieux et les nandous les regardent. Les nandous regardent avec d'autant plus d'intérêt qu'ils sont fascinés par les éclairs que le soleil arrache aux casques, aux poignards et à tout cet attirail métallique : les nandous adorent tout ce qui brille !

Un des chefs espagnols hurle un ordre :

— À l'oratoire de saint Ignace !

Aussitôt sa troupe se replie vers la petite bâtisse,

en aussi bon ordre que possible. Les adversaires ont très bien entendu et compris puisqu'eux aussi sont castillans. De l'intérêt des guerres fratricides... Ils essayent de leur côté de déborder l'ennemi pour être les premiers à encercler l'oratoire.

Mais le chef, Don Ramon de la Serra, qui a eu le premier l'idée, se retrouve solidement installé avec ses hommes autour du petit édifice. Quelques cadavres jonchent l'herbe de la pampa. Don Ramon s'adresse à ses adversaires et annonce :

— Dorénavant, messieurs, si vous voulez faire vos dévotions à notre grand saint, vous ne pourrez vous approcher de la statue bénie qu'après m'avoir payé un tribut de cinq pistoles !

— Cinq pistoles ! Pour prier saint Ignace ! C'est impie ! Nous te ferons excommunier et ta vieille carcasse ira rôtir en enfer dès que nous aurons pu t'embrocher !

— Cinq pistoles ou pas de dévotion !

— Que les os de ton grand-père servent de baguettes pour frapper le tambour fait avec le ventre de ta mère !

Comme on le voit, on ne plaisante pas avec la religion ni avec la famille en ce début du XVIIᵉ siècle... Ceux qui n'ont pas réussi à entourer l'oratoire se sentent poussés à bout. La bataille reprend de plus belle : les uns avancent, les autres reculent. Mais personne ne l'emporte. Alors, comme le soleil est au zénith, il fait un peu trop chaud pour continuer à frapper d'estoc et de taille. Chaque clan campe sur ses positions et certains se mettent en quête d'ombre pour se rafraîchir. La torpeur saisit les combattants et les sentinelles elles-mêmes se mettent à somnoler un peu.

Le nandou couve toujours son œuf. D'autres oiseaux, non loin de là, font entendre leur cri ou gobent quelques serpents après les avoir estourbis.

C'est le moment que choisit un grand nandou pour s'approcher à pas lents et silencieux du champ de bataille. Peut-être voit-il briller dans l'herbe quelque médaille qui attire sa convoitise. Le nandou approche et personne ne le remarque. Le nandou, avec sa petite tête au bout d'un long cou flexible, inspecte les environs. La porte de l'oratoire est ouverte et l'ombre fraîche incite l'oiseau à explorer l'inconnu. Un soldat voit le nandou qui entre :

— Miracle ! Regardez ! Même les nandous viennent faire leurs dévotions à saint Ignace !

Du coup les soldats des deux camps, sans changer de place, se jettent à genoux et entonnent, pour l'instant à l'unisson, un « Gloria ». Beau moment de ferveur et de communauté religieuse.

Le nandou ressort enfin de l'oratoire. On s'attend presque à voir une auréole luire au-dessus de sa tête de ratite... Don Ramon, qui tient l'oratoire, décide d'y entrer pour voir si saint Ignace n'a pas fait quelque miracle. Une fois que ses yeux se sont habitués à l'obscurité il pousse un cri :

— Madre de Dios !

Car la petite statue d'ivoire n'est plus là. Saint Ignace a disparu. Don Ramon pense que dans le feu du combat quelque soldat de l'autre parti s'est introduit dans l'oratoire et a emporté le saint. Mais alors pourquoi les autres continueraient-ils à combattre, s'ils sont maîtres du saint ?

— Le petit saint est parti !

Du coup les deux camps font spontanément la trêve pour venir constater l'incroyable. Un Espagnol plus instruit que les autres lance :

— Les nandous gobent tout ce qui brille. La statue d'ivoire devait briller un peu dans l'ombre et il l'aura avalée ! C'est certain !

— Ce nandou n'était qu'un envoyé du Diable.

C'est Lucifer qui l'a dépêché pour qu'il s'empare du petit saint qui nous porte chance !

Déjà les plus rapides des Espagnols se sont élancés sur la piste du gros oiseau mais celui-ci, par pur instinct, s'élance aussi dans les grandes herbes et les distance sans le moindre mal. Don Ramon et Don Gutierez, le chef de l'autre parti, se mettent d'accord pour s'organiser :

— Les nandous ont leur territoire et ils ne s'éloignent jamais beaucoup de celui-ci.

Un prêtre qui sait lire précise :

— Chez ces animaux ce sont les mâles qui couvent les œufs. Or nous sommes en pleine période de couvaison. Le nandou va revenir s'installer sur les œufs pondus par la femelle, cela est certain. Il ne s'en est éloigné qu'à cause de la chaleur de midi qui lui permettait de prendre un peu d'exercice !

Du coup on se divise en deux groupes ; l'un part vers l'est, l'autre vers l'ouest. Les soldats se sont munis de filets et il ne s'agit plus que de prendre en tenaille les familles nandous. Récupérer la statue de saint Ignace est bien plus important que de tuer quelques Indiens guaranis ou de violer quelques Indiennes impubères.

En définitive il faudra plusieurs heures au groupe pour arriver à ses fins. On encercle quelques nandous et, faute de pouvoir identifier le coupable du vol, on tue tous les mâles. Et on se met ensuite en devoir d'ouvrir toutes les dépouilles. Les mouches bourdonnent bientôt autour des entrailles sanglantes dans lesquelles les Espagnols, désespérés, plongent leurs mains pour retrouver leur « petit saint ». En vain.

Ce qu'ignorent les Espagnols, c'est que le nandou possède un estomac aux possibilités incroyables. Pour lui permettre de digérer toutes les nourritures qu'il peut avaler, le nandou est doté d'un organe digestif qui agit comme une broyeuse. Rien n'y résiste : ni fruit, ni caillou, ni... petit saint d'ivoire.

Les Espagnols cessent enfin de farfouiller parmi tous les estomacs ouverts et s'étonnent de ne pas y trouver la statue.

— Le nandou voleur nous aurait-il échappé par l'intervention de Lucifer ?

— Certes point. Nous l'avons vu se mêler au groupe de ses congénères et s'installer sur les œufs. Comme nous avons tué tous les mâles, il est forcément dans le lot. Si la statue de saint Ignace a disparu de son estomac, c'est un miracle. Un vrai miracle avéré !

Pour ces hommes sincères et féroces mais naïfs, tout ce qu'ils ne peuvent expliquer tient du miracle. Et que faire quand un miracle a lieu sur l'empire de Charles Quint, entre les mains de son petit-fils Philippe III d'Espagne, empire sur lequel, de l'Orient à l'Occident, « le soleil ne se couche jamais » ? Il faut en informer Sa Majesté. Nul doute que cette nouvelle ne vaille à ceux qui en ont été les témoins et pratiquement les acteurs quelques pensions, quelques titres de noblesse ou quelques récompenses.

Don Ramon, malgré l'opposition de Don Gutierez, décide qu'il lui revient d'informer leur maître tout-puissant. On cherche en hâte un parchemin, de l'encre, de la cire et une chandelle, et promptement la lettre très respectueuse est rédigée : « À Sa Majesté Philippe III en son palais royal de Madrid... » Le parchemin est séché à la poudre, scellé à la cire. La bague de Don Ramon sert de sceau et un messager est envoyé sur un des meilleurs chevaux pour remettre la missive importantissime au gouverneur qui, n'en doutons pas, la fera suivre jusqu'au maître de l'Empire.

Les nandous épargnés par les conquistadores se remettent à vivre leur vie d'oiseaux coureurs.

Il faut plusieurs semaines pour que le message parvienne enfin à Madrid. Ouvert par le secrétariat particulier de Sa Majesté très catholique, il est enfin présenté à celui qu'on considère comme le maître du monde civilisé. Mais Philippe III fronce les sourcils. Car Don Ramon, pour expliquer le « miracle de la statue de saint Ignace », s'est cru obligé de relater en détail les circonstances dans lesquelles le nandou s'est emparé de la statue.

Il a donc commencé par le combat entre les deux clans rivaux de conquistadores. Il n'a pu s'empêcher d'expliquer qu'il avait prévu de faire payer un tribut à chacun de ceux qui prétendraient vouloir faire leurs dévotions. Et puis il a dû raconter la trêve dans la chaleur, et l'intrusion du nandou, et la course de plusieurs heures pour rattraper l'animal voleur. Philippe III n'aime pas du tout ça :

— Que croit donc ce Don Ramon ? Il pense que je dépense mon bon or pour envoyer au-delà des mers des fainéants batailleurs et imbéciles ? Ils sont là-bas pour y découvrir des trésors, pour y installer des conquérants chrétiens et pour contribuer à l'enrichissement de la très sainte Espagne. Au lieu de cela, ils se mettent en tête de faire payer des tributs, ce qui est le privilège de mes collecteurs. Ils s'entre-tuent comme de vulgaires coupe-jarrets et perdent leur temps à courir derrière des oiseaux immangeables. Il faut mettre bon ordre à tout cela. Au lieu de perdre leur temps en bêtises superstitieuses, ils feraient mieux de réduire à la raison ces Indiens Guaranis qui nous causent tant de problèmes et provoquent tant de pertes humaines dans nos rangs ! Ces hommes indignes du nom d'hidalgos mériteraient la corde !

Parmi les courtisans rassemblés autour du

monarque un prêtre silencieux fronce les sourcils. Le révérend père Fernando est le plus attentif. Entre lui et le roi tout-puissant pas besoin de longs dialogues. Le révérend père Fernando est de la race de saint Ignace : un Jésuite élevé dans le sérail, et de surcroît fort intelligent. Si ce n'était pas le cas, les « hommes en noir » ne l'auraient pas désigné pour faire partie de l'entourage de Sa Majesté très catholique. Un regard de Philippe III lui suffit pour qu'il comprenne que le monarque désire l'entretenir en particulier dans un cabinet dont il connaît l'accès. Quelques heures plus tard l'entrevue a lieu. Ce qui se dit ne filtrera pas au-delà des murs tendus de cuir de Cordoue.

Mais très peu de temps après, Don Ramon et les conquérants espagnols de la province du Paraguay ont une surprise : au lieu des prébendes, récompenses et autres titres de noblesse qu'ils attendaient, ils voient arriver, par pleins galions, une nuée d'hommes noirs, de ces Jésuites que beaucoup haïssent.

Sur ordre impérial, les Jésuites ont reçu pour mission d'organiser à leur manière, qui est très efficace, tout le pays. Ils devront, à leur guise, construire des villages, évangéliser les Guaranis, leur enseigner l'agriculture et l'élevage. Et c'est ainsi que près de l'oratoire de saint Ignace, les Jésuites, pour commémorer à leur manière l'événement, établissent sans plus tarder la ville de San Ygnacio.

Les « bons pères » se soucient du sort réservé aux Indiens Guaranis qu'on a trouvés en arrivant. Ils créent des « réductions », territoires où les nouveaux colons, les conquistadores, sont interdits de séjour. Les Indiens, dociles et craintifs, sont pris sous l'aile protectrice des Jésuites. Sinon on sait le sort qui les attend : l'esclavage dans sa forme la plus brutale. À quoi bon épargner la main-d'œuvre humaine quand elle est si prolifique et gratuite ! Tout cela n'est pas très chrétien, au fond, de la part d'hommes qui ne peuvent tirer l'épée sans invoquer la Vierge Marie et qui vous assassinent au nom de Jésus et de la sainte Trinité.

— Qu'ils aillent porter ailleurs leur soif d'or, de pierres précieuses et de vastes domaines.

Mais saint Ignace, du haut du Paradis, ne surveille sans doute pas ses troupes d'assez près. Devant ces organisations indiennes prospères, les colons espagnols se sentent en infériorité et s'inquiètent :

— Si l'on n'y met pas bon ordre les Indiens vont nous dominer, nous, les Espagnols blancs. Nous deviendrons les esclaves de ces sauvages. L'ordre de Dieu veut que les choses soient organisées dans le sens inverse !

C'est pourquoi, quarante ans après la bataille autour de l'oratoire, des hommes décidés et bien armés vont surgir du Brésil tout proche. On les nomme, Dieu sait pourquoi, les « Mamelouks » et le gibier qu'ils chassent est simple : ils sont à la recherche d'esclaves. Les autorités de l'époque laissent faire car elles sont bien conscientes que seuls les esclaves indiens sont capables de fournir les efforts nécessaires aux grandes exploitations agricoles sans succomber aux maladies tropicales. Les « reducio-nes » des Guaranis, la république utopique régie par les bons pères jésuites, sont des insultes à un ordre établi où seul l'homme blanc a le pouvoir. Les Blancs se donnent toutes les bonnes raisons :

— D'ailleurs, si les Guaranis succombent, peu importe, ils sont assez nombreux !

Alors le massacre commence et trente « reducio-nes » sont réduites en cendres malgré les efforts des hommes en noir. Ceux-ci rassemblent comme ils peuvent leurs ouailles sur un territoire plus exigu. Ils ne peuvent malgré tout empêcher le massacre de cent mille Guaranis dont la religion chrétienne a fait des victimes sans défense, confiantes en la seule force de leur foi. Hommes, femmes et enfants sont taillés en pièces. En effet ces pauvres créatures n'ont pas d'armes. Les Jésuites, hommes pragmatiques, font tout pour leur en fournir. La guerre change alors de camp. Mais leurs ennemis les plus acharnés ne désarment pas. De marchandages en marchandages les « réductions » restantes vont disparaître ou résister jusqu'en 1756.

Tout cela parce qu'un nandou, aux environs de l'an 1600, a avalé une statuette d'ivoire...

LE POISON DE L'ARAIGNÉE

Nous sommes dans la ville du Cap, en Afrique du Sud, au mois de juin 1980. C'est la saison hivernale là-bas, donc le temps est agréable. Un taxi s'arrête devant l'Institut d'études agronomiques de la province du Cap. Une jeune femme à l'élégance discrète paye la course et se dirige vers l'entrée principale de l'Institut. Arrivée à l'accueil elle se présente :

— Je suis le professeur Myra Sohnberg de l'Université de Johannesburg. J'aimerais rencontrer les personnes qui travaillent sur les araignées venimeuses de la région.

L'hôtesse consulte son listing et annonce :

— Il s'agit des docteurs Babbing et Monroe. Mais aujourd'hui, seul le docteur Monroe est présent. Je vais lui faire part de votre arrivée.

Quelques instants plus tard, le docteur Monroe est tout heureux d'accueillir le professeur Sohnberg. Cela fait une petite distraction dans le train-train quotidien du laboratoire et du vivarium. D'autant plus que le professeur Sohnberg, malgré ses lunettes de soleil, est une fort jolie femme, aux formes appétissantes. Jolie ou pas, elle va directement au cœur du sujet :

— Je suis attachée au laboratoire de pharmacologie de l'Université de Johannesburg et je travaille actuellement sur la mise au point d'un antidote contre les piqûres de l'araignée bouton... *Lostrodetus indistinctus*, comme vous savez.

— Et que puis-je pour vous ?

— Comme le *Lostrodetus indistinctus* vit uniquement dans la région du Cap, je me suis demandé si vous en posséderiez quelques exemplaires vivants. Pour récupérer le venin. Faute de quoi nos recherches restent un peu théoriques.

— Mais absolument. Vous aimeriez nous en emprunter ?

— C'est cela même. Le temps de procéder aux prélèvements.

— Vous tombez bien, nous avons fait une récolte intéressante. Je pourrais vous confier deux femelles et un mâle. Pour quelques semaines. Cela vous convient-il ?

Le professeur Myra Sohnberg est d'accord. On remplit les bordereaux de formalités administratives, et la jolie spécialiste en contrepoison repart immédiatement pour Johannesburg, après avoir aimablement refusé de dîner avec le docteur Monroe. Elle emporte trois bestioles dont la piqûre est mortelle. Chacune est bien enfermée dans un emballage de sécurité. Quelques mois plus tard le docteur Monroe regrettera d'avoir consenti ce prêt d'araignées venimeuses à une jolie femme... Comment aurait-il pu connaître les détails d'une histoire qui a débuté six ans plus tôt ?

Nous sommes au mois de juin 1974 et dans la ferme des Warringer. Ce soir c'est la fête : une fête gigantesque à la mode sud-africaine. Tous les voisins, tous les amis, tous les parents sont là. Certains ont fait plusieurs centaines de kilomètres pour participer à l'événement. Sur le terrain d'atterrissage privé plusieurs pipers ont transporté des invités. Que fête-t-on ? Les 22 ans de la fille aînée des Warringer.

Clarissa est une belle brune, mince, élégante. Elle est heureuse car, dans quelque temps, elle espère bien une autre fête : ses fiançailles. Pour l'instant, ce n'est qu'un projet. Mais Clarissa et le bel Emil Duhamel enchaînent toutes les danses, des plus endiablées aux plus langoureuses. Emil est tout juste sorti de l'école d'agriculture de Durban avec un diplôme d'ingénieur.

Emil est beau, sportif, diplômé, mais peu argenté. Il faudrait qu'il trouve une héritière bien dotée, et si possible propriétaire de quelques centaines d'hectares... C'est justement le cas de Clarissa dont les parents sont vraiment à l'aise.

— Ça ne va pas, Tessa ? Tu en fais une tête, ma chérie ! Tu as l'air contrariée.

— Mais non, maman, ce n'est rien. J'ai un peu le blues. C'est normal : je me demande si moi aussi je serai un jour à la place de Clarissa...

— Tu as toujours un peu jalousé ta sœur, mais là tu exagères, tu ne crois pas, ma chère tête folle ?

Ce que la « tête folle » ne dit pas, c'est qu'elle est folle... de jalousie. Dès qu'elle a aperçu le bel Emil, elle a conçu pour lui la passion la plus ravageuse. L'aime-t-elle vraiment ? Elle ne le connaît pas suffisamment. Veut-elle simplement s'approprier le nouveau jouet de sa sœur comme elle le faisait si souvent quand elles étaient gamines ? Plus vraisemblablement. Pour l'instant Clarissa et Emil semblent flotter sur un nuage, Tessa ronge son frein... En attendant mieux.

C'est au cours de cette même soirée qu'un élément nouveau entre en jeu : Philip Duhamel, le plus jeune frère d'Emil. Philip est blond, un peu maigrelet. Comme son frère il poursuit des études d'ingénieur agronome. Les deux frères se ressemblent un peu. Comme Clarissa et Tessa. Alors Tessa se laisse inviter à danser par Philip. Tout de suite elle réalise qu'elle lui plaît sans qu'il ose trop le montrer. Après tout, pourquoi pas, faute de grives on mange des merles... Philip pourrait faire un « lot de consolation » acceptable. En attendant mieux.

Histoire de vérifier si Philip, l'ersatz d'Emil, vaut le déplacement, Tessa lui laisse comprendre qu'il pourrait venir passer un moment dans sa chambre de jeune fille. Philip accepte. Il aurait dû savoir que les filles qui se donnent trop vite sont dangereuses...

C'est ainsi que Tessa, qui n'en est pas à sa première expérience sexuelle, se donne à Philip. Un Philip qui n'arrive pas à croire à sa chance. Lui, le maigrichon, il aurait séduit la jolie Tessa ! Mais alors que tous deux remettent de l'ordre dans leur tenue, Tessa lui lance, entre ses dents :

— Va-t'en, tu me dégoûtes !

Mauvais présage. Pourtant, dans les mois qui suivent, les choses se calment et huit mois plus tard Peter et Anna Warringer convient à nouveau le ban et l'arrière-ban de leurs parents, amis et relations pour fêter un double mariage : Clarissa et Emil unissent leurs destins ; Tessa unit sa vie à celle de Philip. Double mariage, double bonheur. Mais la soirée sera un peu surprenante. Pour Emil.

Au moment où il s'isole un peu sur la terrasse de la ferme, histoire de réfléchir et de fumer une cigarette, une silhouette surgit entre les bougainvillées : c'est Tessa en robe de mariée. Elle glisse son bras sous celui de son tout nouveau beau-frère et murmure :

— Eh bien, à présent, nous voici parents, à la vie à la mort !

— Eh oui ! Tous mes vœux de bonheur pour toi et Philip.

— Et si nous nous souhaitions de belles années de bonheur à toi et à moi ?

— Euh ! évidemment : allez, on s'embrasse !

Tessa lève son visage vers celui d'Emil mais, au moment où celui-ci s'apprête à lui appliquer un gros baiser sur la joue, Tessa lui saisit le menton et le baiser affectueux se transforme en baiser passionné, lèvres entrouvertes et langue indiscrète. Emil devrait avoir un haut-le-cœur mais, surpris et ravi, il se laisse aller à ce moment de volupté. Tessa pousse ses avantages :

— Emil, il faut que je te le dise : c'est toi que j'aime, c'est toi que je voulais épouser, c'est toi que je veux pour amant.

Emil respire à grands coups. Il devrait s'indigner, s'inquiéter du sort de Philip, cocu avant même sa nuit de noces, mais il ne dit rien et cherche à nouveau les lèvres de Tessa. Quand leur étreinte se desserre Tessa lui dit, à voix basse :

— Rejoins-moi demain soir, à seize heures. Je t'attendrai près du petit bois de la plage de Kakena Road. Nous pourrons...

Inutile de continuer, Emil sait ce que Tessa a en tête. Le lendemain Tessa, à l'endroit dit, attend à bord de sa Chrysler. Elle est nerveuse. Emil viendra-t-il ? Et s'il avait réfléchi, et s'il allait tout raconter à Clarissa, à Philip ? Tessa nierait farouchement. Après tout, il n'y a pas eu de témoins de leur baiser torride.

Mais soudain Tessa sent son cœur qui s'emballe. La jeep d'Emil vient d'apparaître au tournant de la route. Il se gare derrière la Chrysler de sa belle-sœur : en un instant il est installé à côté d'elle. Est-ce le temps, est-ce l'appel des sens, toujours est-il qu'Emil et Tessa, après avoir échangé quelques considérations sur la situation inattendue où ils se trouvent impliqués, décident que les mots sont de trop. Ils s'embrassent sans retenue. Les mains cherchent à libérer les corps de vêtements gênants et superflus. Peu importe la route toute proche et les voitures qui passent. Le soleil se couche et les deux époux infidèles se jettent dans une gymnastique érotique au mépris de toute prudence et de toute décence. C'est un automobiliste qui les saisit dans la lumière de ses phares et qui les ramène à la réalité par de vigoureux coups de klaxon...

Après un si beau début, Emil et Tessa s'installent dans une liaison adultère aussi régulière que discrète. Pourtant Clarissa, l'épouse trompée, n'a rien à se reprocher : elle répond parfaitement à ce que tout époux pouvait espérer : belle, sage, organisée, aimante, gaie. Philip Duhamel, de son côté, est moins bien loti. Tessa, qui sait parfaitement qu'elle l'a épousé par dépit, ne tarde pas à lui faire sentir qu'il n'est qu'un « prix de consolation ». Elle se refuse à lui avec d'autant plus d'énergie qu'elle est comblée par les performances d'Emil. Philip, perdu, perturbé, choisit la pire des consolations : il se laisse aller à boire pour oublier la « soupe à la grimace » qui l'accueille régulièrement chez lui. Tessa, dès lors, ajoute le dégoût au mépris. D'autres sentiments vont suivre, très logiquement. Qu'elle confie à son beau-frère :

— Emil, nous ne pouvons pas continuer comme ça pendant des années. Nous avons le droit au bonheur. Qu'attendons-nous ? Que Clarissa et Philip meurent de vieillesse ? Mais cela prendra combien d'années ? Quel âge aurons-nous ? Il faut avoir le courage de reconnaître que nous nous sommes trompés de conjoint. Partons ensemble, nous pourrons refaire notre vie en Angleterre... ou en Australie, dans n'importe quel pays anglophone. Tu es ingénieur agronome, on en demande partout dans le monde.

— Mais, ma chérie, ce n'est pas possible. Sans Clarissa je ne possède rien. Notre ferme a été achetée avec sa dot. Et puis... il y a un élément nouveau. Clarissa est enceinte. Impossible de la quitter maintenant !

Tessa sent le froid de la mort lui glacer les veines. Clarissa est enceinte ! Quelle horreur ! Car cet enfant, garçon ou fille, c'est elle, Tessa, qui devrait l'attendre. Et pas de Philip, non, d'Emil, son fougueux amant qu'elle adore plus que sa vie...

Après ce choc, Tessa n'en peut plus d'attendre un bonheur au grand jour. Elle passe de longues heures à lire des romans policiers. Sait-on jamais...

— Philip, mon chéri, ça fait longtemps que nous ne sommes pas allés dîner en ville. J'ai terriblement envie de me faire belle, de déguster de la bonne cuisine et... pourquoi pas, de boire un peu de champagne.

Philip ne comprend pas immédiatement ce que lui propose Tessa :

— Sortir, avec moi... en amoureux. Mais... ça fait combien de mois que... ?

— Oui, c'est vrai, ces derniers temps je ne me sentais pas très bien, mais ce soir j'ai besoin que nous fassions la fête... rien que nous deux. Si je réservais une table à « L'Auberge de Paris », qu'en dis-tu ?

Philip n'en dit que du bien. Serait-ce le renouveau de son couple ? Le soir même, Tessa et lui font leur entrée à « L'Auberge de Paris », haut lieu de la gastronomie de Bloemfontein. Tessa est somptueuse dans une robe de lamé argent. Le dîner est royal et le champagne arrose le tout. Après le dîner Tessa propose même un petit cognac français. Philip ne sait pas dire non. Tant et si bien qu'au moment de régler l'addition il a la bouche un peu pâteuse. Tessa s'inquiète :

— Philip, je crois que tu es un peu pompette. Je vais prendre le volant pour rentrer. N'est-ce pas, maître d'hôtel, que mon mari est trop gai pour conduire ?

Philip, vexé de cette intrusion d'un tiers dans sa vie conjugale, s'emporte un peu :

— Tessa, je suis ton mari et c'est moi qui vais conduire pour rentrer à la maison. Un point c'est tout.

Tessa fait un sourire navré au maître d'hôtel tandis qu'elle s'installe sur le siège du passager. Philip, avec un rictus buté, met la voiture en marche et démarre en faisant crisser les pneus.

Un peu plus tard dans la nuit, un automobiliste recueille Tessa en pleurs et couverte d'ecchymoses. Elle explique que Philip, vraiment trop ivre, a raté un virage. Elle n'a eu que le temps de sauter du véhicule avant qu'il ne s'écrase au fond du ravin où sa Ford a explosé. On déplore que son défunt époux ait si mal supporté le champagne et n'ait pas voulu suivre les conseils de son épouse désormais veuve.

Emil et Clarissa, devant ce malheur, recueillent Tessa pour lui permettre de faire son deuil. Tessa, très digne en vêtements noirs, essaie d'oublier. Le soir Clarissa, après de dures journées, boit une tisane et se couche de bonne heure. Elle a le sommeil d'autant plus lourd que Tessa, à son insu, lui prépare souvent une tisane un peu améliorée à l'aide d'un somnifère. Elle sait qu'elle dispose alors de trois bonnes heures devant elle pour profiter pleinement d'Emil et de sa peau bronzée. Du reste aussi. C'est presque le bonheur. Emil songe avec mélancolie à Philip, mort d'avoir trop bu, semble-t-il.

Les choses durent ainsi deux ans. Tessa repart chez elle pour vivre dignement dans la ferme que Philip et elle exploitaient avant « le malheur ». Les soirs où elle ne dîne pas chez sa sœur et son beau-frère, les soirs où Clarissa ne s'endort pas sous l'effet d'un somnifère, Tessa se lance dans des lectures scientifiques. Un jour elle découvre un ouvrage intitulé *Araignées venimeuses*. Ces horribles petites bêtes, avec leurs huit pattes, leurs poils et leurs yeux multicolores, la fascinent.

L'une d'elles en particulier l'intéresse : une certaine « araignée bouton », en latin *Lostrodetus indistinctus*. Cette araignée presque minuscule est dotée d'un talent particulier : celui de vous faire passer de vie à trépas en quelques heures, pour peu qu'elle ait le loisir de vous piquer. De plus, ce qui ne gâche rien, la mort est accompagnée d'horribles souffrances. Le seul problème, si l'on peut dire, c'est que *Lostrodetus indistinctus* vit dans un territoire relativement restreint. Et comme elle ne se trouve pas sous le pied d'un cheval, Tessa se demande comment se procurer cette petite boule de mort poilue.

C'est ainsi que, quelques semaines plus tard, Tessa déclare à Clarissa et Emil qu'elle éprouve le besoin de quelques jours de vacances solitaires pour profiter des superbes plages du Cap. Et pour « se reconstruire », pour « retrouver ses marques ». Elle s'en va...

C'est ainsi que, quarante-huit heures plus tard, le Pr Myra Sohnberg, maître de recherches à l'Université de Johannesburg, se présente devant l'Institut d'études agronomiques pour y discuter des mérites et des dangers du *Lostrodetus indistinctus*.

Quand Tessa regagne Bloemfontein, Clarissa la félicite de sa bonne mine. Emil, un peu plus tard, surenchérit de manière plus concrète. Ce soir-là Clarissa dit qu'elle va se coucher de bonne heure. Tessa dit :

— Chérie, je te prépare ta tisane et je la mets sur ta table de nuit.

Emil et Clarissa ont toujours fait chambre à part, c'est une très bonne chose.

Quand Clarissa, ayant bu sa tisane, se glisse entre ses draps bien frais, elle ne tarde pas à s'endormir. C'est pourtant sa voix qui interrompt les ébats fougueux d'Emil et Tessa sur le canapé du salon. Un cri d'angoisse qui leur fait dresser les cheveux sur la tête. Ils montent en hâte et trouvent Clarissa hagarde, en pleine panique. Impossible de comprendre ce qui lui arrive : elle parle de douleur à la cuisse, de morsure de quelque chose. On la transporte à l'hôpital : elle y meurt dans d'atroces souffrances une heure plus tard. Emil est effondré. Tessa semble l'être aussi.

Pourtant on cherche à connaître les causes de cette mort aussi terrible qu'inattendue. On découvre une grosse cloque sur la cuisse de Clarissa. On s'interroge ; les spécialistes avancent un nom : *Lostrodetus indistinctus*, une horrible petite araignée. Mais *Lostrodetus indistinctus* se révèle cantonnée à la province du Cap. Ceux qui la connaissent le mieux sont les chercheurs de l'Institut d'études agronomiques : en particulier les docteurs Monroe et Babbing. Monroe se remémore une visite charmante dans les dernières semaines : un certain professeur Myra Sohnberg de l'Université de Johannesburg. Il n'y a qu'à la contacter...

Mais l'Université de Johannesburg avoue tout

ignorer du professeur Sohnberg. À tout hasard, on montre à Monroe la photographie de Tessa. Pas de doute, c'est à elle qu'il a remis, bien à la légère, trois *Lostrodeti indistincti.*

Et cela justement à l'époque où Tessa prenait des vacances. Bizarre. La police de Bloemfontein, de fil en aiguille, interroge le personnel d'Emil et celui de Tessa. Un contremaître noir d'Emil déclare que son patron avait une liaison avec sa belle-sœur. Plus d'une fois, il les a surpris dans des attitudes sans équivoque. Une perquisition chez Tessa apporte un élément convaincant. On trouve chez elle un ouvrage très bien illustré sur le fameux *Lostrodetus indistinctus.* Inutile de chercher plus loin.

Au moment où la police vient arrêter Tessa, elle est sur le canapé du salon d'Emil. Tous deux sont très occupés mais elle comprend tout de suite. Elle pousse un cri et monte à l'étage. Une détonation retentit : Tessa s'est fait justice mais, auparavant, elle a eu le temps de griffonner un mot, ultime preuve de sa passion ravageuse : « Emil est innocent, il n'est au courant de rien. »

LE CORBEAU DU ROMAIN

Un jour, sur le bord d'une route frappée par le soleil brûlant, Valerius, soldat romain d'avant Jésus-Christ, remarque une masse de plumes noires qui se traîne. Déjà un centurion lui lance :

— Tiens, Valerius, voilà de quoi satisfaire ton cœur tendre.

La masse de plumes se révèle être un tout jeune corbeau. Il essaie de fuir à l'approche de l'homme en armes qui se penche sur lui. Le jeune oiseau, sans doute tombé entre les mâchoires d'un chien, a une aile cassée et une patte brisée. Valerius, indifférent au ridicule, recueille l'oisillon qui lui donne des coups de bec désespérés. Valerius trouve le geste qu'il faut : au lieu de caresser le petit corbeau, il l'installe confortablement dans son casque et continue sa marche, son casque au creux du bras. Quelqu'un lance :

— Tu vas pouvoir améliorer la soupe ce soir. Rien de meilleur que le bouillon de corbeau !

Un autre reprend :

— Que vas-tu faire de cette bestiole ? As-tu l'intention de lui apprendre à prédire l'avenir comme ils le font à Rome ?

Valerius ne répond pas. Quelque chose lui dit que ce petit oiseau blessé va changer son destin, mais il n'a encore aucune idée de l'ampleur de ce changement.

Marcus Valerius est un tribun militaire qui vit à Rome et appartient aux troupes de Furius Camilius Lucius. C'est un assez bel homme, comme on l'est à l'époque. Trapu, musclé, poilu, et d'un niveau intellectuel très moyen. Marcus Valerius ne se pose pas de grandes questions métaphysiques : il rend hommage aux dieux officiels de l'Empire romain, aux dieux lares qui protègent sa maison et à ses supérieurs hiérarchiques. Soldat de profession, il est prêt à donner sa vie pour Rome mais tente, autant que faire se peut, de se tenir éloigné des coups portés par les ennemis. Marcus Valerius a de bonnes chances d'atteindre un âge respectable pour l'époque, disons une quarantaine d'années au maximum. Mais Marcus Valerius prête à rire car il a une passion bien peu romaine : il aime tous les animaux de la création. Pour lui, la poule, le lapin, la souris et même le rat ou le serpent attirent sa sympathie. Ses amis centurions haussent les épaules ou font des mimiques qui indiquent qu'il doit avoir un grain. « Bah ! après tout, il est bien inoffensif. » Ses amis, pour voir la tête qu'il fera, lui apportent parfois des animaux blessés : une grue, un renard et même un chat rapporté d'Égypte.

Au bivouac Valerius se montre ingénieux pour apaiser la peur, la soif et la faim de son dernier protégé. Il remercie les dieux car l'oisillon est assez dégourdi pour se nourrir déjà de quelques bribes de viande et de poisson. Les corbeaux, tout le monde le sait, ne sont pas très regardants sur la qualité de leur repas. Pour eux pourriture rime avec nourriture, ce qui n'améliore pas l'image qu'on se fait d'eux. La patte blessée est remise en place et deux petits morceaux de bois font office d'attelles. Un peu d'argile tient lieu d'emplâtre.

Au bout de quelques semaines le corbeau tient à peu près debout seul. Son aile blessée l'empêche de voler. Elle pend lamentablement quand il se déplace sur le sol. Cependant tous les soldats constatent que l'oiseau ne s'éloigne guère de son bienfaiteur.

— Tu devrais lui apprendre à parler, à invoquer les dieux pour nous porter chance avant la bataille, histoire qu'ils nous soient favorables !

Désormais définitivement guéri, le corbeau de Valerius ne le quitte jamais. On se moque moins de lui.

Un jour — nous sommes en 360 avant Jésus-Christ —, une bataille se prépare contre les troupes gauloises. Les Gaulois combattent souvent entièrement nus et parfois peints en bleu, ce qui provoque une grande impression sur les soldats romains peu habitués à un tel débraillé provocateur. On sait que demain aura lieu un affrontement entre les Romains et des Gaulois qui attendent sur le haut des collines. Réunis autour de gigantesques feux de camp, ils s'apprêtent au combat en soufflant dans des cornes de bœuf et en rythmant leur attente par un furieux concert de tambours et d'épées entrechoquées. La légion romaine, sagement installée dans son camp retranché, semble parfaitement indifférente à tout ce raffut. Mais au fond chacun se demande si demain il n'aura pas, par hasard, franchi la frontière inconnue et rejoint le royaume de Pluton. Avec ces diables de barbares gaulois, on devra en découdre et plus d'un Romain finira là sa jeune vie.

C'est alors qu'un son de trompe parvient du poste de garde au nord du camp. Déjà une silhouette insolite pénètre au centre du cercle de lumière qui marque le milieu du village de toile retranché des Romains. Il s'agit d'un Gaulois. Un géant gaulois presque nu. Sa barbe blonde et ses yeux bleus, les tatouages qui marquent son visage sont autant d'éléments destinés à effrayer l'ennemi. Sa large poitrine est barrée par deux baudriers de cuir qui soutiennent deux épées courtes. Dans la main droite le géant blond porte une hache de bronze de taille impressionnante. Au bras gauche il brandit un large bouclier hexagonal de cuir clouté de bronze. Le Gaulois, sûr de lui, s'avance vers le centurion qui porte le casque le plus empanaché. Il salue en brandissant sa hache et prend la parole. Son latin est un peu hésitant et son accent est plus que rocailleux, mais entre mots et gestes éloquents, il se fait comprendre :

— Demain grande bataille. Frères gaulois ne craignent pas d'aller rejoindre les dieux. Vous, Romains, nombreux soldats morts. Très mauvais. Si vous voulez éviter massacre, je propose bataille, moi tout seul contre le plus courageux des Romains.

L'étonnement des Romains est complet. Étonnement et perplexité : un combat singulier au lieu d'une bataille. D'un côté l'économie en vies humaines serait importante. D'un autre côté un combat singulier contre un tel géant, une telle masse de muscles, demanderait un champion particulièrement athlétique. Ah, si la légion avait songé à s'adjoindre quelques-uns des gladiateurs professionnels qui soulèvent l'enthousiasme des foules romaines ! Un de ces barbares dont la vie compte aussi peu que celle d'un lion, d'un ours ou d'un taureau. Un Gaulois peut-être. Et même un des frères du géant moustachu aux longs cheveux couleur de lin...

Les centurions ricanent, mais devant la taille gigantesque du Gaulois, personne ne se propose pour relever le défi. En tant que tribun, c'est Valerius qui doit prendre la décision. Son regard parcourt le groupe des centurions. C'est parmi eux qu'il devra choisir le champion. Le chef du camp réfléchit. Inutile de songer à désigner un des soldats de la piétaille. Valerius se décide. Il lève la main droite en direction du Gaulois et annonce :

— J'accepte ta proposition. Viens demain affronter notre champion. Salut à toi, salut à tes frères, salut à tes dieux.

Le soir autour du feu de camp, on discute de la proposition : qui Valerius va-t-il désigner ? Va-t-il persuader quelqu'un de se porter volontaire ? Quelle gloire pour celui qui affrontera le géant gaulois en cas de victoire ! Un coup à défiler à Rome couronné de lauriers jusqu'au Capitole. Un coup à être porté aux honneurs suprêmes, à devenir un demi-dieu vivant... En cas de défaite le champion romain pourra simplement espérer un bûcher funéraire et une harangue posthume et hypocrite.

Tous ceux qui se sentent concernés par ce combat singulier ne dorment que d'un œil. Certains plaisantent toute la nuit. D'autres se donnent du courage en buvant quelques coupes de vin gaulois ou de bière. Des corbeaux tournent autour du camp, attirés par les restes de nourriture, les soldats examinent leur vol et essaient d'en tirer des oracles pour le lendemain :

— Les corbeaux ont tourné trois fois autour du camp !

— Mauvais signe, c'est la mort assurée pour le propriétaire ! Ici pas de propriétaire, c'est donc le chef qui est désigné.

— Qui dit que le chef du camp combattra demain ? Personne n'est encore désigné.

— Bande de crétins, de toutes les manières aucun Romain n'est propriétaire de ce champ ! Il appartient à quelque Gaulois : la mort est donc dans leur camp !

Allez savoir avec ces corbeaux gaulois et ce cadastre imprécis...

Au matin le géant gaulois se présente devant les enseignes romaines. Il arbore sa plus belle tenue : de longs pantalons de cuir, des peintures de guerre qui accentuent son côté effrayant. Cette fois il n'est plus seul : une dizaine de Gaulois, montés à cru sur des chevaux fougueux, le suivent à distance respectueuse. Une sorte de garde d'honneur trop peu nombreuse pour inquiéter la légion des Romains bien installés dans leurs défenses. Témoins prêts à témoigner, prêts à hurler leur joie en cas de victoire, prêts à recueillir la dépouille de leur champion en cas, bien improbable, de mort.

Le géant gaulois est au milieu du forum, au centre du camp romain. Il examine la légion romaine impeccablement alignée. Les centurions, face à lui, attendent eux aussi. Qui va affronter le Gaulois ?

Valerius, le crâne coiffé d'un casque brillant, fait un pas en avant. Il annonce :

— Je défie ce fier Gaulois en combat singulier. Que les dieux me soient favorables !

La légion tout entière pousse un cri d'admiration et répète, sans trop y croire :

— Gloire à toi, Valerius, que les dieux te donnent la victoire !

Sur le casque de Valerius un bouquet de plumes noires frémit dans la brise matinale.

Un lourd silence s'abat sur la légion romaine. Seuls les chevaux des centurions font entendre le bruit de leurs naseaux qui s'ébrouent tant la nervosité ambiante est intense. Valerius saisit son épée et s'avance d'un pas ferme vers le géant gaulois que ses peintures rendent vraiment effrayant. Valerius mesure au moins deux pieds de moins. Quelles sont ses chances ? Sa cuirasse, les protections qui couvrent ses avant-bras et ses mollets, son casque frémissant de plumes noires ?

Le combat s'engage et tout de suite on sent que le Gaulois va dominer la situation. Ses bras gigantesques lui permettent une allonge dangereuse. Malgré sa taille et son poids il se révèle d'une surprenante agilité. Ses pieds nus effleurent à peine le sable de l'aire de combat. Son épée gauloise fend l'air en sifflant et tout le monde s'attend à voir la tête encasquée de Valerius s'envoler loin de son buste. Les Romains s'enferment dans un silence pesant. Les Gaulois saluent chaque mouvement de l'épée de leur champion. Mais celui-ci, bien certain de sa victoire, ne veut pas expédier l'affaire en quelques secondes. Il prend plaisir à tournoyer autour de Valerius qui en est réduit à tourner sur lui-même comme une toupie. Le Gaulois, c'est évident, fait durer le plaisir comme un énorme chat face à une souris. De temps en temps il apostrophe Valerius mais personne ne comprend un mot de ce qu'il dit. Valerius, le front ruisselant de sueur, se garde bien de s'épuiser en répondant.

Les Romains poussent soudain un long gémissement. D'un coup d'épée fulgurant le géant gaulois vient de frapper l'épée de Valerius juste au-dessous de la garde et l'arme romaine vole dans les airs pour aller se planter dans le sable. Elle reste là un instant à osciller, hors de portée du tribun. Dans quelques instants l'épée gauloise va certainement s'enfoncer dans la poitrine de Valerius en transperçant la cuirasse dérisoire. Le Gaulois va-t-il laisser Valerius reprendre son épée ? Non, car d'un bond gigantesque il vient de se placer entre l'arme et le Romain. Valerius va-t-il tenter de s'échapper dans une fuite honteuse ? Quand on le connaît, on ne peut y songer. C'est donc la fin. Mais le Gaulois, dans un geste tout à fait inattendu, vient de lancer sa propre épée au loin. La lourde arme de bronze vient s'enfoncer dans le sable tout à côté de l'épée romaine. Le combat se rééquilibre donc, en apparence. D'un autre bond le géant blond rejoint Valerius. Ses grands bras musclés se referment sur le noble mais chétif Valerius et l'enserrent comme une terrible tenaille de chair vivante et dorée par le soleil. Les bras collés au buste, Valerius subit l'étreinte brutale. Il a le souffle coupé et ses poumons se vident d'un seul coup de tout l'air qu'ils contiennent. Valerius sent que sa tête éclate et pousse un dernier gémissement qui ressemble à un râle mortel. Sa tête casquée se jette en arrière tandis que ses yeux s'injectent de sang et semblent vouloir jaillir hors de leurs orbites. Les plumes noires du casque s'ébouriffent sous le choc du puissant Gaulois. On entend les os de Valerius qui craquent sous sa cuirasse de cuir. Valerius qui pousse un hurlement de douleur...

Les plumes noires qui couronnent le casque de Valerius semblent s'émouvoir de ce cri. Et soudain l'incroyable se produit. Le cimier du casque se détache et prend son vol.

— Regardez, c'est le corbeau de Valerius qui était perché sur le casque !

— Évidemment, il ne le quitte jamais, et il adore se percher sur le métal brillant ! D'ailleurs Valerius a supprimé les plumes de son cimier pour faire de la place à son corbeau !

Le plumet noir du casque s'est donc transformé soudain en corbeau bien vivant qui plane au-dessus du combat. Le corbeau de Valerius, après avoir quitté le casque de son maître, évolue à quelques pieds au-dessus des combattants, comme s'il cherchait une idée...

En attendant Valerius passe un mauvais quart d'heure. Le géant gaulois ricane en l'enserrant entre ses biceps surdimensionnés. Les yeux bleus du guerrier barbare luisent d'une lueur de triomphe. Encore un instant et Valerius, la colonne vertébrale brisée, ne sera plus qu'un pantin désarticulé et privé de vie. Triste fin de carrière...

Mais les dieux en ont décidé autrement. Le corbeau de Valerius pousse un « crok » strident, amorce une descente en piqué et se précipite sur le visage du Gaulois qu'il frappe aux yeux, au front, au nez. Le Gaulois reçoit le premier coup de bec sans trop y prêter attention. Une balafre rouge ensanglante immédiatement son front mais lui arrache à peine une grimace. Le corbeau de Valerius, d'un coup d'aile, s'éloigne des combattants. Valerius sent que l'étreinte du Gaulois s'est un peu relâchée et il en profite pour reprendre rapidement son souffle. Mais l'adversaire est de taille et il plie le tribun romain en arrière. Valerius parvient à dégager un de ses bras et s'arc-boute contre le visage du Gaulois. Les Romains se mettent à hurler leur espoir :

— Valerius ! Valerius ! La victoire te sourit !

Pour l'instant elle sourit encore un peu jaune. Valerius reste insensible à ces encouragements qu'il n'entend d'ailleurs pas tant l'effort qu'il fait pour rester en vie lui bloque les tympans. Mais le corbeau semble prendre ces encouragements pour lui et le voilà qui retombe comme une pierre sur le visage du Gaulois. Il change un peu de technique et, serres en avant, il s'accroche à la barbe du guerrier. Agrippé aux poils blond-roux, il se met à marteler le nez du géant. En quelques secondes le beau nez aquilin est transformé en masse sanglante. Le Gaulois marque le coup. Valerius, de son bras libre, tord le nez du Gaulois qui pousse un grognement d'énervement. Le corbeau reprend du large et fonce à nouveau sur le géant. Cette fois le bec de l'oiseau entre dans l'orbite du géant. Un des yeux bleus jaillit hors de l'orbite. Le champion des Gaulois relâche son étreinte dans un geste instinctif pour se protéger. Le corbeau essaie à présent d'arracher le deuxième œil. Mais sa tentative ne réussit pas et il se contente de laisser les traces sanglantes de ses serres sur la joue hâlée du guerrier. Valerius, libéré mais plié en deux par le manque d'air, a du mal à retrouver une attitude guerrière. Il prend son élan et fonce, tête baissée et casque en avant, dans l'estomac du Gaulois qui titube en tentant de se protéger d'une nouvelle attaque du corbeau.

Borgne et à moitié aveuglé par le sang qui lui dégouline du front, le champion gaulois se décide soudain à abandonner la partie. Laissant son épée sur le terrain du combat, il s'enfuit à toutes jambes et une dernière fois Romains et Gaulois peuvent admirer sa foulée prodigieuse bien qu'un peu titubante.

Pas de doute, Valerius reste maître du terrain. Le contrat est rempli, la bataille n'aura pas lieu. Déjà le groupe des Gaulois à cheval entoure le champion malheureux et l'aide à regagner le reste de la troupe sur la hauteur de la colline. Des sons de corne retentissent, on aperçoit les troupes gauloises qui plient bagage et éteignent les feux qui devaient célébrer la victoire de leur champion. Le camp romain, soulagé, retentit d'un long cri de victoire et de remerciement envers Valerius soutenu par les dieux. Quelqu'un crie :

— Corvus ! Corvus.

Le corbeau de Valerius semble comprendre que ce cri lui est destiné et, après un long vol en forme de tour de piste triomphal, il revient se percher sur la cime du casque de son maître chéri.

Les soldats votent immédiatement pour que Valerius conserve dorénavant le surnom de Corvus, le « corbeau ». Nul doute que cela soit un signe de chance car Valerius, six fois consul, six fois dictateur, six fois édile, six fois préteur, triomphera plus tard des Samnites au mont Gaurus, puis remportera des victoires sur les redoutables Étrusques. Il survivra bien sûr à son corbeau et mourra presque centenaire.

Pline racontera bien des années plus tard l'histoire d'un corbeau qui interpellait par son petit nom chaque passant, empereur inclus. Peut-être s'agissait-il du « corvus » de Valerius. Après tout, ses états de service auraient pu l'autoriser à une telle familiarité !

FUSILLE-T-ON LES CHEVAUX ?

1944. Les troupes alliées ont enfin débarqué sur la côte normande. Les Allemands résistent pied à pied par endroits. Dans d'autres secteurs ils refluent lamentablement vers leur pays déjà dévasté par les

bombardements. Est-ce une juste punition du ciel ?
On ne se pose pas la question. Ce qui importe, c'est
qu'ils nous « débarrassent le plancher », et le plus
vite possible. Mais pour arriver à ce résultat après
quatre longues années d'occupation, beaucoup de
braves garçons auront donné leur vie. Américains,
Anglais, Canadiens, Polonais et Français. Parmi eux,
le capitaine de La Horie, brillant cavalier issu de
Saint-Cyr, mort pour la France en novembre 1944.
Une rafale de mitrailleuse allemande lui ôte la vie.
Il tombe en arrière sur le siège de la jeep où il se
trouvait. Cette jeep, comme tous les véhicules de la
Division Leclerc, porte un nom. Certains de ces
noms sont argotiques, d'autres font allusion à des
amours plus ou moins légitimes. De La Horie a
donné à son véhicule le nom d'Iris XVI. Sans doute,
depuis le débarquement, quelques jolies filles avides
de liberté, de chocolat, de bas nylon et d'amour ont-
elles demandé :

— Ça veut dire quoi Iris XVI ? C'est une fleur ?
C'est un parfum ?

C'est Armand de Vasselot de Régné, un ancien de
l'École spéciale militaire de Saint-Cyr, qui nous
donne la réponse, étonnante et tragique.

À l'époque, juste avant la dernière guerre, l'École
militaire de Saint-Cyr est encore installée aux environs de Versailles, sur les lieux mêmes où Mme de
Maintenon, épouse secrète et morganatique de
Louis XIV, avait créé une école, la « Maison royale
de Saint-Louis » destinée à former de bonnes et
nobles épouses pour les officiers du Roi-Soleil.
Depuis la Révolution, les jeunes filles ont déménagé
et sont parties jouer *Esther* et *Athalie* dans d'autres
lieux. L'Empire les remplace par des fils de militaires se destinant à l'état de leurs pères. En 1936

les fringants officiers, qui se savent l'orgueil de la nation, viennent ici apprendre les rudiments de ce qui était indispensable pour gagner... la guerre de 14-18.

Tandis que l'Allemagne nazie prépare une invasion motorisée et colossale de la France, nos jeunes officiers apprennent la discipline et, essentiellement, l'art et la manière de monter superbement à cheval. Sans oublier l'arrogance inhérente à un corps d'élite parfaitement snob et fier de ses particules, de ses quartiers de noblesse et des plumes de casoar qui ornent les shakos de tous ces jeunes gens. Ils sont prêts à mourir pour la patrie. Mais ils n'envisagent de le faire qu'avec panache.

En 1936, l'escadron de l'École spéciale est commandé par un certain capitaine Philippe Marie de Hauteclocque, âgé de 34 ans et lui-même issu de Saint-Cyr. Cet officier originaire de la Somme est un peu « jugulaire, jugulaire » comme on dit, c'est-à-dire « à cheval sur le règlement ». Autrement dit, ce n'est pas le genre « copain ». Il le faut sans doute avec les trente futurs sous-lieutenants qui ont tendance à se considérer comme la crème de la cavalerie française.

Comme on est dans un lieu de tradition très « vieille France », les jeunes gens, tout en attendant leur heure de gloire, se contentent de saluer leurs instructeurs d'un « Monsieur » très louis-quatorzien. Les fantassins grincent des dents de jalousie.

— Messieurs, aujourd'hui vous allez commencer le dressage des cinq ans.

Les élèves ont des sourires qui affichent une satisfaction un peu prétentieuse. Les « cinq ans » vont voir à qui ils ont affaire. Les « cinq ans » sont des chevaux qui ont encore beaucoup de choses à apprendre, de gré ou de force, pour avoir l'honneur éventuel de galoper vers les lignes d'un ennemi qu'on imagine fatalement allemand. Dame, après 1870 et 14-18, les Germains ont bien démontré leur capacité à être notre « ennemi naturel »...

Si le débourrage des « cinq ans » s'avère concluant (et il se doit de l'être, scrogneugneu !), les jeunes équidés seront transformés en « chevaux d'armes ». Comment affecter chaque cheval à chaque élève officier ? Certainement pas par tirage au sort en mettant des noms dans un shako. Comme il se doit, l'ordre du classement d'entrée accorde la priorité aux meilleurs !

François d'Ussel, un des mieux classés, a donc le plaisir de choisir une jument anglo-arabe qui a fière allure. Il s'apprête à saisir la bride de la jument qui le regarde déjà avec une certaine tendresse quand le capitaine de Hauteclocque intervient de son ton le plus pète-sec :

— D'Ussel, vous prendrez plutôt celui-ci.

Inutile de protester ni de discuter car, comme chacun sait, la discipline est la force principale des armées. François d'Ussel considère l'animal qu'on lui a affecté : un certain Iris XVI, à la robe alezan brûlé un peu rouanné. Ce qui veut dire en français de « fantassin » : jaune rougeâtre mélangé de poils blancs et noirs. Les proportions du cheval en question sont loin d'être idéales : il faudrait le raccourcir de quelques centimètres. Le plus joli serait encore la queue longue et nerveuse. Comment un tel « bourrin » a-t-il pu atterrir dans ce qui devrait être un véritable « conservatoire » de l'art équestre ? Mystère. Il ne faut pas se poser davantage de questions : il faut claquer des talons sans s'emmêler les éperons : saluer et obéir...

Le grand moment de Saint-Cyr est, comme chacun ne le sait pas, le « Pékin de Bahut », gigantesque fête avec en principe reconstitutions historiques en costume des heures les plus glorieuses de l'École.

Ceux qui ont eu le plaisir d'y assister se souviennent avec émotion des élèves un genou à terre, le shako sous le bras, et des exhortations du directeur de l'École à devenir l'orgueil de la France militaire en toutes circonstances.

Les chevaux étant peu sensibles aux discours plus ou moins inspirés, on leur demande de faire la preuve de ce qu'ils ont pu apprendre au cours des mois de dressage. En particulier lors d'une séance qui a lieu sur les vertes pelouses de Satory. C'est là qu'on voit de quoi est capable chaque couple « bourrin-cavalier ». Rien de mieux qu'un petit saut d'obstacle pour en avoir une idée.

Tout cela se déroule selon un cérémonial bien rodé et très strict. Les sous-maîtres du Cadre noir de Saumur, parmi lesquels Philippe Marie de Hauteclocque, sont mobilisés pour la circonstance et chacun prend la direction d'un petit groupe spécialement harnaché et préparé pour la cérémonie. Les élèves doivent garder deux idées à l'esprit : ne pas tomber à terre, ce qui est dans les limites du possible, et ne pas dépasser le sous-maître, ce qui vous ferait voir d'un très mauvais œil.

Et voilà tout ce bel échantillon de la jeunesse française parti, à tour de rôle, pour un joli galop de 1 800 mètres. Les officiers instructeurs, dont certains portent encore le monocle comme à la Belle Époque, surveillent et prennent des notes. Indispensable d'avoir d'excellents cavaliers pour charger contre les Allemands si un autre conflit venait à se déclarer.

François d'Ussel, puisque c'est son destin, fait sa démonstration bien en selle sur son Iris XVI. Soudain les officiers lèvent un sourcil étonné : d'Ussel semble ne plus maîtriser sa monture. Le voilà qui dépasse le sous-maître. D'abord quelques mètres, puis des longueurs de plus en plus évidentes. Philippe Marie de Hauteclocque, laissé largement en arrière, n'apprécie pas du tout. Quand il franchit la ligne d'arrivée, il refoule son sentiment de vexation pour laisser le cavalier prendre le dessus !

— Nous allons en reparler bientôt...

« Bientôt » se situe une semaine plus tard. Branle-bas dans les fiers bâtiments de l'École : les élèves font résonner les beaux et nobles escaliers sous le fracas de leurs éperons et de leurs sabres qui traînent au sol avec nonchalance. Tout ce beau monde déménage pour un mois ; direction : le camp de Sissonne. On se rapproche de la frontière belge. Les saint-cyriens sont censés retrouver au quartier de cavalerie leurs « bourrins » qui ont été sellés et harnachés par les fidèles spahis marocains. Ensuite on voyagera par le train jusqu'au fin fond de l'Aisne. François d'Ussel est donc étonné de ne pas retrouver Iris XVI :

— Où est passé mon cheval ?

Le bidasse marocain à qui l'on pose cette intéressante question, malgré toute sa bonne volonté, ne connaît pas les raisons de cette disparition. Tout ce qu'il peut dire, c'est :

— Mon lieutenant, voici le cheval qui vous est affecté...

— Mais sur ordre de qui ?

— C'est le capitaine qui a pris votre cheval. Il a donné l'ordre que vous ayez celui-ci à la place.

Décidément Philippe Marie de Hauteclocque aurait-il une dent contre François d'Ussel ? Ou bien une « idylle équestre » serait-elle en train de naître entre lui et Iris XVI ?

D'ailleurs le voici justement, le fringant Philippe. Sur le dos d'Iris XVI. Cavalier et monture semblent bien s'entendre. Eh bien, non, patatras ! Iris XVI vient de faire un écart : ça arrive aux meilleures montures et M. de Hauteclocque se retrouve étalé sur les pavés ronds mais durs du porche qui mène à la rue.

Agacé du regard ricanant de ses pairs, M. de Hauteclocque veut faire bonne figure et se relever pour remonter en selle. Mais une grimace de douleur s'inscrit sur son visage qui blêmit. On se précipite pour l'aider mais les cavaliers n'ont pas besoin de l'avis d'un médecin pour comprendre : Philippe Marie s'est brisé le tibia.

— Ça a l'air sérieux, on dirait même que le tibia est cassé en deux endroits.

On emporte l'officier jusqu'à l'infirmerie. Pour lui il n'y aura pas d'entraînement au camp de Sissonne. Pour Iris XVI non plus. Quel étrange animal que cet alezan un peu rouanné !

Un an plus tard, Iris XVI est toujours dans les écuries de Saint-Cyr. Un nouveau cavalier expert le monte avec brio et lui fait faire des tours de manège. Les spécialistes qui jugent les chevaux d'un seul petit coup d'œil sont définitivement persuadés qu'Iris XVI ne fera jamais un cheval correspondant aux critères de Saint-Cyr : on dit que son galop est loin de correspondre aux règles classiques. Et puis, indépendamment du fait d'être un peu « mal foutu », ce cheval a des accès d'humeur. De temps en temps, sans qu'on puisse le prévoir, le voilà qui décoche une bonne ruade sur ce qui ne lui convient pas dans le paysage du manège où les saint-cyriens se meurtrissent les fesses en d'interminables séances de « tape-cul »...

Pourtant, bien qu'un peu « original », Iris XVI n'est pas relégué à un anonymat dégradant. Car ce cheval au drôle de galop est fichtrement efficace dès qu'il est question de filer à toute vitesse :

— Alors ? Qui a remporté la dernière course à Maisons-Laffitte ?

— Devinez, mon cher ! Ce diable d'Iris XVI, une fois de plus !

— Inouï, bien que j'aie la prétention de m'y connaître en chevaux, j'avoue que je n'aurais pas donné cent sous d'un tel animal. À se demander de quel étrange mélange il descend !

— Enfin, le résultat est là. Bien sûr, le capitaine de La Horie sait le mener.

— Ah ! c'est de La Horie qui en a hérité ?

— Hauteclocque ne l'abandonne pas. Depuis son accident, il est un peu diminué : il marche avec une canne. Mais dès qu'il monte Iris XVI, c'est une autre affaire. Ils font un fameux couple, ces deux-là.

Mais l'heureuse époque de la paix se trouve brutalement interrompue par les événements de 1939. Adolf Hitler, qu'on a un peu trop traité par le mépris, montre ce qu'il est capable de faire envers et contre tout. Le 1er septembre 1939, il envoie un million et demi d'hommes pour envahir la Pologne. Qui résiste avec des cavaliers armés de lances...

Certains Polonais pris en tenaille entre Allemands et Soviétiques viennent se réfugier à Angers. La France mobilise hommes et chevaux. Mais Iris XVI, malgré ses capacités de vitesse, n'est pas retenu pour défendre la patrie.

C'est la « drôle de guerre », puis la guerre tout court. Saint-Cyr se vide. D'ailleurs les Allemands sont déjà là. Les voici qui occupent le quartier de cavalerie de la vieille École. Quelle revanche sur les humiliations subies lors du traité de Versailles ! Les officiers allemands ont du mal à masquer leur jubilation.

Parmi ces officiers, un cavalier émérite. Au temps de la paix, il venait disputer des courses internationales contre l'élite des militaires français. Pour l'instant il a une idée derrière la tête :

— Messieurs, je suis venu courir contre les meilleurs de vos cavaliers et, comme vous dites, je n'ai toujours pas digéré une défaite qui m'a été infligée par le capitaine de Hauteclocque qui montait un animal bizarre. Je n'ai jamais oublié ni le cavalier ni le cheval. Mais on me dit que ce cheval, Iris XVI, est toujours dans vos murs. Je voudrais le voir...

Malgré ce conditionnel de courtoisie on comprend qu'il n'y a pas à résister. Et d'ailleurs pourquoi ? Qu'un officier et cavalier émérite exprime le désir d'examiner à loisir le cheval étrange qui l'a battu, il y a quelques mois, quoi de plus naturel ! Une sorte d'hommage, en somme. Il réclame un responsable mais tout ce que le quartier peut lui présenter n'est qu'un vieux garde-manège qui a depuis longtemps dépassé l'âge de la mobilisation et qui arrive en se demandant ce qu'on lui veut.

L'officier dit, presque sans accent :

— Allez me chercher Iris XVI !

— Mais, mon capitaine...

Il hésite un peu :

— Je veux dire, mon commandant. Je ne sais pas comment il faut faire avec ces animaux-là. Je ne suis pas cavalier. Si vous pouviez envoyer un de vos hommes, je vous indiquerai où se trouve son box.

L'officier hésite aussi. L'homme est-il de bonne foi ? Est-il aussi incapable qu'il le dit d'amener Iris XVI jusque devant lui ? Après tout, à quoi bon discuter. L'officier lance un ordre sans réplique en allemand. Un simple soldat accourt et claque des talons. L'officier lui ordonne :

— Suis cet homme et ramène le cheval qu'il va te désigner.

Nouveau claquement de bottes. Le garde-manège français fait une grimace discrète qui signifie : « Je ne vais pas commencer à servir de larbin aux boches. »

L'Allemand blond, un gars qui n'a pas l'air d'avoir inventé la saucisse de Francfort, le suit sans commentaires. Le Français lui tend un bridon : c'est bien suffisant pour faire sortir Iris XVI du box et l'amener devant l'officier allemand qu'il a vaincu il y a peu. Dans l'écurie l'Allemand se glisse auprès d'Iris XVI qui n'apprécie guère les têtes inconnues. Et cet uniforme vert-de-gris ne fait pas partie de son paysage habituel. Et puis le « fridolin » a peut-être une tête qui ne lui revient pas.

Soudain, le garde-manège qui s'éloignait entend un hennissement de mauvais augure. Et le bruit d'une ruade fracassante. Instinctivement il se retourne pour voir ce qui se passe. Au début il ne voit rien d'anormal sauf qu'Iris XVI a sa tête des mauvais jours. Et l'Allemand ? Où est-il passé ?

— Eh, mon gars ! Où qu't'es ?

Ça a beau être un envahisseur, où a-t-il bien pu se fourrer ?

— Ah ! ben, dis donc, les chleuhs n'ont pas l'air de te plaire, mon vieil Iris. Tu lui en as foutu plein la gueule !

Iris XVI s'ébroue et s'agite nerveusement entre les cloisons de bois. L'Allemand, quant à lui, est étendu dans la paille du box. Il doit avoir son compte car il ne bouge pas d'un fil.

Il ne risque pas de bouger car son visage n'est plus qu'une bouillie sanglante. Iris XVI lui a décoché un coup de sabot en plein visage. Pauvre bougre, il ne méritait pas ça. Il faut appeler les infirmiers allemands, on ne peut pas le laisser comme ça. Quel coup !

Les infirmiers, accourus, ne peuvent que constater le décès de leur camarade. Le « Rittmeister » blêmit quand on lui apprend qu'Iris XVI vient de tuer son ordonnance. Si même les chevaux se mêlent de résister aux soldats du Führer, ça commence mal. Il faut faire un exemple :

— Qu'on mette ce cheval le long du mur. Formez un peloton d'exécution et fusillez-le-moi !

On s'agite, les bottes allemandes frappent le pavé, les culasses des fusils claquent sinistrement. Un commandement : « Feuer ! » Une rafale. Et c'est ainsi qu'Iris XVI, cheval fantastique et résistant, est mort pour la France.

Philippe Marie de Hauteclocque, qu'on connaîtra bientôt sous le nom de Leclerc, futur maréchal de France à titre posthume, échappe aux Allemands et se rallie au général de Gaulle. Longtemps il se promènera de Koufra à Berchtesgaden en claudiquant et en s'appuyant sur une canne, souvenir de son tibia cassé par Iris XVI, un cheval au caractère de cochon.

LES BÊTES AVAIENT HORREUR DES FEMMES

— Affaire conclue ! J'achète !

L'homme qui vient de parler d'un ton décidé est un jeune paysan du Honduras, Vicente Melendez. Nous sommes en 1987, au creux d'une vallée fertile. Vicente est à cheval, ou plutôt il est juché sur une mule coiffée d'un chapeau de paille à pompon. Vicente sourit d'aise. Un autre homme, lui aussi juché sur une mule, sourit, un peu triste. L'affaire est faite, cela signifie que Vicente devient le nouveau propriétaire de l'hacienda del Surtidor, l'hacienda du « Jet d'eau ». Une belle propriété que les deux hommes viennent de visiter de fond en comble. Il leur a fallu trois jours pour en faire le tour. Le vendeur parle de son récent veuvage. Vicente écoute d'une oreille distraite le discours mélancolique de Don Romero, il a déjà trop de projets en tête :

— Je compte augmenter l'exploitation du café, et celle des bananes plantains.

— Les oranges sont d'excellente qualité, vous avez pu vous en rendre compte.

— Mais bien sûr, pas question de les abandonner.

— Vous êtes jeune, señor, l'avenir vous appartient. Que Dieu vous garde...

Quelques semaines plus tard Vicente emménage avec ses maigres possessions de célibataire. Comme il a passé toute sa vie dans différentes exploitations agricoles d'Amérique centrale, il apporte aussi un chariot d'outils en tous genres. Avec lui s'installe Felipe, le jeune frère de Vicente, tout juste sorti du service militaire et à peine âgé de 20 ans. Un petit gars plein d'ambition mais qui a besoin d'être pris en main par son aîné.

Avec Vicente et Felipe, un troisième personnage gambade dans la cour de l'hacienda en faisant peur aux poules : Léon (« lion » en espagnol), une sorte de molosse de couleur indéfinissable et de race encore plus imprécise. Pour l'instant Léon court derrière les poules qui fuient en tous sens. Il ne veut pas leur faire de mal mais il désire simplement asseoir une bonne fois pour toutes son autorité légitime sur tout le règne animal, spécialement tout ce qui est du sexe féminin. Il course les poules qui s'affolent mais reste en arrêt respectueux devant un coq majestueux qui n'a pas l'air de vouloir se laisser impressionner.

— Léon ! Ça suffit !

La voix virile de Vicente suffirait à calmer le pire des bâtards de la gent canine.

Au fil des mois la vie s'organise dans l'hacienda. Vicente, avec son chapeau de cuir bouilli, est présent sans relâche dans tous les points stratégiques du domaine. Felipe exécute presque à la lettre les missions que son frère lui assigne chaque matin.

Parfois les deux frères, occupés chacun à un bout du domaine, restent plusieurs jours sans se voir. Le reste du personnel, paysans indiens taciturnes et amorphes, n'offre guère d'occasion de converser ni d'échafauder des projets. Au bout de deux ans Vicente informe Felipe d'une décision importante :

— Il faut que je prenne une femme. Travailler ici ne rime à rien si je ne fonde pas une famille et si je n'ai pas rapidement un héritier. D'accord ?

Felipe ne peut qu'être d'accord : tout d'abord parce que le projet est logique, qu'il répond à un mode de vie traditionnel ; d'autre part, Felipe a depuis longtemps compris qu'il n'a pas intérêt à affronter de face Vicente le moustachu.

Encore quelques mois et la situation prend corps. En allant au pèlerinage annuel de Choluteca, Vicente a l'occasion de rencontrer une donzelle bien brune et assez jolie. Sa taille est bien faite et son sourire étincelant. Conchita, puisque tel est son nom, est issue d'une famille métissée d'Indiens, nombreuse et modeste. Par ailleurs ses quatre frères aînés lui ont depuis longtemps appris que l'homme est le maître absolu dans un ménage. Sa dot est modeste mais elle semble bâtie pour enfanter.

Pour la distraire Vicente a eu l'idée d'acheter un couple d'aras, somptueux perroquets rouge et bleu qui doivent en principe mettre de l'animation dans la maison. Les deux magnifiques oiseaux prénommés Pacheco et Pepita sont comme des fleurs vivantes dans le soleil. Ils se disputent un peu, criaillent, mais les aras ne sont pas des oiseaux parleurs. Ils se contentent d'être beaux et de se préparer à une vieillesse très longue et heureuse. Quatre-vingts ans peut-être... Si le destin en a décidé ainsi.

Conchita est très amoureuse de Vicente et la vie presque conjugale ne la déçoit en rien. Voici deux êtres qui semblent partis pour une vie de bonheur, de fécondité et de prospérité. Dès qu'ils en auront le temps, ils régulariseront une situation un peu fausse mais plus que courante dans les pays tropicaux...

Mais, est-ce jalousie animale ou instinct pervers, dès l'installation de la jolie Conchita, Léon, le molosse, se met à lui montrer une agressivité étonnante. Conchita, un peu effrayée mais habituée à la rude vie de la campagne, en sourit :

— Dis donc, Vicente, ton Léon, c'est un vieux garçon ou quoi ? Il est jaloux de ma présence. Est-ce qu'il avait l'habitude de dormir toute la nuit sur ton lit ?

— Quelle idée ! Il dort avec moi quand nous campons sur la paille, dehors, mais jamais cette bestiole ne viendra mettre ses pattes sales sur notre lit conjugal : tu croirais que c'est moi qui pue le chien mouillé. J'espère que tu vois la différence...

Un tendre baiser rapproche la jolie bouche de Conchita et la grosse moustache virile de Vicente...

Devant les nouvelles ambitions de Vicente l'installation électrique de l'hacienda se révèle bientôt insuffisante. Nouvelles machines, nouvelle puissance. Les services de l'électricité viennent mettre en service un tout nouveau transformateur électrique.

Un beau jour Pacheco et Pepita sont très occupés à déguster leur friandise préférée : des noix qu'ils décortiquent entre bec crochu et ongles puissants. Pacheco et Pepita ont-ils un différend sur la façon d'ouvrir les noix ? Pepita reçoit-elle de son mari une noix à la fraîcheur douteuse ? Elle prend soudain son envol et s'enfuit à tire-d'aile. Une dispute d'amoureux, rien d'important. Pour marquer sa bouderie, Pepita ne part pas trop loin mais, malheureusement, elle décide de minauder et choisit de se poser sur les fils à haute tension du transformateur. Sous les yeux de Pacheco, Pepita explose littéralement. Un feu d'artifice de plumes rouges et bleues, un petit corps pantelant, brûlé et déplumé qui tombe sur le sol. Pacheco est veuf...

Tout d'abord, son humeur est triste, puis, au fil des jours, il devient grognon. Particulièrement avec la jolie Conchita. Si, aimablement, elle lui tend une friandise, il ouvre un large bec et lui saisit la main. Mais au lieu de se régaler, il pince la pauvre fille jusqu'au sang. Désormais elle saura qu'il faut se méfier du bel ara coloré. Mais elle traite l'incident par le mépris. Léon est jaloux, Pacheco est triste, voilà tout. Du moment que Vicente l'aime et la tient dans ses bras toute la nuit...

Après quelques mois, Vicente décide de se lancer dans une nouvelle activité :

— J'ai envie de tenter l'élevage des oies. C'est un animal très indépendant, rustique, nous avons assez de maïs pour diversifier nos productions.

Conchita, comme d'habitude, est absolument enthousiaste. Surcroît de travail, de responsabilité ; peu importe, elle est amoureuse, courageuse, heureuse. Mais dès que la troupe des oies est installée à l'hacienda, les jolies créatures blanches révèlent la force de leur caractère. Elles n'ont pas leur pareil pour prévenir les habitants du « Surtidor » de l'arrivée d'étrangers, bien avant que ceux-ci aient fait leur apparition au bout de la vallée. Le chef des oies, nommé Kikiri, est un jars, cela va de soi, fort, autoritaire et très bien de sa personne. Il ne lui manque qu'une moustache pour avoir l'air d'un vrai macho.

Malheureusement, lui non plus ne semble pas apprécier la présence de Conchita. Dès qu'elle relâche son attention, il arrive silencieusement derrière elle, le cou allongé et le bec au ras du sol. Conchita fait un bond quand il pince ses mollets nus jusqu'au sang :

— Sale bête ! Vicente ! C'est incroyable : le jars m'attaque ! Ces animaux me font peur : il faut faire quelque chose !

Mais Vicente sourit :

— J'ai du mal à le croire ! Léon m'adore : regarde comme il vient poser sa truffe dans ma main le soir. Et ce pauvre Pacheco : depuis que Pepita s'est électrocutée, il passe tout son temps sur mon épaule. Quant à Kikiri, il surveille le moment où je rentre pour venir quémander quelques grains de maïs. Pourquoi t'en voudraient-ils ?

Conchita fait la moue. Elle a des soucis plus importants en tête. Car elle annonce à Vicente que bientôt la famille va s'agrandir. Vicente esquisse un pas de danse et tire quelques coups de pistolet en l'air. Il ne songe pas à parler mariage. Ce sont des détails qu'on peut envisager plus tard.

Léon, Kikiri et Pacheco, quant à eux, ne montrent aucun respect pour la jeune future maman. Si elle a un instant d'inattention, ils attaquent même en commando, un pincement de mollet, un coup de bec crochu. Léon, lui, prudent, se contente de tirer la robe de la pauvre jeune femme au risque de la faire tomber.

Vicente est heureux, Conchita est fatiguée, la grossesse avance, mais les trois « pieds nickelés » ne désarment pas. Si bien qu'un jour Conchita, à bout de nerfs, annonce :

— Querido, no puedo mas ! Chéri, je n'en peux plus ! Je vais accoucher dans quelques semaines. J'aurais tant aimé que ton fils, car je suis certaine que nous allons avoir un fils, voie le jour dans ton hacienda. Mais j'ai peur. Et si ton enfant allait porter les stigmates de ma peur... S'il allait avoir une tête de chien, ou un bec de perroquet ou de jars ! Il est peut-être trop tard. Je dois partir...

C'est ainsi que Vicente laisse Conchita rentrer chez sa mère pour accoucher. Il soupire mais après tout, depuis quelques semaines, Conchita n'était plus si ardente au lit. Il caresse Léon, gratte le cou de Pacheco, donne quelques grains de maïs à Kikiri : la vie continue.

Vicente se sent un peu seul malgré la présence de Felipe qui redouble d'invention pour éviter de trop se fatiguer. Pas de doute, il faut engager du personnel. Vicente se rend donc au village voisin de Corvinaco. Il revient avec un couple d'une quarantaine d'années : c'est le nouvel intendant Jaime et son épouse Mariana. Felipe, qui espérait monter en grade, est un peu dépité par l'arrivée de Jaime.

Mariana, brune avec un soupçon de moustache, s'attaque sans faiblir aux tâches qui lui incombent. Parmi celles-ci, la gamelle de Léon, la pâtée des oies et de Kikiri, les graines de Pacheco. Et elle ne tarde pas, tout comme Conchita, à remarquer l'agressivité des trois animaux. Pourtant elle a eu un chien, des oiseaux, des oies :

— Je ne comprends pas ce qu'ils me veulent tous les trois. Parfois ils sont alignés, le chien, le jars, le perroquet, et j'ai l'impression qu'ils vont me sauter dessus.

Jaime se balance d'un pied sur l'autre, son chapeau à la main, pour excuser le problème posé par son épouse. Vicente, bon prince, fait remarquer que Conchita était elle aussi en butte au trio infernal.

Quelques semaines passent jusqu'au jour où

Jaime, sa paye en poche, annonce son regret de ne pouvoir rester plus longtemps :

— Vous comprenez, patron, si ça continue comme ça, c'est Mariana qui menace de repartir toute seule en ville. Et moi, je l'aime Mariana, je n'ai qu'elle... C'est bizarre quand même que vos animaux ne lui laissent pas un moment de répit.

Jaime et Mariana s'en vont. Vicente repart au village et revient avec un nouveau couple. Le même scénario se renouvelle : au bout de quelques semaines, intendant et épouse plient bagage. Un troisième intendant et son épouse tiennent bon durant quelques mois. Puis, excédés des pincements et des crocs en avant, ils s'en vont. Un quatrième intendant fait le même parcours aller et retour.

Vicente s'énerve un peu : il ne sait pas trop s'il s'énerve contre les épouses trop sensibles des intendants ou contre les trois « pieds nickelés ». Un cinquième intendant entre à l'hacienda du Surtidor. Mais très vite, il décide de réexpédier son épouse en ville. Décidément, l'hacienda du Surtidor devient pour toute la région l'« hacienda sans femmes ».

Vicente commence à regarder Léon, Kikiri et Pacheco avec plus d'attention : comment ces trois charmantes bêtes qui lui font, chacune à sa manière, de si constantes démonstrations d'affection, peuvent-elles se montrer si odieuses avec les femmes ? Sont-elles des réincarnations de femmes qu'il aurait fait souffrir dans d'autres vies, désormais attachées à lui faire mener une vie de célibataire ? Serait-ce une allergie, une question d'odeur personnelle, de couleur d'yeux ou de voix ou de vêtements ? Aucune théorie ne résiste au moindre examen. À bout d'idées, Vicente va jusqu'à solliciter l'aide du curé du village. Léon, Kikiri et Pacheco, dûment toilettés et maintenus en laisse, sont traînés jusqu'à l'église un dimanche matin. Le curé, après les prières d'usage en cas de possession diabolique, après un cantique chanté d'une voix rocailleuse, se met en devoir d'asperger les trois « pieds nickelés » avec l'eau bénite la plus pure et la plus récente.

Les trois animaux semblent indifférents à cette sainte aspersion. Tous trois tournent des regards énamourés vers la moustache de Vicente. On s'attendait un peu à les voir se tordre de douleur et de repentir. L'eau bénite ne leur fait pas plus d'effet qu'une petite pluie de printemps. Tout le monde rentre à la ferme, ravi de la balade.

Conchita a accouché loin de l'hacienda d'un superbe garçon, mais Vicente ne se sent pas d'humeur à régulariser la situation. Il sera temps de voir ça un peu plus tard.

La compagnie de ces trois animaux hors du commun ne suffit pas à peupler les nuits de Vicente. Alors il remonte dans sa vieille camionnette, se rend à nouveau au village. Cette fois il n'amène pas de nouvel intendant. Quand il descend, il est accompagné d'une créature de rêve pour tout paysan hondurien : grande, blonde, pratiquement du style « top model ». Quel argument a bien pu conduire cette femme si peu indigène jusqu'à l'hacienda de Vicente ? L'amour des moustaches ou de la vie au grand air. Gloria, car elle se nomme ainsi, est une belle jeune femme d'origine allemande. Elle vient partager le lit et les repas de Vicente quoi qu'il arrive. Elle espère bien le conduire un jour jusqu'au pied de l'autel. Elle espère devenir la señora Melendez devant Dieu et les hommes.

L'arrivée de Gloria laisse Léon, Kikiri et Pacheco un peu perplexes. Les péons de l'hacienda disent même qu'ils ont l'air de tenir des conférences à l'heure de la sieste. Décident-ils d'une nouvelle stratégie pour dégoûter la nouvelle arrivante ?

Et bientôt Gloria fait la connaissance des crocs

menaçants de Léon, des coups de bec de Pacheco et des pincements sournois de Kikiri. Comme les autres, elle pousse tout d'abord des cris et s'étonne :

— Mais qu'est-ce qu'ils ont tous les trois ? Tu les as dressés contre les femmes ou quoi ?

Vicente s'excuse, hypocritement :

— Ah, toi aussi ? J'aurais dû te prévenir, mais je me suis dit qu'en voyant une belle fille comme toi, ils deviendraient plus gentils...

— Ils ont intérêt à le devenir, les petits mignons. Je ne suis pas du genre à me laisser mordre par des animaux mal élevés. Si tu peux le leur faire comprendre, ça leur évitera quelques ennuis.

Vicente tient trop à Gloria pour demander quels ennuis elle leur réserve. Léon, Kikiri et Pacheco vont le découvrir assez vite : Gloria a la fâcheuse habitude de se promener avec de hautes bottes et une cravache à la main. À la première incartade, Léon se fait cingler la truffe d'un bon coup de cravache. Il en demeure sans voix pour le reste de la journée. Kikiri, le jars, dès la première tentative de pincement, fait aussi connaissance avec la cravache. Un bon coup à vous dégoûter d'attaquer ni par-derrière ni par-devant. Pacheco, lui, dès le premier pincement, sent que Gloria lui arrache une plume du croupion. Premier avertissement sans frais. Décidément Gloria ne se laissera pas faire.

En définitive Léon disparaît un beau jour sans laisser d'adresse. Mélancolie ou recherche de son complice : Kikiri, le jars, abandonne ses oies et file à l'anglaise sans qu'on puisse retrouver sa trace. Pacheco, sans doute trop seul, décide un jour d'en finir et, prenant son élan, il s'envole jusqu'au transformateur voisin... On entend une explosion et il rend son âme au dieu des aras perdant d'un coup la vie et ses belles plumes.

L'histoire pourrait s'arrêter là mais, dans l'année

qui suit la disparition des trois animaux misogynes, Vicente surprend Gloria, devenue entre-temps officiellement la señora Melendez, dans les bras de son jeune frère Felipe. Elle a pour une fois abandonné sa cravache. Vicente s'en saisit et c'est elle qui fait connaissance avec le cuir cinglant. Puis Vicente dégaine son revolver et fait feu sur le couple. Il est trop nerveux pour les abattre, et les amants s'en tirent avec des blessures qui ne mettent pas leurs jours en danger. Felipe et Gloria décampent discrètement. L'hacienda devient définitivement l'hacienda sans femmes. Peut-être les trois animaux voulaient-ils simplement prévenir leur maître de ses malheurs conjugaux ?

IL FAUT SAUVER PUSSY

Ce matin-là est un matin anglais de printemps : un peu de soleil et un peu de pluie. Dans la banlieue de Londres des milliers de ménagères, de femmes au foyer en peignoir rose ou bleu ou les deux à la fois s'apprêtent à vaquer aux soins du ménage. Pour l'instant elles se contentent d'écouter les nouvelles du jour que la radio diffuse.

Sybil Marrington n'est pas de très bonne humeur car, la veille au soir, elle a eu des petits problèmes avec Alastair, son rouquin de mari. Au bout de dix ans de mariage, sans enfant, ce sont des choses qui arrivent. Il est question des « pannes » d'Alastair et celui-ci répond en parlant « silhouette et cellulite ». Rien que des choses qui fâchent. Alors Sybil, une fois de plus, se demande si elle a fait le bon choix.

Si elle ne devrait pas penser à refaire sa vie. Elle est de mauvaise humeur et un peu en colère.

En refermant le col de plumes de son déshabillé, Sybil décide de prendre les bouteilles de lait que le livreur, selon l'habitude anglaise, a dû déposer sur le seuil de son pavillon de banlieue. Il passe très tôt, quand Sybil est encore au lit. Alastair, le mari de Sybil, est déjà parti depuis longtemps à l'usine de réfrigérateurs où il travaille depuis six ans.

Alastair est un grand Gallois moustachu et un peu chauve. Il se lève aux aurores, se fait tout seul une tasse de thé, récupère dans le réfrigérateur les sand-wiches que Sybil lui prépare mécaniquement la veille au soir. Aujourd'hui, comme il le constate en les entrouvrant, ils sont au corned-beef-mayonnaise. Alastair sort de la maison, monte à bord de la petite Austin familiale et, dans l'ombre de la nuit finis-sante, démarre pour filer vers la gare où il prendra le train qui va l'amener jusqu'à l'usine. Depuis quinze jours une nouvelle secrétaire brune aux yeux brillants illumine le service des maquettes. C'est Manuela, elle a un type portugais qui plaît particuliè-rement à notre rouquin gallois.

Sybil termine une troisième tasse de thé en fumant une cigarette blonde. Elle attend d'en savoir plus sur un mariage qui concerne le palais de Buckingham et sur un scandale qui agite le ministère des Affaires étrangères. Aujourd'hui Sybil a envie de prendre son temps. Elle se regarde dans le miroir du living-room et se dit qu'il est grand temps qu'elle aille se faire faire sa couleur chez Peggy, sa coiffeuse habituelle. Parce que, de ce côté-là aussi, elle a un peu tendance à laisser les choses se dégrader. On voit bien à ses racines que Sybil n'est pas du tout une vraie blonde. Et puis un rendez-vous chez Peggy est une excel-lente occasion de papoter. Mais Sybil, aujourd'hui, n'aura pas une minute pour souffler. La tragédie est à sa porte.

— Pussy ! Pussy !

Sybil réalise soudain que sa chatte blanche, la délicieuse Pussy, n'est pas dans ses jambes. Chaque matin pourtant, Pussy a l'habitude de venir ronronner sur le lit conjugal. Souvent Pussy descend au rez-de-chaussée en même temps qu'Alastair et, tandis que celui-ci finit de se préparer, elle se frotte à ses jambes dans l'espoir d'une caresse.

— Pussy ! Pussy !

Sybil ne s'inquiète pas tout de suite. Elle comprend où est Pussy : comme souvent la chatte blanche a profité du départ d'Alastair pour se glisser au-dehors et visiter le jardinet qui fait le tour du pavillon. Au cas où une souris imprudente et noctambule se promènerait par là.

— Pussy ! Pussy !

Sybil remarque sur la table de la cuisine la boîte de corned-beef qui lui a servi à préparer les sandwiches d'Alastair. Hier Pussy, qui adore le corned-beef, a fait sa « mendigote » comme d'habitude et Sybil l'a laissée grimper sur la table pour lui permettre de glisser son museau rose dans la boîte de métal et d'en déguster les dernières miettes et la gelée si délicieuse. D'ailleurs, hier, Pussy a trouvé au fond de la boîte de conserve une bonne portion de viande de bœuf froide. Pratiquement un repas entier. Sybil jette la boîte vide dans la poubelle au moment où les éboueurs passent. Ils vident la poubelle dans leur voiture et sifflent d'admiration en regardant Sybil qui rit de leur insolence mais pense qu'après tout elle pourrait encore refaire sa vie si besoin était.

— Pussy ! Pussy !

Sybil ouvre la porte qui donne sur la rue. Machinalement elle jette un œil sur les quelques passants et salue une connaissance qui se presse d'aller vers la gare.

Au moment où Sybil se penche pour ramasser les deux bouteilles de lait que le laitier a déposées discrètement une heure plus tôt, elle piétine un corps mou et pousse un cri :

— Pussy !

Le ton a changé. Elle n'appelle plus la chatte blanche, elle pousse un cri d'angoisse :

— Pussy ! Ma petite Pussy ! Mon Dieu, elle est morte !

Pour un peu Sybil crierait au secours.

Des larmes plein les yeux, Sybil recueille avec précaution le cadavre de la chatte. Sa Pussy, son enfant pourrait-on dire, car elle reporte tout son instinct maternel sur cette persane aux yeux pleins de mystère. Sybil se dit que si Pussy est morte, elle aussi va mourir d'une crise cardiaque.

Mais le cadavre est encore chaud. Pussy n'est peut-être pas morte. Simplement évanouie ? Dans le coma ? Comme le jardinet sépare le seuil du pavillon de la circulation automobile, Pussy n'a pas été heurtée par un véhicule. Sybil entre dans le pavillon, dépose sa pauvre petite chatte sur le canapé du salon. L'animal, apparemment, respire encore. Mais pour combien de temps ?

Sybil décroche le téléphone mais elle ne se souvient plus du numéro de son vétérinaire habituel. Elle consulte fiévreusement son carnet d'adresses, se trompe dans les numéros du cadran, s'énerve. Enfin elle obtient Christopher Meeks, qui la connaît bien :

— Docteur, ici Sybil Marrington. C'est affreux, Pussy, ma petite Pussy est en train de mourir. Je ne sais pas ce qu'elle a : elle ne bouge plus.

— Ma chère Sybil, pouvez-vous me l'apporter ?

— Mais non. Alastair est déjà parti avec l'Austin.

Christopher, pourriez-vous faire un saut jusqu'ici ? Vous n'en n'aurez que pour cinq minutes. J'ai tellement peur qu'elle meure !

Christopher Meeks consent à venir immédiatement. Il hésite un peu car Sybil Marrington a une certaine tendance à lui faire entrevoir ses appas lorsqu'il lui fait une visite à domicile. Cette histoire de chatte empoisonnée lui semble à moitié cousue de fil blanc. Enfin, méfiant mais consciencieux, il monte dans sa voiture. Dès qu'il est chez les Marrington il sort son stéthoscope et examine Pussy inanimée sous toutes les coutures en posant quelques questions du genre :

— Qu'a-t-elle mangé ?

Sybil a l'air vraiment inquiète et ne semble avoir aucune intention de flirt ou d'agacerie en tête. Elle répond :

— Du foie de veau et des petits légumes. Et un morceau de chocolat, Pussy en raffole !

Le vétérinaire fait la moue. Il n'approuve pas le chocolat pour les petites chattes gourmandes. Sybil dit soudain, illuminée par un détail de la veille :

— Ah oui, elle a terminé la boîte de corned-beef.

— Vous avez encore la boîte ? Vous êtes certaine qu'elle n'était pas périmée ?

Sybil n'est certaine de rien :

— Vous savez, hier j'ai encore eu une dispute avec Alastair. Je n'avais vraiment aucune envie de fignoler ses sandwiches. J'ai sorti une boîte qui traînait depuis pas mal de temps dans le placard à provisions. Je n'ai même pas eu l'idée de regarder la date sur la boîte. Elle avait l'air normal. Un peu cabossée peut-être. Si j'avais eu le moindre doute je n'en aurais pas servi... à Pussy.

— Vous avez la boîte ?

Trop tard ! La boîte vide est partie depuis longtemps. Christopher fait une piqûre à Pussy, toujours inconsciente. Il fait une moue dubitative :

— Ma chère Sybil, il faut attendre. Mais si la conserve était avariée, je ne pense pas que votre pauvre Pussy s'en sortira. Si à midi elle respire encore, il y a peut-être un espoir.

Sybil, larmoyante, remercie le vétérinaire et semble prête à s'effondrer sur son épaule et sa veste de tweed. Christopher sent le danger et la rassure un peu. Elle lui règle sa visite. En le raccompagnant jusqu'au seuil du pavillon elle se dit : « Mon Dieu ! Si Pussy meurt, comment vais-je présenter la chose à Alastair ? Il l'adore ! »

Mais une autre pensée lui arrache un cri : « Alastair ! Mais à lui aussi j'ai préparé deux sandwiches au corned-beef ! Si la chatte s'est empoisonnée, lui aussi est en danger ! Il faut que je le prévienne ! »

Sybil compose à la hâte le numéro de l'entreprise où travaille son mari. Elle a du mal à joindre son service : les communications privées ne sont guère autorisées. Mais elle explique qu'Alastair est en danger de mort, qu'il faut le prévenir absolument.

Enfin Alastair est au bout du fil. Il ne comprend pas bien ce qui se passe. Sybil hurle comme une folle :

— Alastair, je t'ai empoisonné !

Alastair s'attend à bien des choses de la part de Sybil, mais la nouvelle lui fait le plus mauvais effet :

— Tu m'as empoisonné ? Mais tu es folle ? Et pourquoi, s'il te plaît ? À cause de nos petits problèmes ? Ah bien là, c'est la meilleure. Je demande le divorce !

Sybil s'énerve :

— Mais qui te parle de divorce ? C'est un accident, c'est à cause de Pussy !

Sybil, au comble de l'énervement, est un peu confuse dans ses explications : Pussy évanouie, le vétérinaire, la boîte de corned-beef, les éboueurs arrivent tous dans le désordre. Il finit par saisir ce que lui dit sa femme. Elle l'entend qui répond d'une voix un peu défaite :

— Écoute, les deux sandwiches, eh bien, je ne sais pas, j'ai eu un gros creux tout à l'heure et je les ai avalés. À midi, de toute manière, j'avais l'intention d'aller au pub de « La Reine blanche » avec la nouvelle...

Alastair s'arrête à temps, avant de dévoiler les raisons de ses fatigues à répétition. Sybil n'y prête pas attention et poursuit à bout de souffle :

— Mon chéri ! Enfin je veux dire : Alastair, il n'y a pas une minute à perdre ! J'ai peur que le corned-beef ne soit avarié. Comment te sens-tu ? Tu n'as pas la tête qui tourne un peu ? Tu n'as pas de nausée ?

Alastair, justement, ne se sent plus très bien. Cette histoire de sandwiches empoisonnés lui donne des sueurs froides. Il ne sait plus que penser. Sa femme est-elle une meurtrière en puissance ? Est-ce un remords de dernière minute qui l'a poussée à le prévenir ? ou la peur de la prison à vie ? Pour l'instant il ne sait plus s'il est en train de mourir ou pas. Il a de drôles de sensations à l'estomac. Peut-être que ce sont de simples aigreurs, peut-être des symptômes plus inquiétants. Il répond :

— Je vais filer à l'hôpital. Nous reparlerons de tout ça plus tard ! Si je m'en tire !

Il dit ces derniers mots avec comme un air de menace de règlement de comptes. Alastair hésite un peu : qui doit-il prévenir en premier, l'hôpital ou la police ?

Le chef de service est compréhensif et appelle une ambulance ; il accompagne même Alastair jusqu'aux urgences du centre médical. Alastair, à présent, grelotte malgré les couvertures dont on l'a recouvert.

Les infirmiers essaient de le réconforter. Quelques minutes plus tard, Alastair subit les délices du lavage d'estomac. Le tube qu'on lui enfonce dans le gosier n'a rien d'agréable. Surtout qu'on ne prend pas le temps de faire les choses en douceur : pas une seconde à perdre, on ne sait jamais ce qui peut arriver.

Alastair est littéralement vidé de tout ce qu'il a dans l'estomac, thé, dîner de la veille et sandwiches au corned-beef. Il a du mal à reprendre son souffle. Le docteur des urgences annonce :

— Bon, il ne vous reste plus rien là-dedans. Reposez-vous un moment et rentrez chez vous. Prenez un bon somnifère et demain, normalement, vous devriez vous retrouver en pleine forme.

C'est le « normalement » qui inquiète Alastair. Et s'il allait se réveiller au paradis ?

Quand l'ambulance arrive chez les Marrington, on installe Alastair dans le lit conjugal. Sybil fait des allers et retours entre son mari au premier étage et la chatte qui respire paisiblement sur le divan du salon. Ni l'un ni l'autre ne semblent vraiment à l'agonie... pour l'instant. Ah, pourtant, voici que Pussy ouvre un œil.

Pour un peu la petite bête, si elle pouvait parler, miaulerait un « Où suis-je ? » digne des meilleurs romans. Après un œil, elle en ouvre deux, puis étire une patte, une autre, et tente de se relever. Premier essai, premier échec. Enfin, avec les encouragements de Sybil, Pussy se lève en titubant et s'éloigne vers la cuisine où, normalement, un bon bol de lait tiède devrait l'attendre.

Mais là-haut, dans la chambre, Alastair est toujours dans un sommeil qui ressemble comme deux gouttes d'eau à un coma profond.

Sybil, du coup, ne parvient pas à dormir. Elle couche sur le canapé du salon car, au moment de se glisser dans le lit conjugal où Alastair ronfle à pleins poumons, Sybil a une idée qui la glace : « Et s'il allait mourir à côté de moi ? »

Toute la nuit passe ainsi dans une angoisse terrible.

Au petit matin Alastair dort toujours. Sybil le secoue un peu, gentiment, il marmonne quelque chose d'indistinct. Sybil croit reconnaître un prénom féminin : Angela ? Manuela ? Elle n'insiste pas et décide de tirer l'affaire au clair... un peu plus tard.

En jetant un coup d'œil par la fenêtre du living-room, elle aperçoit le livreur de lait. Elle ouvre la porte d'entrée pour prendre les bouteilles qu'il laisse d'habitude bien rangées à côté du paillasson.

— Alors, Mrs Marrington, tout va comme vous voulez ? Vous avez une petite mine ce matin.

Sybil soupire et explique son drame, l'empoisonnement de Pussy au corned-beef et le lavage d'estomac d'Alastair.

— Ma pauvre Pussy, elle a bien tenu le choc, ce matin elle ronronne comme d'habitude, mais pour Alastair je ne sais pas s'il va s'en sortir. S'il continue à être comateux comme ça, je vais rappeler l'hôpital. Je suis vraiment inquiète.

Le laitier se tortille un peu. Il a l'air gêné tout d'un coup :

— Écoutez, Mrs Marrington. J'ai quelque chose à vous dire. Si vous avez trouvé Pussy étendue raide sur votre palier, ce n'est pas parce qu'elle avait mangé du corned-beef. C'est un accident : figurez-vous qu'hier matin, quand je suis arrivé devant chez vous, votre Pussy était là. J'ai l'habitude de la voir. Et elle, elle me connaît bien. Ça doit être l'odeur du lait. En tout cas elle me fait des fêtes pas possibles. Et vas-y que je me frotte aux jambes et vas-y que je ronronne ! Alors moi, tout d'un coup, je ne sais pas comment je m'y suis pris, mais une bouteille m'a échappé des mains. Et bing ! Voilà votre Pussy étendue pour le compte ! J'ai cru que je l'avais tuée mais elle n'avait qu'une jolie bosse sur le crâne. Alors que faire ? Je n'allais pas vous réveiller. Et puis le temps de tout vous expliquer, ça m'aurait pris une heure. Alors je l'ai posée sur le paillasson en me disant qu'elle finirait bien par se réveiller. Et je suis reparti un peu honteux, mais si j'avais su comment ça allait tourner !

Du coup Sybil embrasse le laitier et tant pis si sa robe de chambre s'est un peu entrouverte en laissant deviner sa jolie poitrine. Puis, tout heureuse, elle rentre chez elle et monte dans la chambre pour voir si Alastair revient un peu à lui. Ce qui est le cas :

— Allez, ouste, mon chéri, le devoir t'appelle. Tu n'as rien du tout. Je crois que tu es un peu feignant sur les bords. À propos, qui est cette Manuela ou Angela que tu appelles dans tes rêves ? Quand tu rentreras ce soir, il faudra que tu m'expliques...

Une fois Alastair expédié à l'usine, Sybil se souvient qu'elle a encore quelque chose à faire : appeler le cher vétérinaire Christopher Meeks et lui dire ce qu'elle pense de son diagnostic. Plus question de s'épancher sur son épaule virile ni de lui faire entrevoir des trésors qu'une femme honnête devrait normalement dissimuler à tout autre que son mari. Une fois la chose faite, elle téléphone à sa coiffeuse pour prendre un rendez-vous :

— Ma chérie, tu ne devineras jamais ce qui vient de m'arriver, tu ne le croiras jamais : pour une boîte de corned-beef ma vie a failli changer...

Il y avait autrefois un duc de Bretagne que le peuple surnommait « le Bon ». Son nom était Jean le Troisième et il régnait sur le bout du monde celtique depuis l'an 1312.

Comme il convient à un duc de Bretagne, Jean III, entouré de ses vassaux, courtisans, gardes et gentes dames, se promène un jour quand son attention est attirée par un attroupement populaire. À l'époque les Bretons n'arborent pas les traditionnels chapeaux ronds à longs rubans, les Bretonnes n'ont pas encore eu l'idée de la première coiffe en dentelle. Mais on croit déjà aux esprits, aux fantômes, aux revenants et aux sorcières. C'est justement d'une sorcière qu'il est question ce jour-là.

Parmi les cris bretonnants, le duc perçoit des injures et des malédictions. Il voit de loin des mains qui brandissent des pierres. Pas de doute, il y a de la violence et de la mort dans l'air.

Jean III le Bon fait avancer ses gardes pour disperser la foule hurlante et il approche lentement sur son cheval au pas qu'un écuyer maintient par la bride :

— Que se passe-t-il céans ?

Un des bons sujets s'avance, son bonnet de toile à la main, et il met genou à terre pour expliquer, en breton d'autrefois, la juste colère des gens qui sont là :

— C'est la vieille Gwenaële, nous nous apprêtons à la renvoyer en enfer pour y rejoindre son maître le Malin. C'est une sorcière malfaisante et nous l'accusons de tarir le lait de nos vaches, d'accabler nos cultures de maladie et de vouloir exterminer toute notre communauté de bons chrétiens.

Jean le Bon descend de son cheval gris et s'approche de la vieille. Les explications du délégué au châtiment ne l'ont pas vraiment convaincu. Il tend sa main gantée de cuir souple vers la femme et l'aide à se relever. La pauvresse en haillons se remet sur ses pieds et Jean le Bon s'adresse à la foule soudain calmée :

— Gwenaële, que vous accusez d'être une sorcière, n'est qu'une pauvre vieille femme. Désormais, elle est sous ma protection et celle de notre sainte mère l'Église. Qu'on la laisse vivre en paix, c'est un ordre.

Jean le Bon saisit une bourse que vient de lui tendre un écuyer ; il en extrait quelques pièces d'argent et les glisse entre les mains sales de la vieille :

— Va en paix et sois confiante en la justice, en ton duc et en l'amour de Dieu.

La vieille pose sa bouche édentée sur le gant de Jean III :

— Monseigneur, je vais te faire un cadeau !

Elle fait un drôle de bruit entre ses dents et soudain, franchissant d'un seul bond une haie toute proche, un lévrier surgit sur la place. L'animal est tout jeune, 1 an à peine. Il vient se frotter aux jupons crasseux de la vieille Gwenaële qui dit :

— Voici Yoland, mon chien fidèle. Pour te remercier, Monseigneur, de m'avoir sauvée, je te l'offre. Tu verras comme il sera pour toi un ami fidèle. Et s'il doit te survivre, doux seigneur, sache que Yoland n'appartiendra jamais qu'au duc de Bretagne.

Yoland se laisse mettre en laisse et, tandis que Jean III et sa suite s'éloignent avec dignité, le jeune lévrier leur emboîte le pas sans même jeter un regard vers la vieille Gwenaële. Le passé est bien mort et la page tournée : le lévrier est déjà tout entier attaché à son nouveau maître.

Jean III, bien que bon et bien que duc, est mortel comme tout un chacun. En 1341, le Seigneur va le rappeler à lui au grand désespoir de ses sujets. Il faut que le duché passe en d'autres mains. Or, chez les Bretons, l'héritage peut aller aux femmes aussi bien qu'aux hommes et c'est une femme, Jeanne de Penthièvre, que Jean III a nommé héritière du titre. Celle-ci a épousé en 1337 Charles de Blois, dit aussi Charles de Châtillon, qui n'est pas n'importe qui puisqu'il est lui-même le neveu du roi de France Philippe VI. Mais en désignant Jeanne comme héritière, Jean III a mis très en colère Jean de Montfort, son propre frère. Celui-ci s'emporte :

— Il n'y a pas un instant à perdre. Jean III, ce vieux fou, veut mettre le duché de Bretagne en quenouille. Emparons-nous de la plus grande partie du duché !

Sitôt dit, sitôt fait : Jean de Montfort, qui n'est pas dépourvu d'hommes ni d'armes, conquiert le plus possible du pays breton. Le plus possible se révélant être la plus grande partie de ce qu'il convoite. En gros la Bretagne parlant le français suit Charles de Blois, la Bretagne bretonnante suit Jean de Montfort qui est soutenu par les Anglais. C'est le début de la guerre de Succession de Bretagne : vingt-trois ans de misère et de combats sanglants.

Jeanne de Penthièvre et son époux doivent s'attendre à l'annonce de multiples défaites. Yoland, le lévrier fidèle, se chauffe au coin de la cheminée tandis qu'ils se désespèrent.

Mais la fortune des armes tourne et Jean de Montfort, le champion des Bretons, tombe un jour aux mains des troupes françaises. Les pairs de France sont bien évidemment de l'avis de Philippe VI qui est trop heureux de désigner son neveu, Charles de Blois, comme légitime duc de Bretagne : un bon moyen pour qu'un jour la Bretagne se retrouve française. Jean de Montfort est enfermé au Louvre à Paris. Son séjour y durera deux années. Son épouse Jeanne de Flandre n'a plus qu'à se débrouiller toute seule pour se faire obéir.

Un jour, Jeanne de Penthièvre, la duchesse des Français, apprend la nouvelle qu'elle craignait le plus :

— Madame, votre doux seigneur, le duc Charles, vient d'être pris par les Anglais.

Jeanne de Penthièvre, forte de son bon droit, décide de maintenir haut l'étendard de sa juste cause. Mais pour l'instant il lui faut rassembler la quantité d'or que réclament les Anglais pour relâcher leur prisonnier de marque.

— Madame, la guerre est la pire des choses pour tout le monde. Ne pensez-vous pas que vous devriez entamer des négociations avec dame Jeanne de Flandre ?

— Point de négociation ! Ce serait avouer que nous avons des doutes sur notre propre légitimité ! Quand on tient son titre de Dieu lui-même, on doit le défendre comme on le ferait du Saint-Graal !

Jeanne de Flandre tient de son côté des discours tout aussi énergiques. Son époux étant détenu au Louvre, elle aussi décide de lutter contre Jeanne de Penthièvre. Cette guerre devient désormais la « guerre des Dames ». La victoire se montre alternativement dans l'un et l'autre camp. Jeanne de Flandre se voit assiégée dans Hennebont, mais par deux fois repousse les troupes de l'autre Jeanne. Jean de Montfort, au bout de quelques mois, recouvre la liberté et rejoint sa courageuse épouse. Mais lors du second siège d'Hennebont, Jeanne de Flandre, tout à la joie d'avoir retrouvé son mari, a la douleur de le perdre. Jean de Montfort ne sera jamais duc de Bretagne. C'est son fils Jean IV qui reprend le combat auprès de sa mère. Enfin on lui fait dire qu'il reprend le combat pour se faire reconnaître comme légitime duc. Car, pour l'instant, il ne faut pas trop compter sur lui : il n'est âgé que de 5 ans.

Sa mère, prudente et intelligente, l'éloigne des combats en le confiant à la protection des Anglais : Jean IV s'en va parfaire son éducation à Londres même, au sein de la cour du roi Édouard III, inquiétant et cruel personnage, petit-fils de Philippe le Bel et prétendant à la couronne de France, ce qui déclenchera la tristement célèbre guerre de Cent Ans. Les années passent mais les combats continuent entre les deux duchesses. Au bout de quelques années, Jean IV de Montfort, devenu un homme de guerre confirmé, revient d'Angleterre après avoir épousé la fille d'Édouard III. C'est lui qui poursuit la lutte contre Charles de Blois.

Les années passent encore, tout aussi sanglantes et interminables pour les pauvres Bretons, qu'ils soient bretonnants ou francisants. On ne sait qui l'emportera des deux camps.

Jusqu'au jour de la fameuse bataille d'Auray, au sud-est de Lorient. En ce mois de septembre 1364, alors que les forêts bretonnes se couvrent de feuillages d'automne, les deux armées sont là, prêtes à s'affronter jusqu'à la mort. Dans le camp de Jean IV de Montfort, on s'inquiète un peu car dans les troupes adverses, celles qui parlent français, on a parfaitement identifié l'étendard du capitaine le plus redoutable du royaume de France, Du Guesclin lui-même, qui commence à être aussi célèbre pour sa bravoure que pour sa laideur ! Les Bretons bretonnants sont un peu inquiets et leurs alliés anglais aussi.

Yoland, le lévrier fétiche, est toujours là auprès de Jeanne de Penthièvre et de son époux. Il vieillit doucement mais tout le monde le choie car on se souvient de la prédiction de la vieille Gwenaële : « Il n'appartiendra jamais qu'au duc de Bretagne. »

Dans l'entourage de Charles de Blois on s'étonne depuis longtemps de voir le lévrier toujours aussi fringant malgré son âge avancé. Voilà plus de vingt-trois ans que la vieille sorcière en a fait don à Jean III. Elle est morte depuis longtemps. Charles de Blois dit en caressant son lévrier fétiche :

— Il semble que ce soit l'amour qu'il nous porte qui lui donne la force de continuer à vivre. Mais un jour viendra où...

Le 23 septembre 1364 donc, dès l'aube, les troupes adverses rangées en bon ordre s'apprêtent à s'affronter de plein fouet. Les archers vérifient les cordes de leurs arcs et la quantité de flèches de leurs carquois. Puis, comme mues par un même signal, les deux armées commencent à se déployer dans la plaine encore encombrée de brouillards matinaux. De chaque côté les deux camps arborent les bannières de Bretagne.

Yoland, qui dormait, se lève et s'approche du destrier sur lequel Charles de Blois vient de prendre place. Il jette vers son maître un regard mélancolique de vieux chien fidèle et presque aveugle. Puis soudain, rassemblant toute son énergie, il s'élance vers les troupes adverses. Charles de Blois crie :

— Yoland ! Yoland ! Où vas-tu ? Reviens !

Les capitaines dans leurs armures scintillantes se signent par instinct. Ils regardent Charles de Blois : que faut-il faire ? Yoland est-il en train de donner le signal de l'affrontement général ? Faut-il le suivre ? Que dira-t-on plus tard des vaillants capitaines qui auraient suivi l'ordre d'un vieux chien ? Que dira-t-on si ce chien leur indique le départ vers la victoire ? Mais, d'autre part, que dira-t-on si le vieux lévrier de la sorcière les conduit tout droit à une défaite ?

Tout le monde est désorienté en voyant Yoland filer vers les rangs des Bretons de Jean IV. Mais dans le camp adverse on est tout aussi perplexe :

— Regardez, c'est Yoland ! Il arrive vers nous. Que signifie cela ?

Car, dans le camp de Jean IV et Jeanne de Flandre, tout le monde connaît Yoland, sa légende et sa réputation. Tout le monde connaît la prophétie. Pourquoi le lévrier arrive-t-il vers le camp ennemi ?

— Monseigneur, gardez-vous de ce chien de sorcière ! S'il allait vous mordre ou vous sauter à la gorge ? Si c'était la sorcière elle-même réincarnée par les forces du Diable qui venait pour vous détruire ?

Jean IV de Montfort et Jeanne de Flandre s'attendent au pire.

Yoland arrive, il semble chercher quelqu'un du regard et de la truffe. Il hume l'air et les odeurs des soldats mal réveillés. Puis il se dirige vers Jean de Montfort et se dresse sur ses pattes arrière. D'un coup de langue il vient caresser la main nue de Jean, prétendant au titre de duc de Bretagne.

— Monseigneur, il vient vous rendre hommage ! Si la prédiction s'accomplit, Yoland vient de faire allégeance. Vous serez ce soir le nouveau duc de Bretagne !

Du coup les troupes de Jean IV poussent un cri de victoire qui glace le sang du camp adverse. D'ailleurs Charles de Blois a suivi toute la scène. En ce temps-là les troupes se rangeaient à un jet de pierre de l'adversaire. Charles de Blois a vu son cher Yoland baisant la main de son nouveau maître. Des larmes jaillissent de ses yeux fatigués :

— C'en est fait de nous, messeigneurs ! Pourtant,

gardons confiance en Dieu et battons-nous pour la plus grande gloire du Seigneur et de la Bretagne.

Les cavaliers en armures ébranlent leurs montures dont les caparaçons métalliques font entendre des cliquetis sinistres. Les deux troupes commencent à s'entrechoquer dans les clameurs et les premiers cris de douleur des blessés.

À la fin de la journée Charles de Blois, qui n'a que 45 ans, n'est plus duc de Bretagne : il a été tué. Bertrand Du Guesclin, malgré son courage et sa laideur, est fait prisonnier par le capitaine Chandos, un Anglais. Jean de Montfort peut savourer la victoire de son camp. Il est devenu duc de Bretagne.

Jeanne de Penthièvre, vaincue et veuve, se sent pourtant prête à continuer la lutte. Mais l'intervention presque surnaturelle de Yoland démoralise le moral de ses troupes. Elle se voit contrainte d'accepter le traité de Guérande. Aux termes de celui-ci elle doit céder, l'année suivante, son titre à Jean IV.

Yoland, ayant accompli sa dernière mission, fut retrouvé mort sur le champ de bataille. Non pas tué, car personne n'aurait voulu porter atteinte à cet animal sacré, mais mort d'un arrêt de son pauvre cœur.

LES INTUITIONS DE MARQUIS

— Marquis ! Sois sage, Marquis !

Marquis regarde son maître d'un œil interrogateur. Le maître lui fait une petite grimace d'encouragement. Mais Marquis, un gros caniche noir au poil touffu, s'en tient à son idée et, se retournant vers Mister Groven, le domestique, il retrousse ses babines d'un air peu engageant. Mister Groven, le regard chafouin et la mine bilieuse, attend que Marquis change d'attitude et veuille bien quitter la chambre du maître pour aller se coucher près de l'âtre dans la cuisine. Marquis grogne d'une manière peu plaisante. Mister Groven tend une main crochue pour saisir le collier de Marquis. Marquis aboie et fait claquer ses dents dans le vide.

Mister Groven est tout nouvellement arrivé dans la maison. Ses références sont excellentes et son style ne laisse en rien à désirer. Il est toujours ponctuel et sa tenue est des plus correctes. Vraiment rien à reprocher à cette nouvelle recrue.

Nous sommes au XVIIIᵉ siècle à Twickenham, au royaume de Sa Très Gracieuse Majesté George II. Le maître n'a rien d'un Apollon. C'est une petite créature chétive et bossue, d'une laideur qui l'obsède au point de lui interdire de se regarder dans les miroirs. Son nom est Alexander Pope, le premier écrivain britannique qui ait pu arriver à l'indépendance financière par le succès de ses œuvres.

La porte de la chambre de Pope se referme sur Mister Groven et Marquis, le caniche grondant. Pope trempe sa plume d'oie dans l'encrier de son écritoire portable et reprend la rédaction d'une nouvelle œuvre : ses *Vers en souvenir d'une femme malheureuse.*

Quelques jours plus tard Alexander Pope décide d'aller se promener sous les frondaisons de la forêt voisine. Quel plus bel endroit pour y réfléchir à une de ses « Épîtres morales » ! Et c'est ainsi que Pope, suivi de son inséparable Marquis, se lance dans une grande promenade qui ne peut que faire du bien à sa poitrine d'ancien tuberculeux.

Après quelques miles parcourus à pas lents, au milieu des chants d'oiseaux, troublés seulement par les mimiques gracieuses des écureuils tremblants de curiosité, Alexander Pope se sent un peu fatigué et décide de s'asseoir au pied d'un chêne respectable. Il cale son dos voûté du mieux qu'il peut contre le tronc rugueux et se met à penser aux vieilles croyances druidiques. Le chêne sera-t-il capable de lui insuffler un peu de sa force magique ? Force physique pour ce corps chétif et souffreteux. Force morale pour cet homme brillant en butte à la jalousie de ses confrères en littérature.

Au bout de quelques minutes de réflexion poétique Alexander Pope s'endort, épuisé, au pied du « temple » de la forêt.

C'est le froid qui le réveille en s'insinuant dans son corps fragile. La lumière est déjà plus faible. Marquis, couché en rond, le museau posé sur le pied de son maître, ne semble pas avoir bougé d'un pouce.

— Oh ! Il est temps de rentrer, sinon nous allons manquer l'heure du thé ! Allez, Marquis, debout !

Mais Marquis n'a pas besoin d'encouragements pour se lever en frétillant de la queue. Pope, lui, est obligé de s'appuyer sur sa canne à pommeau d'ivoire avant de pouvoir se redresser. Il reprend le chemin de la maison en grimaçant un peu tant les douleurs sont vives dans ses articulations ankylosées.

Une heure plus tard Pope rejoint son cottage cossu. La domesticité commençait à s'inquiéter de ne pas le voir rentrer. Mister Groven est là, l'air toujours aussi fuyant. Il affecte de s'inquiéter au plus haut point de la santé du maître. En fait Mister Groven est réellement inquiet, car si un malheur arrivait à Pope il verrait ses projets tomber à l'eau...

Une fois installé devant un thé bouillant et un bon plateau de buns et de scones, de muffins et autres brioches beurrées grillées à la flamme de la cheminée, Pope se dit que la gloire et l'argent donnent bien des consolations à ceux que la chance a touchés de sa baguette.

— Au fond, quelle heure est-il ?

Pope met sa main dans la poche de son gilet de velours vert, là où il glisse sa montre. Il est surpris de trouver la poche vide.

— Voyons, où est la montre de la reine ? Serait-elle dans un autre gilet ?

Pope réfléchit. Après la promenade il a éprouvé le besoin d'un bain chaud. Puis il a revêtu une tenue convenant à une soirée tranquille chez soi. A-t-il changé de gilet ? A-t-il mis la montre dans la poche de sa redingote de velours vert mousse ? Le poète bossu sent la sueur couler sur son front couleur d'ivoire : la montre perdue est un cadeau de la reine. Sous le couvercle d'or, une miniature représente la souveraine, Caroline d'Ansbach ; la montre est ornée de diamants et de rubis enchâssés avec le plus grand art. C'est dire si le poète y tient. Un soupçon lui vient.

— Que tout le monde se réunisse immédiatement au salon !

Toute la domesticité arrive, du cocher au jardinier, en passant par les filles de cuisine. Le maître a sa tête des mauvais jours. Ou du moins sa tête des jours de rhumatismes.

— Je cherche en vain la montre de la reine. Impossible de la retrouver. Quelqu'un l'aurait-il vue ?

Personne n'a vu la montre magnifique que tout le monde a pu admirer, de loin, dans la main du maître. Pope, à tout hasard, ordonne :

— Qu'on fouille partout. Si elle réapparaît, nous n'en parlerons plus. Suis-je bien clair ?

Tout le monde comprend : si la montre réapparaît... miraculeusement, le maître n'en demandera pas plus... Encore faut-il que le bijou mécanique soit entre les murs du cottage. Marquis suit toute cette agitation d'un œil indifférent. La seule personne à laquelle il porte attention est son cher maître.

Pope, au fil des heures, en vient à désespérer de retrouver la montre de la reine. Soudain il remarque Marquis qui semble vouloir lui « dire » quelque chose. Mais quoi ?

— Marquis, mon cher Marquis, si tu pouvais comprendre mon problème.

Le caniche fixe le poète. Le poète fixe le caniche et soudain dit :

— Marquis, mon Marquis, va dans la forêt. Après tout, peut-être la montre a-t-elle glissé de ma poche quand je me suis assoupi au pied du grand chêne. Si je savais exactement où est ce chêne, j'irais moi-même fouiller dans les feuilles mortes et la mousse. Mais comment retrouver ce chêne ? Marquis, toi tu peux le retrouver. Va, Marquis, va, cherche, mon bon chien.

Pope se dirige vers la porte d'entrée du cottage. Il l'ouvre et fait un geste vers l'extérieur. La nuit est déjà complète mais Marquis semble plein de bonne volonté. Un dernier regard droit dans les yeux de son maître et le gros caniche noir s'élance dans la nuit. Pope le voit disparaître et pense : « Où peut-il bien aller comme ça ? Comment comprendrait-il ce que je cherche ?... »

La nuit est complète et la vie de la maisonnée a repris son rythme. Mister Groven procède aux ablutions nocturnes de son maître et l'aide à revêtir sa chemise de nuit. Mais cette nuit-là Alexander Pope ne trouve pas le sommeil. Une longue lettre à ses amies les sœurs Blount pour leur conter sa mésaventure ne parvient pas à lui calmer les nerfs.

Enfin, aux premières heures du jour, il sombre dans le sommeil, épuisé par une double angoisse : et si, en plus d'avoir perdu la montre de la reine, il allait ne plus revoir Marquis, son caniche adoré...

Le breakfeast ne console pas le poète. Mais soudain il entend un remue-ménage au rez-de-chaussée : des cris qui lui semblent exprimer l'étonnement et la joie. Puis des coups précipités retentissent sur le panneau de chêne de la porte. Pope, le cœur battant, crie, avec une nuance d'impatience :

— Entrez ! Qu'est-ce que c'est ?

Il n'a pas besoin d'entendre la réponse. Marquis, bousculant la vieille Mistress Bess, la fidèle gouvernante de Pope, vient de faire irruption dans la chambre. Son poil frisé est tout plein de brindilles sèches et de feuilles mortes. Il saute sur le lit de son maître. En temps normal Marquis sait que la chose est formellement interdite. Mais aujourd'hui Marquis est certain qu'il a tous les droits. Dans sa gueule écumante, Pope voit briller une merveille : la montre de la reine. Comment le caniche a-t-il compris la mission que son maître lui avait confiée la veille au soir ? Mystère. Où son instinct l'a-t-il mené pour retrouver le bijou précieux ? Mystère encore.

Ce jour-là Marquis obtient le droit de rester toute la journée couché sur le lit du poète. Mais après ce moment de joie et de liberté, il faut bien que tout rentre dans l'ordre et, dès le lendemain, le malheureux caniche se voit à nouveau, comme chaque soir, chassé de la chambre de Pope pour aller passer la nuit dans la grande salle du bas...

Et donc, après ce moment exceptionnel, la même scène se renouvelle chaque soir. Après une journée passée à se promener en compagnie d'Alexander Pope, après une « tea-party » où Marquis obtient sa part de buns et de scones, de muffins et autres brioches grillées et beurrées, Marquis se retrouve face à face avec l'insupportable et sournois Mister Groven qui dit :

— Marquis, il est l'heure de sortir !

Marquis, comme d'habitude, au lieu d'obtempérer, essaie de gagner du temps en montrant les dents d'une manière féroce. Mister Groven prend un air de circonstance. Parfois, devant les crocs menaçants du caniche, le domestique bat en retraite. Alors Pope appelle :

— Mistress Bess, je vous prie, pouvez-vous faire sortir Marquis ? Il sent le chien mouillé et cette odeur m'insupporte.

Ce qui est bizarre, c'est que Marquis obtempère immédiatement, dès que Mistress lui dit gentiment :

— Viens, mon chien, il est temps de descendre.

Pope en vient à conclure que ce qui fait retrousser les babines de son merveilleux chien, ce ne sont pas les ordres, ce n'est pas le déplaisir de dormir seul en bas, c'est simplement le fait d'avoir affaire à Mister Groven... Pourquoi ? Mystère. Mister Groven est du genre à se plier à tout, même aux besognes les plus humiliantes. Peut-être Marquis a-t-il du mépris pour les domestiques trop rampants.

Si par hasard, l'hiver, le pauvre bossu attrape un coup de froid, on permet exceptionnellement à Marquis de demeurer dans la chambre de son maître et même de dormir sur le lit. Le poète dit que la nuit, s'il se réveille angoissé, il lui suffit de tendre la main et de sentir le poil frisé de Marquis sous sa main pour se rasséréner. Il ne dit pas que Marquis le gratifie à chaque fois d'un grand coup de langue en plein visage. Alors Marquis surveille la moindre quinte de toux de son maître dans l'espoir qu'il pourra demeurer jusqu'au matin sur la courtepointe de soie brodée... Sinon, rien à faire, la place de Marquis est en bas. Soir après soir Mister Groven se charge de la difficile corvée. Soir après soir Marquis doit se plier à la discipline et se réfugier près de l'âtre.

Un soir pourtant, un incident met la maison en émoi. La petite Kate, la fille de cuisine, accouche au moment où elle préparait le pudding du soir. Dans l'agitation qui s'ensuit, Mister Groven ne vérifie pas que Marquis est descendu. Pope se met au lit en se demandant qui est le suborneur de Kate et si les demoiselles Blount seraient d'avis de chasser la fille perdue. Pope, en bon catholique, serait enclin à plus de charité chrétienne. Il souffle sa chandelle sans avoir résolu le problème.

Le poète a enfin trouvé le sommeil quand, au cœur de la nuit, la porte de sa chambre s'ouvre doucement. Il ne s'en rend pas compte le moins du monde. La porte ne grince pas car le maître de maison a les nerfs trop fragiles pour supporter les grincements. Aussi toutes les portes de la maison sont-elles soigneusement huilées. Celle de sa chambre à coucher ne fait pas exception.

Pope ne supporte ni les portes qui grincent ni les lames de parquet qui couinent. Le sol ne réagit d'aucune manière sous les pas de celui qui vient de s'introduire dans la chambre. Si Pope se réveillait il serait à peine étonné ; celui qui entre, c'est simplement Mister Groven, le valet de pied. Seule l'heure de cette intrusion est étrange, car sauf en cas d'incendie, rien ne justifie que Mister Groven s'introduise ainsi, et sans frapper d'ailleurs, auprès de son maître profondément endormi.

Mister Groven, en se guidant grâce à la lumière que la lune jette sur la chambre, glisse doucement vers le lit de son maître. Il est là, penché sur le bossu profondément endormi ; le bras droit juste au-dessus de Pope tient un poignard dont la lame brille dans la demi-obscurité. Mais Mister Groven n'a pas le temps d'achever son geste homicide. Surgissant de dessous le lit, Marquis a bondi en poussant un aboiement strident qui réveille toute la maison. Il saisit le poignet de l'assassin et Mister Groven laisse tomber son arme en poussant un cri de douleur.

L'aboiement du chien et le cri de douleur du domestique réveillent Pope qui ne sait ce qui se passe auprès de lui.

Tandis que Marquis et Mister Groven ont roulé tous deux sur le sol et se débattent dans une mêlée confuse et bruyante, Pope, en chemise de nuit et bonnet de coton, a réussi à sortir de son alcôve. Alors Pope se précipite vers la porte que Mister Groven a laissée entrouverte :

— À l'aide ! À l'assassin !

Il se rue vers la fenêtre pour appeler les sergents qui veillent sur le sommeil des habitants, mais en bas, dans la rue, il aperçoit trois hommes qui semblent attendre et déambulent sous la lumière lunaire.

Le poète ne prend pas le temps de versifier, ni de ciseler une de ces phrases lapidaires qui font sa réputation en Grande-Bretagne et même dans l'Europe entière. Pour une fois il pare au plus pressé. Des étages supérieurs les valets en tenues plus que légères dévalent les escaliers pieds nus. Dès qu'ils pénètrent dans la chambre, ils sont bousculés par Marquis et Mister Groven qui forment une masse tournoyante. Quelqu'un arrive avec une lumière et on comprend tout. Il ne reste plus qu'à immobiliser Mister Groven. D'emblée tout le monde est persuadé que Marquis, le bon caniche, ne pouvait être que du côté du droit...

Quand on se précipite dans la ruelle pour demander aux trois hommes inconnus ce qu'ils font là, ils ont déjà disparu sans demander leur reste. Le remue-ménage, les cris, les aboiements venant de la chambre du maître de maison leur ont vite fait comprendre qu'il n'y a plus rien à attendre de bon de leur expédition.

Mister Groven, remis aux mains du shérif de Twickenham, ne peut qu'avouer son intention : il devait s'emparer de la montre de la reine Caroline et de quelques autres babioles et bijoux d'or et d'argent avant de décamper et se faire oublier. Son compte est fait et la justice royale le condamne à être pendu haut et court en bon gibier de potence qu'il est. Pope et Marquis assistent à l'exécution du malandrin. Les trois complices, qu'on n'a jamais pu identifier, sont peut-être perdus au milieu de la foule qui assiste à l'exécution comme on assisterait à un spectacle gratuit et dont on apprécie à l'avance tout le cérémonial mortel. La question que la foule se pose est : « Mister Groven va-t-il avoir le cœur à l'ouvrage pour sauter le pas ? »

Alexander Pope espère, en assistant à ce spectacle, y trouver une idée nouvelle pour l'ouvrage qu'il compose. Après la « cérémonie », il note sur son journal : « Je n'ai jamais connu aucun homme qui ne puisse supporter les malheurs des autres en parfait chrétien. »

À partir de ce jour, Marquis devient le roi de la maison. Il a désormais le droit de dormir dans la chambre et même sur le lit de son maître adoré. Après tout, qui dit qu'il n'y aura pas une autre tentative criminelle contre un poète qui, de notoriété publique, est plus qu'à l'aise. Un poète qui construit dans le parc de sa propriété une « grotte merveilleuse » dont le tout-Londres décrit à l'envi les détails architecturaux.

Pope, auteur d'un fameux *Essai sur l'homme*, passera pourtant de longues heures à essayer de percer un mystère animal sans réponse : « Comment Marquis a-t-il pu, plusieurs années à l'avance, sentir d'instinct que Mister Groven, le seul domestique avec lequel il se montrait agressif, deviendrait un jour un assassin en puissance ? »

Mais la vie de Marquis arrive à sa fin et Pope lui survivra, ce qui est bien naturel.

Marquis aura, si l'on peut dire, avant de mourir, l'honneur d'être présenté comme un phénomène de fidélité et d'intelligence à tout un aréopage de nobles dames. Pope était-il accompagné de Marquis le jour où, rencontrant Jonathan Swift, l'immortel auteur des *Voyages de Gulliver*, il lui demanda abruptement et sournoisement :

— Que dit-on de moi dans le royaume ?

Swift, le regardant de haut en bas, lui répondit le plus aimablement possible :

— On dit que vous êtes un homme fort petit par la taille mais fort grand poète.

Pope lui sourit de ses dents jaunes et répliqua :

— C'est exactement le contraire de ce que l'on dit de vous !

L'OURS ET LA FEMME NUE

Nous sommes en 1807, au fin fond des Pyrénées, au pied du Montcalm qui culmine à plus de 3 000 mètres. C'est le printemps et un groupe de chasseurs venus de la ville parcourt ces vallées désertiques et sauvages dans l'espoir d'en ramener un bel isard à longues cornes, ou quelque autre gibier de qualité. Mais on sait que ces lieux inhospitaliers sont aussi fréquentés par des ours peu commodes.

— Surtout si l'on tombe sur une femelle accompagnée de ses petits. Ces mères de famille sont fort capables de vous égorger d'un coup de patte.

Alors ces messieurs de la ville, avec leurs guêtres et leurs longs fusils, s'efforcent de marcher d'un pas mesuré et silencieux, l'œil aux aguets.

— Oh ! mes amis ! Regardez là-bas. Est-ce que vous voyez ce que je vois ?

Alors que le soleil se lève à peine, chacun regarde dans la direction indiquée par celui qui vient de rompre le silence des marcheurs.

— Où ça ?

— Là-haut, regardez, au bord du précipice. Est-ce que j'ai la berlue ?

— On dirait une femme. Mais, Jésus, ce n'est pas possible. Elle est entièrement nue !

— Croyez-vous qu'il s'agisse d'une sorcière ? Ou d'une diablesse ?

— Attendez que je prenne ma longue-vue. Mais non, il s'agit bien d'une femme. Entièrement nue. Elle examine le fond du ravin. Et elle ramasse des herbes qu'elle porte à sa bouche.

— Et si nous parvenions à l'attraper ?

— Ma foi, notre devoir de chrétiens nous impose de lui porter secours. Ne serait-ce que pour lui fournir une tenue plus décente.

Ainsi commence l'histoire de la « femme nue des Pyrénées ».

Les chasseurs, oublieux pour un moment de leur désir de ramener du gibier, s'élancent sur les pentes escarpées. Ici point de sentier, ou alors ce ne sont que des coulées tracées par le passage de quelques troupeaux au printemps. Mais la femme nue a cessé de scruter le ravin. Elle relève la tête. À présent on voit qu'elle est mince et que sa peau est brunie par le soleil. Ses longs cheveux pendent presque jusqu'à ses genoux. C'est là son seul vêtement. Elle vient d'apercevoir le groupe de chasseurs.

Loin de leur faire aucun signe de bienvenue la femme, qui peut avoir entre 30 et 40 ans, se relève d'un bond et prend son élan. Avec une souplesse surprenante elle escalade, malgré ses pieds nus, la rocaille. Aussi vite qu'un isard apeuré. Et elle disparaît en haut de la montagne. Les chasseurs déconfits voient un instant sa silhouette qui se détache sur le disque rougeoyant du soleil naissant. Puis plus rien.

L'histoire ne dit pas si cette partie de chasse est couronnée de succès, et il y a fort à parier que les chasseurs ont hâte à présent de rentrer au bercail pour raconter leur vision et essayer d'en savoir plus sur cette créature en tenue d'Ève. Les voici donc qui regagnent le village de Suc et, dès qu'ils arrivent à l'auberge, ils racontent en parlant tous à la fois leur rencontre incroyable.

— Il faut rattraper cette pauvre créature et la ramener à la civilisation chrétienne.

— Pourquoi croyez-vous qu'elle est chrétienne ? Quant à être civilisée, elle paraît tout à fait sauvage.

Le lendemain un nouveau groupe se forme. Les messieurs de la ville, bien équipés, sont là au complet. Mais ils se sont adjoint quelques bergers du village qui connaissent mieux les vallées sombres et les ravins escarpés de la montagne. On part au cœur de la nuit. Chacun a emmené son chien pour suivre le gibier humain à la trace. Quand le soleil se lève, quelqu'un sous le pic Montcalm s'écrie :

— Regardez, la voilà : c'est elle, c'est la « bioundina ».

La femme nue est là, presque au même endroit que la veille. Cette fois, elle est en train de se désaltérer à l'eau glacée d'une source.

— Regardez, il y a quelque chose qui bouge derrière elle.

La chose qui bouge, énorme masse de poils, est... un ours adulte. Les chasseurs sont trop loin pour tou-

128

cher la bête d'un coup de fusil (nous ne sommes qu'en 1807, en pleine gloire de Napoléon Ier). Alors le groupe se divise en plusieurs équipes qui prennent différents itinéraires. La manœuvre consiste à enfermer la femme nue et son ours dans une sorte de tenaille. Mais là-haut la femme et l'ours se sont redressés d'un même mouvement. Lequel a prévenu l'autre de l'arrivée des intrus ? On ne sait.

— L'ours ne semble pas vouloir l'attaquer.

— Au contraire, regardez-les tous les deux qui décampent.

Il faudra plusieurs heures à la meute des chasseurs et à leurs limiers pour parvenir à coincer la femme nue dans une impasse de rochers. L'ours qui l'accompagnait a disparu. Les plus courageux ou bien ceux qui connaissent le mieux la femme s'en approchent avec précaution : la créature se recroqueville dans une anfractuosité de pierres moussues. Elle montre les dents et jette en avant des mains griffues. On finit par la maîtriser en essayant d'éviter ses ongles aiguisés comme des dagues. Quelqu'un a songé à apporter un grand châle de laine qu'on lui jette sur les épaules. Mais la femme nue ne veut pas se laisser faire. À présent elle rugit comme une bête fauve :

— Elle a vraiment les cris d'un ours, fait remarquer quelqu'un.

Le châle de laine qu'on lui a jeté sur les épaules pour couvrir sa nudité est mis en pièces séance tenante. Quelqu'un fait alors un nœud coulant avec une corde de chanvre et il faut bien se résoudre à ligoter la femme nue. Tout le monde, même les plus chastes, est obligé de constater qu'elle est fort bien faite, musclée, nerveuse, dotée de longues jambes et d'attaches fines très aristocratiques.

Une fois attachée, la femme, dont la bouche écume, continue à se débattre. Et soudain elle prononce quelques paroles que seuls certains parviennent à comprendre :

— Maudits ! Cochons ! Mécréants du diable !

Ceux qui comprennent sont les messieurs de la ville car eux seuls parlent le français. En cette année 1807, au fond de ces vallées pyrénéennes, tous les autres n'ont qu'un seul langage : le patois.

Maintenant qu'elle est ligotée, la femme nue, qu'on a recouverte d'une couverture, est hissée tant bien que mal sur un des chevaux qui attendaient au bivouac de la vallée. Et la voilà ramenée en grande pompe jusqu'à Suc. Là, comme il se doit, on la confie à l'autorité morale la plus compétente : monsieur le curé.

— Ma fille, soyez la bienvenue. Je devine que vous avez dû passer par bien des souffrances. Mais à partir d'aujourd'hui vous regagnez le monde chrétien et tous vos malheurs sont terminés.

Monsieur le curé, malgré ses bonnes intentions, se trompe lourdement.

Là-haut dans la montagne, quand la nuit tombe, quelques ours poussent des grognements qui expriment leur inquiétude : où est donc leur amie la femme nue ?

Dans la chaleur du presbytère, la femme nue redevient humaine et le montre en se mettant à pleurer. Ainsi donc il s'agit bien d'une femme. Les ours et les isards pleurent-ils en effet ? Mieux encore, elle se met à murmurer entre ses dents, qu'elle a fort belles, une phrase qui laisse perplexe :

— Que dira mon mari ?

Donc cette femme nue, qui parle français, doit appartenir à une couche sociale relativement bourgeoise. Elle parle de mari. Celui-ci serait-il resté là-haut, nu comme un ver, au milieu des ours ?

La femme nue refuse pourtant la nourriture que lui offre la bonne du curé. Celui-ci décide qu'une nuit de repos solitaire calmera sans doute les frayeurs de la pauvre créature.

— Marie, préparez la chambre du haut et disposez quelque nourriture pour cette pauvre femme.

Les bonnes âmes du village offrent quelques vêtements décents pour la femme qui ne peut rester nue et celle-ci se retrouve enfermée à clef dans une chambre dotée d'un bon lit. Par précaution on n'a pas allumé de feu dans la cheminée mais la couette de plume, le repas frugal et la cruche d'eau fraîche devraient lui permettre de retrouver son calme.

— La femme nue n'est plus là !

C'est ainsi que, le lendemain matin, monsieur le curé constate l'échec de ses tentatives pour ramener sa nouvelle ouaille à la civilisation. La femme nue est parvenue, on ne sait comment, à ouvrir le volet pourtant hermétiquement fermé de la chambre où elle était confinée. L'agilité qu'elle a acquise dans la montagne lui a permis de gagner le toit du presbytère et, d'un bond démesuré, elle a sauté sur le chemin. Les vêtements dont on prétendait l'affubler la veille jalonnent le parcours qui l'a conduite vers la montagne et ses amis les ours. Ils sont en charpie...

Quelques jours plus tard, des bergers redescendant de la montagne donnent des nouvelles de la femme sauvage :

— La « bioundina » est repartie là-haut. On l'a vue. Elle est toute nue comme d'habitude et il y a toujours un ou deux ours à ses côtés !

Du coup les messieurs de la ville apprennent que la « bioundina », autrement dit la « blonde », n'est pas vraiment inconnue au village. Depuis quelques années, deux ou trois au plus, les bergers qui mènent les moutons à l'alpage ont eu l'occasion de la rencontrer. Une femme nue, encore jeune, même d'une propreté douteuse, est une rencontre assez insolite et agréable pour les hommes du pays. D'ailleurs eux non plus ne sentaient sûrement pas la rose. Mais, à leur grande déconvenue, la femme nue ne se laissa pas approcher.

— Pour l'apprivoiser, on lui donne du lait. Elle attend qu'on soit un peu loin pour venir et le boire. On lui donne aussi du pain et du fromage. Souvent elle nage dans les lacs, pourtant glacés et pleins de sangsues. Parfois on la voit assise sur un rebord rocheux inaccessible. Elle a l'air plongée dans ses pensées, parfois elle a l'air de pleurer, le visage enfoui entre ses mains. Elle nous dit des choses mais ce doit être du français, alors on n'y comprend rien.

— Ce qui est bizarre c'est que les ours ont l'air de la protéger. Comme si c'était sa famille !

— Dame, vous avez vu, elle est plutôt simplette. Il paraît que les animaux respectent instinctivement ceux qui sont un peu fadas...

— Il faudrait la rattraper avant l'hiver. Comment peut-elle survivre avec la neige et le froid, nue comme elle est ?

Depuis que la femme nue a séjourné au village l'espace d'une nuit, on échafaude des suppositions :

— Il paraît que c'est une Française de Paris, une dame noble. Il y a quelques années, pour fuir la Révolution, elle est partie en Espagne avec son mari. Et puis ils ont voulu revenir mais comme ils ne possédaient pas de passeport, ils ont décidé de franchir les Pyrénées à pied, sans guide.

— Et ils ont été attaqués par des brigands. Au cours de cette attaque le mari a été tué. Rendue folle de douleur, sa femme s'est enfuie dans la montagne. Et voilà ce qu'il en reste au bout de deux ans... Une folle complètement nue qui vit avec les ours.

Pour en savoir plus il faut que le village attende le printemps.

— La femme nue ! Elle est toujours là-haut. Toujours aussi nue, et toujours en train de manger des racines au milieu des ours. Mais depuis qu'on l'a attrapée, elle se méfie, même quand on lui offre du lait, du pain et du fromage.

— Oui, mais elle devient de plus en plus intrépide. Elle s'est approchée d'une ferme et elle a volé des poules pour les manger crues.

— On l'a même vue entrer de nuit dans une bergerie et faire sortir les moutons pour qu'un ourson qui l'accompagnait puisse les dévorer tout à son aise. Ça ne va plus du tout !

— Chez les Cazaubon, elle a fait tarir la source ! C'est une sorcière qui n'apportera que du malheur dans le pays !

Le juge de paix du canton, qui n'a guère l'occasion de se mettre en avant, décide de faire parler de lui :

— Dans l'intérêt des populations il faut récupérer la pauvre créature. Je vais demander l'aide de la troupe pour se saisir de la femme sauvage.

Sitôt fait, sitôt dit : quelques jours plus tard, une cinquantaine d'hommes, armés comme de bien entendu, prennent la direction de la montagne pour s'emparer de la femme aux ours. Coincée par plusieurs escouades convergentes, elle est immobilisée et ramenée vers les bienfaits de la civilisation. Une folle qui erre en altitude, ça fait désordre pour le département.

Une fois la femme aux ours capturée, elle devient encombrante pour le juge de paix. Il l'expédie à Foix avec un billet de sa plus belle plume où il explique que cette vagabonde dangereuse doit de toute urgence être confiée à l'hospice départemental de Vicdessos. Ce qui est fait.

C'est sans compter avec la soif de liberté de la femme qui vivait nue. Elle s'échappe de l'hospice

mais, loin du pic Montcalm, loin de ses ours qui la
protègent et la réchauffent, elle est perdue. On la
retrouve errant dans les rues de Foix. Du coup, pour
éviter toute nouvelle évasion, on l'enferme dans la
prison de la ville. Comme une voleuse ou une criminelle.

Mais à Foix comme à Vicdessos, l'autorité est
embarrassée par la malheureuse. Le préfet écrit en
haut lieu pour que la femme de la montagne soit
récupérée par Toulouse et internée dans un établissement spécialisé dans le traitement des aliénés. On
sait ce que cela signifie à l'époque : douches glacées,
promiscuité, chaînes aux chevilles. Aucun des alié-
nistes toulousains ne semble intéressé par le cas de
cette femme sauvage. Peut-être est-elle trop âgée
pour qu'on ait l'espoir de la rééduquer. Ou bien
craint-on de soulever un lièvre politiquement délicat.
Qui sait qui se cache sous l'anonymat de cette
ex-émigrée ? Peut-être possède-t-elle une famille
influente dont les réactions pourraient être dangereusement imprévisibles ?

Du coup Toulouse se tourne vers Paris. Des cour-
riers soigneusement calligraphiés partent vers la
capitale et plus précisément vers les bureaux du
ministre de l'Intérieur. Mais l'affaire ne pouvant en
aucune manière contribuer à la gloire de l'Empereur,
la démarche est stérile. À Foix, on s'impatiente :

— Il faut faire quelque chose : depuis qu'elle est
enfermée à l'hospice, cette femme ne cesse de hurler
jour et nuit ! Elle rend les autres prisonniers nerveux
et les gardiens aussi.

— Il faudrait trouver un lieu d'où on ne puisse
l'entendre. Entre des murs épais.

— Il y aurait bien un moyen. On pourrait la coincer dans l'escalier de la Tour ronde, entre les deux
portes, celle du bas et celle du haut.

— Ce sera toujours plus confortable que le cachot où elle croupit depuis des semaines.

La femme nue, redevenue nue, se retrouve donc coincée dans un escalier glacial, éclairé par une meurtrière qui ne lui permet aucun espoir d'évasion. Elle passe ses journées assise sur les marches. La nuit elle se recroqueville dans l'embrasure de la meurtrière. Mais elle continue à gémir et hurler comme une chienne qui appelle la mort.

— Et si on la descendait aux oubliettes ? Dans l'obscurité elle se calmerait sûrement. Elle doit bien finir par dormir. La résistance humaine a ses limites.

— Va pour une oubliette, le château en possède d'assez profondes pour qu'on ait enfin la paix. Mais n'oubliez pas de lui donner une couverture, du pain et de l'eau.

Et celle qui était habituée aux libres espaces de la montagne pyrénéenne se retrouve dans le noir d'un cul-de-basse-fosse. Humide, glacé, terrifiant.

Quand on s'inquiète de renouveler la pitance de la femme nue, on s'aperçoit qu'elle ne gênera plus personne : elle est morte. L'acte de décès, daté du 29 octobre 1809, signale la mort d'une femme sans nom, sans prénom, sans profession, sans domicile ni lieu de naissance, et paraissant âgée de 45 ans environ.

Le lendemain de la macabre découverte, le préfet de Foix reçoit un courrier demandant le transfert immédiat de la « femme nue des Pyrénées » vers un hospice capable de l'aider à retrouver la raison. On peut se demander pourquoi il a fallu huit jours pleins pour qu'arrive à destination ce passeport pour la survie. À l'époque quatre jours auraient dû suffire. On peut, encore aujourd'hui, se demander si quelqu'un n'a pas sciemment retardé ce courrier salvateur pour éviter que la femme nue aux ours ne retrouve trop tôt la mémoire et ne se mette à raconter une histoire mettant en cause des personnes haut placées.

Dans la montagne, pendant quelque temps, les ours, désorientés, ont cherché leur amie humaine.

LA MAUVAISE ÉTOILE DE STARY

— Attention, les enfants ! Ne jouez pas au milieu de la rue. Avec ces chauffards qui passent sans faire attention à rien !

— Oui, maman, on fait juste du patin à roulettes sur le trottoir.

Mary-Ann O'Connell, la mère d'Angel et de Brendan, est bien occupée. Ce soir, on fêtera l'anniversaire de Vernon, son mari, en famille avec quelques amis et les trois enfants : Angel, 10 ans, Brendan, 6 ans, et Alice, 4 ans. Belle jeune femme, belle famille d'ouvriers en bonne santé, sous le chaud soleil de Cantina, au cœur du Nouveau-Mexique. Ce soir, il y aura un barbecue avec des côtes de porc, du gratin dauphinois, une recette française, et un énorme gâteau aux framboises. Mary-Ann est très occupée. Elle jette un coup d'œil vers la cour de l'immeuble et crie une dernière recommandation :

— Et défense de parler aux gens que vous ne connaissez pas, compris ? Et attention, Angel, de ne pas revenir avec ton pull-over neuf tout dégoûtant. J'ai mis trop de temps à te le tricoter !

Il faut dire que le pull-over d'Angel, c'est quelque chose : rouge écarlate avec dans le dos une superbe inscription entourée d'étoiles, « Angel ». Un ange qui ressemble plus à Superman qu'aux icônes de

136

l'Église catholique apostolique et romaine, mais enfin Angel est content, c'est le principal après tout !

Angel et Brendan sont rejoints par deux copains du voisinage. Les gamins sont très occupés à nouer les lacets de leurs patins à roulettes. Brendan fait un peu la moue : il est encore trop petit pour en faire. Alors il galope à côté des autres en attendant d'être assez grand pour avoir lui aussi sa paire de patins rien qu'à lui...

— Les enfants ! Les enfants !

Angel, Brendan et compagnie ne prêtent pas attention à la voix qui les interpelle. La voix, masculine, insiste :

— Les enfants ! Vous pourriez peut-être m'aider ?

Au bout de la rue une voiture stationne. Un homme en descend. Il s'approche des gamins. Il tient sa main gauche dans sa poche.

— Vous pourriez me donner un coup de main ? Je cherche mon petit chat. Il doit être perdu, ça fait trois jours qu'il n'est pas rentré à la maison.

— Votre petit chat ? Et il est comment, votre petit chat ?

L'homme s'approche ; il peut avoir 30 ou 35 ans, a l'air sportif, le visage bronzé. Il arbore une moustache blonde et des yeux gris sous d'épais sourcils...

— Il est très mignon. Il a une jolie petite frimousse. Mais j'y pense, j'ai une photo de lui sur le pare-brise de ma voiture. Venez, je vais vous la faire voir.

Les gamins se dirigent vers la voiture, une vieille Buick à l'allure bizarre. Elle est peinte en blanc avec de grandes rayures rouges. Angel se dit : « C'est la première fois que je vois cette bagnole. »

Comme la voiture est garée en haut de la montée, les patineurs ont un peu de mal à avancer. Brendan, chaussé de petites sandales, les devance facilement.

À présent l'homme est penché à l'intérieur de la voiture.

— Tiens, regarde !

Brendan tend le cou pour voir la photographie du chat perdu. Il aperçoit un cliché noir et blanc sur papier glacé. Mais soudain, il pousse un cri. Avec la photo l'homme a sorti un couteau à cran d'arrêt de sa poche gauche. Il attrape Brendan par le bras et tente de le jeter à l'intérieur de la voiture. Angel remarque alors que le moteur est resté en marche. Mais Brendan résiste et commence à pleurer. Les copains du quartier, apeurés, s'égaillent comme une volée de moineaux en poussant des cris :

— Papa ! Maman ! Au secours !

Angel s'enfuirait bien lui aussi mais en tant qu'aîné de la famille O'Connell, il se sent investi d'une responsabilité vis-à-vis de Brendan. Angel arrive près de l'homme et, sans hésiter, lui décoche un grand coup de patin en plein sur le tibia. L'homme pousse un cri de rage :

— Espèce de petit salaud !

Mais il desserre son étreinte et Brendan en profite pour dévaler la rue vers le pavillon familial, sans demander son reste. L'homme fait une grimace. Angel, malheureusement déséquilibré par son coup de patin, tombe sur le sol. Le moustachu l'agrippe à bras-le-corps et l'assomme d'un revers de la main. Avant que personne ait pu intervenir, Angel, évanoui, se retrouve jeté sur la banquette arrière. La dernière vision que Brendan a de son frère est la tache rouge du joli pull-over brodé par maman avec le mot « Angel ».

Le moustachu saute au volant et démarre en faisant crisser le caoutchouc des pneus. Brendan ne voit plus personne, ni le moustachu, ni Angel, ni la voiture rouge et blanche.

— Maman ! Maman ! Un monsieur est parti avec Angel !

Mary-Ann O'Connell met un moment à comprendre ce qu'on lui dit. Les copains sont déjà dans la cour, parlant tous ensemble. Quand Vernon O'Connell, une heure plus tard, arrive de l'usine où la police l'a fait prévenir, la situation est angoissante. Personne dans le quartier ne connaît la voiture. La description faite par les gamins n'évoque aucun habitant connu. Personne, dans les heures qui suivent, ne téléphone pour réclamer une rançon pour Angel. D'ailleurs les O'Connell ont plus d'achats à crédit que d'argent de côté. Pourquoi seraient-ils l'objet d'un kidnapping avec demande de rançon ? La police est perplexe. Car, à l'époque, l'idée d'un crime pédophile n'est pas encore installée dans tous les esprits... Les seuls éléments qui permettraient d'avancer sont deux détails :

— J'ai remarqué que la roue avant de la Buick avait perdu son enjoliveur.

— Ça nous aurait avancés davantage si quelqu'un avait pu voir la plaque d'immatriculation. Mais enfin, une Buick bicolore à rayures, ça ne passe pas inaperçu !

— Une Buick de 1967, il faut le noter.

Car, en Amérique, tous les gamins savent reconnaître les années de sortie des voitures. C'est déjà ça.

Dès que la nouvelle se répand dans le quartier, tous les pères de famille, tous les honnêtes gens de Cantina se mobilisent pour essayer de retrouver un indice sur le mystérieux moustachu et sa voiture bicolore. Quarante-huit heures de recherches intensives n'apportent rien. Pourtant Cantina est comme une oasis au milieu du désert. Comment se fait-il que la Buick 1967 n'ait pas été remarquée sur les routes du désert ? Comment a-t-elle pu disparaître, se volatiliser ? À moins qu'elle ne soit cachée dans un garage...

Un portrait-robot plus ou moins précis est cependant diffusé et affiché partout, surtout dans les stations-service du Nouveau-Mexique et des États voisins. Deux jours plus tard on découvre, dans une haie, un élément important :

— Brendan, regarde bien cette photo. Est-ce la photo du chat que cet homme t'a montrée ?

Brendan est formel : c'est la photo du chat. Enfin d'« un chat » ! Allez savoir si ce chat existe encore, s'il vit dans le voisinage, s'il appartient bien au kidnappeur. Voilà des questions qui risquent de rester sans réponse. Le chat, ravissant, photographié sur une marche en plein soleil, a l'air sympathique. Il a comme une marque en forme d'étoile au milieu du front... Original !

Cantina se couvre alors de petits rubans jaunes. Chacun sait qu'aux États-Unis, depuis plus de cent ans, ces petits rubans indiquent qu'on espère le retour d'un être cher. Avec la guerre du Vietnam encore toute proche, nombreux ont été ces rubans accrochés aux arbres. Les enfants des écoles participent avec mélancolie à un lâcher de ballons. Quelqu'un explique :

— On ne sait jamais : si Angel était retenu dans les environs, ces ballons lui feraient comprendre que l'on pense à lui et qu'on l'attend. Rien que cette idée pourrait lui donner assez de courage pour résister à son kidnappeur ou lui donner assez d'énergie pour tenter de s'échapper.

Mais les ballons montent et explosent dans le ciel sans qu'Angel ne se manifeste. Les Indiens d'une réserve voisine se cotisent et achètent une page entière d'un magazine mensuel. On y voit la petite bouille d'Angel, le regard plein de malice. Qui sait ce qu'il reste de ce sourire si vivant... Mary-Ann et

Vernon serrent tous les soirs Brendan et Alice entre leurs bras. Puis toute la famille, entourée d'amis et de voisins, s'agenouille dans une prière fervente pour le retour du disparu.

Quelques semaines plus tard, Bernie Gallaghan, un ranger chargé de patrouiller dans le désert, roule tranquillement sur une route qui mène à Cantina. Il sifflote en écoutant les derniers airs de danse sur la radio du bord. Le talkie-walkie qui le relie au poste central pendouille au tableau de bord.

— Tiens, il doit y avoir un animal crevé dans les environs. Qu'est-ce que ça peut être ?

En effet, Bernie vient de remarquer le vol sinistre de quelques vautours au-dessus d'une colline de pierres brûlées. Pas de doute, ces oiseaux peu sympathiques s'apprêtent à partager un repas plus ou moins ragoûtant. Une chèvre égarée, un mouton blessé ? Bernie arrête sa voiture de service et escalade les rocailles chauffées à blanc. Ici, pas d'arbres. Des arbustes ligneux à la rigueur, quelques cactus, des agaves. La végétation de pays peu hospitaliers. Là-haut les vautours ont repris un peu d'altitude à l'arrivée de l'homme en uniforme. Ils savent d'instinct que ce genre d'humain est toujours muni d'une arme à feu...

Un seul vautour ne voit pas arriver le ranger, trop occupé à arracher des morceaux de chair coincés sous un bloc. Bernie s'arrête, interdit.

— Merde ! C'est un cadavre !

Alors il tire un coup de feu dans la tête du vautour trop affamé, puis court jusqu'à son véhicule, et c'est en tremblant un peu qu'il informe le poste central :

— Sur la 324 à peu près à la cote 45. Je suis sur place. Je viens de découvrir un cadavre enfoui sous un monticule de pierres. Un crime à tous les coups.

Ah ! j'allais oublier : d'après ce qu'il reste du corps, ça fait pas mal de temps qu'il est là. Ah oui ! j'ai l'impression qu'il s'agit d'un gamin. Garçon ou fille, je n'en sais rien. Pas envie d'aller voir de plus près. Excusez-moi...

Puis Bernie raccroche le micro au tableau de bord et se met à vomir sur l'asphalte.

À Cantina les petits rubans jaunes qui se décoloraient au soleil disparaissent d'un seul coup et sont remplacés par autant de rubans noirs. Plus d'espoir de retrouver Angel : c'est lui qui servait de déjeuner aux vautours. On l'identifie à des fragments de vêtements et à quelques détails parmi lesquels son appareil dentaire. Impossible de dire comment il est mort. Impossible de dire depuis combien de temps il repose sous les cailloux qui devaient dissimuler à jamais son cadavre. Impossible de dire non plus qui est le mystérieux moustachu, dernière personne aperçue en compagnie du malheureux Angel.

Vernon et Mary-Ann, presque soulagés de leur angoisse mortelle, peuvent commencer leur deuil. Ils voudraient pourtant que justice soit faite.

— Nous n'avons pas d'esprit de vengeance. Nous voulons simplement que l'assassin d'Angel soit mis hors d'état de nuire. Car ce genre de criminel, d'après ce qu'on nous a expliqué, en reste rarement à un premier crime. Les pulsions qui les dominent leur font recommencer de nouveaux forfaits, selon les mêmes méthodes. La mort de leur victime ne les guérit pas. Il a tué ; s'il est encore en vie, il tuera encore !

Désormais Mary-Ann va tous les jours sur la tombe d'Angel. Vernon voudrait qu'elle cesse de le faire. Brendan, lui, dans sa chambre, contemple toujours quelques objets ayant appartenu à Angel. À présent il pourrait utiliser les patins à roulettes, que ses parents lui ont offerts, mais ces objets sont trop liés à la disparition de son frère. Ils restent pendus au mur, flambant neufs.

Épinglée au mur il y a autre chose : la photographie du chat au front étoilé. Pas exactement la photographie tombée de la voiture du kidnappeur mais une photocopie faite par la police au plus fort des recherches. Un si joli petit chat qui, sans le savoir, a servi le criminel. Brendan se dit qu'un tel chat doit bien exister quelque part. Si jamais il venait à retrouver le chat... Après tout il n'y a pas si longtemps que le moustachu a disparu avec Angel.

Un jour Brendan croit rêver :

— Maman, papa, je l'ai vu ! Il est là sur le terrain vague !

— Qui, mon ange ?

— Le chat ! Le chat de la photographie ! Le chat du bonhomme qui a tué Angel !

— Allons, calme-toi. Les chats, il y en a plein. Pourquoi veux-tu que ce soit justement celui-là ! Après tout, tu ne l'as jamais vu en vrai ce chat !

Brendan insiste :

— C'est lui ! C'est lui ! Il faut appeler la police. Il faudrait l'attraper !

— Et quand tu l'auras attrapé, qu'est-ce que tu comptes faire, mon pauvre chéri ? Lui demander si son papa a une voiture rouge et blanche ? Lui demander si c'est un monstre moustachu ?

Pourtant Mary-Ann décide d'en avoir le cœur net. Elle aussi va jeter un coup d'œil sur le terrain vague voisin. Elle tient la photo du chat.

— On dirait bien que c'est le même animal. Il est plus gros. Mais il n'a pas l'air mal nourri.

La police est d'accord pour admettre que ce chat au front étoilé pourrait être une piste intéressante. S'il a un maître ou une maîtresse, autant remonter jusqu'à celui ou celle-ci. Il faut surveiller le matou et essayer de le suivre. Mais le chat étoilé est un fameux lascar. Il aime se faufiler dans les broussailles les plus inextricables. L'attraper ne servirait à rien. Finalement, en mobilisant une bonne dizaine de personnes, on parvient à localiser le domicile du chat : un immeuble plus ou moins en ruine dans un quartier pouilleux et promis à la démolition.

Une enquête discrète permet de savoir que l'animal semble avoir élu domicile avec une véritable épave humaine : Dick Harrington, un ancien du Vietnam, une loque cadavérique assommée par l'alcool et la drogue.

On finit par trouver Harrington au logis. Un lit de métal, une vieille télévision, un réfrigérateur rouillé et quelques posters rappelant les GI américains dans leurs déboires vietnamiens. Au mur quelques décorations authentiques. Dans un tiroir, assez de drogue pour justifier l'arrestation de Harrington.

Quand on interroge Harrington, personne parmi les anciens amis d'Angel n'est capable de reconnaître le kidnappeur blond et moustachu. En l'espace de deux ans, il a perdu sa moustache et pas mal de cheveux. Les drogues dures et l'alcool qui détruisent l'ancien GI et qui dévorent toute sa pension de militaire l'ont pratiquement défiguré. Il n'est plus que l'ombre du garçon relativement beau que montraient le portrait-robot et l'avis de recherche deux ans plus tôt.

Harrington, pressé de questions, déçoit les espoirs des policiers : il prétend ne se souvenir de rien. Ni d'Angel ni de voiture blanche et rouge. D'ailleurs il y a belle lurette qu'il n'a plus de véhicule. Pas assez d'argent. On retrouve pourtant dans les fichiers d'immatriculation la preuve qu'en 1970, il était bien propriétaire d'une Buick 1967 immatriculée en Floride.

On décide de passer l'« appartement » de Harrington au peigne fin. Et c'est le chat au front étoilé qui donne sans le vouloir la preuve de la présence d'Angel chez Harrington. Le chat, nommé logiquement Stary, c'est-à-dire « Étoilé », dort dans le fond d'un placard. On découvre son jouet : une petite pelote de laine sans importance. Mary-Ann, en examinant ce peloton, reconnaît la tête de l'ange qu'elle avait amoureusement tricoté sur le pull d'Angel.

Harrington avoue enfin, sans trop savoir l'expliquer, son crime. Son avocat, aidé de psychiatres, remonte dans son passé et on découvre qu'avant d'être un ancien du Vietnam, blond, moustachu, bronzé et d'apparence tout à fait sympathique, Harrington a dû passer de bien tristes moments : une mère alcoolique qui se livrait régulièrement à la prostitution sans trop se gêner devant son fils, un beau-père routier doté d'un tempérament particulièrement nerveux et de pulsions sexuelles traumatisantes pour le jeune Dick.

Dès qu'il put s'échapper en s'engageant dans l'armée Dick découvrit tout un monde nouveau : le Vietnam, la drogue facile, les petits garçons qui ne demandaient qu'à être gentils pour un dollar. Quand il rentra chez lui, Dick était un pervers qui avait perdu tous ses repères. Angel n'a pas voulu être gentil : il s'est débattu. Dick l'a étranglé puis a enfoui le corps sous un tas de pierres du désert. Il explique dans la foulée pourquoi on n'a pas retrouvé la Buick à rayures rouges et blanches. Il s'agissait d'adhésif posé à dessein qu'il mit deux minutes à arracher. Sa Buick était blanche et la plaque fausse. Sa moustache blonde aussi d'ailleurs.

Depuis, emprisonné pour de longues années, Dick Harrington essaie de se « reconstruire », de quitter la drogue, et d'éviter le dégoût meurtrier des autres prisonniers...

Vers 1860 quelqu'un, appelons-le Willy, découvre, non loin d'un village indien des États-Unis, un oisillon qui peut à peine voler. Ce n'est ni un moineau ni un merle, mais un oiseau avec un bec crochu et des serres qui seront puissantes pourvu que Dieu lui prête vie. L'oisillon du genre « aigle » est nourri par son sauveteur et il grandit.

Ce sont les derniers jours de paix avant un conflit qui va ensanglanter le pays durant les cinq prochaines années et laisser de profondes blessures. Depuis longtemps les États du nord des États-Unis sont industrialisés. Pour se maintenir à l'abri de la concurrence européenne, les industriels du Nord veulent maintenir une politique douanière protectionniste. Au Sud au contraire les planteurs ne survivent que grâce à la culture du coton et à la main-d'œuvre fournie par les esclaves. Les gentilshommes du Sud veulent une politique douanière libre-échangiste pour pouvoir exporter leur coton.

L'oisillon tombé du nid s'en moque. Pourtant c'est cette différence entre Nord et Sud qui va commander toute son existence. Une dame se mêle d'écrire un livre intitulé *La Case de l'oncle Tom* et les gens du Nord qui n'ont pas d'esclaves s'émeuvent de la vie qu'on fait mener aux esclaves du Sud. L'oisillon tient à peu près debout et vole joyeusement autour de son maître. Un jour Willy s'engage dans l'armée. Il a toutes les bonnes raisons pour ça. Nous sommes en 1861 et le général sudiste Pierre Beauregard vient d'attaquer fort Sumter, c'est-à-dire le port de Charleston. Il y remporte une première victoire. C'est le début de la guerre de Sécession.

— Je viens m'engager pour défendre la liberté.

C'est sans doute ainsi que le jeune Américain se

présente au bureau de recrutement. Son aigle apprivoisé est perché sur son épaule.

— Signe là, mon garçon !

— Je ne sais pas signer.

— Alors fais une croix et ça ira.

— J'en fais deux, une pour moi et une pour Abe, mon aigle apprivoisé. Lui aussi il veut défendre la liberté et il peut être utile.

Le sergent recruteur n'insiste pas. Si on se mettait à examiner à la loupe l'état mental de tous ceux qui sont capables de tenir un fusil, où irait-on ?

Et c'est ainsi qu'Abe, l'aigle apprivoisé, et son père adoptif subissent le baptême du feu. Pour faire plus joli, Abe porte autour du cou un bouquet de rubans bleus, blancs et rouges qui flottent gaiement dans le vent. Ça n'a pas l'air de le déranger. Ça ne dérange pas non plus les officiers du 8e régiment du Wisconsin, celui où son père adoptif exerce ses talents militaires.

Abe va sentir pour la première fois l'odeur de la poudre lors du premier combat de Bull Run en Virginie. À Washington toute la société élégante s'est donné le mot :

— Que faites-vous demain, ma chère ? Viendrez-vous avec nous ?

— Et où cela, je vous prie ?

— Mais viendrez-vous assister à la bataille ? Vous n'êtes pas au courant ? Demain nos braves garçons du Nord vont affronter les garçons du Sud. À Bull Run exactement. Ce sera passionnant d'assister à cela. Nous irons avec l'attelage, un panier de pique-nique et tout ce qu'il faut comme boissons fraîches et limonade. Venez, ce sera un moment à ne pas manquer...

— Alors à demain, je viendrai à cheval. Tenue de garden-party, je suppose.

— Absolument, en votre honneur je porterai ma toute nouvelle crinoline qui vient tout droit de Paris.

Ce combat promet d'être une vraie partie de plaisir. À voir...

Dès ce premier engagement on remarque qu'Abe n'a pas l'air particulièrement apeuré par l'odeur de la poudre, ni par les clairons tonitruants, ni par les roulements de tambour, ni par les cris des hommes, ni par les hennissements des chevaux. Au contraire, il quitte l'épaule de son maître Willy pour aller voir de plus près ce que c'est qu'une guerre qui devrait être courte et joyeuse.

Sitôt que son régiment se met en marche pour affronter l'ennemi, Abe quitte l'épaule de Willy et s'envole jusqu'au... drapeau du régiment. Il décrit un petit cercle au-dessus de l'étendard qui flotte au vent, puis il revient se percher sur l'épaule de son maître. Les officiers notent très vite ce manège sympathique :

— Superbe ! On dirait qu'il encourage nos garçons à aller de l'avant sans trop réfléchir.

Lors de la journée de Bull Run, en tout cas, Abe a fort à faire pour ne pas perdre son Willy de vue. Car Unionistes et Confédérés sont complètement perdus. Il faut dire que douze mille hommes qui ne savent plus où sont leurs chefs, ni même vraiment où est l'ennemi, douze mille hommes perdus dans la fumée des canons, cela fait une belle pagaille.

Les belles dames et les beaux messieurs venus assister au spectacle se retrouvent même maculés de poudre et de sang. On abandonne les paniers de pique-nique pour refluer en grand désordre vers la capitale fédérale. Alors si c'est ça la guerre ! Ce n'est pas aussi drôle qu'on l'aurait cru. Eh non ! belles dames, eh non ! beaux messieurs. Et encore vous n'avez rien vu. Vous avez le temps, vous en avez pour cinq ans !

Abe est interloqué par ces belles dames en tenues colorées, par ces crinolines immenses qui encombrent les victorias et qui rentrent crottées pour échapper aux balles et aux obus qui tuent. Sans doute se demande-t-il si ce sont des drapeaux comme celui du 8e Wisconsin qu'il repère si bien.

Au bout de quelque temps, les soldats apprennent à combattre et Abe, de son côté, change de tactique. Quand il quitte l'épaule de Willy, c'est pour aller se percher en haut du drapeau la « Vieille Gloire », comme on surnomme l'emblème. Abe ne pèse pas de tout son poids et le porte-drapeau, après un premier instant de surprise, accepte cette assistance imprévue, qui lui donne un peu plus de panache. On parle de lui dans l'armée. Et on parle de Willy aussi.

Entre deux combats plus ou moins victorieux, les troupes yankees défilent souvent, plus ou moins éclopées, dans les rues des villes qui les soutiennent. C'est l'heure de gloire pour Abe. Il est à présent un bel oiseau adulte et il s'avise un jour d'inventer une nouvelle « figure » (Dieu sait pourquoi un aigle peut avoir des idées...) : voilà Abe qui saisit le drapeau yankee percé de balles entre ses griffes puissantes et l'arrache littéralement des mains du porte-drapeau. Celui-ci hésite un peu, résiste pour la forme, mais après tout, qu'y aurait-il à craindre du bel aigle si fidèle et si ardent dans la bataille ? Certainement pas qu'il aille emporter l'étendard yankee jusqu'aux rangs confédérés du général Lee... Effectivement Abe prend de l'altitude et la foule applaudit cet aigle porte-drapeau. On siffle, on crie son nom :

— Abe, vas-y, bel oiseau ! Pour les Yankees !

Le jour de la bataille de Farmington, dans le Wisconsin, Abe adopte une nouvelle attitude. Au lieu de faire des va-et-vient entre les épaules de Willy et le drapeau, l'aigle militaire décide d'encourager chacun des petits gars en bleu marine. Il vole de l'un à l'autre et glapit littéralement des encouragements à l'intention de chacun. Les balles des fusils confédérés ne semblent pas l'impressionner. Abe s'intéresse sans doute à une voiture noire qui parcourt le champ de bataille en suivant les brancardiers qui ramassent blessés et morts. La voiture est celle du richissime Mathew Brady, qui photographie tout ce qui bouge encore sur le champ de bataille. Sa voiture-laboratoire, une carriole fermée tirée par deux chevaux maigres, porte une inscription : « What is it ? » (Qu'est-ce que c'est ?) Éternelle question que posent les soldats des deux camps en l'apercevant. Brady aussi se demande en apercevant le bel oiseau aux rubans tricolores : « Qu'est-ce que c'est ? » Brady n'est évidemment pas à même de photographier un aigle enrubanné en plein vol. Dommage !

Le miracle est qu'Abe survit toujours à cette grêle de balles meurtrières qui fauche les rangs des jeunes soldats et mutile les arbres pour des dizaines d'années. Sans doute les combattants ont-ils d'autres chats à fouetter et d'autres cibles à viser qu'un rapace qui, en définitive, ne les importune jamais.

Au bout du compte il est présent dans cinquante batailles dignes de ce nom. À son palmarès on peut ajouter trente-six escarmouches plus ou moins meurtrières. Durant tous ces accrochages Abe vole sans interruption. On se demande où il trouve l'énergie et le sang-froid pour ne jamais s'enfuir loin du tumulte.

Et tout le monde reconnaît son cri désormais célèbre. Il vole, il glapit, il s'en sort indemne. Ou presque : un jour, Willy, en le récupérant, constate qu'il saigne, mais il s'agit d'une égratignure sans importance, une balle perdue qui a dû ricocher sur un arbre. Parfois Willy constate qu'Abe, comme on dit, « laisse des plumes » dans la bataille. Il revient vers son maître avec le croupion un peu déplumé : la mort n'est pas passée loin mais cela n'entame en rien son énergie au combat.

Maintenant qu'il fait vraiment partie du régiment, un problème se pose. Willy ne participe pas à tous les combats du 8e régiment du Wisconsin. Willy non, mais Abe si, et même on le considère comme une mascotte, un fétiche qui assurera la victoire. Avant de donner l'ordre d'attaquer, l'officier qui commande s'informe :

— Est-ce qu'Abe est là ?

Sinon on attend qu'il soit présent pour donner l'ordre de marche. On en a besoin dans une guerre où l'on lance au combat des garçons si jeunes qu'ils n'ont encore eu aucune instruction militaire. Les officiers leur disent : « Allez, les gars, ce n'est pas plus difficile que de tirer des écureuils. Mais ici la différence, c'est que les écureuils ont aussi des fusils ! »

Chaque fois, un homme différent est chargé de porter Abe, bien agrippé sur son épaule. Les volontaires ne manquent pas. Pour une raison qui se précise chaque jour davantage : la superstition ou la croyance en quelque protection inexplicable :

— En tous les cas, aucun des garçons chargés de porter Abe n'a jamais été tué ni même blessé. Qu'est-ce que vous dites de ça ?

Cette réputation flatteuse déborde bientôt le camp yankee. Les soldats en gris du général Lee, eux aussi, ont remarqué Abe et ses glapissements guerriers. Au début ils ne comprennent pas bien quel est le rôle de l'oiseau splendide qui vole de l'un à l'autre mais reste toujours très près des Unionistes. Puis, au hasard des interrogatoires de prisonniers yankees, on en apprend un peu plus :

— Abe, c'est un oiseau porte-chance : il nous encourage quand on charge à pied. Sans lui on aurait trois fois moins d'énergie. À lui seul il vaut toute une brigade.

C'est aussi ce que pensent les sudistes. Maintenant quand, lors d'un affrontement, ils aperçoivent Abe qui vole et trompette à pleine voix, leur moral en prend un coup :

— Cette saloperie d'oiseau est là. On est mal partis !

— Qu'on me bousille ce busard Yankee !

Désormais quelques balles sudistes sont dirigées vers lui. Les chasseurs d'écureuils se transforment en chasseurs d'aigle. Comme un criminel ou au moins comme un combattant redouté dont la tête est mise à prix : 100 dollars en or !

Le général sudiste Sterling Price avoue avec une certaine amertume, un soir au bivouac :

— Je préférerais capturer ou même tuer cet aigle plutôt qu'une brigade complète de Yankees.

Le capturer ou le tuer ? Si les sudistes le capturaient, qui sait, Abe — puisque tout le monde le connaît par son nom — pourrait changer de camp. Et changer l'ambiance sur le champ de bataille. Quel plaisir si les Yankees pouvaient voir leur Abe les trahir et encourager les fils du Sud ! Mais ces beaux projets restent théoriques. Pour l'instant Abe reste dans son camp : le 8e Wisconsin.

Avec les mois les aptitudes d'Abe se font plus étonnantes encore. Un jour de grande parade, au moment où la fanfare yankee entonne le fameux *Yankee Doodle*, on voit Abe s'agiter en cadence sur l'épaule de son porteur du moment. Il se met à trompeter en sourdine. La nouvelle se répand de bouche à oreille dans les rangs des uniformes bleus figés au garde-à-vous :

— Abe essaie de chanter le *Yankee Doodle*.

Nouveau sujet de conversation et d'admiration générale. Après le *Yankee Doodle*, on surprend Abe à s'essayer sur un autre air de marche : *John Brown's Body* (Le corps de John Brown) qui célèbre les mérites du fameux abolitionniste révolté par les traitements réservés à certains esclaves du Sud. Abe s'intéresse à John Brown. Et il continuera de le faire pendant les cinq ans que va durer le conflit.

Il fait la connaissance d'un type d'individus nouveau : les « contrebands ». Il n'y en avait pas au Wisconsin, ce sont tout simplement des esclaves enfuis des plantations du Sud et qui sont venus chercher refuge auprès des troupes de l'Union. Les « contrebands » sont si heureux d'être libres qu'ils sont toujours de joyeuse humeur. Cet aigle qui bat la mesure sur *Yankee Doodle* et sur *John Brown's Body* les amuse et ils essaient de l'intéresser à d'autres airs du Sud. Mais Abe ne semble pas sensible à ce nouveau répertoire et les pauvres « contrebands » en sont quittes pour quelques coups de bec et quelques estafilades laissées par ses griffes puissantes. Ou alors c'est qu'Abe n'apprécie que les militaires.

Vient enfin le moment où, à force de batailles sanglantes, les deux camps décident qu'il faut cesser la lutte fratricide. Le général Lee et le général Grant font la paix. Il est temps.

Après la guerre, vient la paix et toutes les blessures du pays à panser imposent un nouveau mode de vie. Que va devenir notre mascotte du 8e Wisconsin ? On imagine mal qu'il puisse se contenter de promenades paisibles ou d'une vie encagée. Abe a besoin du bruit, du pas des soldats, des fanfares...

— Il faut récolter des fonds pour aider tous les vétérans blessés et infirmes laissés par la guerre.

— Il faut donc organiser une tournée pour ramasser des dons !

— Et si on mobilisait Abe ? Tout le Nord connaît

son nom. C'est une véritable vedette, un vrai héros. Il provoquera la sympathie générale.

Et c'est ainsi qu'Abe, toujours perché sur le bras d'un porteur, s'exhibe dans une tournée de villes pour récolter une moisson de dollars. Au bout du compte, lui et les volontaires qui paradent dans les rues au son de fanfares glorieuses vont rapporter un pactole de 18 000 dollars-or pour le bénéfice des victimes militaires de la guerre de Sécession.

Abe, devenu une valeur sûre, est soigné avec tendresse. On s'inquiète au moindre symptôme de la moindre affection, pulmonaire ou digestive. Un jour Abe perd une de ses plumes. Quelqu'un la recueille précieusement. Qu'en faire ? un souvenir ?

— Et si on taillait cette plume pour en faire une plume à écrire ?

— Écrire quoi ?

— Écrire peut-être pas... mais signer.

Excellent ! Quelle plume serait plus digne de participer aux grands événements des États-Unis réunifiés qu'une des plumes du fameux Abe ?

Et c'est ainsi que cette plume sert à parapher divers documents officiels.

Il est temps pour Abe de prendre une retraite bien méritée. Plus de batailles, plus de tournées, il lui faut un « home ». Et de préférence une maison un peu officielle. On choisit le Capitole du Wisconsin, à Madison. Désormais Abe demeure dans une grande cage qu'on a installée au sous-sol. Tous les jours on le nourrit et on lui fait faire une promenade au grand air. Il attire visiteurs illustres et curieux. Combien lui reste-t-il à vivre ? On ne s'inquiète pas, l'oiseau durera autant que Dieu veut. Mais les desseins de Dieu sont impénétrables :

— Au feu ! Appelez les pompiers ! Le Capitole est en flammes.

Ce cri s'élève dans les rues de la ville en 1881. Les pompiers accourent avec la pompe que des chevaux tirent au grand galop. La fumée s'élève depuis l'énorme bâtiment qui évoque le Capitole de Washington et qui se reflète dans les eaux de deux lacs. Tous les citoyens se précipitent pour aider à éteindre l'incendie. Quelqu'un demande :

— Et Abe ? Il est à l'intérieur ?

La perte la plus importante pour tout l'État est la mort d'Abe. On trouve le pauvre aigle tout raide au fond de sa cage. La fumée toxique de l'incendie l'a étouffé. Avec lui disparaît un peu d'une gloire qui avait débuté vingt ans plus tôt dans les fumées et les grondements de batailles sanglantes.

LE CHIEN RÉVÉLATEUR

La nuit tombe vite en cette journée du mois d'avril. Le ciel est bas et les giboulées de mars s'attardent au-dessus de la cité des Tilleuls. Malgré ce nom qui évoque la nature, les tilleuls sont rares dans la cité : quelques maigres représentants au milieu de pelouses pelées et jonchées de canettes de bière et de papiers gras. Sur les murs de la cité des graffitis en forme de signatures mystérieuses sont censés rappeler l'existence de groupes bizarres aux intentions nébuleuses : Fonzy, Grifman, OK700... Tout le monde s'en fiche.

Tout le monde et surtout Maurice Soulemard. Maurice est un peu au bout du rouleau. En tous les cas il est dans un tunnel. Pas de lumière à l'horizon.

Un petit F2 dont les papiers peints se décollent lentement des murs humides, une salle d'eau que personne n'a vraiment récurée depuis des années, des parquets ternes et une cuisine assortie. Là, Maurice traîne sa misère de RMIste sans autre espoir que celui de finir un jour à l'hôpital. À moins que quelqu'un là-haut n'ait pitié de ses pauvres os qui lui font mal et ne le fasse succomber à une crise cardiaque. Ou à un accident de la circulation peut-être.

Oui, mais alors, que deviendrait Filoche ? Grave question ! Filoche non plus n'a pas eu de chance, de toute évidence. C'est un caniche d'un âge incertain. Maurice l'a trouvé attaché à un arbre, dans la forêt, au mois de juillet, il y a deux ans. Le pauvre animal semblait mourir de faim et de soif. Il avait des herbes folles un peu partout dans son poil frisé et il s'est mis à montrer les dents quand Maurice s'est approché pour détacher le fil de fer qui lui ôtait toute chance de recouvrer sa liberté :

— Alors, pauvre bestiole, tes gentils parents t'ont attaché pour être libres de partir en vacances ? De beaux salauds, tes parents ! Et si tu venais avec moi pour me tenir compagnie ? Allons, gentil, gentil chien. On ne mord pas Maurice. Maurice aussi, il a eu des tas de malheurs dans sa vie. Maurice aussi, on l'a abandonné, une vraie salope qui se nomme Anne-Marie et qui est partie avec les économies pour vivre sa vie avec un garçon boucher. Un Portugais, même pas un Français. T'es pas portugais, toi au moins ? Il manquerait plus que ça !

Le caniche grogne un peu mais le fil de fer l'entrave si étroitement qu'il n'est pas libre de mordre Maurice. Maurice en profite pour lui caresser le dos. Ensuite il le gratte derrière les oreilles en lui parlant doucement, gentiment. Le caniche se calme. Maurice, avant de le libérer, apporte de l'eau dans une barquette de plastique qui traîne par là. Reste d'un pique-nique abandonné par des amoureux peut-être. Ces amoureux en tous cas sont de beaux cochons, comme les trois quarts de l'humanité. C'est ce que pense Maurice. Le chien lape bruyamment l'eau recueillie dans un ruisselet tout proche. Maurice se souvient qu'il a un reste de sandwich dans sa poche et le chien fait un sort au « jambon-beurre ». Maurice retire alors la ceinture de sa gabardine défraîchie et en fait une laisse attachée au collier du chien. Collier sans plaque évidemment, chien sans tatouage apparemment.

C'est ainsi que le chien se laisse emmener par cette âme compatissante même si le bon Samaritain est peu reluisant : mal rasé, mal habillé, maigre à faire peur et affublé de lunettes consternantes.

Arrivé chez lui Maurice cherche un nom pour le caniche et il finit par le nommer Filoche. En quelques jours, Filoche sait répondre à son nom. Tous les caniches sont réputés pour leur intelligence et leur imagination.

— Allez, Filoche, t'as pas envie de pisser ? Je sais bien, il pleut, mais c'est pas grave. Quand on rentrera, je te frictionnerai un bon coup ! Allez, on y va !

Filoche saute en l'air en voyant Maurice prendre la laisse. Pluie ou pas, le caniche aime bien se promener avec son nouveau maître. Dehors un épais brouillard semble être tombé sur la ville. L'air est tellement humide qu'on ne sait pas s'il pleut ou si l'on est dans un nuage humide. Maurice et Filoche rentrent la tête dans les épaules, et se mettent en route suivant leur parcours habituel. Ils se mettent en route vers leur destin mais ils l'ignorent encore...

À deux kilomètres de là, deux autres « chiens perdus sans collier » se hâtent en direction de la gare.

Un couple à priori bien assorti : lui est âgé d'une trentaine d'années, le crâne rasé à la mode d'aujourd'hui, blouson de cuir et blue-jeans ; elle, une jeune femme fluette, brune, vêtue d'un blouson de toile et d'une jupe de cuir. Le tout trempé car tous deux marchent sous la pluie depuis une heure. Leurs santiags pointues et éculées font de tristes flic-flac quand ils passent dans les innombrables fondrières de la route transformée en bourbier. Jamais un porteur de santiags ne devrait s'éloigner de son cheval... ou du moins de sa moto. Mais il a bazardé sa Mitsubishi depuis longtemps. Le garçon bougonne :

— Ah bordel ! Tu parles d'une sortie ! Pas demain que tu m'y reprendras à aller voir ta grand-mère. Pour ce que ça a rapporté ! Elle nous a fait bouffer un lapin squelettique ! Et tu crois que la vieille garce nous aurait refilé un petit billet pour voir venir ? Mais qu'est-ce qu'elle croit ? Qu'elle va l'emporter au diable tout son pognon ? Paméla, tu m'entends ou je parle dans le vide ?

La jeune femme, pliée en deux pour éviter la pluie, répond d'une voix sourde :

— Tu exagères, Jojo, c'est elle qui nous paye l'hôtel. Elle n'a pas de gros moyens. Et puis si le lapin était maigre, tu n'as pas craché sur les canettes, ni le whisky.

— Tu veux que je t'en retourne une ? Insiste un peu et tu vas voir...

De toute évidence, Jojo, autrement dit Georges, en a un bon coup dans le nez. Et il doit avoir le vin mauvais, car Paméla se tient à distance respectueuse, dix pas derrière lui, hors de portée de ses bras de boxeur sous-alimenté.

Jojo et Paméla, tout en évitant les flaques, s'engagent à l'extrémité sud du pont qui traverse la Varlaise. Du côté nord, Maurice Soulemard et Filoche s'engagent aussi sur le pont. Comme la pluie tombe dru et que la nuit tombe aussi, ils ne s'aperçoivent pas. Ils pourraient même se rater complètement si, par malchance, ils n'empruntaient tous les quatre le même trottoir.

Maurice ne remarque pas un groupe d'adolescents quand il passe tout près du kiosque à musique. Ils sont une douzaine, garçons et filles, serrés les uns contre les autres. Un poste de radio diffuse des airs à la mode. Mais personne ne danse ; tout le groupe, assis sur les marches, se tient chaud. Quelqu'un dit :

— Tiens, voilà le vieux et son clebs.

Le « vieux » : si Maurice savait que le voisinage le surnomme ainsi, lui qui a à peine 45 ans... Pour l'instant, il s'est mis en tête de traverser la Varlaise. Il y a de l'autre côté de la rivière un buisson qui semble faire les délices de Filoche et de tous les chiens du quartier. Fâcheuse idée...

Jojo, toujours d'aussi mauvaise humeur, progresse sur le pont. Maurice et Filoche arrivent en sens inverse. Au moment où ils se croisent, Filoche, intrigué, se rue sur les santiags de Jojo, histoire de renifler cette odeur étrange. Jojo n'apprécie pas cette inspection :

— Tu vas te barrer, sale clebs !

Filoche reçoit un coup de santiag qui lui ébranle la mâchoire et il se met à hurler. Là-bas, sous le kiosque à musique, tout le groupe entend Filoche japper d'un air pitoyable. Puis des bruits de voix. Quelqu'un dit, sans y prêter importance :

— Ça chauffe sur le pont...

— Pour une fois qu'il se passe quelque chose. On va jeter un œil ?

Maurice semble sortir d'un rêve éveillé. Le jappement de douleur de Filoche le fait retomber sur terre :

— Pourquoi est-ce que vous frappez mon Filoche ? Qu'est-ce qu'il vous a fait ? Viens ici, mon Filoche, viens !

— Ce qu'il m'a fait, vieux schnock ? Il a essayé de me mordre ! Je vais la pulvériser, cette espèce de moquette pelée.

Et Jojo décoche un second coup de pied à Filoche, qui l'évite de justesse. Alors Jojo saisit les revers de la gabardine de Maurice et se met à le secouer. Les lunettes de Maurice tombent à terre et Jojo, abruti de colère et de bière, les écrase d'un coup de talon. Puis, tenant fermement Maurice de la main gauche, il décoche un coup de poing au menton du pauvre homme qui perd connaissance. Mais Jojo ne s'aperçoit pas de l'état où il vient de plonger sa victime.

Paméla s'approche et dit, d'un ton geignard :

— Laisse tomber, Jojo, tu vois pas qu'il est dans les pommes ?

Non, Jojo ne le voit pas. Lui aussi, d'une certaine manière, est « dans les pommes ». Il s'acharne sur Maurice qui n'est plus qu'un pantin désarticulé et inconscient. Il continue à l'insulter et à l'apostropher :

— Alors, vieux sagouin, tu dis rien ! T'as la trouille, hein ! Tu fais moins le faraud. Tu sais à qui tu as affaire ? C'est moi, Jojo Clampin, champion de boxe de la cité des Milaudes... Tu veux que je te montre ce que je fais à ceux qui osent me défier ?

Maurice n'est plus en état de défier personne. Mais Jojo, à force de le secouer, déclenche un mouvement involontaire de la jambe gauche de Maurice qui vient heurter le tibia de Jojo qui prend ça pour une attaque perfide.

— Ah ! Ah ! Tu veux me casser la patte ? Tu crois que je vais me laisser faire ? Tu me connais mal. Tu vas voir.

Mais Maurice, inconscient et sans lunettes, ne

verra rien. Son silence surexcite Jojo qui soudain est frappé par une idée nouvelle :

— Des excuses ! Tu vas me faire des excuses, mon salaud ! Et à genoux en plus ! Et plus vite que ça !

Plus vite que quoi ?

Maurice vient de glisser sur le trottoir du pont. Il gémit faiblement. Jojo, énervé par ce qu'il prend pour une sorte de réponse, insiste :

— Alors, ça vient ces excuses ?

Comme Maurice ne répond pas, Jojo lui décoche un coup de santiag dans les côtes. Paméla dit faiblement :

— Arrête ! Tu vas le tuer !

Mais Jojo se sent en forme. Après le ventre il attaque le menton de Maurice d'un coup de bout ferré bien ajusté. Ça craque un peu et un filet de sang coule de la bouche du malheureux.

Là-bas, sous le kiosque, le groupe des jeunes remue. Ils se lèvent et s'engagent sur le pont. Après tout, les hurlements de Jojo laissent présager quelque dispute plus pittoresque que tragique. Une bagarre entre clochards : ça fera toujours un sujet de conversation pour le lendemain dans la cour du collège.

Quand ils sont assez près du groupe formé par Jojo, Maurice, Paméla et Filoche, ils ont du mal à comprendre ce qui se passe exactement. Jojo, toujours hurlant, est penché par-dessus la rambarde du pont. Filoche l'attaque par-derrière et tente de lui mordre les cuisses. Paméla crie d'une manière inintelligible. Jojo ne semble pas préoccupé par les attaques et les aboiements de Filoche. C'est qu'il a les deux mains occupées. En effet, Maurice a disparu du pont : inconscient, il pend la tête dans le vide. Jojo le maintient au-dessus des eaux boueuses et bouillonnantes de la Varlaise. Les quelques maigres objets qui occupaient ses poches, son porte-monnaie, ses clefs, quelques pièces, tombent dans la rivière.

Le groupe des ados s'arrête, interloqué, hésitant à comprendre ce qui se passe. Sébastien, l'un d'eux, s'écrie :

— Mais c'est pas vrai ! Regardez, il va le foutre à la baille. Il faut faire quelque chose ! On ne peut pas le laisser faire !

Est-ce une ultime morsure de Filoche qui tente l'impossible pour délivrer son maître ? Est-ce le silence de Maurice qui paraît une marque de mépris pour Jojo ? Est-ce simplement la fatigue qu'on ressent dans les poignets après avoir tenu soixante-quinze kilos à bout de bras ? Quoi qu'il en soit, Jojo ouvre soudain les deux mains et Maurice tombe comme une pierre, la tête en bas, pour plonger dans les eaux froides et boueuses six mètres plus bas. Chance ou malchance, la Varlaise n'est pas une rivière très profonde. Si l'on y plonge la tête la première par une nuit sinistre, on a de grandes chances de s'y briser le crâne sur les gros galets ronds qui tapissent le fond. Si l'on fait le plongeon quand la rivière est un peu agitée par les courants du printemps, on a de fortes chances pour disparaître dans des tourbillons de boue glacée.

— Merde ! Il l'a foutu dans la Varlaise ! C'est pas possible !

Mais que faire ? Sébastien dévale la berge de la rivière et, sans quitter son blouson de cuir, sans ôter ses baskets, il plonge dans les eaux glauques qui foncent vers la vallée. L'eau glacée le saisit mais c'est un champion du club nautique. Il plonge plusieurs fois dans l'espoir de tomber à tâtons sur le corps du « vieux ». Peine perdue. Soudain, Sébastien prend conscience du danger qu'il court : ses baskets remplies d'eau, son blouson imbibé pèsent dangereusement lourd. Il a le plus grand mal à regagner la berge deux cents mètres après le pont.

Les autres adolescents sont les témoins figés du meurtre. Comment nommer autrement ce qui vient de se passer ? Ils n'ont pas perdu tout sang-froid. L'un d'eux se précipite sur une cabine et appelle les pompiers à la rescousse. Au bout de quelques minutes la voiture rouge est là. Et deux hommes-grenouilles sont prêts à entrer en action. On calcule à toute vitesse l'endroit où le « vieux », faute d'une autre identité, pourrait avoir dérivé. Tandis que, sur la berge, l'équipe de soutien technique garde le contact, les hommes-grenouilles plongent et s'affairent.

L'un d'eux réapparaît et revient s'asseoir. Il se prend la tête entre les mains et hurle avec rage :

— Il était là. Je ne l'ai pas vu mais je suis certain que je l'ai effleuré. Mais je n'ai pas pu agripper ses vêtements.

Manque de chance vraiment. Filoche, que tout le monde a oublié, s'agite entre témoins, badauds, adolescents et pompiers. Personne ne fait attention à lui. Quant au couple Jojo et Paméla ils ont disparu. Plus aucune trace d'eux à l'horizon.

En définitive toute l'affaire reste un peu mystérieuse. Si les jeunes du kiosque n'avaient pas alerté les pompiers, on serait devant une disparition pour le moins frustrante : pas de victime, pas de meurtrier.

Pourtant il reste quelqu'un : Filoche, qui flaire tout un chacun à la recherche d'une aide humaine. On finit par remarquer sa présence. Les adolescents confirment que ce caniche était bien avec le « vieux ». On emmène Filoche et on le dirige vers le plus proche refuge de la Société protectrice des animaux, à Sougeon.

Mais les adolescents ont suffisamment approché Jojo et Paméla pour en donner une description précise. On les retrouve sur le quai de la gare alors qu'ils attendent trempés un train éventuel pour Nancy. Jojo, complètement ivre, prétend ne pas avoir gardé souvenir de l'incident. Ou si peu :

— Ah oui ! je me suis un peu engueulé avec un mec qui m'avait lâché son chien aux fesses. Non, on ne s'est pas bagarrés. Il avait les chocottes. Alors je l'ai un peu secoué pour qu'il me fasse des excuses, et puis je l'ai laissé tomber.

— Laisse tomber, c'est le cas de le dire. Une vraie formule d'humour noir.

La voix pâteuse de Jojo amène un contrôle d'alcoolémie. On découvre sans grande surprise qu'il a plus de deux grammes d'alcool dans le sang.

Pour en savoir davantage il faut enfermer Jojo dans une cellule de dégrisement. Au matin, un policier lui confirme sa garde à vue, ce qui contribue à lui faire reprendre ses esprits. Jojo proteste et continue à affirmer qu'il a tout oublié. Quand on lui dit qu'il pourrait bien récolter trente ans, Jojo en profite pour faire un retour en lui-même. Soudain il réalise que son parcours peu brillant le conduit vers une impasse : de violences en voies de fait, de petits vols en conduite en état d'ivresse. Mauvais plan de vie...

Quelques jours plus tard, faute d'avoir retrouvé le « vieux », on décide de publier un avis de recherche. Seul élément positif : l'existence de Filoche. Un photographe local, dépêché au refuge de la SPA, tire un portrait de Filoche, portrait qui est publié avec la légende : « Connaissez-vous ce caniche et son maître ? » (Car tout le monde ignore qu'il répond au gentil nom de Filoche.)

Le lendemain un appel parvient à la police : c'est la tante de Maurice qui vient de reconnaître Filoche. Filoche retrouve chez elle un foyer. Maurice demeure introuvable. Jojo et Paméla attendent d'en savoir davantage sur leur sort. Sébastien, qui a plongé en vain, est félicité par le maire.

MORT D'UN CHOUCAS

Aux Pays-Bas, juste après la Première Guerre mondiale, un paysan, Wilhelm Herring, rentre chez lui en tenant par la bride la jument qui tire un chariot plein d'algues. Les roues du véhicule grincent un peu sur les dalles de l'ancienne chaussée romaine. Le chaud soleil d'été baisse à l'horizon. Au détour de la route il voit un corps en travers du chemin. Une jeune femme est étendue, inerte, à côté d'une bicyclette.

Quelques instants plus tard Wilhelm Herring se présente au poste de police du village de Coeppel, près de Zwolle. Malgré ses 45 ans et son allure virile il est assez ému :

— Messieurs, il faut que vous veniez tout de suite. Je viens de trouver une femme morte sur la route de Dooring. Elle était en travers de la route et il y avait une grande flaque de sang sous sa tête.

— Vous êtes qui, tout d'abord ?

— Je suis Wilhelm Herring, j'habite au bout du village, la grosse ferme aux volets bleus. Nous vendons des tulipes et des légumes.

Les policiers, accompagnés du médecin du village, n'ont pas à aller loin pour retrouver la jeune femme. Elle repose dans l'herbe, au bord du chemin.

— Vous nous aviez dit qu'elle était au milieu de la route.

— Oui, mais ça a été plus fort que moi. Je l'ai

couchée sur le bas-côté. On ne sait jamais, si une voiture était arrivée et l'avait écrasée sans la voir.

— De toute manière elle est on ne peut plus morte.

— Elle était là, exactement, sa tête était au milieu de cette flaque de sang. Elle ne doit pas être morte depuis longtemps car, en la touchant, j'ai remarqué que son corps était encore chaud.

Les policiers examinent les alentours. Des prairies et des haies. Tout près, une barrière mobile qui donne accès à un pré dans lequel des vaches paissent, indifférentes.

— Docteur, qu'en dites-vous ?

— Fracture du crâne. Apparemment il n'y a pas eu de viol. Les vêtements et les sous-vêtements n'ont pas été dérangés.

— À part ça, vous n'avez touché à rien, monsieur Herring ?

— Non, à rien.

— Vous pouvez rentrer chez vous. Nous vous convoquerons plus tard. Bon, qu'est-ce qu'on fait du corps ?

— Il y a une ferme au bout du champ. On va le déposer chez ces gens.

Et c'est ainsi qu'un couple de paysans se voient réquisitionnés pour garder jusqu'au lendemain le cadavre de l'inconnue.

Le lendemain, Daniel Wilfort, un policier du village, peu satisfait du premier constat des faits, retourne sur le lieu de la macabre découverte. Quelque indice important, caché par la nuit tombante, a peut-être échappé à l'équipe d'hier soir.

À cinq mètres de la tache de sang que l'on voit nettement au milieu de la chaussée il découvre, à moitié enfoncée dans la terre meuble du bas-côté, une balle de revolver, du 11,5 mm. On dirait que quelqu'un a marché dessus. Il la recueille précieusement. En examinant le sol il aperçoit des traces san-glantes, comme des marques de pattes d'oiseau entre la tache de sang et le portail qui donne accès à la prairie des vaches. Et ces mêmes marques se retrou-vent sur le haut de la barrière, peinte en blanc, prou-vant que l'oiseau a dû se percher sur le portail de bois avec les pattes pleines de sang.

Intrigué, Wilfort ouvre la barrière et fait quelques pas dans l'herbe grasse et verte. Et il marche prati-quement sur un gros oiseau noir raidi par la mort. Sans doute le même qui a déambulé autour du cadavre et s'est perché sur la barrière.

Pendant ce temps on s'intéresse de plus près à la jeune morte. Une fois le visage débarrassé de la terre et du sang qui le maculaient elle apparaît assez jolie. Le médecin découvre alors, juste au-dessous de l'œil gauche, un orifice qui semble bien être l'entrée d'une balle. Une balle qui pourrait être du calibre de celle qui a été découverte dans la terre. Et en exami-nant plus avant le crâne de la victime on découvre, dans son chignon, la trace de sortie du projectile.

— C'est bizarre qu'un projectile de ce calibre ne soit pas allé se perdre à plus de cinq mètres de la morte...

Mais nous sommes en 1919 et la balistique en est encore à ses balbutiements.

Qui peut bien être la morte ? On n'a pas trop de mal à l'identifier. C'est une figure connue du vil-lage : Anna Schneider, qui vit avec ses parents dans une petite maison de Coeppel et qui travaille, trois kilomètres plus loin, dans la fabrique de porcelaine de Zwolle. Une sage jeune fille sans histoires, bien élevée, bonne camarade, sérieuse. Elle est fiancée à un géant roux, un marin qui, pour l'instant, est en mer.

La presse se fait largement l'écho de l'affaire et relate aussi l'étrange découverte de l'oiseau mort, une sorte de choucas. Quelqu'un a examiné le volatile et déclaré que le choucas est mort d'une indigestion de sang. Aussitôt d'innombrables lettres arrivent au journal, en majorité féminines, pour protester contre l'infâme accusation qui souille la mémoire du choucas : « Monsieur, je m'indigne de vos affirmations : jamais un tel animal ne se gorgerait de sang humain et en tout cas pas au point d'en crever. Signé : une amie des oiseaux. » Beaucoup moins de courrier pour s'inquiéter du triste destin de la victime...

On interroge ses parents, écrasés de chagrin :

— À six heures et demie, quand elle est rentrée de l'usine, elle a repris son vélo pour aller rendre une petite visite à son oncle, à sept kilomètres d'ici. C'est le frère de sa mère, Pete Boorman. Nous ne l'avons pas revue vivante.

L'oncle Boorman confirme :

— Elle est arrivée vers dix-neuf heures. Par la fenêtre j'ai vu qu'elle était en compagnie d'un homme jeune, à bicyclette lui aussi. Mais il n'est pas entré dans la maison. Quand je lui ai demandé qui était ce garçon elle m'a répondu : « Un jeune homme qui venait par ici. J'ignore son nom. »

Les affirmations de l'oncle Boorman sont confirmées par son beau-fils, Joss.

— Oui, Anna est restée environ une heure avec nous. Puis elle est repartie, mais bizarrement, dès qu'elle est sortie de la maison, le jeune homme inconnu est à nouveau apparu, comme s'il l'attendait. Il avait d'ailleurs une bicyclette bleue.

L'oncle ajoute :

— Elle n'avait pas l'air surprise de le voir à nouveau. Il a dit quelque chose à Anna, du genre : « Anna, vous êtes restée bien longtemps. Je pensais que vous étiez repartie sans que je vous voie. » Et ils sont repartis tous les deux dans la direction de Coeppel. Il était huit heures passées mais la lumière du jour était encore vive.

C'est trois quarts d'heure plus tard que Herring et sa jument ont buté sur le corps encore chaud d'Anna, sans se douter qu'un oiseau venait de se repaître du sang de la morte.

Cette bicyclette bleue de l'inconnu intéresse beaucoup la police et, méthodiquement, tous les propriétaires de bicyclette bleue dans un rayon de cent kilomètres vont devoir venir s'expliquer sur leur emploi du temps ce soir-là.

— Connaissez-vous quelqu'un qui ressemble au jeune homme à la bicyclette ? Avez-vous prêté votre bicyclette à quelqu'un correspondant à sa description ?

Ceux des cyclistes qui ressemblent plus ou moins à la description du jeune homme sont, pendant plusieurs semaines, regardés d'un drôle d'air par leur entourage.

Mais rien ne sort de cette masse d'interrogatoires et de recherches. Anna est enterrée et ses parents fleurissent sa tombe en se demandant ce qui a bien pu arriver.

Au bout de six mois l'enquête n'a pas avancé d'un pas. La presse s'intéresse à d'autres affaires. Et personne ne s'est spontanément présenté à la police pour dire : « Je suis l'homme à la bicyclette bleue, je vais vous expliquer les choses. »

Avril 1920, des péniches glissent lentement sur les canaux hollandais. Parfois il faut attendre pour que les éclusiers effectuent leur manœuvre. Jeff Mergrow est à la barre de sa péniche et il remorque une autre barge chargée de charbon. Il doit le livrer à la fabrique de porcelaine de Zwolle, celle-là même où travaillait la pauvre Anna.

En ralentissant devant l'écluse Jeff voit que le filin qui relie la péniche à la barge mollit et plonge dans l'eau glauque du canal. Au moment où les deux lourdes embarcations se remettent en mouvement le filin se tend à nouveau. L'éclusier pousse un cri :

— Jeff, t'as quelque chose d'accroché à ton filin.

Effectivement une sorte d'objet métallique sort de l'eau. Malgré les plantes aquatiques qui y sont attachées on distingue un vélo. Une fois sur le pont de la péniche le vélo, quoique rouillé, se révèle être bleu. Il possède des sacoches de cuir. Dans les sacoches un étui de revolver et des balles. Certaines sont des balles réelles et d'autres des balles à blanc.

La police constate que les balles sont du 11,5 mm et cela réveille l'affaire Anna Schneider. Mais il n'y a aucune plaque d'identification sur l'engin. L'inspecteur Konig, qui reprend le dossier, donne des ordres :

— Dépiautez-moi cette bicyclette. On arrivera peut-être à trouver un indice précis.

Effectivement, sur le pédalier, on découvre un numéro : A-1345-9. Comme le vélo porte la signature, en lettres dorées, du fabricant, la maison Voegel, on finit par identifier le marchand de cycles qui l'a acheté à l'usine au début de 1919 et revendu sans doute depuis. Ce commerçant est un homme d'ordre, qualité hollandaise s'il en est...

— Attendez, je vais consulter mes registres. A-1345-9 c'est, dites-vous, une bicyclette du lot que j'ai vendu au début de 1919... Ah, nous y voilà. Le client est un certain George Van Meulen, à Devendam.

Devendam n'est pas une grosse agglomération et George Van Meulen y est plus qu'honorablement connu. Il est professeur de musique au collège de la ville, ancien élève de l'école royale de Leyde, ancien officier, revenu de la guerre avec une médaille pour sa brillante conduite au front. Il ouvre sa porte sans méfiance.

— Messieurs, c'est à quel sujet ?

— Police criminelle. Nous enquêtons au sujet du meurtre d'une certaine Anna Schneider. Ce nom vous dit quelque chose ?

Van Meulen invite les policiers à entrer. Il est en train de donner une leçon de piano à une jeune fille auprès de laquelle il s'excuse de devoir interrompre son enseignement.

— Anna Schneider ? Mais non, ce nom ne me dit rien. Il faut dire qu'il doit être assez courant aux Pays-Bas. S'agirait-il d'une de mes anciennes élèves ?

L'interrogatoire se poursuit : non, il n'a jamais possédé de bicyclette bleue.

L'enquête donne dans les jours suivants plus de détails sur George Van Meulen, parfait gentleman. Durant les hostilités il a été commotionné par un obus explosant pratiquement sous ses pieds et après plusieurs semaines d'hôpital, c'est sur une civière qu'il a regagné Devendam. Les médailles faisaient sur sa poitrine un cliquetis impressionnant au rythme du pas des brancardiers.

Cependant la police est convaincue qu'il ment. Et ses soupçons se confirment quand M. Boorman, l'oncle d'Anna, et Joss reconnaissent formellement en George Van Meulen l'homme qui a attendu Anna devant chez eux pendant une heure.

Les voisins de George Van Meulen sont atterrés quand ils le voient, menottes aux poings, monter dans un véhicule de police. Finalement George est bien forcé de reconnaître qu'il a accompagné Anna :

— Une jeune fille charmante qui roulait dans la même direction que moi.

Au moment où s'ouvre le procès, les choses ne vont pas bien pour George Van Meulen. Tout un faisceau de circonstances jouent contre lui mais il n'a jamais avoué et il n'y a eu aucun témoin de la mort de la pauvre Anna.

Heureusement la situation financière de Van Meulen et de sa famille lui permet de s'offrir les services d'un as du barreau batave, Me Daniel Schippers. Celui-ci commence par lâcher du lest devant les arguments de l'accusation :

— Oui, mon client reconnaît que la bicyclette bleue lui appartenait. Quand il a vu qu'on recherchait tous les propriétaires de ce genre d'engin, il a préféré s'en débarrasser. Un interrogatoire de la police aurait pu avoir des conséquences désastreuses pour sa position sociale et professionnelle. Oui, il est allé ce jour-là se promener du côté de Coeppel. Oui, il a rencontré par hasard Mlle Anna Schneider. Non, il ne la connaissait pas auparavant. Oui, ils ont fait un bout de route ensemble tout en bavardant gentiment.

L'avocat de l'accusation intervient :

— Monsieur Van Meulen, vous lui avez dit : « Anna, vous êtes restée bien longtemps. Je pensais que vous étiez repartie sans que je vous voie. » Donc vous la connaissiez assez bien.

— Pas du tout. J'ai dit : « Ah ! Ah ! » Je n'ai pas dit : « Anna ».

— Et l'étui à revolver ? Vous avez possédé une arme de calibre 11,5 mm ?

— Pas du tout, la dernière arme que j'ai possédée date de mon séjour à l'armée. Depuis je n'ai jamais touché d'arme à feu.

Me Schippers saisit la balle au bond, c'est le cas de le dire :

— D'ailleurs personne n'a pu prouver que la balle qui a traversé le crâne de la malheureuse Anna était

172

bien celle trouvée sur le bord de la route. Ni même qu'Anna ait été tuée par un calibre de 11,5 mm. Comment expliquer que cette balle se soit retrouvée si près du corps ? Et si Anna, après avoir pris congé de George Van Meulen ce soir-là, avait tout simplement été abattue par un chasseur ou un braconnier maladroit ?

La partie adverse revient à l'attaque :

— Pourtant vous l'avez attendue pendant une heure. Pour quelle raison ?

— Je la trouvais charmante et la nuit tombait. Je voulais lui servir d'escorte.

Le jury se retire pour délibérer. Trois jurés sur douze pensent que George Van Meulen est vraisemblablement coupable. Les autres estiment qu'il n'y a pas de preuve flagrante, malgré les mensonges de l'inculpé.

Enfin le jury remet sa décision. George Van Meulen est acquitté. On ne pouvait pas condamner un si gentil professeur de musique et un héros rentré de la guerre sur une civière et couvert de médailles.

Qu'en aurait-il été si les soupçons s'étaient portés sur un cheminot ou un vagabond quelconque ? La balance aurait penché dans l'autre sens. Personne n'a évoqué, et l'avocat de la défense moins que tout autre, l'hypothèse d'un crime commis sous l'empire de la folie.

Personne n'ose imaginer que George Van Meulen, commotionné par l'explosion de l'obus à ses pieds, a passé plusieurs semaines à l'hôpital, chouchouté et choyé par de charmantes infirmières. Et s'il était tombé amoureux d'une de ces infirmières ? Et si elle l'avait gentiment mais fermement repoussé, lui interdisant tout espoir ?

George Van Meulen, de sensibilité délicate, aurait pu revenir de la guerre non seulement blessé dans sa chair mais encore blessé psychologiquement d'avoir été repoussé. De là une sorte de haine latente pour les femmes et plus particulièrement pour la première qui lui dirait « non » à nouveau.

Qui sait ? Anna ressemblait peut-être d'assez près à l'infirmière. Peut-être, malgré l'opinion de ses parents, de ses amis, de ses collègues et de son fiancé, connaissait-elle George Van Meulen un peu mieux qu'elle ne le prétendait. Souvent femme varie, même en Hollande. Personne n'a pu faire d'enquête de ce côté-là.

Une fois la chose jugée, une question a continué de préoccuper les amis des bêtes : de quoi était donc mort le choucas ?

HERCULE ET LES LIONS

Beaucoup de métiers sont dangereux et particulièrement les métiers du cirque. Mais normalement, un dompteur qui connaît son métier sort toujours indemne de la cage aux fauves. Surtout quand il tourne un film. Comme on dit : « C'est du cinéma. » Sauf quand cela tourne au drame.

L'orchestre du cirque attaque un air entraînant, plein de flonflons. Au milieu de la piste une cage de fer est encore vide. Cinq tabourets de bois de différentes hauteurs sont là. Le public retient déjà son souffle car il sait que très bientôt les fauves vont pénétrer dans la cage. Monsieur Loyal, en habit rouge, annonce :

— Mesdames et messieurs, vous allez voir maintenant Gavrano Milliosa, le dompteur de renommée internationale, et ses lions d'Afrique. Cinq bêtes redoutables qu'il va maîtriser par la seule force de sa volonté. Voici Gavrano Milliosa !

Déjà lions et lionnes pénètrent dans la cage. Ils vont s'installer sur les cinq tabourets de bois. Ils sont habitués à ce cérémonial et connaissent leurs places. Mais la foule frémit en voyant leurs yeux verts qu'on pourrait croire pleins d'hypocrisie, voire de haine.

Gavrano Milliosa apparaît en même temps devant la cage. Un projecteur le suit, mettant en valeur ses moustaches conquérantes, ses cheveux noirs et son corps athlétique. Milliosa est vêtu d'un uniforme blanc et moulant à brandebourgs. Dans sa main droite, une cravache.

Monsieur Loyal annonce :

— Je recommande au public le plus parfait silence pendant le numéro du maître Milliosa.

Milliosa ouvre la porte de la cage et se glisse à l'intérieur. Deux aides surveillent les réactions des fauves, des bêtes magnifiques mais différentes les unes des autres par leur allure et leur âge.

Gavrano commence à donner des ordres :

— Gloriana !

Une des lionnes saute du tabouret, franchit un cerceau que Gavrano tient à bout de bras puis regagne sa place. Les autres bêtes savent que leur tour arrive :

— Sultan ! Ricky ! Victor ! Anna !

Mâles et femelles commencent tous par rugir d'un air féroce. Mais chacun, au bout d'un moment, se décide à exécuter les ordres de Gavrano. La tête du dompteur est parfois tout près des redoutables mâchoires. On sent que l'animal hésite, qu'il cherche le moment d'inattention pour sauter à la gorge du dompteur. En tout cas c'est l'impression que ressent le public.

Après des sauts à travers des cerceaux enflammés,

des groupements exécutés plus ou moins volontiers, Gavrano saisit Gloriana à bras-le-corps dans une étreinte qui semble aussi amoureuse que mortelle. Puis il porte la jeune lionne Anna sur ses épaules. Ensuite Gavrano, étendu sur le dos à même la sciure, laisse Sultan se coucher sur lui :

— Sultan ! Viens, Sultan, viens !

Puis les fauves terminent par un superbe final. Toujours pleins de réticence, ils se décident enfin à obéir. Gavrano les encourage en faisant claquer sa cravache. Sultan, Anna, Ricky, Victor et Gloriana, sur les tabourets, se dressent sur les pattes arrière, pour « faire le beau » comme de vulgaires caniches, tout en poussant des rugissements impressionnants. Les exercices se succèdent pendant vingt minutes.

La fanfare éclate tandis que Gavrano indique à ses fauves le chemin du tunnel qui va les conduire vers leurs cages respectives. Derniers rugissements, derniers coups de pattes menaçants vers l'artiste. La foule applaudit à tout rompre. Monsieur Loyal annonce déjà le numéro de clowns et de nains qui suit.

C'est à la fin de cette soirée qu'un agent de la Warner Bros, la fameuse compagnie cinématographique américaine, frappe à la porte de la loge de Gavrano Milliosa. Avec lui le destin frappe aussi.

— Votre numéro est superbe, monsieur Milliosa. J'ai une proposition à vous faire : dans six mois nous tournons ici, à Cinecitta, un péplum. Vous savez ce que c'est : une histoire mythologique. Le titre provisoire est *Hercule et les lions*. Vous comprenez pourquoi je suis là ?

— Du moment qu'il est question de lions, j'ai une vague idée...

— Exactement. Nous avons prévu des scènes superbes où Hercule affronte plusieurs fauves. Et votre numéro me semble parfait. Nous voudrions que vous serviez de doublure à notre acteur principal pendant cette séquence. Avec un costume et un maquillage appropriés on n'y verra que du feu. Vous avez tous les deux la même musculature, ce qui est un avantage important.

Gavrano Milliosa répond :

— Mon agent artistique prendra contact avec la production. Je ne traite jamais directement les questions d'argent.

Six mois plus tard, sur le plateau 18 de Cinecitta, toute l'équipe d'*Hercule et les lions* est sur le pied de guerre. Le metteur en scène, John Sherwood, et ses assistants étudient le scénario, les caméras sont installées, tout en haut, dans les cintres. Sherwood examine le décor une dernière fois, accompagné du chef opérateur.

— Dès que les lions de Milliosa sont là, on est prêts à tourner. Comment le dompteur arrive-t-il dans le décor ?

— Par la petite trappe qui est à droite. Il sera obligé d'entrer pratiquement à quatre pattes, mais il a largement la place pour s'installer...

On vérifie les éclairages. Gavrano Milliosa a demandé quelques jours auparavant :

— Évitons les répétitions avec les lions. Cela les rendrait nerveux. Autant les faire travailler sur leurs automatismes.

Sherwood a acquiescé :

— Nous tournerons dès que vous serez dans le décor. Ne vous inquiétez pas. Avec les trois caméras, dont une pour les gros plans, nous nous en tirerons au montage. Tout ira bien.

Un des assistants s'est signé discrètement en entendant cette affirmation prématurée...

Les lions sont dans le décor. Une sorte de puits en fausses pierres, une piste décorée de statues dans le style antique.

La sonnette du plateau retentit. Un assistant hurle dans le micro :

— Silence sur le plateau !

Aussitôt coups de marteau et conversations cessent comme par miracle. Tout le monde sait que Sherwood a mauvais caractère. Déjà il est assis sur la grue qui domine le décor. Le cadreur, l'ingénieur-lumière, tout un groupe domine les fauves qui tournent en rond en reniflant le décor qui sent la peinture fraîche.

Sherwood hurle :

— Moteur !

Au moment où il crie : Action ! Gavrano Milliosa sait ce qu'il doit faire. Un assistant entrouvre la petite trappe par laquelle il doit entrer dans le décor. Gavrano se met à quatre pattes. Drôle d'allure pour un Hercule. D'autant plus que Sherwood, selon l'esthétique américaine, a choisi pour le demi-dieu un costume plus que fantaisiste : une cuirasse et un casque dorés. Sur le casque quelques plumes d'autruche d'un rouge sang. Gavrano tient en main une épée qui ne pourrait blesser personne. Un accessoire de théâtre...

Le drame éclate quand Gloriana, la lionne préférée de Milliosa, voit le dompteur pénétrer dans le décor. La superbe bête ne reconnaît pas son maître. Il faut dire qu'elle aperçoit tout d'abord les plumes d'autruche du casque d'Hercule.

Que se passe-t-il dans la tête du fauve ? Croit-il en voyant ces plumes qu'il s'agit d'un oiseau, d'une sorte de volaille somptueuse ? Nul ne le saura jamais.

Gavrano Milliosa a à peine le temps de se mettre sur pied que déjà la lionne est sur lui. Déséquilibré,

178

le dompteur fait un pas en arrière. Il s'empêtre dans les cothurnes qu'il n'a pas l'habitude de porter.

Ceux qui, sur la grue et dans les cintres, surveillent la scène poussent un cri :

— Attention ! Vite !

Sherwood, avec le réflexe du professionnel qui ne perd pas son sang-froid, lance :

— Coupez !

Gavrano, en bas, lutte pour sa vie. Il a déjà été blessé par des fauves mais il ne s'est jamais senti aussi près de la mort. Gloriana, qui est pourtant sa lionne préférée, Gloriana qui, chaque soir, se frotte amoureusement contre lui, ne semble plus le reconnaître. Gavrano comprend qu'elle est désorientée. Rien ne l'arrêtera. Elle veut tuer...

Hors du plateau c'est la panique, car, profitant du désordre, Anna, la plus jeune des lionnes, vient de sortir et elle jette la terreur sur le plateau. Maquilleuses, habilleuses, machinistes fuient en tous sens.

L'assistant de Gavrano, Eusebio Marachin, est inconscient de ce qui se passe entre les lions et le dompteur. Il ne voit que la jeune lionne et se lance à sa poursuite en criant :

— Ne l'approchez pas, je m'en occupe ! Ne l'approchez pas.

Quelqu'un, pour fuir, a ouvert la porte du plateau. La lionne lui emboîte le pas...

Gavrano, écrasé par le poids de Gloriana, voit les terribles crocs se rapprocher de sa gorge. Il comprend le danger : « Si elle m'attrape à la gorge, je suis fichu ! »

Alors, dans un réflexe, Gavrano Milliosa, pour repousser le fauve, glisse son avant-bras entre les mâchoires d'acier de la lionne. Un craquement sinistre se fait entendre mais personne ne le remarque. Déjà quelques personnes courageuses, guidées par Sherwood, ont fait un trou dans le décor.

Munis de tout ce qui leur tombe sous la main, perches métalliques, marteau, ils essayent de délivrer le malheureux dompteur.

Un acteur italien frappe le crâne de la bête. Quand elle consent à reculer, une vision d'horreur saisit ceux qui peuvent l'apercevoir. Gloriana emporte l'avant-bras de Milliosa dans sa gueule.

Sherwood hurle :

— Sortez-le de là ! Vite.

Déjà une mare de sang inonde le sol autour de Milliosa. Le sang gicle de l'artère. Un machiniste, depuis les cintres, a le réflexe de saisir un filin de chanvre. Il fait un nœud coulant et le laisse descendre près du malheureux Gavrano. Sultan, Victor et Ricky, excités par l'odeur du sang, s'approchent dangereusement de celui qui, la veille encore, les faisait obéir au doigt et à l'œil.

Gavrano, en voyant le nœud coulant tomber entre lui et les fauves, s'écrie :

— J'ai compris !

Rassemblant toutes ses forces, le malheureux réussit à faire passer le nœud coulant autour de son buste, coincé sous le bras mutilé qui perd toujours son sang.

Là-haut, dans les cintres, quatre machinistes, dès qu'ils voient que Gavrano est pris dans le nœud coulant, s'arc-boutent. Le filin se tend, Gavrano est sur ses pieds qui le soutiennent à peine. Très vite les machinistes parviennent à le hisser hors de portée des fauves. Sultan tente de sauter pour lui saisir une jambe au passage, heureusement en vain.

Dès que Gavrano est arrivé en haut du décor, les machinistes le déplacent latéralement pour le déposer hors de portée des fauves. Déjà on entend la sirène d'une ambulance. Déjà le médecin de service pose un garrot sur le bras mutilé. Milliosa s'évanouit.

Gloriana, dans le décor, est rendue folle par l'odeur du sang. Elle bondit et arrive sur le plateau. Un des gardes dégaine son revolver et lui tire une balle dans la patte avant. En rugissant Gloriana bondit à nouveau et rejoint les autres fauves.

Sur son lit d'hôpital Gavrano explique :

— Ce n'est pas la faute de Gloriana. Elle ne m'a pas reconnu à cause du costume. Elle n'a même pas reconnu mon odeur à cause du maquillage. J'étais entièrement recouvert de pancake pour imiter le bronzage.

— Qu'allez-vous faire dorénavant ?

— Je m'y remets dès que je serai sur pied. On me mettra une prothèse à la place du bras. De toutes les manières je dompte en douceur. Comment vont les bêtes ?

— Gloriana a été opérée. On lui a enlevé la balle qu'elle a reçue dans la patte. Mais la pauvre Anna a eu moins de chance. Il a fallu faire appel à la police qui l'a abattue en pleine rue.

Gavrano Milliosa n'a plus jamais refait de cinéma. On lui a trouvé un remplaçant pour doubler Hercule et on a prévu un décor moins dangereux...

LE PARADIS DES ANIMAUX

— Bonne journée, chéri. À ce soir. Je vais faire une omelette au jambon pour le dîner.

Annick fait un signe de la main quand son mari, Daniel, s'éloigne pour aller à l'usine. Ils sont jeunes, même pas quarante ans à eux deux, et ils sont mariés depuis quelques jours à peine. Daniel, en enfourchant sa bicyclette, lance :

— Surveille les poules qui couvent. Normalement c'est aujourd'hui qu'on doit avoir les poussins. J'espère que tout va bien se passer.

— Ne t'en fais pas. J'ai l'habitude depuis le temps.

La naissance d'une cinquantaine de poussins n'est pas un événement susceptible de bouleverser un jeune couple. Eh bien, si, au contraire...

Annick appelle son chien :

— Dick ! Viens ici ! Allez ! On va voir les poules.

Dick est un chien de race indéfinie, rigolo comme tout avec sa tache noire sur l'œil, sa queue en trompette et sa manière de se mêler de tout. Quand sa maîtresse l'appelle, il la regarde avec l'air de dire : « Alors, qu'est-ce qu'on fait de beau aujourd'hui ? Je suis prêt ! »

Annick adore son chien. Il lui tient compagnie pendant la journée. Le soir, après avoir couru dans tous les coins de la ferme, Dick s'endort avec la satisfaction du devoir accompli. Il a sa place près de la grande cheminée où un énorme feu de bois réchauffe et éclaire la salle.

Un peu plus tard dans l'après-midi, tandis qu'Annick se consacre à la distribution de grain pour ses volailles, le coq qui règne sur le harem de poules se pavane au milieu de la cour. Annick le nomme César car il a toujours l'air prêt à conquérir le monde. Tous les matins au lever du soleil, César, perché sur une meule de paille, se met en devoir de réveiller tout le voisinage. Les poules le regardent avec tendresse. Enfin, c'est l'impression qu'elles donnent...

Les œufs commencent à éclore. Annick regarde

les petites têtes jaunes qui apparaissent au milieu des coquilles brisées.

— Un, deux, trois, quatre, cinq, six, sept...

Annick ne remarque rien d'anormal. Elle saisit les poussins entre ses mains. Il paraît que les animaux sont toute leur vie attachés à la première personne qu'ils aperçoivent à leur naissance.

— Ah, mince ! Mais qu'est-ce qu'il a, celui-là ?

Celui-là, c'est le dernier de la couvée. Mais il n'est pas comme les autres : il n'a pas le moindre duvet sur le corps, il est aussi nu que si on l'avait déjà plumé pour le passer à la casserole...

— Qu'est-ce qui t'arrive, toi ? Tu n'as pas de plumes ! En voilà un genre !

Le poussin, réfugié dans le creux chaud que forment les mains d'Annick, la regarde sans expression particulière. De toute évidence le poussin nu ne trouve rien à dire pour expliquer son cas...

La poule qui a couvé tous ces œufs manifeste bruyamment sa joie d'être mère de famille. D'instinct elle sait trouver les mots qu'il faut pour diriger sa petite troupe. Elle glousse et sait se faire comprendre. Quand elle considère le poussin nu, elle reste un moment sans voix et s'étrangle dans ses « cot codec » !

Elle dévisage ce poussin bizarre. Annick, qui a l'habitude des volailles, comprend ce que dit la poule : « D'où tu sors, toi ? Tu n'es pas de ma couvée ! Jamais je n'aurais mis au monde un nudiste dans ton genre ! »

La poule jette un regard soupçonneux vers César, le coq. Celui-ci, comme tous les hommes, fait semblant de penser à autre chose. La poule lui lance une série de « cot codec » accusateurs : « Où as-tu été traîner tes guêtres, toi, pour me faire un poussin sans plumes ? » Pas de réponse claire de César. Un homme, un vrai, n'a pas à rendre de comptes à ses poules. Qu'elle s'occupe de ses poussins et ne lui casse pas les ergots avec ses soupçons...

Mais Annick est bien obligée de constater que Madame Poule n'a aucune sympathie pour son poussin « nudiste ». D'un dernier « cot codec » et à coups de bec, elle fait comprendre à son dernier-né qu'il doit désormais se considérer comme orphelin. Annick essaie de le consoler :

— Alors, mon pauvre « cui-cui ». Qu'est-ce que je vais faire de toi ?

Le poussin ne répond pas. Il continue à « cui-cuiter ».

— Ne t'en fais pas. Je vais te mettre dans une chaussette en laine. De toute manière, tu vas peut-être les faire un peu plus tard, tes plumes. Tu verras, bientôt tu seras grand et fort, comme les autres... Et tu pourras leur flanquer des pâtées s'ils se moquent de toi...

Dick, le petit chien ratier, considère toute la scène avec intérêt. Annick voit bien qu'il se pose des questions. Du genre : « Pourquoi y a-t-il un poussin qui reste tout seul ? Comment se fait-il qu'il n'ait pas le même air que ses frères et sœurs ? »

Après avoir pris son premier repas, le poussin bizarre fait comme tous les poussins du monde : il cherche à se blottir sous les ailes de sa mère pour une sieste réparatrice. Mais la poule reste fidèle à ses principes : « Veux-tu filer loin de ma vue, espèce de mal fichu ! Et plus vite que ça ! Mes ailes sont réservées aux poussins normaux ! Et que je n'aie pas à le répéter ! »

Alors le poussin nu s'éloigne, l'air abattu. Il a compris : sa mère ne veut pas de lui. Inutile d'insister. Il se dirige machinalement vers la cheminée. La chaleur l'attire. Mais les flammes et les braises le rebutent un peu.

En s'écartant il finit par aboutir... entre les pattes de Dick.

Annick suit la scène du regard. Elle lance au chien :

— Dick ! Sois gentil ! Ne fais pas de mal au poussin !

Dick regarde sa maîtresse. Ses yeux pleins de tendresse semblent dire : « Tu me prends pour qui ? Faire du mal à ce pauvre petit ? Mais il est si mignon ! »

Le poussin est déjà en train de se nicher entre les pattes de Dick, près du ventre, là où il fait le plus chaud. Dick soupire un grand coup et s'installe pour la nuit, le poussin bien au chaud. Annick hausse les épaules : « Qui vivra verra. »

La nuit tombe. Dick dort, le poussin aussi...

Dans les jours qui suivent Annick constate une surprenante amitié entre le chien et le poussin nu. Celui-ci se précipite dès que le gentil Dick s'installe dans un coin, et se met en devoir de rechercher la chaleur de son ami à quatre pattes. Dans la journée Cui-Cui, le poussin sans duvet, vit sa vie et se chauffe au soleil. Il grossit comme ses frères. Mais il faut qu'il dorme bien à l'abri de la fraîcheur nocturne.

Un matin, au lever, Annick trouve Cui-Cui inanimé dans la cour de la ferme :

— Oh, mon Dieu, le pauvre ! On l'a oublié hier soir. Comment est-ce possible ? C'est pour ça que Dick reniflait vers la porte ! Il voulait me dire que son copain était dehors. Et moi qui n'ai pas compris ! Quelle idiote !

Annick tient le poussin entre ses mains. Elle en pleurerait :

— Il faut que je le récupère.

Elle souffle sur le pauvre corps sans plumes. Rien n'y fait.

— Et si je le frictionnais avec un peu de gnôle ? Fichu pour fichu !

Voilà notre poussin vigoureusement passé au genièvre. Il ne bouge toujours pas. Elle lui glisse un peu de vin rouge dans le bec. Le poussin frémit. Annick appelle Dick :

— Tiens, Dick, vois ce que tu peux faire pour ton copain !

Dick accueille Cui-Cui avec la délicatesse d'une infirmière au service des urgences. Il renifle son protégé avec circonspection :

— Il sent bizarre. Bon ! Et si j'essayais un bon coup de liche ? Rien de tel que les vieilles techniques pour vous remettre d'aplomb.

Dick passe des coups de langue sur son copain. Délicatement. Tendrement. Puis les coups de langue se font plus vigoureux. Et le miracle a lieu : Cui-Cui ouvre les yeux et lance un petit cri. On dirait qu'il demande : « Où suis-je ? Que m'est-il arrivé ? »

Dick lui donne un dernier coup de langue, tout en remuant la queue. On dirait un baiser d'amour. Cui-Cui se retrouve sur ses pattes. Là-bas, dans la cour, sa mère et ses frères se promènent, indifférents... Tout est bien qui finit bien...

Non, hélas.

Quelques semaines plus tard, Annick oublie à nouveau Cui-Cui dans la froideur de la nuit. Dick a beau gémir, elle n'y prête pas attention. Et c'est la catastrophe : à nouveau, le lendemain matin, elle découvre le poussin inanimé dans la cour. Et cette fois il semble bien mort. Elle a beau lui souffler dessus, le frictionner au genièvre, rien n'y fait. Une nouvelle fois elle confie le petit corps aux bons soins de Dick mais celui-ci, contrairement à la première fois, abandonne toute tentative de réanimation. Il regarde Annick d'un air de dire : « À quoi bon ? Tu vois bien qu'il est mort de froid. Pourquoi me le mets-tu entre les pattes ? Je ne peux rien faire. »

— Bon, c'est dommage. Mais que faire ? Il ne reste plus qu'à l'enterrer.

Alors Annick saisit une pelle et fait un trou dans le jardin. Et Cui-Cui, raidi pour l'éternité, s'en va rejoindre le paradis des poussins. Là où personne ne vous reproche d'avoir des plumes ou pas.

Dans les jours qui suivent, Annick constate que Dick ne semble pas en forme. Lui qui était si gai, qui la suivait partout, qui était la joie de vivre, devient tout triste. Annick consulte le vétérinaire qui préconise des vitamines :

— Vraiment je ne vois rien d'anormal. On dirait que votre chien fait une sorte de dépression nerveuse. Sans raison apparente. Revenez me voir si ça ne s'arrange pas d'ici quinze jours...

Mais quinze jours plus tard, au réveil, Annick et Daniel découvrent le corps sans vie de Dick, tout glacé, près de la cheminée... Lui aussi est allé rejoindre le paradis des animaux. Sans doute pour y retrouver Cui-Cui, son copain sans plumes. Annick l'enterre tout à côté de l'oiseau et elle dépose un bouquet de fleurs des champs sur la double tombe.

À MORT, DARLING !

10 septembre 1974. Gérard Lemoine pousse le portail blanc de la coquette villa qu'il habite avec sa femme, à Lebourdin, dans le Loiret. Il jette un coup d'œil à sa montre : 20 heures... Il s'est un peu attardé en rentrant du bureau parce qu'il appréhendait de se

retrouver seul avec sa femme. Maintenant, il va devoir subir la scène inévitable avec Nathalie... Si elle est là...

Gérard Lemoine range sa voiture dans le garage à côté de celle de son épouse. Il est vêtu d'un costume de bonne coupe, comme il convient à un cadre de banque. À 45 ans, il est resté bel homme. Il est blond, grand, son visage dégage une incontestable sympathie. Pourquoi faut-il que Nathalie ne soit pas de cet avis ? Cela fait longtemps déjà qu'elle s'est détachée de lui et, depuis quelques mois, c'est pire encore...

Une forme noire se précipite entre ses jambes. C'est Darling, le chien de la maison... Non, pas « le chien de la maison », le chien de Nathalie, de Nathalie et de... l'autre. Gérard Lemoine lance un violent coup de pied en direction de l'animal et lui jette d'une voix sifflante :

— Sale bête !

Darling pousse un petit grognement mais ne s'enfuit pas. Il s'éloigne de quelques mètres et regarde son maître, assis sur son derrière. C'est le bâtard dans toute sa splendeur : une grosse bête au pelage noir et aux longues oreilles, qui tient du labrador et de l'épagneul. Il reste là à le regarder, avec ses grands yeux, sa grosse langue rouge frémissante...

Gérard Lemoine s'approche de lui en répétant :

— Sale bête !

Un cri de colère éclate derrière lui : Nathalie Lemoine est plantée sur le seuil du garage. C'est une petite femme aux cheveux châtains. À 40 ans un peu passés, elle n'a rien perdu de son charme fait de fraîcheur et de vivacité. Elle dévisage son mari avec une profonde expression de mépris. Gérard Lemoine vient vers elle. Elle le repousse sèchement :

— Laisse-moi ! Tu viens du café, n'est-ce pas ?

Elle tourne les talons et se dirige vers la maison. Gérard la suit en compagnie de Darling.

— Nathalie, écoute-moi...

Mais Nathalie ne l'écoute pas. Elle le laisse planté là et monte l'escalier en direction de sa chambre :

— Je t'ai préparé à manger. Moi, j'ai déjà dîné. À demain...

Gérard Lemoine se laisse aller dans le canapé... Nathalie n'a rien à lui reprocher, elle s'ennuie avec lui, c'est tout. Et c'est aussi ce qui pouvait arriver de pire. Qu'y a-t-il de plus grave que l'ennui ? C'est quelque chose qui ne se raisonne pas, qui ne se combat pas... S'il n'était pas aussi pris par son travail ou si Nathalie travaillait de son côté, il n'y aurait pas de problème. Mais Nathalie ne travaille pas ; elle ne veut pas. Cela vient de son éducation, de ses parents... Alors, elle occupe ses journées à sa manière. Elle passe son temps avec le voisin, Paul Rozier, l'éleveur de faisans, ce personnage grotesque qui joue au gentleman-farmer. Gérard Lemoine n'a jamais voulu savoir exactement la vérité, par pure lâcheté, mais intérieurement il est sûr...

Il tape du poing. Non, cela ne peut plus durer. Il faut qu'il fasse quelque chose ! Darling saute sur le canapé et se couche à ses côtés en frétillant... Il le chasse d'une bourrade. Il hait ce chien que Paul Rozier a offert à Nathalie l'année dernière. Elle l'a appelé Darling. S'il fallait une preuve de ce qu'il y a entre eux, c'en serait une ! Darling, « Chéri », quel nom plus ridicule pour ce bâtard abominable ! Mais non, hélas ! Ce n'est pas ridicule, c'est triste à pleurer : c'est la manifestation tangible, vivante de son infortune !

Gérard Lemoine se lève du canapé. Il vient de prendre une décision : il va commettre un meurtre !... Oui, un meurtre, car c'est bien d'un crime passionnel qu'il s'agit.

11 septembre 1974. Comme d'habitude, Gérard Lemoine tarde à rentrer chez lui. Ce soir-là, au sortir de sa banque, au lieu d'aller prendre sa voiture, il s'est assis sur un banc, à côté d'un clochard qui lui a demandé une cigarette. Il ne connaît pas son nom : c'est la première fois qu'il le voit dans le quartier et c'est pour cela sans doute qu'il se laisse aller à parler... Car Gérard Lemoine a besoin de parler.

— Je vais te faire une confidence : je vais commettre un meurtre !

— T'es un rigolo, toi !

— Non, mon vieux ! pas un rigolo, un futur assassin !

— Et quand tu veux faire ça ?

— Demain... Je vais même te dire comment. Près de chez moi, en bordure d'un chemin dans la forêt, il y a une fondrière. Je l'emmène avec moi jusque-là, et, au bon moment, ni vu ni connu, je le pousse. Personne ne peut sortir de ce truc-là !

Le clochard hausse les épaules.

— Le type ne voudra jamais te suivre. Il ne sera pas assez fou.

— Si, mon vieux, il sera assez fou... Et le plus fort c'est que je ne serai même pas soupçonné...

Le clochard regarde son compagnon de rencontre avec méfiance.

— Toi, tu te moques de moi, ou alors il y a un truc...

Gérard Lemoine se lève et part d'un petit rire sinistre.

— Tu as raison, mon vieux, il y a un truc...

12 septembre 1974, dix heures du matin. Caché derrière un buisson, Gérard Lemoine observe sa maison. Tout à l'heure, en arrivant à la banque, il s'est plaint d'un malaise. Son directeur l'a laissé rentrer

chez lui sans difficulté ; il faut bien qu'il y ait un avantage à avoir été un employé modèle pendant des années...

C'est l'heure où Nathalie va faire ses courses. La voie est libre. Gérard Lemoine pousse le portail, ouvre la porte de la villa, et se met à siffler.

— Darling !

Darling accourt en poussant des aboiements joyeux. Gérard Lemoine le flatte de petites caresses.

— Allez, viens, mon chien... On va aller se promener tous les deux.

Et, suivi de Darling, il franchit le portail. Il prend la direction de la forêt. L'animal, ravi de cette sortie inattendue, exprime son allégresse en courant à droite et à gauche... Gérard Lemoine se met à lui parler.

— On va à la fondrière, Darling. Tu sais ce que c'est, une fondrière ? Non, tu ne sais pas. Tu ne sais rien... Tu ne sais même pas que je te hais. Ce n'est pas de ta faute, note bien. Ce n'est pas de ta faute si l'autre t'a donné en cadeau à Nathalie. Mais tu comprends, chaque fois que je te vois, je pense à lui. Et ça, c'est trop dur. Je ne peux plus !... Tu comprends, Darling ?

Le chien s'est mis à sauter aux côtés de son maître, réclamant visiblement qu'il lui lance un bout de bois pour aller le chercher. Gérard Lemoine accélère le pas. Il évite de regarder l'animal qui veut jouer avec lui, mais il continue à lui parler.

— Tu penses que je suis un lâche ? C'est vrai... Je vais me venger sur toi, un être sans défense, pire, le seul qui m'aime peut-être... Mais il faut me comprendre, Darling. Après, j'achèterai un autre chien à Nathalie. Ce sera un chien que je lui aurai donné, moi. Alors peut-être qu'elle sera touchée et qu'elle me reviendra...

Gérard Lemoine s'arrête... C'est là. Il regarde le

trou marécageux qui borde le sentier. Il sent une légère nausée l'envahir... D'une brusque poussée, il projette l'animal et s'éloigne en se bouchant les oreilles pour ne pas entendre les gémissements.

Lorsqu'il rentre le soir à la maison, il trouve, comme prévu, Nathalie au désespoir.

— Tu n'as pas vu Darling ?

— Je ne vois pas comment ! Il n'est pas venu me dire bonjour à la banque.

Nathalie serre nerveusement son mouchoir contre sa bouche.

— Je ne comprends pas... Je l'avais enfermé dans la maison, j'en suis sûre.

Gérard s'approche de sa femme, la prend dans ses bras... Miracle, elle se laisse faire...

— Ma pauvre chérie ! Il va revenir... Et puis si jamais il ne revenait pas, je t'en offrirais un autre.

Nathalie pleure doucement contre son épaule... Gérard Lemoine est bouleversé. Tout va recommencer comme avant. Il a sauvé leur couple, leur bonheur... Il doit faire un immense effort sur lui-même pour cacher sa joie.

13 septembre 1974, sept heures du matin... Gérard Lemoine se réveille. Pour lui, c'est l'aube d'une merveilleuse journée. C'est la première fois depuis des mois que Nathalie a accepté de ne pas faire chambre à part. Tout cela parce que la veille il a tué son chien, le malheureux Darling. Oh, il ressent bien un peu de remords envers ce pauvre animal, mais qu'est-ce que tout cela à côté du bonheur retrouvé ?... Et puis, dès demain, il y aura un nouveau chien à la maison, celui qu'il va offrir à Nathalie. Voyons, quelle race choisir ? Car ce sera un chien de race, bien sûr. Un cocker, un lévrier ? Non, plutôt un labrador... Darling ressemblait un peu à un labra-

dor. Il va acheter un labrador noir... Nathalie ne pourra qu'être touchée.

Un aboiement plaintif retentit à l'extérieur... Gérard Lemoine a un sursaut. Ce n'est pas vrai ! Il rêve ! Il ouvre la fenêtre... Non, il ne rêve pas : Darling est là, qui se traîne sur la pelouse, maculé de boue des pattes aux oreilles, poussant de petits gémissements. Nathalie elle aussi a entendu... Elle quitte la chambre en courant :

— Darling ! Darling !

Gérard Lemoine retrouve tout à coup son sentiment de haine contre l'animal et son désespoir de voir sa femme lui échapper. Tout recommence comme avant ! Mais maintenant, ce n'est plus tolérable. Il a goûté un instant au bonheur d'autrefois, il y a cru. Et tout s'écroule à cause de ce maudit chien qui est parvenu à sortir de la fondrière. Il faut qu'il meure...

Depuis la fenêtre, Gérard regarde sa femme s'affairer auprès de Darling avec des exclamations d'horreur... Rien ne sera possible tant que l'animal ne sera pas totalement rétabli. Nathalie ne le lâchera pas. Elle sera toujours là à le soigner, à le bichonner. La prochaine tentative ne pourra pas avoir lieu avant une quinzaine de jours...

Gérard Lemoine passe en revue les divers moyens possibles... Refaire le coup de la fondrière, exclu : la confiance de Darling a ses limites. Pas possible non plus de le tirer comme un lapin : il n'y a pas d'arme à feu à la maison et en acheter une paraîtrait suspect. Gérard écarte avec un frisson la perspective du couteau : il ne pourrait jamais, il est trop sensible, ou trop lâche. Alors, les boulettes empoisonnées ? Oui, peut-être... À moins que...

Le visage de Gérard Lemoine est traversé d'un sourire mauvais... Il vient d'avoir une idée radicale... Radicale et abominable...

29 septembre 1974. Ce jour-là, Gérard Lemoine, après être allé à sa banque pour annoncer qu'il était malade, rentre précipitamment chez lui. Il appelle le chien... Darling n'a gardé aucune trace du drame. Il a de nouveau le poil luisant. Il regarde son maître de ses grands yeux.

— Allez, viens, Darling ! On a à faire tous les deux...

Gérard Lemoine ne prend pas le chemin de la forêt. Il se dirige vers une ancienne carrière abandonnée, à proximité du Loing. Il a déjà repéré l'endroit, d'accès difficile. Il y a des éboulements et personne n'ose s'y aventurer.

Darling a retrouvé son plaisir de gambader. Il décrit des cercles autour de son maître pour l'encourager à courir avec lui. Dans sa main gauche, Gérard Lemoine tient la laisse du chien, dans sa main droite un objet qu'il vient de sortir de sa poche : un bâton de dynamite. Il s'est souvenu, il y a quinze jours, de cet explosif qu'avaient abandonné les entrepreneurs quand ils ont construit la villa. Avec cela, il n'y aura pas de troisième fois. On peut se sortir d'une fondrière, mais pas de l'explosion d'un bâton de dynamite...

Darling et son maître sont arrivés dans la carrière. L'animal dévale les pentes avec agilité. Gérard Lemoine avance plus prudemment. Voilà... Ici c'est parfait. À perte de vue, rien qu'une étendue désertique, chaotique, de terre et de cailloux... Gérard Lemoine soulève une grosse pierre et coince la laisse dessous. Il tire quelques coups secs. Elle tient... Il appelle :

— Darling ! Viens, mon chien !

Darling obéit et son maître fixe la laisse au collier. L'animal est un peu surpris ; il n'a pas l'habitude de porter la laisse. Mais il se met à aboyer joyeusement quand il voit Gérard approcher la dynamite. Il doit sans doute penser à un bâton que son maître va lancer pour qu'il le rattrape... Gérard Lemoine tire un bout de ficelle de sa poche, attache rapidement l'explosif au collier. Il sort son briquet. La mèche est assez longue, au moins cinq minutes... Bien suffisant pour se mettre à l'abri. Une gerbe d'étincelles jaillit... C'est fait !

Gérard Lemoine court de toutes ses forces. Adieu, Darling ! Cette fois, il n'a aucun regret, aucun. En une minute, il a parcouru deux cents mètres, il doit être déjà hors de portée... Et c'est alors qu'il entend un bruit inimaginable, abominable. Un bruit léger, régulier, familier : le halètement de Darling, le bon chien, le chien fidèle qui suit son maître...

Darling est là, gambadant à ses côtés, tout fier de s'être libéré. Darling dont le collier dégage des étincelles d'arbre de Noël... Gérard Lemoine est devenu aussi blanc que les pierres de la carrière.

— Va-t'en, Darling ! Mais va-t'en ! Allez, couché tout de suite !

Docile, l'animal s'assied... Gérard Lemoine reprend sa course, mais le chien s'est relevé en même temps, en quelques sauts il l'a rejoint. Maintenant il se met à tourner autour de lui en aboyant... Combien de temps peut-il rester ? Trois minutes, pas plus... Gérard Lemoine fait un bond pour agripper le collier du chien, mais celui-ci, qui croit à un jeu, s'écarte agilement et attend quelques mètres plus loin... Gérard Lemoine ruisselle de sueur... Perdu, il est perdu !... Non !... Il a encore une chance : le Loing, la rivière, il a encore le temps de s'y jeter.

Les peupliers qui bordent le cours d'eau... Encore quelques mètres... Gérard Lemoine ne voit plus rien, n'entend plus rien, les battements de son cœur sont assourdissants. Il saute... C'est alors seulement qu'il se souvient qu'il ne sait pas nager... Le courant est violent. Gérard hurle, la tête à moitié sous l'eau :

— Darling, au secours !

Il a le temps d'entrevoir une forme noire qui bondit, d'entendre un plouf.

Quelques instants plus tard, il s'accroche au collier, arrachant le bâton de dynamite. Il se laisse emporter sur la rive et s'évanouit.

Quand il reprend conscience, une dizaine de personnes sont autour de lui. Darling tire une grande langue rouge... Gérard Lemoine entend quelqu'un lui dire :

— Vous avez eu une drôle de chance. Faut-il qu'il vous aime votre chien !...

C'est trop d'émotion pour Gérard. En rentrant chez lui, il n'a pas la force de cacher la vérité à sa femme. Il lui raconte tout : les deux tentatives, la fondrière et la dynamite. Et, bien sûr, la réaction de Nathalie est celle qu'il attendait. Cette fois c'est la fin, la rupture, le divorce.

18 décembre 1974. Gérard Lemoine quitte définitivement Lebourdin. Il s'est arrangé avec sa femme : elle gardera la villa et il ira s'installer à Orléans. Depuis qu'ils ont décidé de se séparer, il a curieusement retrouvé son calme... Dans le fond, c'est mieux ainsi. Que Nathalie vive donc avec son gentleman-farmer ; lui, à 45 ans et avec sa situation, il est très capable de refaire sa vie.

Après avoir entassé ses valises dans sa voiture, Gérard Lemoine adresse un petit salut à son ex-femme et démarre... La campagne du Loiret, couverte de neige, lui semble plus belle que jamais. Toute cette étendue blanche, sans tache... Il a un sursaut. Si, il y a une tache : un chien noir qui court derrière la voiture, à perdre haleine...

Quand Darling a sauté sur le siège du passager,

par la portière ouverte, Gérard Lemoine a eu du mal à se défendre de ses coups de langue.

— Allez, Darling, arrête ! On va chez nous. Allez, couché, sale bête !

LES POILS BLANCS DE RAMINA

— Bernie, tu m'aimes ?

Bernie ne répond pas. Il grogne un peu comme les ours qui doivent rôder dans les bois alentour. Sandra insiste :

— Bernie, dis-moi que tu m'aimes !

— Lâche-moi un peu, tu veux ? Qu'est-ce que tu veux ? Tu n'es pas contente ? Hier soir tu n'avais pas l'air de te poser tellement de questions.

— Si tu appelles ça de l'amour ! Tu fais ça en cinq minutes sans même ôter tes bottes. Bon, ça n'est pas vraiment désagréable. Mais hier soir je n'étais pas d'humeur. Si j'étais certaine que tu m'aimes...

Bernie prend son air des mauvais soirs. Et il se verse un grand verre de whisky canadien. Il commence à faire les cent pas dans le living-room. Machinalement il lance un coup d'œil sur le fusil de chasse qui est accroché au mur.

— Allez, Bernie, sois mignon. Fais-moi plaisir, dis-moi gentiment : « Sandra, je t'aime », ce n'est pas si compliqué. Et ça me rendrait tellement heureuse.

Bernie se jette dans un des fauteuils de cuir et pose son whisky sur la table basse. Immédiatement une boule de poils blancs lui saute sur les genoux. C'est Ramina, la chatte de la maison. Elle aussi a besoin de tendresse, comme Sandra. Mais Ramina ne réclame rien. Elle se blottit dans l'ouverture du blouson de cuir de Bernie et se met à ronronner, béate. Bernie caresse la chatte aux longs poils et lui murmure à l'oreille :

— Toi, au moins, tu ne réclames rien. Et puis toi, tu n'as pas quarante kilos de trop. Et puis tu n'as pas cinq mômes sur les bras comme ta maîtresse. Toi, je t'aime sans que j'aie besoin de le dire.

Mais Sandra n'entend pas ce que Bernie souffle à l'oreille rose de la chatte. Elle a peut-être un verre de trop dans le gosier. Toujours est-il que Sandra se jette au cou de Bernie. Ou plutôt elle se laisse lourdement tomber sur lui. Du coup, Bernie, Sandra, le fauteuil de cuir et Ramina basculent les quatre fers en l'air. Le whisky inonde le plancher.

Ramina est partie se réfugier sous le buffet. Bernie se remet vite sur ses pieds et décroche le fusil. Sandra, affalée sur le plancher, pleure et rit tout à la fois :

— Dis-moi que tu m'aimes, Bernie, sinon je te fous à la porte. Tu pourras toujours aller te bâtir une cabane dans les bois...

Elle n'entend pas le bruit caractéristique que fait un fusil qu'on arme et continue, en hurlant de rire :

— D'ailleurs, avec les cornes que je te fais porter, tu trouveras facilement à te caser dans un troupeau de caribous...

C'est le dernier mot que Sandra aura l'occasion de prononcer en ce bas monde. Le soir même, quand les cinq enfants de Sandra rentrent à la maison après l'école, ils s'étonnent de ne pas voir leur chère maman. Bernie n'est pas là non plus. Ramina dort tranquillement non loin du poêle. Au moment de mettre le couvert, l'aîné, Nathaniel, remarque :

— Tiens, maman a lavé le plancher à grande eau. C'est bizarre, elle ne fait jamais ça le jeudi.

— Peut-être qu'elle a renversé quelque chose.

— Ça doit être ça, même le tapis a été lavé.

— Mais oui, il est en train de sécher derrière la maison.

Les enfants se mettent au lit après avoir fait un festin de hamburgers et de crèmes glacées. Bernie revient au milieu de la nuit et se met au lit, seul. Personne, le lendemain matin, parmi les enfants de Sandra, ne songe à lui poser de questions indiscrètes. Bernie, en tant que pseudo-père de famille, est plutôt du genre à vous pocher un œil en guise de réponse. Au moment du petit déjeuner, il raccroche son fusil au mur du living. Puis il annonce :

— Votre mère est partie hier soir pour... Montréal.

— Ah bon ! mais elle devait me conduire aujourd'hui chez le dentiste. Pour changer mon appareil. Qu'est-ce que je vais faire ? Elle a pris le Dodge ?

— Oui, elle a pris le Dodge !

— Et elle a dit quand elle pense revenir ?

— Aucune idée.

— Et qu'est-ce qu'elle est allée faire à Montréal ? Elle n'a pas dû y mettre les pieds depuis qu'elle s'est mariée avec papa il y a dix-huit ans. Elle a dit où on pouvait la joindre ?

— Foutez-moi la paix. Votre mère est assez grande pour se débrouiller toute seule.

Cela clôt la discussion dans la maison de Sandra et Bernie.

Mais, en cet automne 1994, dans ce tout petit village aux maisons de bois pimpantes et aux jardinets proprets entourés de barrières aux couleurs vives, les habitants, au hasard de leurs courses, échangent des nouvelles :

— Et Sandra, vous l'avez vue récemment ?

— Ma foi, non, maintenant que vous en parlez, ça fait un bon bout de temps que je ne l'ai pas aperçue.

— Vous ne trouvez pas ça bizarre, vous ?

— Oh ! vous savez, avec elle on peut s'attendre à tout.

Car Sandra Tourille a 32 ans, une forte poitrine et un tempérament qui va avec. Les gens du village qui portent un nom anglo-saxon attribuent ses capacités sexuelles à ses origines françaises. Ceux qui, comme elle, portent un patronyme normand ou charentais s'abstiennent de tout commentaire. Il faut dire que Sandra, avec ses cinq enfants qui pourraient bien être de cinq pères différents, n'est pas un exemple de moralité militante.

Mais tout cela n'est que de la médisance. Sandra a bien eu un mari, reconnu père légal de ses cinq enfants. Un jour il en a eu assez de Sandra et de sa progéniture. Alors il a obtenu le divorce. Sans doute avait-il de bons arguments à faire valoir auprès du juge.

— Vous savez, depuis qu'elle a divorcé, elle a mené une vie de patachon.

— Ah bon ? Je croyais qu'elle s'était mise en ménage avec Bernie Pulltrap...

— Vous parlez d'une affaire : un bon à rien qui vit d'on ne sait quels trafics louches. D'ailleurs ça n'a pas tenu. Ils ont fini par se séparer.

— Avec ses cinq mômes, ça ne doit pas être facile pour elle.

— Oui, mais le Pulltrap, il est allé faire un tour derrière les barreaux : vols de voiture et escroqueries à la petite semaine. En voilà encore un joli coco !

— Mais non ! Vous n'y êtes pas : Pulltrap a été libéré la semaine dernière, ma belle-sœur l'a aperçu dans la rue, il allait vers chez Sandra. Vous pensez qu'il y aurait un rapport entre son retour et le fait qu'on n'ait pas vu Sandra depuis quelques jours ?

— Bah ! ce ne sont pas mes oignons. Ils font ce qu'ils veulent. Elle ne me tient pas au courant de ses faits et gestes. On ne l'a pas vue depuis quelques jours, un point c'est tout. S'il fallait alerter la police montée chaque fois qu'une écervelée part à Montréal, où irait-on ?

Pourtant la police montée aura bientôt son mot à dire sur cette affaire car, quelques jours plus tard, à défaut de retrouver Sandra, on retrouve au détour d'un chemin forestier sa voiture. Ce qui est inquiétant, c'est qu'il y a des traces de sang sur le siège avant...

Le laboratoire de la police fait analyser ce sang et le résultat de l'analyse est peu rassurant : le sang dans la voiture est celui de Sandra.

— Il y a fort à parier que la dénommée Sandra Tourille a été victime d'un meurtre.

— Quel est le principal suspect ?

— Chef, il y a ce Bernie Pulltrap. Il sort du trou.

— Qu'on l'interpelle et qu'on voie un peu ce qu'il a dans le ventre !

C'est ce qui est fait sans grosse difficulté. Bernie, quand on vient le cueillir chez Sandra, prend des airs de circonstance :

— Je n'y suis absolument pour rien. Elle a pris sa voiture et m'a dit : « Je vais une semaine à Montréal, chez ma copine Hilda. »

— Vous avez l'adresse de cette Hilda ?

— Ben non, Sandra m'a dit : « Je ne suis pas certaine qu'elle soit chez elle ni même qu'elle habite encore au même endroit. Dès que je serai sur place, je te téléphonerai pour te donner mes coordonnées. »

— Et elle n'a pas téléphoné...

— Absolument pas. Mais avec elle, rien ne m'étonne. Je me suis dit : « Elle a dû partir en java » et j'ai continué à attendre. Après tout, elle est assez grande pour savoir où elle met les pieds.

— On vient de retrouver la voiture de Mme Tou-rille. Il y a des traces de sang sur les sièges avant du véhicule. Il s'agit bien de son sang. Nous avons comparé avec les échantillons que l'hôpital avait en archives. Vous êtes certain que vous n'avez rien à nous raconter à ce sujet ?

— Vous m'accusez de l'avoir tuée ? Et pourquoi aurais-je fait ça ? Je l'aime, moi, ma Sandra. Bien sûr, c'est un caractère de cochon et elle a le feu quelque part, mais de là à la tuer...

Il faudra bien se contenter de ces dénégations. La police ne parvient pas à découvrir le moindre indice qui mette Pulltrap en cause. Ni cadavre de Sandra ni arme du crime, rien. Sans cadavre, pas de crime... Dans les services de la police, cette affaire sans solution énerve particulièrement le shérif Roger Mollers. Il ne tient pas à voir une affaire classée sans suite figurer sur ses états de service.

Faute de preuves, Bernie est sur le point d'être relâché au bout de trois semaines.

Mais un élément nouveau relance l'affaire :

— Inspecteur, on vient de trouver un blouson de cuir dans la forêt. Enfermé dans un sac en plastique.

— C'est passionnant ce que vous me racontez là.

— Pas à première vue mais il y a des traces de sang sur le blouson.

— Analyse de sang et plus vite que ça !

Les nouvelles analyses, on s'en doute, confirment que le sang qui tache le blouson appartenait bien à la disparue.

On se transporte chez la famille de Bernie. Car Bernie possède une famille : des tantes et des oncles. Que savent-ils du blouson ?

— Ben oui, je crois bien que Bernie avait un blouson dans ce style. Mais dire que c'est précisé-ment celui-ci, on ne pourrait pas l'affirmer.

Ce blouson, du genre confortable, a dû être vendu

à des milliers d'exemplaires sur tout le territoire du Canada et des États-Unis. Difficile de savoir avec certitude s'il s'agit bien de celui du suspect.

Mollers ne se décourage pas.

— Passez-moi ce blouson au peigne fin.

À l'époque de l'enquête, les tests d'ADN ne sont pas encore aussi répandus qu'aujourd'hui. On doit se contenter d'éléments qui puissent être décryptés au microscope.

— Chef, on vient de trouver quelque chose dans une des poches. Regardez !

Ce qu'il y a à regarder ce sont, soigneusement recueillis dans un sachet de plastique transparent, quelques poils blancs.

— On dirait des poils de chat, vous ne trouvez pas ?

— Ça se pourrait bien, du genre chat angora ou persan.

Les poils sont au nombre de vingt-sept, pas un de plus, pas un de moins.

— Oui, mais allez retrouver un chat et l'identifier. Sur quel critère ? Les chats ne sont pas répertoriés sur les fichiers de la police. Même pas les chats de concours.

L'inspecteur Mollers rend à nouveau visite à la famille de Bernie :

— Excusez-moi de vous déranger, mais connaîtriez-vous un chat blanc ?

— Si on en connaît un ? Mais bien sûr, tenez, le voilà : c'est notre grosse Ramina. Viens ici, Ramina... Bernie l'a ramenée de chez Sandra, il avait peur que les enfants ne s'en occupent pas comme il faut.

Ramina est le portrait de la chatte heureuse. Grasse à souhait, elle fixe l'inspecteur de ses yeux dorés. Sans inquiétude, mais sans intérêt particulier. L'inspecteur caresse Ramina.

— Si vous n'y voyez pas d'inconvénient j'aimerais prélever quelques poils de Ramina.

— Vous n'aurez aucun mal, en ce moment elle en sème partout dans la maison. Tenez, en voilà une belle pincée, il suffit de les ramasser sur le canapé. Elle adore dormir là, bien au chaud...

— En plus des poils j'aimerais faire un autre prélèvement un peu plus délicat : quelques gouttes de sang de Ramina.

— Oh, mon Dieu, j'espère qu'elle ne va pas souffrir !

— Non, elle ne sentira pratiquement rien. Si vous voulez bien la tenir pendant que mon assistante lui donne un petit coup de lancette sur l'oreille.

Ramina n'apprécie que moyennement le coup de lancette et feule de mauvaise humeur... Dorénavant elle se méfiera quand elle verra ce bonhomme en imperméable couleur de mastic...

Si l'inspecteur Mollers fait effectuer ces prélèvements, c'est qu'il a une idée. Non seulement une idée mais aussi il connaît l'homme capable de faire aboutir son idée. En effet, il a eu connaissance de l'existence d'un savant californien, le docteur Ullman, qui a passé trente ans à établir la carte génétique de tous les félins de la planète : le tigre, le lion, le guépard, le lynx et le chat aussi bien sauvage que domestique. Pour le docteur Ullman, les félidés, mammifères carnivores digitigrades, n'ont plus de secret.

Mais les recherches de laboratoire, les comparaisons probantes ne se font pas en vingt-quatre heures. Il faut plusieurs mois pour que la réponse du docteur Ullman vienne combler l'inspecteur Mollers :

— Les poils de Ramina et ceux trouvés dans la poche du blouson de cuir ensanglanté appartiennent absolument au même animal. Sans le moindre doute.

— Sans le moindre doute ? Vous êtes prêt à témoigner sur ce fait devant les tribunaux ?

— Je suis prêt à mettre ma réputation dans la balance.

— Et les probabilités d'erreur ?

— Une sur un million. Mes travaux démontrent que les animaux, comme les êtres humains, peuvent posséder une carte d'identité fiable.

Lors du procès les avocats de Bernie s'efforcent de jeter le doute dans l'esprit des jurés et dans celui des magistrats.

— Mesdames, messieurs, une expertise vaut ce qu'elle vaut. Récemment une vedette américaine du sport et du cinéma vient de passer en jugement. On l'accuse du meurtre de son épouse et de l'amant présumé de celle-ci. Les experts se disputent et les communautés noire et blanche s'affrontent avec des relents de racisme. Ici Bernie et Ramina ne posent pas ce genre de problèmes.

Malgré l'absence du cadavre de Sandra, Bernie, qui se démène comme un beau diable, se voit condamner à quinze ans de réclusion. Il clame son innocence pendant quelques mois. Ses avocats lui laissent espérer une réduction de peine ou une annulation du jugement.

Jusqu'au jour où, dans une région un peu marécageuse, un jeune couple de campeurs s'installe auprès d'une mare qui semble idyllique.

— Charlie ! Vite, viens voir. Regarde, là, dans l'eau. Je vois quelque chose. À ton avis qu'est-ce que c'est ?

Charlie fait une moue. Lui aussi se demande ce que c'est que cette masse qui semble coincée entre deux eaux.

— Je vais aller chercher une branche pour essayer de dégager ça.

« Ça » n'a pas bonne allure.

Charlie, après avoir remonté la masse, saute dans le 4 × 4 et file jusqu'au plus proche poste de police. Ce qu'ils ont aperçu dans la mare est le corps de la malheureuse Sandra.

L'inspecteur Mollers est satisfait. L'affaire est bouclée et Bernie avoue qu'il s'est débarrassé de la mère de famille trop pétulante, pour s'installer chez elle, une sorte de port d'attache, malgré la progéniture de sa victime. L'affaire est résolue grâce à Ramina qui aimait bien Bernie et qui, toujours en quête de chaleur, aimait bien se réfugier au creux de son blouson de cuir.

LES HUIT PATTES DE LA PEUR

Vous avez peut-être entendu parler de Jean-Paul Steiger, fondateur, en 1956, des clubs « Jeunes amis des animaux » et, quelques années plus tard, des clubs « Chouette » qui regroupent en France, et même dans le monde entier, les enfants qui veulent venir en aide aux animaux maltraités.

La vocation de Jean-Paul Steiger lui est venue à 8 ans. Un jour, cet enfant qui n'aimait pas spécialement les bêtes s'est mis brusquement à les aimer. Tout cela parce qu'il a rencontré Fifine, une araignée...

1950 : Jean-Paul Steiger a 8 ans. Son école est à quelques rues du pavillon où habitent ses parents, dans la banlieue parisienne. Le jeune Jean-Paul est d'une nature rêveuse, ses études ne l'intéressent qu'à moitié. Sa maîtresse l'a surpris plus d'une fois les yeux perdus au-dessus de son livre ou de ses cahiers, et il lui est arrivé de faire l'école buissonnière.

Pourtant, sa maîtresse l'aime bien. S'il n'est guère travailleur, il est intelligent et, quand il veut s'en donner la peine, il obtient de bons résultats. Tout irait donc bien pour Jean-Paul s'il n'y avait l'épreuve hebdomadaire, le cauchemar du vendredi après-midi : le cours de chant...

Car le professeur de chant n'est pas comme la maîtresse. Il s'est mis en tête que tous les enfants pouvaient, savaient et devaient chanter. Or, Jean-Paul a une voix affreuse, il n'a pas la moindre oreille et confond toutes les notes de la gamme. Bref, il est très mauvais en chant et il a horreur de cela.

Aussi, le professeur l'a tout de suite remarqué et l'a pris en grippe. À chaque cours, systématiquement, il l'interroge :

— Nous allons chanter la mélodie de la semaine dernière. Vous tout seul d'abord, Steiger...

Le malheureux Jean-Paul ouvre alors la bouche pour émettre quelques sons lamentables et c'est l'inévitable explosion de colère :

— C'est mauvais, très mauvais, monsieur Steiger... Je suis sûr que vous le faites exprès. Vous aurez 0 !

Pour Jean-Paul, la vie à l'école devient une angoisse à cause du vendredi... Il en rêve, de ce vendredi. La voix acide de son professeur de chant résonne dans ses oreilles le matin. Par moments, Jean-Paul imagine une vengeance, mais pas n'importe laquelle, une vengeance terrible, mémorable. Et il n'en voit qu'une : les araignées. Car il se trouve que le professeur de chant a une faiblesse : il n'est pas très courageux et, plus précisément, il a une peur bleue des araignées. Un jour, il en a découvert une sur le plancher de la classe. Il est devenu subitement tout blanc. Il s'est mis à crier d'une voix encore plus acide que d'habitude :

— Débarrassez-moi de cette sale bête tout de suite !

C'est un des élèves qui s'est dévoué pour le faire, car il avait bien trop peur pour y toucher lui-même...

L'épisode de l'araignée est resté gravé dans l'esprit de Jean-Paul.

Début mars 1950. Ce jour-là, les parents de Jean-Paul l'ont envoyé à la cave chercher des bûches pour la cheminée. Jean-Paul y va sans rien dire. Mais, s'il l'a toujours caché, il n'aime pas aller à la cave. Il a peur, surtout quand il fait nuit...

En sifflotant pour se donner du courage, Jean-Paul ramasse ses bûches, et, soudain, elles lui tombent toutes des mains, manquant de lui écraser les pieds. Il voudrait crier, mais il est tellement saisi qu'aucun son ne sort de sa bouche...

Du tas de bois vient de sortir une araignée. Mais une araignée comme il n'en a jamais vu, ni en réalité ni dans les livres. Elle est énorme, monstrueuse. Elle a un gros corps noir et huit pattes velues, hideuses. Elle se promène lentement sur une bûche et va dans sa direction...

Jean-Paul, l'instant de surprise passé, au lieu de remonter en hurlant pour se réfugier auprès de ses parents, ne bouge pas. Une idée lui est venue. Une idée plus forte que sa peur... Il pense à la réaction qu'aurait eue à sa place son professeur de chant. Il l'imagine suant à grosses gouttes, il voit son visage passant par toutes les couleurs de l'arc-en-ciel, il entend ses cris horrifiés : « Au secours ! Au secours ! Débarrassez-moi de cette bête ! » Jean-Paul se met à sourire de satisfaction...

Mais aussitôt son sourire se fige. L'araignée est toujours là. Il l'avait oubliée. Elle est arrivée tout au bout de la bûche. Elle est à peine à un mètre de lui.

Jean-Paul essaye de se raisonner. Il doit fuir. C'est de la folie de rester... En même temps, une autre voix lui dit : « Allons, Jean-Paul, montre que tu es un homme ! Cette araignée, il te la faut pour ton professeur de chant... Tu tiens enfin ta vengeance ! »

Jean-Paul remonte chercher un bocal de verre. Quand il revient, il espère, au fond de lui-même, que l'araignée aura disparu. Mais non. Elle est toujours là, sur sa bûche. Elle semble l'attendre... Il faut y aller !

Avec mille précautions, il approche le bocal... L'araignée n'a pas l'air effrayée. Au contraire, elle y pénètre d'elle-même. Rapidement, Jean-Paul visse le couvercle... Voilà, c'est fait. Il n'y a plus qu'à percer quelques trous pour qu'elle puisse respirer... On est jeudi. Demain, c'est le cours de chant...

En s'endormant, après avoir vérifié une dernière fois que l'araignée, cachée sous son lit, ne pouvait pas sortir, Jean-Paul s'abandonne à des rêveries merveilleuses. Il va mettre l'animal dans le tiroir du professeur qui va l'ouvrir au début du cours, comme il le fait toujours. Et alors, alors...

Le lendemain, la matinée passe très vite. Jean-Paul ne tient pas en place. De temps en temps, il jette un coup d'œil à son cartable anormalement grossi par le bocal qui contient sa prisonnière...

À midi, alors que tout le monde est au réfectoire, Jean-Paul entre dans la classe vide. Il n'en mène pas large, mais il est décidé à aller jusqu'au bout. Son bocal sous le bras, il ouvre le tiroir du bureau. Un quart de tour au couvercle et l'énorme, l'abominable araignée velue sort sans se presser... Le professeur de chant attrapera au moins une jaunisse en la voyant...

Et c'est enfin le moment fatidique. Il est deux heures de l'après-midi. Toute la classe attend devant la salle de chant.

Jean-Paul est sur des charbons ardents. Mais cinq minutes, dix minutes passent et le professeur ne vient pas. D'habitude il est à l'heure, impitoyablement à l'heure.

Et au lieu de la silhouette du professeur de chant, c'est celle, maigre et longiligne, du directeur qu'on voit arriver.

— Mes enfants, votre professeur est souffrant. Vous allez vous tenir sages pendant une heure.

Pour Jean-Paul c'est un coup du sort : le professeur de chant, qui n'avait jamais été malade depuis des années, choisit précisément ce jour-là pour l'être... Maintenant, il va falloir récupérer l'araignée qui est toujours dans le tiroir.

À la fin de l'heure, Jean-Paul s'attarde dans la classe. Une fois que tout le monde est parti, il sort rapidement son bocal. Franchement, il n'est pas brave. Si on le surprenait en ce moment, il n'ose pas penser à ce qui lui arriverait.

Mais tout se passe bien. L'araignée regagne gentiment son bocal, comme si elle le reconnaissait, comme si elle avait envie de rentrer chez elle...

Seulement, une fois à la maison, Jean-Paul se trouve devant un grave problème. Que va-t-il faire de sa bestiole ? Que va-t-il dire à ses parents ? Car il n'est pas question qu'il s'en sépare avant le retour du professeur de chant.

Alors, il imagine un mensonge. Il montre le bocal à son père et à sa mère et leur déclare :

— C'est la maîtresse qui m'a confié cette araignée pour une leçon de sciences naturelles. Elle m'a demandé d'en prendre soin.

Les parents de Jean-Paul sont un peu surpris. Son père lui déclare, après avoir examiné l'animal, qu'il est inoffensif, ce qui rassure tout de même Jean-Paul.

Mais maintenant, le voilà obligé de partager sa

chambre avec l'araignée pendant au moins une semaine, jusqu'au prochain cours de chant. D'abord, se dit-il, il faut lui donner un nom. Sans trop savoir pourquoi, il la baptise Fifine. Et puis il faut la faire manger. Aussi, il va chercher une belle feuille de salade qu'il glisse dans son bocal.

Deux ou trois jours passent. Jean-Paul s'est habitué à retrouver Fifine en rentrant de l'école, le soir. Il la met à côté de lui tandis qu'il fait ses devoirs. Depuis qu'il sait qu'elle n'est pas dangereuse, il n'en a plus peur. Il l'examine à travers le verre épais. Il la regarde s'agiter avec ses huit pattes. Il détaille sa drôle de tête qui prolonge son corps velu. La seule chose qui l'ennuie, c'est que Fifine n'a absolument pas touché à sa salade. Alors, le soir à table, il questionne son père :

— Papa, qu'est-ce que ça mange, les araignées ?

Son père lui répond sur un ton d'évidence :

— Des mouches, bien sûr.

Pendant les jours qui suivent, Jean-Paul se livre à une activité pour le moins inattendue : la chasse aux mouches. Chez lui, il reste des heures devant les vitres dans l'espoir d'attraper un insecte. Dès qu'il a pu en capturer un, il va le déposer dans le bocal de Fifine...

Le vendredi suivant est arrivé, et de nouveau le directeur leur annonce que le professeur de chant ne viendra pas, il est toujours malade. Jean-Paul va être obligé de garder Fifine encore une semaine. Mais cela ne l'ennuie plus. Curieusement, il s'est attaché à elle. Oui, il est content de pouvoir la garder encore un peu. Et la nuit même, dans sa chambre, il prend une décision : il ouvre le bocal. Il ne veut plus qu'elle soit prisonnière. Tant pis si elle s'en va. Bien sûr, il a un peu peur qu'elle vienne se promener sur son visage pendant son sommeil, mais après tout, il sait qu'elle n'est pas dangereuse.

Et le lendemain matin, il la retrouve sur sa table de nuit. Fifine est là, elle semble lui dire bonjour à son réveil.

Des jours passent encore. Le professeur de chant, sans doute sérieusement malade, n'a toujours pas réapparu. Jean-Paul, à sa grande surprise, a réussi à apprivoiser son araignée. Fifine est devenue une amie. Maintenant elle vient manger dans sa main les mouches qu'il lui présente. Jean-Paul a découvert que tous les animaux, même les plus laids, les plus inquiétants en apparence, peuvent vous donner quelque chose, à condition qu'on les aime.

Le professeur de chant est rentré au bout d'un mois. Mais pour Jean-Paul, il n'était plus question de vengeance : sacrifier Fifine aurait été une chose abominable, un crime. Fifine était à lui pour toujours.

C'est ainsi que le professeur de chant a échappé sans le savoir à la plus belle peur de sa vie. Mais, sans le savoir également, il a contribué à la naissance d'une vocation. Car, dès ce moment, Jean-Paul a eu la passion des animaux et il a décidé de leur consacrer sa vie.

REVENANTE

Certains sont des « gens à chiens. » Quelle fête un chien ne fait-il pas au retour de son maître ou de sa maîtresse après une absence d'une demi-heure ! D'autres sont des « gens à chats ». Quelle fascination d'observer ce tigre miniature, farouchement indépendant, changeant dans son humeur, affectueux et incontestablement rusé... Cette histoire permettra peut-être aux amoureux des chiens de mieux aimer les chats.

Francine Braux rentre chez elle à Pontault-Combault, dans la Seine-et-Marne. La forêt toute proche est un lieu de promenade idéal, surtout en cette fin de juillet. Le petit pavillon de Francine fait face aux grandes futaies remplies de gibier. Un peu avant d'arriver à la grille de son jardin, elle entend un miaulement plaintif. Un chaton est là, quelque part dans un buisson, et il clame sa détresse.

Francine a tôt fait de trouver la petite bête : une bestiole d'à peine une semaine. Une petite chose rousse, blanche et noire. Une femelle, puisque seules les femelles sont tricolores. Le pauvre animal réclame. Quoi ? Sa mère ? À boire ? À manger ? Sans doute tout cela à la fois.

— Alors, ma Kikine, tu es perdue ? Tu as faim ? Tu n'as plus de maman ?

La Kikine en question a les yeux collés. Sans doute la mère ne s'en est-elle pas occupée depuis longtemps. La maman chatte a pu être écrasée par une des voitures qui filent sur la route toute proche.

— Allez, ma Kikine, je t'emmène à la maison. Tu as besoin d'un bon bol de lait. Et d'une petite toilette. Tu es crottée à faire peur.

Et voilà la Kikine chaudement installée dans la poche de Francine. Une fois arrivée chez elle, sa bienfaitrice constate que la petite chatte est couverte de puces. Il était temps qu'elle soit trouvée...

Francine vit seule et avec elle Kikine reprend vite du poil de la bête. Elle ne tarde pas à répondre quand on l'appelle. Elle ronronne, connaît les heures des repas, joue avec tout ce qui traîne. Et elle est d'une propreté méticuleuse, attendant de pouvoir sortir dans le jardin pour y faire ses besoins. Si Kikine s'aventure sur un meuble, Francine s'inquiète un peu :

— Kikine, ne va pas faire tomber le vase de ma grand-mère ! J'y tiens comme à la prunelle de mes yeux !

La Kikine regarde sa maîtresse, comme pour réfléchir. Elle semble dire : « Le vase de la grand-mère ? C'est cette horreur mauve avec des violettes en relief ? Tu es certaine que tu y tiens vraiment ? »

De toute manière Kikine ne fera rien tomber... Elle est très habile pour poser ses pattes juste là où il reste un peu de place...

Francine est heureuse de cette présence nouvelle. Bien sûr elle a dépensé un peu d'argent chez le vétérinaire. Bien sûr Kikine s'installe d'autorité dans le fauteuil préféré de Francine. Et la nuit, Kikine exige d'avoir une fenêtre ouverte pour pouvoir aller faire un tour dehors.

— Tu sais que tu es terrible ! Qu'est-ce qu'il peut bien y avoir d'intéressant la nuit, dans le jardin ?

La Kikine, d'un seul regard, répond à Francine : « Dans le jardin ? Mais, ma pauvre Francine, dans le jardin il y a les mulots et les souris. Tiens d'ailleurs, je t'en rapporterai une en rentrant de ma prochaine balade. »

Effectivement, le lendemain matin, Francine a la joie de découvrir une souris morte, délicatement déposée par Kikine à côté de son oreiller...

La Kikine se fait gronder. Mais elle ronronne si gentiment. Quand on la gronde, elle a une manière d'ouvrir ses yeux tout ronds et de prendre un air d'enfant pris en flagrant délit de vol de petits gâteaux. La Kikine est adorable, irrésistible. Francine lui dit parfois :

— Tu es un petit monstre : tu me roules dans la farine, mais ne te trompe pas, c'est moi qui commande ici et pas toi, petite peste !

Est-ce bien certain ?

Au printemps, Kikine disparaît un jour. Elle est sortie une nuit et ne revient pas. Francine passe des heures dans son jardin à appeler :

— Kikine ! Kikine ! Où es-tu ? Viens ! Maman t'a acheté des bonnes croquettes.

Francine agite la boîte de croquettes comme s'il s'agissait de maracas. D'habitude ce bruit a un effet magique, et en l'entendant la Kikine arrive à toute vitesse pour déguster sa friandise préférée. Mais aujourd'hui, le bruit des croquettes reste sans effet.

Francine est un peu triste. Elle se dit : « Après tout, il faut que la nature ait ses droits. La Kikine aura rencontré un amoureux. Un de ces jours elle reviendra, le ventre gonflé et l'œil plein de mélancolie. Et puis elle ira se cacher dans un placard pour y accoucher d'une portée. Là, ma fille, il faudra être ferme et ne pas te laisser attendrir. Qu'ils soient noirs, blancs ou roux, les enfants du péché devront disparaître. Je demanderai au père Dufresne d'aller les noyer... »

Mais contrairement aux prévisions, Kikine ne réintègre pas le foyer de sa bienfaitrice. Cependant elle réapparaît, à la lisière de la forêt. Lorsque Francine l'appelle, elle ferme un instant ses grands yeux dorés. Elle semble dire : « Oui, c'est moi, je t'entends ! Bonjour ! Ne t'inquiète pas, je me suis installée différemment. Tout va bien ! »

Francine a apporté un bol plein de croquettes. La Kikine s'approche prudemment et prend délicatement une croquette entre ses dents. Mais dès que Francine essaye de prendre la chatte entre ses bras, la jolie sauvage fait un bond en arrière. Elle ferme encore les yeux et disparaît la queue en l'air, vers les mystères du sous-bois... Francine soupire :

— Eh oui, c'est la vie ! Un chat n'est pas un chien. Enfin, elle a l'air en bonne forme. Qui sait, elle reviendra peut-être quand il fera vraiment froid... Alors là oui, elle saura où se trouve le panier près du radiateur et elle essaiera de remonter dans le lit pour dormir au creux de mon cou ! Mais ça ne se passera pas comme ça ! J'y mettrai mes conditions : d'abord, plus de fenêtre ouverte toute la nuit. Et j'exigerai une obéissance au doigt et à l'œil !...

Une obéissance au doigt et à l'œil ! Des exigences ! Avec une Kikine des bois. Tu rêves, ma pauvre Francine.

Francine a toujours peur que la Kikine se fasse écraser par une des voitures qui filent sur la route en traversant la forêt. Cela devient une obsession. Chaque matin elle examine l'asphalte, dans la crainte d'y découvrir un cadavre noir, blanc et roux. Celui de la Kikine. Et un matin, Francine a un choc. Là-bas, de l'autre côté de la route, un pauvre corps inerte et sanguinolent lui semble bien être celui de sa chère Kikine. Francine s'élance...

Deux jours plus tard Francine se réveille dans une chambre inconnue. Où est-elle ? Elle ne reconnaît rien dans ces murs blanc-bleu. Elle sait seulement qu'elle a mal, très mal, à la tête, aux jambes. Quelque chose est planté dans son bras : une aiguille reliée à un mince tuyau. Au-dessus d'elle un flacon de verre rempli d'un liquide transparent. Une femme entre, toute vêtue de blanc.

— Alors, mademoiselle, vous reprenez conscience. Vous l'avez échappé belle, vous savez.

— Mais qu'est-ce qui m'est arrivé ?

— Vous ne vous souvenez de rien ? Vous avez été renversée par une voiture devant chez vous. On a bien cru qu'on n'allait pas pouvoir vous sauver. Heureusement que le professeur Guilledon était là. Il fait des miracles, cet homme...

Francine demande :

— Kikine ! Est-ce que ma Kikine est morte ?

Évidemment, personne n'est allé voir si le cadavre de chat tricolore qui avait jeté Francine sur la route était ou non celui de la chère Kikine... Francine devra attendre de longs mois avant d'avoir la réponse. Tous les mois qu'elle va passer à l'hôpital, puis tous ceux qu'elle passera en maison de convalescence et de rééducation.

Après plus d'un an, Francine est enfin autorisée à regagner son petit pavillon. Heureusement pour elle, Francine avait l'habitude de séjourner au rez-de-chaussée. Heureusement pour elle, cuisine, salle de bains et toilettes sont aussi au rez-de-chaussée, car désormais... Francine est infirme. Elle sait maintenant comment circuler en chaise roulante. Elle parvient pourtant à se lever et, grâce à des béquilles, elle peut se mettre seule au lit... Une personne vient chaque jour lui faire ses courses, son ménage et l'aider à sa toilette. Francine, à 36 ans, est invalide. Vraisemblablement sans espoir de guérison.

À cette époque, la télévision est un luxe et Francine n'a même pas cette distraction. Alors elle écoute la radio tout en faisant du crochet. La vie semble devoir être monotone.

— Ma pauvre Kikine ! Où es-tu à présent ? Si seulement je savais que tu es encore vivante... Qu'est-ce que je ne donnerais pas pour que tu sois encore là !

Francine attrape une petite poupée de chiffon suspendue par un fil à la poignée de la salle à manger. C'était un des jouets qu'elle avait fabriqués pour Kikine. Elle se met à pleurer à chaudes larmes...

— Reviens, Kikine ! Reviens, ne serait-ce qu'une seule fois !

Les chats comprennent-ils au-delà des mots ? Possèdent-ils un sixième sens qui nous échappe ? Francine est encore en train de serrer convulsivement la poupée de chiffon quand elle entend un miaulement plaintif :

— Kikine ! C'est toi ? Où es-tu ?

Francine saisit les roues de sa chaise et la fait pivoter pour savoir d'où vient le miaulement. L'a-t-elle réellement entendu ? Ne serait-ce pas une illusion auditive ? À l'hôpital on l'a prévenue. Lors de l'accident elle a subi un traumatisme crânien très grave. Le professeur Guilledon s'est penché sur son lit pour la prévenir : « Il est possible que vous ayez des séquelles inattendues dans les années à venir. Ne vous inquiétez pas. Des sensations auditives bizarres... »

Et voilà le miaulement qui recommence. Francine reconnaît la voix de sa chère Kikine :

— Où es-tu ? Je t'entends ! Où es-tu ?

Enfin elle réalise que Kikine est bien là, perchée sur la fenêtre qui donne sur le jardin. Elle fait le dos rond et se frotte au montant de la fenêtre. Francine attrape ses béquilles pour se mettre debout afin d'atteindre l'espagnolette. Une idée folle lui traverse l'esprit : « Pourvu que ce ne soit pas un fantôme ! »

Mais non, c'est bien la Kikine. Elle est un peu amaigrie mais elle a l'air en bonne santé. Francine la serre entre ses bras :

— Ah, tu es là, vilaine gourgandine ! Tu vois ce qui est arrivé par ta faute ! Si je n'avais pas voulu traverser la route, je serais encore valide ! Tout ça parce que tu as sans doute voulu suivre un garnement de chat de gouttière. Et si ça se trouve, il t'a fait des petits qui errent dans la forêt loin de leur mère indigne...

Par pudeur ou par discrétion la Kikine s'abstient de répondre aux reproches de sa maîtresse. Éprouve-t-elle du regret ? Les amoureux des chats affirmeront que Kikine a tout compris. Il faut le croire puisque, ce soir-là, au lieu de regagner son paradis dans la forêt, la Kikine dort sagement sur le traversin de Francine, bien nichée au creux du cou de sa maîtresse. Désormais et pendant toutes les années à venir, jusqu'à ce qu'elle disparaisse à son tour, à l'âge de 17 ans, Kikine ne quittera plus le pavillon, sauf pour l'indispensable chasse aux souris dans le jardin.

LE RETOUR DES HIRONDELLES

M. et Mme Lelièvre habitent Collonge, un charmant village de Bourgogne. Leur maison n'est pas grande, mais elle est à l'écart de la rue principale, très au calme, les alentours sont magnifiques et ils peuvent ainsi profiter de la nature.

Car M. et Mme Lelièvre, qui sont tous les deux à la retraite, sont passionnés par tout ce qui touche aux bêtes et, en particulier, aux oiseaux. Et ce sont des oiseaux, des hirondelles plus précisément, qui vont être les héroïnes de ce récit...

Tout commence en avril 1979. Les Lelièvre ont pris l'habitude, comme bien d'autres, de déposer de petits morceaux de pain sur le rebord de leurs fenêtres pour nourrir les oiseaux du voisinage. D'habitude, ce sont des moineaux ou des rouges-gorges qui viennent, quelquefois des espèces moins ordinaires. Mais un matin, vers six heures, ils sont réveillés par un bruit insolite qui vient de l'extérieur. C'est même un véritable vacarme : une sorte de piétinement accompagné de cris d'enfant.

Intrigués, un peu inquiets, les Lelièvre se lèvent

pour aller voir et ils restent un long moment bouche bée. Sous leurs yeux, il y a des centaines, des milliers d'hirondelles. Non seulement elles se bousculent à leurs fenêtres en se cognant aux vitres, mais tout le jardin et les toits des maisons avoisinantes en sont recouverts.

Il n'y a pas de doute : c'est une colonie en migration. Un de ses membres a dû repérer les morceaux de pain, il est descendu et les autres ont suivi.

Une ou deux minutes plus tard, d'un seul coup, comme obéissant à un ordre, les hirondelles s'envolent toutes ensemble et reprennent leur route.

Les Lelièvre reparlent longtemps de cette aventure. Et l'année suivante, à l'approche des beaux jours, ils se mettent à penser avec un vague espoir : « Peut-être les hirondelles se souviendront-elles, peut-être vont-elles revenir... »

Alors, de nouveau ils déposent du pain, beaucoup de pain, pas seulement sur leurs fenêtres, mais tout autour. Puis ils attendent.

Et un matin d'avril, vers six heures, le même bruit assourdissant que l'année précédente les tire de leur sommeil. Les hirondelles sont là, aussi nombreuses. Elles n'ont pas oublié.

Cette fois, elles restent un peu plus longtemps, car elles ont davantage à manger, puis elles repartent avec la même brusquerie que la première fois, toutes ensemble.

Depuis, à chaque printemps, les Lelièvre déposent tout le pain qu'ils peuvent sur les rebords de leurs fenêtres, dans leur jardin et autour de leur maison. Ils font des provisions des semaines avant. Ils vont en demander à leurs voisins.

Et chaque année, les hirondelles reviennent. C'est devenu une étape sur le long chemin de leur migration. Elles savent que là elles pourront se nourrir et se reposer quelques instants.

Dans le village, la maison des Lelièvre est devenue la « maison des hirondelles ». La plupart des gens trouvent l'histoire charmante. Elle fait désormais partie du folklore local. Le journal de la région se déplace chaque fois pour cette invasion pacifique et les Lelièvre ont droit à leur petite interview annuelle. Le phénomène attire même des spécialistes. Un ornithologue vient exprès de Paris et fait part de ses conclusions au quotidien régional :

— Comment se fait-il qu'elles reviennent chaque année ?

— L'emplacement de la maison a dû se fixer dans leur mémoire et s'est transmis entre elles.

— Ce genre de souvenir peut donc se communiquer d'une génération à l'autre ?

— Forcément, mais c'est un mécanisme qui reste mystérieux. Nous avons encore beaucoup de choses à apprendre concernant l'instinct des oiseaux...

Évidemment, comme toujours, il y a des esprits chagrins, des grincheux. Certains viennent se plaindre :

— Vous n'avez pas le droit de mettre du pain dans la rue. Chaque année ces oiseaux me réveillent et puis ils font des saletés partout. Je vais aller trouver les gendarmes !

Mais les Lelièvre tiennent bon. D'ailleurs les gendarmes ne les inquiètent pas : nourrir les hirondelles une fois par an n'est pas bien méchant.

Tout cela dure jusqu'en 1990. Cette année-là, les hirondelles tardent. Le mois d'avril est déjà bien avancé et elles ne sont toujours pas là. Mais le printemps lui aussi est en retard. Il fait encore froid. Aussi les Lelièvre ne sont-ils pas inquiets.

Chaque soir, ils scrutent attentivement le ciel en se disant : « Ce sera peut-être pour demain. »

15 avril 1990. Il doit être aux environs de six heures du matin. À travers son sommeil, M. Lelièvre

perçoit un bruit qui lui est familier. Ce bruissement, ces petits cris, lui rappellent quelque chose qu'il connaît bien... Mais oui : ce sont les hirondelles ! Les hirondelles sont revenues ! Il les attendait depuis longtemps et elles ont fini par arriver. Il faut vite aller les voir, comme il le fait chaque année. Bientôt, elles seront parties. Elles ne restent jamais plus de quelques minutes.

Mais à ce moment, M. Lelièvre éprouve une sensation bizarre. Il sent confusément qu'il est en train de se passer autre chose que le retour des hirondelles, autre chose de plus important... Après tout, il aura tout le temps de réfléchir à tout cela plus tard. Pour l'instant, il va se rendormir.

Mais juste avant de retomber dans le sommeil, M. Lelièvre a un sursaut... Non, il y a les hirondelles. Il faut y aller... Et c'est alors qu'il lui est presque impossible de se lever... Mais pourquoi ?

M. Lelièvre tente de se secouer de sa torpeur. Il constate à présent qu'il ne se sent pas bien du tout. Un mal de tête épouvantable lui enserre tout le crâne, il a envie de vomir. Et puis ses pensées sont confuses. Ce n'est pas normal. Il se passe décidément quelque chose !

Pour l'instant, dans l'esprit de M. Lelièvre, il reste une seule certitude à laquelle il s'accroche : les hirondelles sont là, il faut aller les voir.

Il fait un geste pour se lever, il arrive à peine à bouger la main... M. Lelièvre rassemble toute son énergie. Il se répète, comme une mécanique : « Les hirondelles... les hirondelles... »

Avec mille difficultés, il parvient à s'asseoir sur son lit. Sa tête lui retombe sur les épaules. Il doit attendre encore un peu pour se mettre debout. Et c'est alors qu'il comprend : cette odeur qui emplit toute la pièce, c'est le gaz...

Il y a une fuite de gaz. Il faut qu'il aille tout de

suite à la fenêtre, c'est une question de vie ou de mort...

Comme un somnambule, M. Lelièvre s'est mis debout. La fenêtre est là, toute proche, mais elle lui semble à un kilomètre...

Il titube comme un homme ivre ; deux fois il manque de s'effondrer sur le parquet.

Enfin, il est devant la fenêtre. En réunissant ses dernières forces, il l'ouvre...

Un frou-frou d'ailes, un concert de cris emplit la chambre. Les hirondelles, nullement effrayées, ont l'air de lui dire bonjour. Et surtout, un grand souffle lui arrive au visage. M. Lelièvre aspire à longs traits cet air matinal qui lui redonne la vie... Il est sauvé !

Quelques instants plus tard, les hirondelles, qui viennent de terminer leur festin, s'envolent d'un même coup d'ailes. Mais M. Lelièvre ne s'attarde pas à suivre leur gracieux départ dans le ciel. Rassemblant toutes ses forces, il revient dans la chambre, arrive près du lit et prend dans ses bras sa femme inanimée.

Au prix d'un nouvel effort, il parvient à la traîner jusqu'à la fenêtre et à l'installer sur le rebord. Alors seulement il va vers le téléphone pour appeler les pompiers. C'est à ce moment qu'il sent une main se poser sur la sienne. C'est son voisin. Il est en pyjama.

— Ne faites pas cela, malheureux !

— Mais les pompiers... Ma femme...

— Nous allons les prévenir de chez moi. Vous ne savez pas qu'il ne faut pas téléphoner quand il y a une fuite de gaz ? Cela peut provoquer une étincelle qui fait tout exploser.

Non, M. Lelièvre ne le savait pas... Ou si, il le savait peut-être, mais dans l'état où il se trouve, il n'était pas capable d'y penser. C'est une autre réflexion qui lui vient à l'esprit.

— Mais vous... comment se fait-il que vous soyez là ?

— Ce sont les hirondelles, monsieur Lelièvre. Elles m'ont réveillé, comme vous, je suppose. J'ai voulu aller les voir et c'est alors que je vous ai vu, vous...

Il y a maintenant d'autres habitants de Collonge qui accourent, eux aussi tirés de leur sommeil par les volatiles, et qui comprennent la gravité de la situation. Il faut faire vite, non seulement pour Mme Lelièvre, mais parce que l'odeur de gaz est nettement perceptible dans la rue. Une canalisation a dû se rompre quelque part. C'est tout le village qui est en danger !

Les pompiers sont arrivés peu après. Ils sont parvenus de justesse à réanimer Mme Lelièvre et ont prodigué des soins énergiques à son mari. L'un et l'autre, conduits à l'hôpital, se sont rétablis rapidement. Pendant ce temps, les spécialistes du gaz ont découvert et réparé la rupture de canalisation qui avait été à l'origine de l'intoxication.

Les sauveteurs n'ont pas caché à M. et Mme Lelièvre qu'il était temps. S'ils étaient arrivés une demi-heure plus tard, ils n'auraient rien pu faire pour eux. Quant à la fuite de gaz, elle était aussi importante que subite et aurait pu, effectivement, si elle s'était prolongée, s'étendre à tout le voisinage. Ce ne sont pas seulement les Lelièvre qu'ont sauvés les hirondelles, c'est peut-être tout le village de Collonge !

Depuis, chaque année, M. et Mme Lelièvre guettent avec plus d'impatience encore le retour des hirondelles. Et régulièrement, un matin d'avril, vers six heures, ils sont réveillés par un grand bruit à l'extérieur : des battements d'ailes et des cris ressemblant à ceux d'un enfant. Alors ils vont à la fenêtre en se disant : « Encore un printemps de plus grâce aux hirondelles ! »

PAR LA FAUTE DES BŒUFS

Dans la nuit normande, sous une petite pluie fine, un homme chaussé de bottes de caoutchouc se glisse au travers des pâturages. Il est un peu plié en deux pour que personne ne le remarque. Pas la moindre lumière pour guider ses pas, ses bottes piétinent l'herbe mouillée en faisant un léger bruit de ventouse. Mais l'homme n'y prête aucune attention. Entre ses mains gantées il tient une pince coupante et la colère qui l'anime lui fait oublier tout danger.

Bientôt on entend le petit bruit métallique que fait la cisaille en coupant du fil de fer. « On entend. » Qui est ce « on » ? Personne. Car, en dehors de l'homme à la cisaille, les seuls êtres visibles sont un troupeau de vaches et de bœufs qui se reposent, immuables, sous la pluie fine. Sa besogne achevée, l'homme à la cisaille repart vers l'endroit d'où il était venu, laissant derrière lui une clôture entière réduite en morceaux.

Quelques heures plus tard, un autre homme est au même endroit. Il se nomme Félix Petitpont et il est le propriétaire... des vaches. Lui, au contraire du saboteur nocturne, se répand en jurons et en lamentations normandes :

— Heu là !... Où sont passées mes bêtes à cette heure ?

Les vaches de Félix ont disparu. Mais la Normandie n'est pas le Far-West. On retrouvera bien les bêtes (soigneusement marquées) et de toute manière

Félix les connaît par cœur. Au pire elles seront allées divaguer chez quelque voisin et se goinfrer de pommes, ce qui n'est pas très bon pour elles. Mais la clôture légèrement électrifiée est entièrement à refaire. À vue de nez il y en a au minimum pour... un bon paquet de billets de 500 francs.

Félix Petitpont ne perd pas son temps à contempler les dégâts. Il faut agir au plus vite pour retrouver les bêtes. Quant au responsable de ce désastre, quant à l'identité de celui qui, avec ses bottes en caoutchouc, a laissé des traces bien visibles dans l'herbe et la terre imbibées de pluie, aucun doute.

« C'est ce salaud de Godefroy ! Ma tête à couper. Quel connard ! »

Baudouin Godefroy est le voisin de Félix. C'est lui le propriétaire de la belle maison à colombages qui jouxte le pâturage de Petitpont. Un retraité de 68 ans qui est venu s'installer ici il y a quelques années dans l'espoir de jouir d'une paisible retraite au cœur du vert bocage normand. Félix Petitpont, lui, est un « indigène », un véritable habitant du village, boucher éleveur et brave homme.

Félix Petitpont remonte dans sa voiture et file tout droit vers la gendarmerie pour y porter plainte. Il sait (ou du moins croit savoir) qui a cisaillé sa clôture, mais faute d'avoir surpris Godefroy en pleine action, il doit se contenter de porter plainte contre X pour bris de clôture. Les gendarmes sont tout à fait persuadés que Baudouin Godefroy, monsieur bien sous tous rapports, a dû « péter les plombs » et que l'affaire va en rester là, moyennant une compensation financière. Ce en quoi ils se trompent lourdement.

Car cette petite affaire de clôture découpée n'est que le rebondissement d'une bataille qui dure depuis des années. M. Godefroy vient, à l'époque, de s'installer dans sa tour d'ivoire, sa maison normande à colombages. Il décide de s'isoler des voisins grâce à une haie de thuyas qui doit lui éviter le spectacle de l'humanité laborieuse et des bestiaux ruminants. Godefroy veut, désormais, après une vie ennuyeuse de dirigeant d'entreprise, contempler ses pommiers et rien d'autre. Des thuyas de trois mètres feront l'affaire.

Les ruminants de Félix Petitpont contemplent avec intérêt les thuyas qu'on installe. Ils se lèchent secrètement les babines car les thuyas... ils adorent ça. Dès que la haie est installée, vaches et bœufs s'approchent et se mettent à la mastiquer.

Godefroy, en constatant que sa haie est bien grignotée, pique une crise de rage froide. Il devient tout rouge et son épouse comprend qu'il faut se garder d'aller lui réclamer de l'argent pour les courses. Devant le spectacle de sa haie mutilée, il décide de porter plainte auprès des gendarmes. Il en profite pour demander des dommages et intérêts de 1 400 francs.

« On va bien voir ce qu'on va voir. Qu'est-ce qu'il s'imagine ce marchand de bestiaux ? qu'il pourrait laisser ses vaches venir brouter mes rosiers !... »

Félix Petitpont, cependant, n'est pas né de la dernière pluie du bocage :

« Olah ! Attention ! C'est bien joli de planter des thuyas ! Mais M. Godefroy a fait ça n'importe comment. Bon, je n'ai rien dit parce que je ne suis pas du genre procédurier, mais à présent qu'on me cherche des noises, je ferai remarquer que M. Godefroy a planté ses thuyas sans réfléchir. Donc trop près de mes vaches. Si elles ont bouffé sa verdure, c'est tant pis ! En effet, M. Godefroy a planté ses thuyas sur... mon terrain ! »

Baudouin Godefroy ne s'attendait pas à ça :

— J'exige une contre-expertise !

C'est de bonne guerre. Les autorités de justice désignent un expert. Les gendarmes et le maire du village essayent de prêcher la conciliation :

— Monsieur Godefroy, vous vous êtes trompé, ça peut arriver à tout le monde. Replantez vos thuyas un peu en retrait et tout s'arrangera. Après tout, des vaches en Normandie, c'est quand même normal, non ?

Mais Godefroy n'est pas sensible au charme bovin. Il ne répond rien : il a sa petite idée. Et c'est ainsi qu'une nuit, piétinant dans la boue du pâturage, il cisaille la clôture de Petitpont, comme si cela pouvait arranger les choses.

L'expert se nomme Sébastien Beloncle, il est âgé de 70 ans et, dès son arrivée, tout le monde est impressionné par ce personnage qui semble sorti d'un autre siècle. L'homme, portant beau, s'exprime avec recherche et calme. L'incarnation de la justice et de l'impartialité. Son élégance discrète fait un peu tache au village où l'on n'a pas vu un homme aussi important depuis belle lurette. Sébastien Beloncle est président de la Compagnie des experts judiciaires près de la cour d'appel. Un homme comme on aimerait en avoir beaucoup en France.

M. Sébastien Beloncle fait connaître par écrit, au bout d'un an, ses conclusions. Elles sont simples : M. Baudouin Godefroy a commis une erreur irréfutable en plantant sa haie de thuyas sur le terrain de Félix Petitpont. Point final. Godefroy doit déplanter ce qui reste de ses thuyas, sous peine d'astreinte.

En prenant connaissance de ces conclusions, Baudouin Godefroy, qui ronge son frein depuis un an, explose. Son épouse lui dit :

— Calme-toi, Baudouin, tu vas te faire mal. Si l'expert a constaté une erreur, ce n'est pas la fin du monde. Tout le monde peut se tromper.

— Ce Beloncle est un vendu. Bien sûr il y a collusion entre lui et Petitpont. Tu penses, un boucher du village ! Il doit avoir tout le monde dans sa manche. Beloncle a du toucher un pot-de-vin. Ici, tout le monde se tient. Nous, nous ne sommes que des étrangers pour eux. C'est un peu trop facile. Ils vont voir comment je m'appelle ! Ah ! ils ne me connaissent pas encore. Ils ne savent pas de quoi je suis capable.

— Mais tu as déjà démoli la clôture. Tu vois le résultat !

Déjà Baudouin Godefroy n'écoute plus les remontrances de son épouse. Il saute dans sa voiture et fonce vers le domicile de M. Beloncle. Celui-ci lui ouvre sa porte sans méfiance. Il est loin de s'attendre à un tel déluge d'injures et de menaces. Sébastien Beloncle, pourtant, garde son sang-froid :

— Monsieur Godefroy, je vois que vous êtes bouleversé par mes conclusions. Mais croyez bien que j'ai longuement examiné le rapport de l'expert géomètre. Vous n'êtes ni le premier ni le dernier à commettre des erreurs concernant le cadastre. Une erreur de trois mètres n'est pas mortelle.

Et pourtant si : cette erreur sera mortelle.

Godefroy est là, la bave aux lèvres. M. Beloncle hausse légèrement le ton :

— Je vous conseille de quitter mon domicile où vous n'avez strictement rien à faire. Profitez donc de votre tournée par ici pour aller consulter votre médecin de famille : il vous prescrira très probablement un antidépresseur. Vous allez retrouver votre calme et tout rentrera dans l'ordre. J'ai bien l'honneur...

Une fois Godefroy parti, M. Beloncle éprouve le besoin de réfléchir un peu. Il appelle son épouse et lui dit :

— Je crois que j'ai affaire à un fou furieux. J'ai

vu dans son regard que pour quelques mètres de thuyas il est prêt à tuer...

Puis il confie ses inquiétudes aux autorités de justice. On lui répond comme de bien entendu que quelques mots prononcés sous le coup de la colère ne doivent pas prêter à conséquence :

— M. Godefroy n'est pas un ivrogne ni un repris de justice. Il fait partie des notabilités de Beautonville... Il va se calmer. Nous ne pouvons pas l'interpeller : pas de casier judiciaire, pas d'antécédents psychiatriques. Tout va rentrer dans l'ordre.

Félix Petitpont, de son côté, oublie un peu cette contrariété. La haie de thuyas prospère raisonnablement et sépare M. Godefroy des ruminants gourmands qui ont tous retrouvé leurs grasses prairies. Petitpont voit arriver l'été d'un cœur serein :

— Yvette, les cerisiers sont pleins à craquer. C'est le moment de se régaler. Je vais aller en cueillir un plein panier avant que les merles ne bouffent tout.

— Ah ! Tu vas encore aller faire l'acrobate dans les branches. Tu devrais te contenter d'emporter une échelle. Inutile de grimper jusqu'en haut. Celles du bas sont tout aussi bonnes.

Félix hausse les épaules avec un sourire. Depuis qu'il est haut comme ça, il a l'habitude de monter dans ses cerisiers qui étaient autrefois ceux de son père. Alors... Félix Petitpont sort donc de chez lui et part vers son destin. Un destin idiot, si l'on peut dire, car cet homme un peu corpulent mais dans la force de l'âge grimpe dans un cerisier, se laisse tenter par quelques grappes rutilantes qui brillent au soleil au bout d'une branche. La branche casse avec un bruit sec. Petitpont dégringole et tombe mal sur une pierre qui devait être là depuis des centaines d'années. Il a juste le temps de comprendre qu'il vient de se briser la colonne vertébrale. On ne le retrouvera mort qu'en fin d'après-midi, quand Mme Petitpont, vaguement inquiète, montera à bicyclette jusqu'au pré. Autour du cadavre du boucher les bœufs et les vaches, indifférents, broutent.

Tout le village est présent aux obsèques du malheureux Félix. Tout le village sauf Baudouin Godefroy. Mme Godefroy apparaît discrètement au cimetière, à l'insu de son époux. La mort de Petitpont semble avoir remisé l'affaire de la haie de thuyas aux oubliettes, mais la justice française, si elle est souvent plus que lente, finit un jour par rendre ses verdicts. Félix Petitpont est déclaré vainqueur post mortem. Et Baudouin Godefroy apprend avec déplaisir qu'il est condamné à verser 8 000 francs de dommages et intérêts aux... héritiers Petitpont. Les héritiers préféreraient que leur père soit encore vivant, mais, après tout, de là-haut, il doit être content qu'on reconnaisse son bon droit ici-bas.

Le déplaisir de Godefroy lui tombe sur l'estomac et réveille un ulcère qui n'arrange rien. Le déplaisir se transforme en rage froide :

— Ah ! là ! là ! Si Petitpont était encore là, j'irais lui casser la gueule ; 8 000 francs ! Mais dans quel pays vivons-nous ? La Normandie c'est quoi, une république bananière où on bafoue le droit le plus évident !

Godefroy n'a pas le temps d'en dire davantage : il vient de s'écrouler comme une masse et manque de se fracturer le crâne sur la base de la grande cheminée de son salon. Mme Godefroy appelle immédiatement le médecin qui diagnostique une hémorragie cérébrale et organise le transport de Godefroy, déjà dans le coma, vers le centre hospitalier le plus proche.

Au village les langues vont bon train : la mort de

Petitpont, le coma de Godefroy, on n'est pas loin de parler de mauvais sort, de pré maudit :

— Godefroy ne s'en sortira pas. Le choc a été trop violent. Avec son caractère de coléreux... S'il s'en tire, il sera sans doute paralysé. Ou bien il risque de perdre la parole.

Comme on le voit, la rumeur publique n'arrange jamais les choses.

Mais Godefroy a de l'énergie à revendre. Les premières paroles qu'il prononce en sortant du coma sont :

— Ils ne m'auront pas !

À qui pense-t-il en parlant de ces mystérieux « ils » ? On l'ignore.

Bientôt Baudouin le coléreux retrouve toute sa vigueur. Son épouse se demande s'ils ont vraiment eu raison de venir à Beautonville pour y jouir d'une retraite heureuse...

— Tu pars, Baudouin ? Tu penses revenir tard ? Tu vas où ?

Baudouin ne répond pas. Son épouse a l'habitude.

En fait Godefroy se présente quelques minutes plus tard à la mairie du village. On le connaît et, dans cette petite agglomération, personne ne songe vraiment à lui demander qui il est ni ce qu'il désire. Il dit simplement à la brave femme qui assure la permanence de l'accueil :

— Mme Duponchet est là ? J'ai besoin de lui parler.

Mme Duponchet est la mairesse. La dame dit :

— Un instant, je vais voir !

Puis elle revient pour dire :

— Madame le maire regrette mais elle est en pleine réunion du conseil municipal. Si vous voulez bien revenir cet après-midi à partir de quinze heures, elle pourra vous recevoir.

Godefroy, sans un mot, sort, monte dans sa voiture et démarre en faisant crisser les pneus sur le gravier.

La dame qui fait office d'huissier dit :

— Il se croit à Chicago ou quoi ?

Une fois revenu dans sa belle ferme normande aux colombages artistiques, Godefroy monte directement dans sa chambre. Il ouvre un placard qui est construit dans l'épaisseur du mur et en ressort avec un long étui de toile. Puis il redescend et remonte dans son véhicule. Du fond de sa cuisine Mme Godefroy crie :

— C'est toi, Baudouin ? Tu as oublié quelque chose ? Tu rentres pour déjeuner ?

Par la fenêtre elle aperçoit la voiture qui repart, mais elle n'aperçoit pas l'étui de toile que son mari a posé sur la banquette arrière. Si elle voyait l'étui qui contient le fusil de chasse de son irascible époux, elle serait inquiète...

Cette fois Baudouin Godefroy ne retourne pas à la mairie de Beautonville. Il va plus loin. Puisque Petitpont est mort et enterré, puisque Mme le maire est entourée de tout le conseil municipal, Baudouin Godefroy sait à qui il doit s'adresser.

Quelques minutes plus tard la voiture de Godefroy se gare devant la maison cossue de Sébastien Beloncle, président de la Compagnie des experts judiciaires près de la cour d'appel.

La belle barrière peinte en blanc qui ouvre sur le jardin des Beloncle est ouverte. Aujourd'hui c'est l'anniversaire de Mme Beloncle et le couple attend toute la famille pour le déjeuner. Godefroy trouve aussi ouverte la porte du salon qui donne sur le jardin. Il pénètre dans la vaste pièce meublée avec un goût extrême de meubles XVIIIe et décorée de

233

faïences anciennes, de porcelaines chinoises et de tableaux de petits maîtres impressionnistes normands.

Sébastien Beloncle est à l'étage, dans son bureau, en train de mettre la main à un dossier qu'on l'a chargé d'étudier. Soudain son oreille est alertée par un bruit qu'il connaît bien : le chasseur qu'il est reconnaît le bruit de la culasse d'une arme. Ce bruit n'a rien à faire dans son salon. Jamais Mme Beloncle ne s'aviserait de toucher à un des fusils qui sont rangés dans une superbe vitrine : elle a horreur de tout ce qui est arme à feu.

Alors Sébastien Beloncle ouvre la porte de son bureau et jette un œil en contrebas...

Mme Beloncle, dans sa cuisine, entend deux détonations qui lui glacent le sang. Pas de doute, on vient de tirer deux coups de fusil chez elle, dans sa propre maison, dans son propre salon. Elle ne comprend pas tout de suite mais, sans réfléchir, elle se rue vers le centre de la maison. D'un seul regard elle voit Sébastien Beloncle, son mari tant aimé, si honnête, l'homme de sa vie depuis quarante ans. Il est là, étendu sur le tapis d'Orient. Mme Beloncle hurle :

— Sébastien ! Sébastien ! Réponds-moi !

Elle ne voit pas Godefroy, qu'elle ne connaît d'ailleurs pas. Elle ne voit que son mari, et cette grosse tache de sang qui s'élargit au niveau du cœur, sur la veste d'intérieur en velours qu'il aime tant.

Sébastien Beloncle est mort, mais elle ne le sait pas encore. Elle entend le bruit de l'arme qu'on recharge et elle ferme les yeux. Elle pense simplement : « Si Sébastien est mort, autant que l'on me tue moi aussi. »

Mais la troisième détonation est celle de la décharge de chevrotines que Baudouin Godefroy a choisi de s'envoyer en pleine tête.

234

Sinclair Bruce est plutôt d'humeur morose, au volant de son interminable Oldsmobile, en ce matin du 21 septembre 1964. Pourtant il fait beau. Il fait toujours beau en Californie, spécialement en cette période qui commence fin septembre et qu'on appelle là-bas l'été indien.

Avec maestria, il se dirige dans le réseau compliqué des autoroutes qui s'entrecroisent et se superposent à travers la ville de Los Angeles. Ce n'est pas que cette enquête l'ennuie pour une raison particulière, mais il pressent qu'elle sera semblable à toutes les autres. Quand on est détective auprès d'une compagnie d'assurances — une des plus importantes —, spécialisé de surcroît dans les vols de bijoux, tout finit à la longue par se ressembler.

En huit ans de métier, Sinclair Bruce a pu même établir avec exactitude ses statistiques personnelles : neuf fois sur dix il s'agit d'un vol véritable, la dixième fois, c'est une escroquerie à l'assurance. Le schéma, dans ce dernier cas, n'a d'ailleurs rien de bien original : des gens autrefois riches et ruinés pour une raison ou une autre, qui n'ont trouvé que ce moyen désespéré pour sauver la face, ou échapper à leurs créanciers.

L'adresse où se rend le détective est située à Beverly Hills, l'endroit le plus snob de Los Angeles, juste à côté de Hollywood, la plus forte concentration de vedettes et de milliardaires de tous les États-Unis. Cela non plus n'a rien que de banal : les vols de bijoux ont rarement lieu dans les banlieues noires...

Sinclair Bruce gare rapidement sa voiture. Il est arrivé à destination. La propriété devant laquelle il se trouve est semblable à toutes celles qui l'entourent. Peut-être un peu moins imposante, et conçue avec un peu plus de goût. C'est surtout le jardin qui le frappe : un véritable jardin exotique, avec des massifs de fleurs de toutes les espèces...

Sinclair Bruce appuie sur la sonnette qui émet un carillon très mélodieux. Quelques instants plus tard, la bonne, qui doit avoir la cinquantaine et s'exprime avec un fort accent espagnol, vient lui ouvrir et le prie d'attendre Madame quelques instants.

Sinclair a une surprise en pénétrant dans la villa. Ce n'est pas du tout le luxe conventionnel qu'il s'attendait à trouver. Il semble, en effet, que la nature se prolonge à l'intérieur de la maison. Tout le rez-de-chaussée est un véritable jardin ; des plantes grimpantes recouvrent les murs et montent jusqu'au plafond. Près de la moitié de la pièce principale est occupée par une immense volière remplie d'oiseaux tropicaux : des perroquets, des toucans et des oiseaux-lyres. Et ce ne sont pas les seuls animaux : il y a des chats partout, au moins une dizaine, et même un singe qui s'est précipité sur lui dès qu'il est arrivé et qui ne veut pas le lâcher malgré ses efforts pour s'en débarrasser...

— Mongo ! Mongo, sois sage ! Excusez-moi, monsieur...

Sinclair Bruce se retourne. Élisabeth Carrington lui sourit d'un air gêné. Avant de venir, le directeur de la compagnie d'assurances lui a dit tout ce qu'il devait savoir sur la maîtresse des lieux : 46 ans, mariée depuis dix-neuf ans à Derek Carrington, P-DG d'une entreprise de textile. Pourtant, le directeur ne lui a pas dit qu'elle était belle. Oui, elle est belle, il n'y a pas d'autre mot. Elle n'est pas jolie, elle n'est pas provocante, elle est belle.

Sinclair s'assied dans un canapé en rotin entre deux chats, tandis que Mme Carrington, qui s'est emparée du singe Mongo, lui fait des remontrances à voix basse. Elle est blonde, assez grande et bien proportionnée mais, malgré tout, il y a en elle quelque chose de fragile. Peut-être est-ce que ce sont ses yeux bleus qui le fixent d'un air inquiet ou la ride qui barre son front...

Élisabeth Carrington s'est installée en face de lui, caressant le petit singe sur ses genoux.

Elle a peur, se dit tout à coup Sinclair Bruce. Cette femme a peur... Dans son dos, le chant mélodieux des oiseaux tropicaux continue, tantôt assourdissant, tantôt plus discret. Devant lui, les deux grands yeux ne le quittent pas. Sinclair a perdu d'un seul coup sa morosité. Quelque chose lui dit que cette enquête ne sera pas comme les autres...

Devant le détective, Mme Carrington commence d'une voix hésitante le récit du vol de ses bijoux :

— C'était lundi dernier. J'avais sorti mon collier et mes boucles d'oreilles en diamants. Je ne les porte pour ainsi dire jamais, mais tous les six mois, je les lave à fond. Je les ai donc baignés dans de l'eau tiède vinaigrée et puis je les ai laissés à sécher sur la coiffeuse de ma chambre, au premier étage. Et quand je suis remontée, une heure après, les bijoux n'étaient plus là. Ils avaient disparu...

Élisabeth Carrington pousse un soupir, comme si elle venait de se débarrasser d'un poids. Au fond de lui-même, Sinclair Bruce aimerait peut-être, lui aussi, en rester là. Malheureusement, il doit bien pousser les choses un peu plus loin. Il s'éclaircit la voix.

— Je suis navré, madame, mais j'ai besoin de plus de précisions. Ces bijoux sont assurés pour 50 000 dollars, c'est une somme importante, vous comprenez...

Élisabeth Carrington se cabre. Sinclair ne peut s'empêcher de la trouver de plus en plus belle.

— Mais je viens de tout vous dire. Est-ce que par hasard vous n'auriez pas confiance en moi ?

— Pas du tout, madame. Pourriez-vous juste répondre à quelques questions ? Celle-ci, par exemple : après avoir quitté votre chambre, êtes-vous sortie à un moment quelconque de chez vous ?

Sur le visage d'Élisabeth réapparaît la même ride soucieuse, de nouveau son regard se fait implorant.

— Eh bien, je me suis occupée un moment de mes oiseaux et de mes chats. Et puis, oui... j'ai été faire quelques courses sur Sunset Boulevard.

— Vous ne vous souvenez pas où vous êtes allée ?

Il y a maintenant de la panique dans le beau regard bleu.

— Non, vraiment pas. C'étaient des choses sans importance. Je suis tellement bouleversée par ce qui vient d'arriver...

Sinclair n'insiste pas.

— Admettons... Mais cela signifie que, pendant un certain temps, votre bonne est restée seule.

Élisabeth Carrington secoue la tête.

— Inès ? Elle est au-dessus de tout soupçon. Nous l'avons depuis le début de notre mariage, depuis dix-neuf ans.

— Elle a peut-être reçu des fournisseurs qui auront profité d'une minute d'inattention...

— Interrogez-la si vous voulez, mais je réponds d'elle.

Avec un certain soulagement, Sinclair Bruce met fin à l'entretien. Dans cette atmosphère étrange, avec cette mélodie incessante des oiseaux exotiques, face à cette femme qui l'a troublé dès qu'il l'a aperçue, il commençait tout à fait à perdre ses moyens. Il peut maintenant se consacrer à l'enquête proprement dite. Là, au moins, il se sent sur un terrain solide.

Dans la chambre des Carrington, la coiffeuse occupe un angle près de la fenêtre. Évidemment, à la limite, on aurait pu s'introduire par là. Mais Sinclair Bruce écarte rapidement cette idée. Il aurait fallu d'abord poser une échelle au milieu de toutes les fleurs tropicales qui recouvrent la façade. Or, il n'y a pas une branche, pas une brindille de cassée. Et puis, comme souvent en Amérique, la propriété des Carrington est sans clôture. Ce qui veut dire, bien sûr, qu'on peut entrer comme on veut, mais aussi qu'on est visible de partout. En l'espace d'une minute, Sinclair voit passer au moins une douzaine de voitures sur la route à deux cents mètres. Non, décidément, c'est impossible. Beaucoup trop risqué.

Reste la bonne. La dénommée Inès a apparemment tout de la vieille servante fidèle, dévouée corps et âme à ses patrons. Elle jure par la Madone et tous les saints de son Espagne natale qu'elle n'a rien à se reprocher. D'ailleurs Madame était là, en bas dans la pièce, à s'occuper des animaux. Personne n'aurait pu monter dans la chambre sans qu'elle l'aperçoive. Et quand Madame s'est absentée un quart d'heure, pour faire une course, c'est elle-même qui est venue de la pièce du bas. Elle est innocente !

Sinclair Bruce arrête là les protestations indignées d'Inès, prend congé de la maîtresse de maison, et repart au volant de sa voiture avec un petit pincement de cœur. Car il faut bien reconnaître que les choses se présentent mal pour Élisabeth. À moins d'admettre la culpabilité de la bonne, ce qui est peu vraisemblable après dix-neuf ans de loyaux services, le vol était tout bonnement impossible.

Donc, c'est *le* cas sur dix : l'escroquerie à l'assurance. Sinclair Bruce essaie de se raisonner : Élisabeth Carrington est coupable, c'est l'évidence. Elle est belle, troublante et tout ce qu'on voudra, mais elle est coupable. Cette peur qui se lit dans ses yeux en est la meilleure preuve... Et pourtant, pourtant, Sinclair est mal à l'aise. Des escrocs, il en a vu tant et plus. Eh bien, Élisabeth ne leur ressemble pas. Il y a quelque chose en elle qui fait qu'on la croit. Et puis sa peur, ce n'est pas celle d'être découverte, on dirait que c'est la peur d'autre chose ou de quelqu'un...

Sans s'en être rendu compte, Sinclair Bruce est arrivé sur Sunset Boulevard, la grande artère animée qui traverse tout Los Angeles. Pourquoi s'est-il mis en tête d'interroger les commerçants ? Par conscience professionnelle sans doute, et aussi parce que l'expérience lui a appris que la vérité provient souvent de recherches sans intérêt apparent.

Les premières personnes qu'il interroge ne lui apprennent rien. Bien sûr, ils connaissent Mme Carrington, mais aucun n'a le souvenir de l'avoir vue le lundi précédent... Voilà maintenant un bureau de poste. Sinclair hésite un peu avant d'entrer, mais il a décidé de faire tout le boulevard sur cinq cents mètres, alors pas d'exception.

Bien que n'appartenant pas à la police officielle, le détective a le don de faire parler les gens. Il sait les mettre en confiance et, au bout de quelques instants, ils sont généralement disposés à tout lui raconter. L'employé des postes n'échappe pas à la règle.

— Mme Carrington ? Oui... Je crois bien... Elle est venue lundi matin vers dix heures et quart. Elle a déposé un paquet en recommandé.

Sinclair Bruce bondit.

— Un paquet ! De quelle taille ?

— Je ne sais pas, moi. Gros comme une petite boîte, comme...

— Comme un écrin à bijoux, par exemple ?

— Oui, c'est ça, un écrin à bijoux. Ce n'est d'ailleurs pas la première fois. Elle fait la même chose tous les six mois, toujours pour la même personne.

— Et, je sais bien que c'est indiscret, mais peut-on savoir le nom du destinataire ?

— Attendez... C'est à l'étranger, au Canada. Ah, voilà... Mlle Pamela Burnet, 1012 Silver Street à Vancouver.

Dans l'esprit de Sinclair Bruce, qui retourne à toute allure au volant de sa voiture vers la villa des Carrington, les pensées se bousculent. Il y a d'abord de la satisfaction professionnelle. Cette fois il comprend tout le mécanisme. Il s'agit bien d'une escroquerie à l'assurance. Depuis un certain temps, Élisabeth Carrington envoyait ses bijoux, ses bijoux qu'elle ne porte jamais, à sa mystérieuse correspondante. Tant qu'il lui en restait, on ne s'apercevait de rien. Mais lundi, elle a dû expédier le dernier, ce qui l'a obligée à monter cette comédie du vol.

Sinclair se sent aussi gagné par une violente colère. Ah, elle l'a bien eu, la belle et douce Élisabeth avec ses mines alanguies et ses grands yeux implorants ! Et lui, il s'est laissé faire, mener par le bout du nez comme un gamin. Il se promet, dans quelques instants, de prendre une éclatante revanche.

Mais quand il arrive devant la villa couverte de fleurs tropicales, Sinclair Bruce ne se précipite pas sur la sonnette, comme il en avait eu d'abord l'intention. Non, il se met à réfléchir. C'est seulement maintenant que toute l'étendue du problème lui apparaît...

D'accord, Élisabeth Carrington est une voleuse. Elle est coupable d'escroquerie à l'assurance, d'accord. Mais pourquoi ? Oui, pourquoi envoie-t-elle tous les six mois ses bijoux en pièces détachées à une Canadienne ? Et il n'y a pas que cela. Sinclair connaît Vancouver, il y a mené une enquête particulièrement difficile. Et Silver Street, il connaît aussi.

C'est en plein quartier réservé : c'est la rue des maisons closes...

Sinclair Bruce revoit le visage de Mme Carrington. Sa première intuition était la bonne. Cette femme a peur. Mais pas seulement d'être découverte. Elle a peur de quelque chose de bien plus grave, de bien plus dangereux qu'un simple vol de bijoux.

En sonnant pour la seconde fois chez les Carrington, Sinclair Bruce est désormais certain que son enquête ne ressemblera à aucune des précédentes...

En pénétrant dans la villa, il est immédiatement repris par son étrange ambiance : le jardin intérieur, la volière avec la mélodie assourdissante des oiseaux tropicaux. Jusqu'au singe qui, comme la première fois, lui a sauté au visage et s'agrippe à son costume en tentant de lui arracher ses boutons.

Mais cette fois, Élisabeth Carrington ne se précipite pas pour le délivrer de l'animal. Au contraire, elle le toise avec une froideur méprisante.

— Encore vous ! Vous avez oublié quelque chose ?

Sinclair sait que ce qu'il va dire est théâtral et cruel, mais il ne peut pas s'en empêcher. Après tout, elle lui a menti, elle s'est payé sa tête.

— Oui, chère madame, j'avais oublié de vous parler de Pamela Burnet...

Ah, s'il espérait produire un effet, c'est réussi ! Élisabeth tombe à la renverse. Honteux et désemparé, Sinclair Bruce se précipite pour la secourir tout en essayant de se débarrasser du singe qui ne veut pas le lâcher. Inès arrive en poussant de grands cris. Quelques instants plus tard, Élisabeth Carrington, étendue sur le grand divan en rotin, ouvre les yeux.

Mais elle fait immédiatement une grimace et se met à sangloter.

Sinclair laisse passer un moment et l'interroge aussi doucement qu'il peut.

— Cette... Pamela Burnet, c'est votre fille ?

Élisabeth secoue la tête nerveusement.

— Non, je n'ai jamais pu avoir d'enfants. C'est la seule ombre dans mon mariage.

Elle désigne de la main les chats, les oiseaux et le singe :

— C'est pour cela que je me suis toujours entourée d'animaux, vous comprenez ?

Sinclair Bruce continue à la questionner, assis près d'elle sur le canapé.

— Mais alors, qui est Pamela Burnet ?

— Je ne sais pas. Je ne l'ai jamais vue. J'imagine que c'est une prostituée...

Le détective la regarde attentivement.

— Écoutez, madame Carrington, vous ne croyez pas que vous devriez tout me raconter depuis le début ?

Élisabeth essuie ses yeux. Elle a un sourire triste.

— Vous avez raison, au point où j'en suis... Et puis, cela me fera du bien de me confier. Ce que je vais vous dire, je ne l'ai jamais raconté à personne...

Et Élisabeth Carrington commence son incroyable récit.

À 20 ans, alors qu'elle était étudiante, elle a rencontré John Dwyer. Il était drôle, sympathique. Elle a eu le coup de foudre et elle a été folle de joie quand il lui a proposé le mariage. « Seulement, lui a-t-il dit, je n'ai pas d'argent. Alors, nous allons patienter un peu. Et en attendant, je vais t'installer chez une amie de ma mère. »

Élisabeth, malgré son innocence, n'a pas mis plus

d'une demi-journée pour comprendre ce qu'était en réalité l'« amie de la mère » et que l'endroit où elle venait d'arriver était une maison close. Le lendemain, Dwyer est revenu la voir. Ce n'était plus le même homme. Il était brutal, cynique. Élisabeth lui a promis tout ce qu'il voulait, mais le soir même, elle a réussi à s'enfuir et à mettre toute la distance des États-Unis entre eux.

Alors, c'est une nouvelle vie qui a commencé pour elle. Elle s'est établie à Los Angeles. Elle avait un petit travail de secrétaire et puis ce fut la rencontre avec Derek Carrington, le jeune et riche industriel. Un vrai conte de fées : le coup de foudre réciproque, le mariage et seize ans de bonheur, jusqu'à, jusqu'à... il y a trois ans.

À ce point de son récit, Mme Carrington s'arrête. Quand elle reprend, Sinclair se rend compte que chaque mot lui coûte un effort.

— Il y a trois ans, j'ai rencontré Dwyer, ici à Beverly Hills. Il était en vacances avec une fille. Il m'a tout de suite reconnue. Il m'a dit : « Salut, Élisabeth. Il paraît que tu es devenue Mme Carrington. Il faudra que tu me présentes à ton mari. Ou alors il faudra que je lui écrive, pour lui dire que moi aussi je t'ai bien connue dans le temps. » J'étais muette de peur. Mais Dwyer ne m'a pas laissée parler. Il a continué : « Écoute, je te propose un marché. Quand tu es partie, tu m'as fait perdre pas mal d'argent ; seize ans de manque à gagner, ça chiffre. Alors tu vas me rembourser. Tu vas envoyer tous les six mois cinq cents dollars dans un colis postal au nom et à l'adresse que je vais t'indiquer... » Et c'est ce que j'ai fait depuis trois ans. Voilà mon histoire, maintenant vous savez tout...

Sinclair Bruce est bouleversé. Encore une fois, il ne sait pas pourquoi, il croit cette femme. Mais si ce qu'elle dit est vrai, tout cela n'a aucun rapport avec l'affaire. Il vient de lui faire avouer son secret absolument pour rien. Il se relève brusquement du canapé.

— Mais alors, qui a volé les diamants ?

Élisabeth se remet à pleurer.

— Je ne sais pas, je vous le jure ! Ce n'est pas moi. Je n'envoyais que cinq cents dollars. Dwyer n'avait rien exigé d'autre.

Elle continue dans un souffle :

— Vous allez tout raconter à votre directeur, n'est-ce pas ? Et aussi à mon mari ?

Sinclair a la gorge sèche. Bien entendu, c'est ce qu'il devrait faire, c'est son devoir, il n'a pas le moyen d'agir autrement. Mais il veut retarder le plus possible ce moment, s'accorder un répit. Il ne répond pas à la question.

— Écoutez, madame, je veux bien vous croire. Alors réfléchissons ensemble encore un peu. Si ce n'est pas vous, si ce n'est pas Inès, qui est-ce ? Qui a pu s'introduire dans la maison ?...

Pour s'aider dans sa réflexion, le détective a sorti un carnet et griffonne quelques notes avec son stylo doré.

La suite se déroule en quelques secondes. En même temps, Élisabeth et Sinclair ont poussé un cri. En même temps, ils viennent de tout comprendre...

D'un seul bond, le singe a sauté sur les épaules de Sinclair. En un geste d'une rapidité incroyable, il lui a arraché le stylo de la main et il a grimpé au mur le long d'une des plantes tropicales. Maintenant, il dépose son trésor tout en haut, près du plafond, dans une sorte de petit nid fait de branches et de feuilles.

Son trésor... Eh oui, son trésor ! Le détective, quelques minutes plus tard, le tient entre ses mains, juché au sommet d'un escabeau. Outre son stylo, il y a des pièces de monnaie, un bouchon de carafe et... 50 000 dollars de diamants.

Au moment de partir, Sinclair Bruce, qui, bien entendu, a promis un silence absolu, tient à régler le dernier problème.

— Vous savez, madame Carrington, j'ai beau être dans le privé, j'ai pas mal de bons amis dans la police, notamment à Interpol. Ils vont retrouver Dwyer et lui faire comprendre que son petit jeu est terminé. Vous n'aurez pas à retourner à la poste dans six mois...

Dans le réseau compliqué des autoroutes qui le ramènent à Los Angeles, Sinclair Bruce sourit. Au lieu des intrigues et des mesquineries habituelles, il vient de vivre, pendant un après-midi, une sorte de conte. Et si un jour il écrit ses mémoires, il leur a déjà donné un titre : « La Belle et la Bête ».

LES DAUPHINS NOUS AIMENT

La goélette *Penguin* qui assure la liaison entre Sydney en Australie et Wellington en Nouvelle-Zélande arrive au terme de son voyage. Elle vient d'entrer dans la baie de Tasman. Demain, elle franchira le détroit de Cook et ce sera le port de Wellington.

Le commandant Nelson Dillworth a tout du vieux loup de mer : barbe et moustache grises, pipe toujours au bec. Cela fait plus de quarante ans qu'il parcourt cette région des mers du Sud, dont il connaît mieux que personne toutes les particularités, tous les pièges.

Par exemple, cette barre de nuages gris qui vient

d'apparaître à l'horizon... Bien qu'on soit en plein été austral, ce 4 février 1903, c'est un signe qui ne trompe pas : dans quelques heures, le vent va se lever d'un seul coup et il y aura des creux énormes. Cela juste au moment où il faut aborder la partie la plus délicate du voyage : la French Pass, qui sépare la Nouvelle-Zélande du Sud de l'île d'Urville, et qui donne accès au détroit de Cook.

Le commandant Nelson Dillworth quitte sa cabine et se dirige vers la poupe. Le pilote qu'il a engagé, Francis Burbage, est un excellent marin, mais c'est la première fois qu'il effectue ce trajet et dans ces conditions.

Au poste de pilotage, Francis Burbage affiche un air soucieux. C'est un homme râblé de 35 ans environ. Son teint hâlé indique qu'il a jusqu'ici voyagé surtout dans des mers plus chaudes.

— Je suis heureux de vous voir, commandant. Ces nuages, là-bas, ne me disent rien de bon...

— C'est parfaitement exact, Burbage. Nous allons avoir un coup de tabac.

— Et je viens d'étudier la carte. La French Pass est très mauvaise : des récifs, des hauts-fonds, des courants. Par gros temps, cela me semble très risqué. Nous devrions peut-être faire le détour.

Le commandant Dillworth tire une bouffée de sa pipe :

— Ne vous inquiétez pas. Gardez le cap et tout ira bien.

— J'admire votre calme, commandant.

— Bien sûr, vous ne pouvez pas savoir puisque c'est la première fois.

— Savoir quoi, commandant ?

— L'existence de Jack...

Le vent a fraîchi. La goélette *Penguin* glisse maintenant rapidement sur les flots. Francis Burbage se tourne vers son commandant, l'air perplexe :

— J'avoue que je ne comprends pas.

— Jack nous attend, Burbage. Il est déjà sûrement là, à l'entrée de la French Pass. Nous n'allons pas tarder à le voir...

Cette fois, le pilote a l'air franchement inquiet.

— Allons, commandant, vous n'allez pas me dire que vous croyez à l'une de ces histoires de fantôme ?

Nelson Dillworth a un petit rire :

— Jack n'est pas un fantôme, Burbage. C'est bien plus extraordinaire que cela !...

Oui, c'est bien plus extraordinaire que cela et le commandant Nelson Dillworth, après avoir donné des ordres pour faire réduire la voilure, satisfait enfin la curiosité de son pilote.

— Jack est une des plus étonnantes histoires de la mer, une des plus belles aussi. Tous ceux qui font le trajet entre Sydney et Wellington la connaissent. Heureusement pour eux d'ailleurs, sans quoi beaucoup ne seraient pas là pour la raconter... Jack est un dauphin.

— Un dauphin ?

— Un dauphin. Il n'y a aucun doute à ce sujet.

Les vagues se sont creusées davantage. Le *Penguin* embarque maintenant quelques paquets d'écume. À la barre, Francis Burbage surveille son cap, mais il est encore plus attentif à ce qu'est en train de lui dire le commandant.

— Jack est une vieille connaissance. C'est un vieux loup de mer à sa manière. La première fois qu'on l'a vu, c'était en 1871, il y a trente-deux ans. Un schooner américain, le *Brimble*, qui faisait la liaison Boston-Sydney, était en difficulté à l'entrée de la French Pass. Il faisait un temps comme aujourd'hui... C'est alors que Jack est sorti de l'eau : un grand dauphin gris-bleu qui faisait des bonds tout autour du navire. Il a joué à ce jeu-là pendant quelque temps et il est parti devant, toujours en sautant. Le capitaine a pris la décision de le suivre. Et c'est ainsi que tout le monde s'en est sorti...

— C'est effectivement troublant, mais c'est peut-être une coïncidence.

— C'est ce qu'on a pensé alors. Seulement depuis, chaque fois qu'un bateau se présente devant la French Pass, d'un côté comme de l'autre d'ailleurs, Jack vient à sa rencontre et le guide. Depuis trente-deux ans, grâce à lui, il n'y a pas eu de naufrage, alors que c'était un des endroits les plus mortels de la mer de Tasman.

Francis Burbage émet un sifflement prolongé.

— Je suis heureux d'être là pour voir cela !...

Le ciel est maintenant entièrement couvert. La mer a pris une teinte grise. Le commandant regarde les flots, loin en avant.

— Et il s'en est fallu de peu que vous ne puissiez pas le voir. Jack a bien failli ne pas être au rendez-vous...

— Pourquoi ?

— À cause de la sottise et de la méchanceté humaines, les seules choses qui ne fassent pas bon ménage avec la mer... Cela s'est passé ici, sur le *Penguin*, il y a six mois, lors de mon dernier voyage vers Sydney.

Et le commandant Nelson Dillworth raconte à son pilote le navrant épisode survenu six mois plus tôt...

C'était le 15 août 1902. La goélette, ce jour-là, se présente à la French Pass dans l'autre sens, en provenance de Wellington. C'est le plein hiver austral. Le vent est glacial, mais le ciel est dégagé et la mer relativement calme. Au moment attendu, Jack apparaît. Il fait des bonds joyeux. Il semble particulièrement en forme. Il saute parfois à près de dix mètres. C'est un ballet merveilleux, étourdissant. Puis, après ces cabrioles, il semble se dire qu'il est temps de passer aux choses sérieuses, plonge une dernière fois et reparaît devant la proue pour commencer son guidage. Nelson Dillworth, qui se tient près de la barre, voit alors venir vers lui un homme très excité.

C'est Howard Mac Kenzie, un explorateur américain qu'il a pris comme passager. Mac Kenzie se rend en Nouvelle-Guinée pour le compte d'une société privée. Un personnage tout à fait déplaisant, sûr de lui, vantard, grossier, le style cow-boy. Il a essayé à plusieurs reprises, depuis le début de la traversée, de raconter ses exploits au commandant, mais celui-ci l'a envoyé promener...

Howard Mac Kenzie désigne du doigt l'avant du navire :

— Qu'est-ce que c'est que cette bestiole, commandant ?

— Un dauphin. Fichez-moi la paix, je suis occupé.

— Cela fait une chouette cible ! Pourquoi vous ne dites pas à vos hommes de le tirer ? Eh bien, répondez-moi, commandant !

— Je ne réponds pas aux questions stupides, monsieur Mac Kenzie ! Maintenant, partez. Vous n'avez rien à faire ici !

L'Américain n'insiste pas et disparaît... Suivant fidèlement les évolutions de Jack, Nelson Dillworth et son pilote continuent leur navigation délicate à travers les récifs de la French Pass.

C'est alors que Dillworth pousse un cri et abandonne précipitamment son poste. Il court vers la proue.

— Arrêtez ! Arrêtez, nom de Dieu !...

Howard Mac Kenzie, posément installé contre le

250

bastingage avant, est en train de viser Jack avec sa Winchester. Avant qu'il n'ait eu le temps de tirer, le commandant lui saute dessus, l'envoie rouler par terre et lui arrache sa carabine.

— Espèce de fou !

L'explorateur se relève, l'air ahuri.

— Qu'est-ce qu'il vous prend ? J'allais l'avoir.

— Descendez immédiatement dans votre cabine ! Et si vous en sortez sans mon autorisation, je vous fais mettre aux fers, compris ?

— Mais enfin, commandant, qu'est-ce qu'elle a de spécial, cette bestiole ?

— Descendez, monsieur Mac Kenzie !...

La traversée de la French Pass s'effectue sans encombre, malgré l'incident. L'île d'Urville s'éloigne par tribord arrière. C'est le moment peut-être le plus émouvant du passage : le ballet d'adieu de Jack. Tous les marins se mettent à la passerelle et agitent leurs casquettes en poussant de grands cris.

— Au revoir, Jack ! Au revoir, Jack !...

Le dauphin saute allègrement auprès du *Penguin*. D'habitude il fait deux cercles autour de lui avant de disparaître pour aller accueillir un autre navire. Mais il n'a pas achevé son premier tour qu'un claquement retentit. On voit Jack, au sommet d'un de ses sauts, exécuter une curieuse cabriole et retomber dans l'eau comme une masse inerte. Il se débat quelques instants à la surface puis s'enfonce dans les profondeurs en laissant derrière lui un sillage rouge...

Nelson Dillworth hurle :

— Le salaud ! Il a tiré de sa cabine...

Howard Mac Kenzie a passé le restant de la traversée aux fers et l'équipage du *Penguin* a failli le lyncher...

Tel est le récit que fait le commandant à Francis Burbage, son nouveau pilote. Ce dernier l'a écouté avec une attention soutenue.

— Et vous êtes sûr que Jack est toujours en vie ?

— Oui. C'est un de mes collègues qui me l'a dit. Il a fait la traversée de la Pass trois mois après nous et Jack était bien là...

La pluie s'est mise à tomber. La visibilité diminue dangereusement. Les deux hommes scrutent les abords du *Penguin*. L'île d'Urville est à quelques miles : c'est l'entrée de la French Pass... Francis Burbage pousse un cri :

— Là, commandant !

Effectivement, c'est Jack. Il n'est pas très facile de le voir dans l'orage, avec sa couleur gris-bleu, mais c'est bien lui. Il ne fait pas comme d'habitude ses joyeuses et vertigineuses cabrioles. Il se contente de petits sauts. Les suites de sa blessure sans doute. D'ailleurs, il ne s'attarde pas à cette phase prélimi- naire. Il rejoint rapidement la proue et commence le guidage... Malgré lui, Francis Burbage est nerveux.

— Je dois absolument le suivre, commandant ?

— Absolument.

Le pilote donne un tour à la barre.

— C'est ma plus extraordinaire aventure en mer !

Et l'extraordinaire aventure commence... Le pont du *Penguin* est balayé de toutes parts à la fois par les paquets d'écume et les rafales de pluie. Devant, la petite tache gris-bleu est à peine visible, mais Francis Burbage s'y accroche comme un aveugle à son chien. En fait, ce n'est pas lui le pilote, c'est Jack. C'est Jack qui va les sortir de ce danger comme il en a sorti des dizaines et des dizaines avant.

Pourtant, depuis quelque temps déjà, Burbage manifeste son inquiétude... Il hurle au commandant, pourtant à un mètre de lui :

— Il se rapproche de la côte !

— Cela ne fait rien, suivez-le !

— Commandant, ce n'est pas possible, il se rapproche encore !

— Suivez-le, sans quoi on est fichus !

Francis Burbage obéit en crispant les mâchoires, mais au bout de quelques instants, il n'y tient plus :

— Non, cette fois non ! Nous allons éperonner ! J'ai étudié la carte. Il faut obliquer par tribord !

Et, sans en avoir reçu l'ordre, il fait tourner désespérément la barre à toute allure... Trop tard. Il y a un craquement épouvantable. Le *Penguin* se fracasse sur un récif. Il éclate, se disloque. Il y a des hurlements de terreur partout sur le pont...

La suite est un cauchemar... L'eau surgit en geyser du pont brisé. Il n'est pas possible de mettre les canots à la mer. Chacun s'accroche à ce qu'il peut et recommande son âme à Dieu. Nelson Dillworth et Francis Burbage s'agrippent à un même morceau de mât et sont emportés dans les flots.

Lorsqu'ils reprennent conscience de ce qui les entoure, ils sont sauvés. Une vague plus forte que les autres les a jetés sur un îlot au milieu de la passe. Depuis, comme il est normal en cette saison, le coup de vent a cessé aussi brusquement qu'il s'était levé. La mer est redevenue calme et c'est de nouveau le soleil de l'été austral. Les deux hommes regardent autour d'eux. Ils sont seuls. Aussi loin que porte la vue, ils n'aperçoivent pas un seul débris du *Penguin* ni un seul de ses hommes d'équipage. Le commandant Dillworth se redresse péniblement :

— Je ne comprends pas...

Francis Burbage se masse le corps en grimaçant.

— Moi, je comprends : il l'a fait exprès !

— Vous dites ?

— Je dis qu'il l'a fait exprès. Un animal aussi intelligent que Jack n'a pas pu se tromper. Malheureusement pour nous, il est trop intelligent. Il a de la

mémoire et des sentiments : le sentiment de l'injustice et celui de la haine.

Le commandant a la gorge nouée.

— Je n'aurais jamais cru cela...

— Jack est à ce point un animal supérieur qu'il
nous ressemble. Il a agi comme nous l'aurions fait
en pareil cas : il s'est vengé...

Le commandant Nelson Dillworth est de plus en
plus bouleversé.

— C'est de ma faute ! C'est entièrement de ma
faute !

— Vous aviez seulement sous-estimé Jack,
commandant...

Burbage revient à leur situation présente.

— Maintenant, il ne nous reste plus qu'à attendre
le prochain navire. Il en passe souvent ?

— Toutes les semaines environ.

— Il y a pas mal d'eau de pluie dans les trous
des rochers. On devrait pouvoir tenir.

Mais soudain le pilote s'interrompt :

— Bon sang, Jack !

— Quoi, Jack ?

— Il ne voudra jamais qu'on nous sauve ! Le prochain bateau qui passera, il l'enverra sur les récifs,
comme nous !

Le commandant Dillworth se prend la tête dans
les mains.

— Mon Dieu, les malheureux !

Francis Burbage termine d'une voix morne :

— Et nous, nous sommes fichus !

Le pilote se trompait. Six jours plus tard, un
schooner hollandais, le *Batavia*, les recueillait à son
bord, après avoir aperçu leurs signaux. À l'avant du
navire, une forme gris-bleu sautillait. C'était Jack.
Seule la silhouette du *Penguin* avait été enregistrée

dans son esprit de dauphin, les autres navires restaient pour lui des amis...

Et il a continué longtemps de les guider à travers les périls et les traîtrises de la French Pass, entre la Nouvelle-Zélande du Sud et l'île d'Urville. Exactement jusqu'en 1912, où plus personne ne l'a vu.

Cette fois, Jack le dauphin était mort, après quarante et un ans d'une extraordinaire carrière de pilote. Quarante et un ans pendant lesquels il avait accompli sans faille sa mission. À une exception près. Mais elle n'était due qu'à la bêtise et à la méchanceté des hommes.

LE CHIEN DE FONTENOY

Un empereur se meurt, loin de chez nous. En 1740 Charles VI d'Autriche, se sentant faiblir, désigne sa fille Marie-Thérèse pour lui succéder comme impératrice d'Autriche. C'est un peu normal car elle est sa fille aînée et il n'a pas d'héritier mâle. Elle a épousé François de Lorraine et Louis XV, notre roi, dit le Bien-Aimé, consent à la reconnaître pour impératrice à condition de récupérer le duché de Lorraine. Après tout, pourquoi pas ? Si les Autrichiens admettent qu'une femme a autant de cervelle qu'un homme pour commander les peuples, c'est leur affaire. Mais dès que Charles VI ferme définitivement les yeux, toutes les nations européennes dénoncent leur accord. Prusse, France, Bavière, Saxe, Espagne, Sardaigne se mettent en route pour la guerre de Succession d'Autriche. Marie-Thérèse, du haut de ses 23 ans, se défend, lâche la Silésie à la Prusse, reprend Prague aux Français, s'allie aux

Hongrois, aux Anglais, aux Néerlandais, s'empare de la Bavière, menace l'Alsace.

Toutes les nations bouleversées, toutes ces alliances qui changent de camp nous amènent le 11 mai 1745, dans le Hainaut qui n'est pas encore belge, où on se prépare à livrer bataille.

D'un côté les Anglais, les Hanovriens et les Hollandais soutenus par quelques Autrichiens affrontent les Français de Louis XV aidés de troupes suisses. Le « Bien-Aimé » lui-même est là. Mais c'est le maréchal de Saxe, fils naturel du roi de Pologne, et grand coureur de jupons, qui dirige la manœuvre des Français. Ces derniers sont soixante-dix mille. En face, les Britanniques viennent de débarquer au nombre de vingt mille.

Le maréchal de Saxe est un fort bel homme de 50 ans mais la vie qu'il mène à grandes guides lui fait payer ses folies de jeunesse : il souffre de terribles crises d'hydropisie. C'est pourquoi ce grand chef de guerre, incapable de se tenir sur un cheval, parcourt le champ de bataille dans une voiture d'osier. Ce qui ne l'empêche pas de réfléchir à son plan de bataille :

— Il nous faut prendre Tournai puis, une fois la chose faite, nous nous dirigerons vers l'Escaut, ce qui nous permettra de contrôler la Flandre autrichienne.

Dans l'autre camp, le chef militaire est le duc de Cumberland, troisième fils du roi George II, qui se doute bien des intentions du maréchal et qui dit, en anglais :

— Nous devons nous appuyer sur la ville de Tournai. Cela nous permettra d'enfoncer les troupes françaises et ensuite nous irons jusqu'à Paris.

Il ajoute, pour montrer sa confiance :

— Nous irons à Paris ou je mangerai mes bottes.

Les deux camps se surveillent mutuellement à la

longue-vue et les couleurs rutilantes des uniformes permettent à tous d'identifier chaque mouvement dans le camp adverse. D'ailleurs, aucun corps de troupe ne songerait à faire le moindre pas en avant sans tambours, trompettes et toutes les bannières possibles. Personne ne songe au moindre camouflage.

Le maréchal de Saxe réfléchit donc et décide d'empêcher les projets du duc. Il choisit l'endroit de l'affrontement : une petite plaine détrempée par la pluie, un petit espace d'à peine un kilomètre sur deux. Il lance des ordres, place les troupes comme un joueur d'échecs déplace ses pions. Mais ici les pions souffrent et sont prêts à mourir. La présence de Louis XV enflamme le cœur des Français.

Louis XV est d'humeur joviale et fait preuve de sa culture historique :

— Messieurs, vous rendez-vous compte d'un fait intéressant : depuis la bataille de Poitiers, en 1356, aucun souverain de France n'a combattu aux côtés de son fils ! Et il faut remonter à Saint Louis pour qu'un souverain français affronte les Anglais dans un tel déploiement de troupes...

Le roi ne songe pas un instant à une éventuelle défaite. Mais les Français ont pris toutes les précautions pour éviter au roi d'être fait prisonnier si les coalisés d'en face venaient à prendre le dessus. C'est là le principal.

Dans le camp des Anglais, quelqu'un est impatient de participer à ce qui se prépare. Il ignore tout des problèmes de l'Autriche, il ignore tout de la présence du roi de France dans le camp adverse. Mustapha, car tel est son nom, est un gros chien corniaud qui n'a d'yeux que pour son maître, un géant écossais barbu et rouquin qui fume une pipe d'écume.

Le bâtard au caractère joyeux et fidèle ne s'intéresse qu'à son maître en kilt. Ils font tous les deux partie du corps des Highlanders de lord Ingoldsby...

À six heures du matin, le duc de Cumberland donne l'ordre d'attaquer les Français et leurs amis suisses. Deux points d'attaque : Fontenoy, où le maréchal de Saxe a concentré ses troupes, et un point nommé Antoing. Le jour se lève à peine. Lord Cumberland ordonne que les Highlanders investissent le bois de Barry car c'est là que se trouvent Louis XV et son fils. Prendre le roi, comme aux échecs, serait le symbole de la victoire.

Mustapha marche à côté de son maître, mais les Français résistent bien. Et soudain lord Ingoldsby s'inquiète :

— Nous nous heurtons à une force de Français. Il nous faut des renforts d'artillerie et d'hommes sous peine d'être submergés.

Les Highlanders se voient intimer l'ordre de se replier. Mustapha suit le mouvement. Puis lord Ingoldsby change à nouveau d'avis :

— Attaque générale sur la brèche laissée par les Français entre le bois de Barry et Fontenoy !

Les coalisés tirent à force d'hommes de lourds canons dont les roues épaisses s'enfoncent jusqu'aux essieux dans le terrain détrempé. Derrière les canons, les Hollandais, les Hanovriens, les Écossais. Les chefs français estiment qu'ils sont au moins au nombre de quinze mille hommes :

— Qu'on s'empare des canons anglais à n'importe quel prix !

La fusillade part des deux côtés. Les servants des canons anglais tombent. Immédiatement ils sont remplacés. Les Écossais en kilts aux couleurs vives s'affairent. Mustapha aboie comme un fou aux côtés de son maître dont la pipe s'est éteinte. En face, les Français se rangent en files. C'est le moment où lord

Hay, chapeau à la main, lance aux troupes du maréchal de Saxe :

— Messieurs les Français, tirez les premiers !

Cela semble bien chevaleresque pour un témoin inconscient. En réalité lord Hay est un gros malin : si les Français tirent les premiers, il y aura des victimes dans les rangs coalisés, mais une fois la salve française tirée, les Français devront perdre un temps précieux à recharger leurs fusils à l'aide de leurs poires à poudre et des baguettes qui servent à enfoncer la poudre dans les canons du fusil. Les survivants coalisés pourront alors en profiter pour se précipiter sur les Français et n'en faire qu'une bouchée. Sans compter que les Anglais pourront prendre tout leur temps pour viser les Français !

Du côté français, c'est un nommé Hauteroche qui commande les premières lignes. À son tour, chapeau à plumes à la main, il s'incline poliment et refuse de faire tirer ses troupes. Ce sont donc les Anglais qui tirent la première rafale. Sinon on risque d'y passer la journée.

Les Français et les Suisses sont donc avantagés mais lord Cumberland n'a pas les deux pieds dans la même botte. Tandis que ses troupes rechargent leurs fusils, il lance ceux qui sont encore debout à l'assaut des Français qui, surpris par ce manque de courtoisie, cèdent du terrain. Mustapha s'élance avec son maître barbu à l'assaut des troupes de Louis XV.

Le maréchal de Saxe, depuis sa voiture d'osier, fait demander au roi et au dauphin de bien vouloir se replier sur une position moins précaire. Louis XV, qui s'y connaît un peu en matière de « guerre en dentelles », refuse et fait répondre que le maréchal de Saxe saura certainement faire ce qu'il faut pour maintenir sa précieuse personne royale hors des griffes du vilain duc de Cumberland.

Recevant cette réponse, le maréchal de Saxe est

contrarié d'autant plus que l'hydropisie le fait horriblement souffrir. Pour sauver le roi il ne lui reste plus qu'à tenter son va-tout contre les Anglais et leurs alliés. Les Français, d'ailleurs, sont en pleine débandade. Le champ de bataille est déjà jonché de morts et de blessés mais quatorze mille ennemis bousculent encore les brillantes troupes françaises et suisses. Les Anglais forment une sorte de « colonne infernale » qui résiste à toutes les attaques franco-suisses.

L'après-midi est bien entamé. Les Français attaquent toujours et sans relâche les coalisés. En vain. Dans la « colonne infernale », Mustapha n'a plus la force d'aboyer. Son maître, entre deux coups de fusil, la bouffarde entre les dents, l'encourage à grands coups de « Goddam ! » et lui caresse la tête de temps en temps.

Le maître de Mustapha a reçu des ordres précis : lui et ses compagnons de bataille doivent atteindre Fontenoy, point d'ancrage indispensable pour consolider le système d'attaque des Anglais. Plus les Anglais avancent au milieu des troupes françaises, plus ils s'éloignent de leurs bases arrière et plus ils se fragilisent. C'est pourquoi les Anglais, au fur et à mesure qu'ils enfoncent le dispositif français, doivent s'efforcer de neutraliser les Français qui restent derrière eux.

Malgré les douleurs de l'hydropisie le maréchal de Saxe réfléchit à toute vitesse. Il faut qu'il fasse des faiblesses françaises une force d'attaque :

— Que nos troupes cèdent un maximum de terrain devant les attaques anglaises !

Serait-ce le signal d'une retraite honteuse ? Que non : plus les Franco-Suisses cèdent du terrain, plus les coalisés étirent leur force d'attaque, diminuant ainsi l'épaisseur de leurs troupes. Le maréchal de Saxe attend pour trouver le point faible. Mustapha et son maître sont justement au niveau où la « colonne infernale » devient transparente. Les Français s'acharnent à attaquer. En vain. Le maréchal de Saxe fait à nouveau demander au roi de France de s'éloigner pour éviter d'être pris, comme Jean le Bon le fut à Poitiers...

— Quelle heure est-il ?

— Deux heures de l'après-midi, Monseigneur !

— Les troupes hollandaises ont-elles attaqué ?

— Point encore. Elles sont restées sur leur position. Seuls les Anglais et les Écossais sont passés à l'attaque.

Les ducs, comtes et marquis se réunissent autour de Sa Majesté Louis XV. Le maréchal de Saxe est au loin, parcourant le champ de bataille dans sa voiture en osier. Le duc de Richelieu propose de concentrer toutes les forces françaises sur la colonne anglaise affaiblie et étirée. Par miracle tout le monde tombe d'accord : Français, Suisses et Irlandais attaquent et canonnent la « colonne infernale » anglaise qui résiste. Les cadavres des deux camps s'amoncellent. Le maréchal de Saxe, de loin, donne son accord à cette manœuvre désespérée. Mustapha, dans la colonne anglaise, hurle à la mort : il a perdu son maître chéri dans le fracas et la fumée du massacre en dentelles...

Les ennemis sont désormais dans une position intenable : ils reçoivent l'ordre de se replier en bon ordre tout en gardant leur drapeau au milieu d'eux. Sept mille d'entre eux restent sur le terrain, morts ou blessés. Deux mille n'ont d'autre solution que de se rendre.

Indifférent à la débandade des Écossais et des Anglais, Mustapha cherche comme un fou. Une seule pensée agite sans doute sa petite tête de bâtard fidèle : « Où est mon maître ? Pourquoi n'est-il plus debout à côté de moi ? »

Mustapha gratte la terre boueuse jonchée de débris, de bouts de métal encore brûlants, de morceaux de chair humaine. Mustapha renifle des mains, des pieds encore chaussés de cuir, des têtes même figées dans des rictus plus ou moins horribles. Mais nulle part il ne retrouve l'odeur tant aimée du maître rouquin et barbu. Tout autour de lui, les balles sifflent et des hommes tombent en poussant des cris déchirants. Le sang gicle et le poil indéfinissable de Mustapha se couvre d'un mélange répugnant de boue et de sang, mais il continue à chercher. En vain. Mustapha se glisse sous l'affût de canons définitivement enlisés, il contourne les corps éventrés de braves chevaux tendrement élevés dans les vertes plaines anglaises ou autrichiennes. Pas de maître.

Pourtant si, Mustapha reconnaît soudain une barbe : le maître est là. Contrairement à son habitude, il est étendu sur le dos, immobile. Mustapha remarque qu'il porte un trou bien rond au milieu du front et qu'une traînée sanglante lui dévore l'œil. Un œil d'une fixité inquiétante. Un œil qui semble contempler à jamais un ciel agité de nuages et de fureur.

Mustapha renifle son maître mort sans trop comprendre qu'il n'y aura plus de caresses joyeuses et de galopades en commun dans la lande. Il aboie pour réveiller son maître dont l'âme est déjà loin. Il lèche doucement le visage qui représente toute sa vie. Et il ne comprend pas. Il se dit que tous ces hommes qui crient et qui tirent avec leurs fusils et leurs gros canons doivent empêcher le maître de l'entendre. Il faut que ça cesse, il faut retrouver le silence qui leur permettait de s'amuser là-bas, dans les Highlands.

Mustapha se dit que le maître a l'air d'avoir froid,

qu'il faut le réchauffer. Justement un bout d'affût brûle tout à côté. Mustapha, Dieu sait pourquoi, saisit le brandon dans sa gueule en prenant soin de ne pas se brûler les babines. Il a l'intention de l'apporter à son maître. Un tour peut-être que celui-ci lui a appris depuis longtemps : aller chercher un tison dans la cheminée pour qu'il puisse allumer sa pipe...

Mustapha passe tout près d'un canon renversé. Les servants du canon gisent morts ou blessés autour du gros tube de bronze à demi enfoncé dans la terre boueuse. Mustapha, sans s'en rendre compte, frôle la « lumière » du canon. La flamme du tison joue son rôle. Une énorme explosion secoue le canon anglais et projette le boulet dont il était chargé vers les rangs français. Quelques soldats anglais à proximité témoigneront plus tard avec beaucoup d'ensemble et d'enthousiasme :

— Mustapha (car tout le régiment des Highlanders le connaît par cœur) a tapé en plein dans les uniformes bleu et rouge. Plusieurs silhouettes de « mangeurs de grenouilles » tombent pour ne plus se relever... Mustapha est devenu sans le vouloir un vrai soldat de Sa Majesté George II.

Après ce moment de gloire les Anglais qui s'enfuient veulent emmener Mustapha mais celui-ci montre les dents. Il a décidé de rester auprès de son maître barbu jusqu'à ce qu'il se relève. Impossible de lui faire comprendre que son cher maître est mort.

Au bout de la journée on dénombrera les pertes françaises : 1 681 soldats ou sergents sont morts, 3 280 autres blessés ; 53 officiers sont tombés pour le roi, 323 sont dans un état assez grave pour qu'on puisse craindre de les voir mourir ; enfin 1 800 cavaliers sont perdus pour le roi...

Les Français et leurs alliés triomphent après bien

des sueurs froides. Les Français sont gais mais il y a de la besogne urgente : on se porte en hâte au secours des blessés... des deux camps. Le dauphin se penche sur un officier dont le visage dégouline de sang et lui exprime la gratitude du Bien-Aimé. L'officier blessé, qui a perdu une partie du crâne mais a gardé son esprit intact, réplique aimablement :

— Les grâces des monarques, comme celles de l'Évangile, tombent sur des borgnes et des boiteux.

Le maréchal de Saxe, malgré ses douleurs, se fait hisser sur son cheval pour dire son bonheur d'une victoire longtemps incertaine et s'excuser d'avoir commis une erreur dans l'organisation de ses lignes de défense.

La bataille de Fontenoy entre dans l'histoire comme une victoire totale bien que les Français n'aient pas poursuivi les Anglais. Mais les Français heureux vainqueurs se retrouvent appauvris et exsangues. La paix ne leur apporte rien. Le seul qui tire son épingle du jeu est le roi de Prusse qui hérite de la Silésie arrachée à Marie-Thérèse d'Autriche. Les Français ont vraiment travaillé pour le roi de Prusse. Déjà se profile une autre guerre qui va ensanglanter l'Europe, la future guerre de Sept Ans.

Le roi George II, mal remis de sa défaite, s'intéresse à l'exploit de Mustapha aussi remarquable pour ses qualités de canonnier improvisé que pour l'acharnement dans la fidélité à ne pas vouloir quitter la chère dépouille de son maître écossais. Le roi lui décerne une pension qui le mettra à l'abri du besoin pour le reste de ses jours.

Ce soir la foule des grands soirs se presse à l'Hippodrome. Toute la ville parle de l'attraction qu'il faut avoir vue :

— Elle est absolument sensationnelle. Je ne connais aucun cavalier capable d'exécuter un tel numéro !

Les robes froufroutantes et les queues-de-pie se pressent avec impatience pour profiter du spectacle, pour admirer la « femme centaure » qui force l'admiration tant par sa beauté que par le romantisme de sa vie personnelle.

Jenny Weiss, puisque tel était le nom de jeune fille de la vedette de l'Hippodrome, est née à Breslau. Elle vit l'enfance tranquille d'une jeune fille de la haute bourgeoisie jusqu'à ce que la tragédie franchisse le seuil de cette vie douillette. Sa mère a disparu depuis quelques années déjà quand son père, qui est banquier, se retrouve ruiné par un krach. M. Weiss père ne trouve pas d'autre issue à son déshonneur que de se tirer une balle de pistolet dans la tête.

Jenny, qui vient d'avoir 17 ans, se retrouve en voiles de deuil et couverte de dettes. Dans cette famille distinguée, on hébergeait deux parentes pauvres. Jenny cherche la solution :

— Que pourrai-je bien faire pour subsister ? De l'aquarelle ? Mon talent est mineur. Du chant ? Je chante juste mais j'ai peu de technique. Gouvernante dans une famille ? Mes gages ne suffiraient pas à entretenir ma maisonnée. Au fond, ce que je fais le mieux, selon le capitaine Hoffmann, c'est de monter en amazone. Peut-être que...

Le capitaine Hoffmann s'avoue incapable de faire accéder Jenny au rang d'écuyère internationale mais il suggère de s'adresser au professeur Gaike, un spécialiste de la haute école. Celui-ci, convaincu par une démonstration que lui fait Jenny, accepte de prendre son destin de cavalière en main.

Au bout de trois ans de manège, de sauts, de cabrioles, Jenny, de l'avis de son professeur, est digne de paraître devant un public choisi. C'est un succès et les premières pièces d'or tombent dans sa bourse. Il était temps.

« Si je veux faire une carrière, se dit Jenny, il faut que je fasse l'acquisition de chevaux capables d'exécuter les figures les plus difficiles. »

Avec ses premières pièces d'or Jenny monte son écurie : trois chevaux superbes, un coursier russe, un anglo-arabe et un étalon. La chance semble enfin lui sourire car elle reçoit une proposition d'exhibition dans un cirque d'Estonie. Mais ce froid pays, en dehors de son soleil parcimonieux, lui réserve une mauvaise surprise : le cirque qui l'accueille est sordide, le chapiteau rapiécé et le public d'une rusticité calamiteuse. Au bout de quelques jours, le directeur avoue qu'il ne peut honorer le contrat qu'il a signé :

— Ma chère mademoiselle Weiss, la situation est grave mais pas désespérée. Si vous avez vraiment besoin d'argent, je peux vous proposer... de vous acheter votre étalon arabe.

Jenny perd un de ses chevaux favoris mais avec les deux autres, elle peut honorer une autre proposition que lui a faite le cirque italien de Saint-Pétersbourg.

Comme elle a bien fait de s'entraîner durant trois ans ! Jeune, jolie, élégante, audacieuse, souriante, Jenny conquiert le public russe. Princes, ducs et grands-ducs sont à ses pieds et lui offrent diamants, rubis et perles. Elle tient salon et reçoit poètes, militaires et artistes. Les corbeilles de fleurs rares s'accumulent et dans beaucoup de ces fleurs elle découvre, un peu enivrée par le succès, des propositions de mariage inespérées. Que de géants blonds et barbus lui offrent de devenir princesse et d'être reçue dans l'intimité des tsars !

Jenny se donne le temps de réfléchir. Mais ses rivales en amour et en cavalerie passent à l'action. Un de ses chevaux disparaît juste avant une représentation. Jenny doit se résoudre à s'exhiber tant bien que mal sur une ganache qu'on veut bien lui prêter. Pour la consoler le destin lui réserve un nouvel hommage :

— Valdemar de Radhen, fils du sous-gouverneur d'Estonie. Laissez-moi mettre mon cœur à vos pieds. Accompagné de ces quelques cailloux brillants !

Jenny jette un coup d'œil aux diamants scintillants mais son cœur se met à battre car elle est captivée par le regard, lui aussi scintillant, du nouvel admirateur : un géant, bien sûr barbu, et brun aux yeux d'un bleu de porcelaine. Jenny, dans un sourire, lance une flèche :

— Monsieur, votre nom m'est connu et votre réputation aussi. Je devrais dire *vos* réputations : grand voyageur, grand chasseur de fauves, grand duelliste, grand séducteur aussi, et fort cruel avec les femmes. Que faut-il croire ?

— Tout, ravissante et adorable reine de mon cœur...

Cette sincérité est la bonne tactique car, quelques semaines plus tard, Jenny Weiss devient, devant l'autel de Sainte-Catherine de Saint-Pétersbourg, la nouvelle baronne de Radhen. Mais avant de concrétiser cette union Jenny et Valdemar ont passé un accord : Jenny, forte de sa gloire naissante, entend bien continuer son métier d'écuyère prodige. Valdemar, jaloux mais amoureux, accepte à condition de la suivre de ville en ville. Pour ce faire, il donne sa démission d'officier de la marine impériale.

Les baron et baronne de Radhen sautent dans leur attelage qui les conduit directement à Copenhague. Pour un premier succès et pour une première montée d'adrénaline conjugale. En effet, après le triomphe d'un spectacle auquel assistent les souverains danois, Jenny et Valdemar sont les rois d'une fête au palais. Parmi les invités, un feld-maréchal, portant beau et bourreau des cœurs, se fait très pressant :

— Belle baronne, mon cœur vous appartient et tout le reste aussi.

— Mais, monsieur, je vous trouve bien audacieux, je suis mariée et très heureuse, d'ailleurs voici le baron mon mari.

Valdemar a tout entendu des propos du feld-maréchal. Il demande réparation et obtient... un bon coup de sabre à la tempe. Son oreille droite a eu chaud. Il est temps de s'exiler vers des capitales plus civilisées... s'il en existe.

Le Paris de la Belle Époque réclame Jenny et ses coursiers incroyables. Valdemar cicatrise et essaie de rengainer sa jalousie. Après tout son épouse semble irréprochable.

Jenny doit se produire dans les principaux établissements de Paris. Les sabots de ses chevaux foulent la sciure de l'Hippodrome, du Nouveau Cirque, des Folies-Bergère. La concurrence est rude et les « femmes centaures » sont légion dans la capitale. Mais Jenny, vraie baronne et épouse fidèle, les enterre toutes comme on dit. Au propre comme au figuré car la concurrence oblige ces dames à se surpasser et une ou deux, traînées sur le sol ou écrasées par leurs chevaux, rendent leur âme intrépide aux dieux du cirque assoiffés de sang.

— Mesdames et messieurs, vous allez pouvoir admirer la baronne de Radhen dans un exercice d'une audace mortelle : elle va faire cabrer son cheval Czardas et le maintenir ainsi comme personne au monde...

Czardas se cabre, les naseaux fumants. Ses antérieurs, à trois mètres au-dessus de la piste, s'agitent pour maintenir l'équilibre. Jenny tire sur les rênes de toute la force de ses mains fines et gantées de chevreau écarlate. Soudain le public se lève d'un bond en poussant un cri : la baronne et Czardas, déséquilibrés, chutent lourdement sur le sol. La silhouette de Jenny disparaît sous la masse de muscles du cheval.

Jenny se dégage d'un mouvement gracieux. Czardas, mû par l'instinct d'une bête de spectacle, se remet sur ses jambes et lance même une petite ruade. La foule applaudit à tout rompre l'écuyère et sa monture qui saluent d'une courbette d'une grande élégance. Jenny regagne les coulisses, le cœur battant :

— Madame la baronne, bravo, bravo, bravo ! Quelle magnifique idée, cette chute spectaculaire ! Je vous offre un contrat de six mois si vous pouvez renouveler cela tous les soirs. C'est d'un dramatique ! J'en tremble encore !

Jenny a du mal à convaincre le directeur des Folies-Bergère : la chute était un accident et il lui faudrait des mois de travail pour arriver à la reproduire sans danger pour elle comme pour son cheval. Tant pis. D'ailleurs sa tournée internationale est programmée depuis longtemps. Valdemar et son épouse s'élancent vers de nouveaux publics, vers de nouveaux admirateurs, vers de nouveaux duels.

Valdemar aurait dû se méfier : la tournée les amène à Turin. Même si les Italiens du Nord sont plus raisonnables que ceux du Sud, ce sont à nouveau des tonnes de fleurs, de déclarations d'amour. Le baron, agité comme un chien enragé, multiplie les cartels. Au sabre, au pistolet, à ce qu'on voudra pourvu que son honneur soit lavé.

Jenny, sage comme une image, malgré la confiance qu'elle a dans les talents de duelliste de Valdemar, s'inquiète pour les oreilles et pour la vie de celui qu'elle aime tendrement. Valdemar enrage... contre tous les Turinois de sexe masculin. Il cite à l'aurore l'offenseur outrecuidant. Puis il envoie ses témoins aux témoins de l'adversaire. Et aux témoins des témoins, puis aux témoins des témoins des témoins. Il défie Turin tout entier... Puis tout Florence. Rome et Naples n'ont qu'à bien se tenir... Et il finit par se faire percer le gras du bras. Un témoin qui veut calmer le jeu se retrouve assommé d'un formidable coup de poing. Un autre amoureux doit signer un « aveu d'incorrection manifeste » sous peine de sanctions.

Mais Valdemar n'est pas le seul à surveiller la vertu de la baronne de Radhen. Un soir, un admirateur italien, assis au premier rang du cirque, s'enthousiasme jusqu'à jeter un bouquet de roses pourpres sur la piste. Le bouquet tombe aux pieds de Czardas qui se jette les sabots en avant pour écornifler l'impudent. Une dame voit son chapeau fleuri voler dans les airs. Jenny est surprise de cet inexplicable incident. Il est temps de quitter l'Italie et son sang trop bouillant. Direction Lisbonne.

Pour garder sa forme et son style désormais légendaires, Jenny de Radhen multiplie les exercices et les répétitions. Elle tente toujours de nouvelles figures impressionnantes en diable. Czardas se cabre, Jenny se jette en arrière au mépris des lois les plus évidentes de l'équilibre.

Un soir, à Porto, Valdemar a de nouvelles raisons de s'énerver. Le feld-maréchal danois est là, toujours aussi pressant, toujours aussi arrogant. Jenny ne lui laisse aucun espoir. Il faut abandonner le Portugal pour l'Espagne. À Barcelone, le Danois est déjà là. Il change alors de tactique :

— Baronne, belle baronne, douce baronne, vous avez devant vous un homme au bout du rouleau. Mes folies m'ont conduit à la ruine. Je n'ai plus l'espoir de vous servir mais j'implore de votre bonté une ultime faveur. Faites-moi engager dans votre tournée. Je ferai n'importe quoi.

Nouveau refus de Jenny, nouveau départ. Valdemar, quant à lui, a été touché par la détresse manifeste du Danois. Jusqu'à ce que les Radhen parviennent à Clermont-Ferrand, dernier endroit où ils pourraient s'attendre à un drame quelconque. C'est compter sans l'obstination du Danois. À Clermont il est là, requinqué, assis au premier rang. Jenny se trouble un peu : « M'aimerait-il vraiment ? »

C'est le genre de question qu'une écuyère de haut vol ne peut se permettre en plein exercice. Elle est si perturbée qu'elle doit abréger son numéro. Quand elle regagne sa loge, le Danois est là. Valdemar aussi. C'est le Danois qui perd son sang-froid et... frappe Valdemar à coups de canne. Ce que le feld-maréchal n'a pas prévu ou a sous-estimé, c'est que le baron de Radhen, fort de ses droits et de sa jalousie, se promène toujours armé. Le feld-maréchal n'a même pas le temps de réaliser qu'il reçoit six balles dans le corps. Il expire tandis que la fanfare du cirque exécute un air entraînant.

Mais, fanfare ou pas, il y a mort d'homme. Les crimes passionnels ne sont pas monnaie courante en Auvergne. On arrête le baron justicier de son honneur et on le met en prison. La presse s'empare du scandale et Valdemar est traîné devant la cour d'assises de Riom. Cependant, après le récit du harcèlement du Danois, il est acquitté à la grande satisfaction de son épouse et de tous les cocus du canton. Il ne reste plus à Jenny qu'à repartir vers de nouveaux triomphes. Bien malgré elle une réputation sulfureuse de femme « pour qui l'on tue » la précède. Ses cachets augmentent et son public aussi.

À Paris le directeur du Châtelet, établissement réputé pour l'audace et la modernité de ses mises en scène, lui offre le rôle de Mazeppa dans une pièce intitulée *Les Pirates de la steppe*. Mazeppa est un héros ukrainien du XVIIe siècle. Ce beau jeune homme, célébré par Victor Hugo, aurait été surpris en flagrant délit d'adultère et, pour sa punition, attaché nu sur un cheval sauvage. Jenny, en collant couleur chair, fait un Mazeppa troublant. Elle escalade avec Czardas des montagnes escarpées de carton-pâte et chacun s'attend à la voir se tuer dans une chute de plusieurs mètres. Le public hurle de terreur, Valdemar est épuisé de fierté et de bonheur.

Mais l'Europe continue de réclamer son héroïne équestre. Après Paris c'est Berlin qui l'acclame. Pourtant la capitale prussienne ne sera pas pour Jenny la ville du bonheur : Valdemar, son géant barbu, ferme définitivement ses beaux yeux clairs après une douloureuse maladie. Jenny est désormais veuve.

— Ma pauvre chère baronne, qu'allez-vous devenir à présent ?

— Quelle question ! Depuis des années je fais mon métier avec passion et un certain talent. Valdemar, mon cher époux, m'a accompagnée. Pour lui, pour mon public, pour mon art, je vais continuer à porter haut le nom de Radhen.

C'est donc l'Europe centrale qui admire la baronne de Radhen à qui le noir va si bien. Prague, Budapest sont conquis. L'Espagne la réclame et la baronne vient faire admirer sa classe et son élégance aux Andalous à qui on ne la fait pas en matière équestre. Après Malaga, elle remonte vers Valence.

Combien de temps va-t-elle continuer sa carrière ? La réponse à cette question lui est bientôt donnée.

Un jour elle remarque une hésitation dans un exercice. Czardas a un problème. Un examen du vétérinaire confirme ses craintes : il perd la vue.

— Madame, si je puis me permettre, le temps de la retraite a sonné pour Czardas. Il faudrait...

— L'abattre ? Vous n'y pensez pas ! Jamais !

— Madame, je n'avais pas une idée si cruelle en tête. Il faudrait mettre Czardas au vert, lui assurer une vieillesse tranquille.

Après tout pour lui aussi les années sont là. Il y a longtemps que Jenny aurait dû songer à lui donner un successeur, à former un nouveau pur-sang. Mais malgré de nombreuses tentatives elle n'a jamais rencontré un animal qui la comprenne si bien, qui réagisse comme lui à la moindre pression du genou, au moindre claquement de langue. Et puis Jenny sait depuis l'incident du bouquet de fleurs que Czardas, au fond, est amoureux d'elle. Un vieil amoureux à quatre pattes, un amoureux qui ne propose ni bijoux, ni titre, ni mariage. Comment abandonner un cœur sensible à la solitude, même dorée, d'une écurie sans espoir ? Comment renoncer à cet acte d'amour quotidien que constitue une belle démonstration, comment demander à Czardas de ne plus saluer sous les tonnerres d'applaudissements ?

Alors, Jenny renonce à toute nouvelle tentative. Elle se contente d'exécuter avec beaucoup de brio les figures, d'ailleurs spectaculaires, que Czardas, désormais pratiquement aveugle, peut se permettre.

Un matin, à Nice, la fidèle servante de Jenny entre et ouvre tout grand les épais rideaux de brocart qui ferment les fenêtres de sa chambre. Jenny se réveille et proteste :

— Mais qu'est-ce qui vous prend, Mathilde ? Pourquoi me réveillez-vous au milieu de la nuit ?

— Mais, Madame, il est dix heures. Le soleil brille. Ne le voyez-vous pas ?

Non, Jenny, baronne de Radhen, ne le voit pas : elle est aveugle. S'agit-il d'une cécité définitive ? Les spécialistes appelés à la rescousse diagnostiquent une hémorragie cérébrale.

— Madame, il faut sans doute incriminer votre exercice le plus spectaculaire : votre « renversé ». À chaque fois vous vous jetez brutalement en arrière. Cela provoque un déplacement du cerveau qui doit heurter la paroi de votre crâne. D'où cette blessure interne. Le nerf optique...

Jenny n'écoute pas davantage les détails techniques.

— Que dois-je faire ?

— Repos complet et... prière.

Les deux font effet car bientôt Jenny, malgré sa vue affaiblie, reprend ses exhibitions. Mais ce soir, à l'Hippodrome, elle fait l'exhibition de trop. Czardas, aveugle, et son émouvante cavalière se précipitent sur un lourd portant de la scène. Czardas tombe, jambe brisée. Il faut l'abattre.

Désormais l'invincible Jenny, jamais découragée, envisage une autre carrière. Se souvenant de ses leçons de chant d'autrefois, elle se compose un répertoire et se produit comme cantatrice mondaine. La future reine de Belgique donnera un ultime concert pour « la cavalière aveugle victime de la gloire ».

Olivia Sainthill, la voisine des Plugging, est réveillée en sursaut ce matin du 10 avril 1878. Quelqu'un frappe violemment à sa porte :

— Mrs Sainthill ! Mrs Sainthill !

Olivia met un bon moment à prendre conscience de ce qui se passe. Elle dormait et rêvait. D'un seul coup elle oublie presque tout son rêve. Un rêve où un ange venait la chercher pour l'emmener afin de comparaître pour le jugement dernier.

— Mrs Sainthill !

Soudain Olivia réalise que l'ange de son rêve possède la voix de son voisin : Ronald Plugging. Et cet ange n'a pas le ton qui conviendrait pour vous convier à affronter le jugement dernier. La voix de M. Plugging trahit une panique, une détresse qui donnent le frisson. Olivia sort de son lit. Elle prend la peine d'enfiler une robe de chambre fleurie avant d'ouvrir la porte qui donne sur ce petit jardin banal du pays de Galles.

— Monsieur Plugging ! Qu'est-ce qui vous arrive ? Quelle heure peut-il être ?

Ronald Plugging ne répond pas, il tend ses mains vers Olivia Sainthill : deux mains qui dégoulinent de sang. Il empoigne le col de la robe de chambre et Olivia voit des traces sanglantes qui maculent son vêtement.

— Monsieur Plugging, que se passe-t-il ?

Le ton d'Olivia est si ferme que Ronald tombe à genoux sur les marches du palier. Il pleure et Olivia met un moment à comprendre ce qu'il dit :

— Mon petit Ronald ! Il est mort ! Je viens de le tuer ! Aidez-moi ! Venez vite !

Ronald Plugging est un homme de 27 ans. Pour Olivia c'est un voisin charmant, jeune marié, adorant sa femme et son bébé, le petit Ronald à peine âgé de 18 mois. Pourquoi ce voisin charmant tuerait-il le bébé qui fait sa joie ? Le ménage Plugging, honorablement connu dans la petite ville de Southernmill, fait l'envie de tout le voisinage. Plugging, le père, gagne convenablement sa vie, fréquente le temple méthodiste, câline femme et enfant. Bon fils, bon mari, bon père. Olivia se demande si on lui joue une comédie de mauvais goût. Est-elle en train de se débattre dans un cauchemar ? Mais quand elle descend deux marches, elle trébuche sur Ronald et tombe lourdement à terre : pas de doute, elle vit un drame au cœur de la nuit. Ronald supplie :

— Allez chez moi ! Allez voir mon pauvre petit bébé, mon pauvre petit Ronald !

Olivia, toujours à terre, demande :

— Mais qui a fait ça ?

— C'est moi ! répond Ronald. C'est moi, dans mon sommeil !

Olivia se remet péniblement sur pied et fonce vers la maison des Plugging. La porte est grande ouverte et de la lumière sort du corridor. En s'approchant Olivia perçoit un long gémissement. Immédiatement elle reconnaît la voix, pourtant déformée par la douleur, de Margaret Plugging, l'épouse de Ronald.

Olivia hésite un peu avant d'entrer. Que va-t-elle trouver dans cette maison jusque-là heureuse ?

Au rez-de-chaussée rien d'anormal. D'ailleurs la voix gémissante de Margaret provient du premier étage, là où se trouve la chambre à coucher du couple. Dans la chambre Olivia découvre, éclairée par la lampe à pétrole, Margaret, en chemise de nuit, effondrée sur le parquet. Sa chemise est couverte de sang. Dans ses bras elle tient son bébé, Ronald Junior. Ou du moins ce qu'il en reste... D'un seul coup d'œil Olivia, matrone expérimentée, constate que le bébé est agité de convulsions. Son crâne n'est qu'une plaie sanglante et ses petits bras pendent lamentablement. Parfois il semble faire un geste désarticulé. Dans un angle de la chambre le berceau de l'enfant est renversé et à demi démantibulé.

Olivia remarque avec horreur que le papier fleuri des murs de la chambre à coucher est maculé de longues traînées sanglantes. Des traînées et des taches éclatées... comme si l'on avait écrasé avec violence un fruit trop mûr.

Olivia demande :

— Margaret, que s'est-il passé ?

Margaret est incapable de répondre. Elle se contente de continuer à gémir et à sangloter comme une bête blessée. Olivia demande :

— Êtes-vous blessée ? C'est Ronald qui vous a fait ça ?

Le gémissement de la mère continue. Olivia lui enlève le bébé des bras et Margaret se laisse tomber, le front contre le plancher. Olivia réalise que Ronald Junior est à l'agonie. Aucun médecin au monde ne serait capable de maintenir en vie la pauvre créature qui respire à peine et dont la bouche laisse apparaître de grosses bulles sanglantes.

Soudain Olivia sursaute. Ronald, le malheureux père, vient de surgir sur le seuil de la chambre. Il titube et ses mains sanglantes laissent des traces sur le chambranle de la porte. Olivia lui ordonne :

— Allez vite chercher le docteur Horner !

Le docteur Horner, réveillé lui aussi, apprend de la bouche de Ronald qu'il vient de tuer son bébé. Il enfile son pantalon, sa redingote, chausse ses bottes et saisit sa trousse, ne sachant ce qu'il faut croire.

Arrivé sur les lieux du drame, il constate que le petit Ronald, qu'Olivia a déposé sur une couverture, n'a plus que quelques instants à vivre. Le crâne est enfoncé comme si on l'avait frappé violemment contre un mur ou sur le plancher. Plugging, en larmes, dit :

— J'ai fait un cauchemar, j'ai cru que mon pauvre ange, mon petit Ronald, était le cheval blanc.

Le cheval blanc ? Quel cheval blanc ? C'est le procès qui le dira.

Plugging, une fois la police prévenue, est promptement emmené jusqu'au poste et enfermé à double tour dans une cellule comme tout bon assassin. Ses larmes ne font rien à l'affaire. D'ailleurs il ne pleure pas pour qu'on l'élargisse mais il pleure avec sincérité sur la mort de son enfant et sur le chagrin de son épouse Margaret.

Pour l'instant le sort réservé à Ronald Plugging est encore plus qu'incertain : le président du tribunal, à cette époque de férocité judiciaire, a la réputation d'avoir la main lourde. Quelques accusés qui sont passés entre ses mains avant le cas Plugging se sont retrouvés condamnés à plusieurs années de travaux forcés pour des peccadilles aussi légères que le vol de trois chaînes de montre sous l'emprise de l'alcool. De même pour un autre grand criminel coupable d'avoir dérobé quelques pièces de ferraille sur un bateau en radoub. Beaucoup parmi ceux qui assistent au procès Plugging pensent qu'un nœud de chanvre va bientôt enserrer le cou du malheureux Ronald.

La lecture de l'acte d'accusation, dans sa froideur technique, fait passer un frisson dans l'assistance :

— Accusé d'avoir traîtreusement et férocement attaqué l'enfant Ronald Junior, âgé de 18 mois, de l'avoir saisi violemment et de l'avoir jeté ou poussé à plusieurs reprises contre la porte ou le mur ou le sol de la chambre où il reposait, de lui avoir fracturé le crâne, de lui avoir défoncé le cerveau jusqu'à provoquer la mort. Accusé d'avoir été seul responsable de ces actes inqualifiables...

Au fond du box des accusés, le malheureux Ronald Plugging, blême et tremblant, essaye de répondre d'une voix blanche et pratiquement inaudible. Les différents rangs de spectateurs se mettent à bourdonner, chacun répétant à son voisin les paroles que l'accusé vient de prononcer :

— Je ne suis pas coupable. Je suis coupable dans mon sommeil, mais innocent dans mes intentions profondes.

Au cours du procès on comprend un peu mieux la personnalité et les antécédents de l'infanticide. Son père, qui lui aussi se prénomme Ronald, déclare tout net :

— Ronald, mon fils, est un bon garçon et il s'est toujours comporté en bon mari et en bon père. Mais dans son enfance il a eu des problèmes...

On apprend donc que Ronald, depuis l'enfance, est obsédé par deux chiens féroces qui reviennent périodiquement dans son sommeil pour le dévorer tout cru. Ce qui provoque chez lui des réflexes inconscients de défense. On apprend aussi qu'il a toujours été une nature fragile sur le plan nerveux. Ronald père précise :

— C'est l'enfant que j'ai eu d'un premier mariage et j'ai veillé à ce qu'il reçoive la meilleure éducation puisqu'il a fréquenté l'école jusqu'à 13 ans... Dès son plus jeune âge Ronald a eu le sentiment d'être persécuté. Cela créait chez lui une sorte d'abêtissement, il semblait vivre sur un nuage, avait du mal à se concentrer sur ses leçons et sursautait à chaque instant, au moindre bruit.

La foule qui se presse dans la salle d'audience apprécie. Les juges chargés de décider du sort de l'infanticide suivent attentivement le récit de Ronald Plugging Senior :

— Il lui arrivait, dans son sommeil, de cauche-marder au point de prendre son rêve pour une réalité.

— Par exemple ?

— Il lui est arrivé, tout en dormant, d'aller cher-cher un seau d'eau pour éteindre un feu imaginaire qu'il croyait en train de détruire la maison.

— D'autres exemples ?

— Une fois il est sorti de la maison au milieu de la nuit pour aller se jeter dans la rivière. Revenu à lui, il a expliqué qu'il voulait sauver Cornelia...

— Cornelia ?

— C'est ma fille, sa demi-sœur, pour qui il a tou-jours démontré la plus grande affection. Mais une autre fois il a fallu le réveiller car il était en train d'étrangler sa chère Cornelia : il l'avait prise pour un monstre qui voulait l'attaquer. Car les monstres sont une de ses phobies. Il lui arrivait de se mettre à combattre des chiens imaginaires : quand il avait 5 ans il s'est égaré dans la propriété de voisins et il a été poursuivi par deux dogues féroces qui l'ont cruellement mordu aux mains et même au visage ! Il n'a dû qu'à l'intervention de paysans qui se trou-vaient là par hasard de ne pas être tué. Le voisin a d'ailleurs reconnu sa responsabilité et il a payé une jolie somme en compensation du dommage subi. Cela a permis à Ronald de posséder un petit pécule et de recevoir une meilleure éducation.

— Y aurait-il eu d'autres accidents ou incidents du même genre ?

Ronald Senior hésite un peu et, après s'être raclé la gorge, murmure :

— Une fois il m'a attaqué durant mon sommeil. J'ai été réveillé par des coups de poing en plein visage. J'ai vu alors Ronald, mon pauvre gamin, penché au-dessus de moi, les yeux exorbités, avec un rictus féroce : il tentait de m'assommer. Puis en hurlant, il a serré ses mains autour de mon cou. Heureusement j'ai le cou large et ses mains étaient encore un peu frêles. Sinon je crois que sa fureur était telle qu'il m'aurait étranglé...

— Avez-vous tenté quelque chose pour éviter ces désordres ?

— La seule solution que nous ayons pu imaginer fut d'entourer son lit de bassines remplies d'eau froide. Nous espérions ainsi qu'à la prochaine crise, au moment où il se lèverait pour combattre les monstres de son rêve, il poserait les pieds dans l'eau froide et que ce contact suffirait à le réveiller de son cauchemar...

— Est-ce que cela s'est effectivement produit ?

— Parfois, mais en d'autres occasions sa pulsion agressive était si forte qu'il sautait par-dessus les bassines.

— Et quel était son cauchemar cette nuit-là ?

— Il m'avait pris pour la bête qui l'obsède le plus : l'étalon aux yeux verts. Selon lui l'étalon brisait le mobilier et menaçait de tuer toute la famille, moi inclus.

— Y a-t-il une quelconque réalité dans cette histoire d'étalon ?

— Ronald n'avait encore qu'une dizaine d'années, il a voulu rendre visite à un étalon qui se trouvait dans une écurie voisine. Mais l'animal, magnifique, était trop nerveux et quand il a vu Ronald, il s'est cabré. Ronald a manqué d'être tué. L'animal le frappait à grands coups de sabots en écumant, les naseaux frémissants, les yeux brillants et comme fous. Ronald, depuis ce jour-là, n'a plus été capable d'approcher un cheval, même les paisibles percherons qui tirent les diligences.

En entendant l'évocation de l'étalon fou qui voulait le tuer, l'accusé se lève d'un bond dans son box :

— L'étalon ! C'est lui ! C'est l'étalon que j'ai vu cette nuit dans mon rêve. Avec sa bouche dégoulinante d'écume et ses yeux fous. Il voulait me tuer, alors je l'ai saisi par les naseaux et je lui ai frappé la tête contre le mur, aussi fort que j'ai pu jusqu'à ce que le sang jaillisse de ses blessures. L'étalon fou ! C'est lui qui m'a attaqué !

En criant Ronald mime le geste de saisir les naseaux de l'étalon, mais sa mimique transporte d'horreur la foule présente : ce qu'elle voit, ce n'est pas un homme aux prises avec un grand étalon en furie ; les gestes de Ronald sont ceux d'un homme qui fracasse le crâne d'un bébé de 18 mois contre le mur, sur une table et même sur le sol.

Il est évident que Ronald Plugging, assassin somnambule, est la victime d'impressions si fortes, nées d'incidents réels, qu'il passe à l'acte dans un réflexe de défense aveugle et meurtrière.

Il s'ensuit de longues discussions d'experts pour savoir si Ronald Plugging est un fou justiciable de l'asile d'aliénés pour le restant de ses jours ou bien un criminel infanticide justiciable de la pendaison.

Les témoins cités se montrent tous favorables à l'accusé. Tous sauf une, sa belle-mère, mère de Margaret et grand-mère du bébé assassiné :

— Je suis venue une fois pour rendre visite à ma fille et à mon gendre et j'ai eu la peur de ma vie. Cette nuit-là il a rêvé qu'un chien fou dévastait la maison et il s'est jeté dans un de ces combats qui m'a glacé le sang. Le lendemain je suis repartie chez moi.

— Quand l'avez-vous vu pour la dernière fois avant le drame ?

— Ma fille et lui sont venus me rendre visite la veille du drame. Ils m'ont donné l'image d'une famille heureuse et très unie, comme à l'accoutumée.

— Votre gendre aurait-il bu de l'alcool ce jour-là ?

La belle-mère, avec beaucoup d'honnêteté, proteste :

— En aucun cas, mon gendre ne buvait pratiquement jamais.

— Pensez-vous que votre gendre soit fou ?

— Le moins que je puisse dire, c'est qu'il est pour le moins... bizarre.

Le président du tribunal demande si Ronald, au cours de ses crises féroces de somnambulisme, s'est jamais blessé lui-même. L'intéressé répond :

— Une fois, oui. En sautant du lit je me suis cassé un orteil. Mais je n'ai ressenti la douleur qu'une fois réveillé.

Les experts en concluent que la douleur ressentie a été enregistrée par le cerveau comme faisant partie du cauchemar et qu'elle n'a pu que contribuer à augmenter la violence du comportement du somnambule.

Les collègues de travail de Ronald, les voisins, les connaissances sont tous affirmatifs et favorables :

— Il adorait sa femme et son enfant ! Il était même un peu fatigant quand il se promenait le dimanche en famille. Il n'avait de cesse qu'on lui dise : « Quel bambin adorable, c'est certainement le plus joli bébé du monde. Quand il sera grand il fera des ravages, un vrai bourreau des cœurs... »

Une autre ajoute :

— Il fallait lui garantir que les yeux du petit Ronald brillaient déjà d'une intelligence hors du commun et qu'il serait certainement un homme au-dessus du lot. On finissait par changer de trottoir dès qu'on l'apercevait avec sa progéniture.

— Donc Ronald adorait son enfant ?

Un expert en psychiatrie venu le voir en prison précise :

— Et il adorait aussi son épouse Margaret. Dans les premiers jours de son emprisonnement, on aurait pu remarquer une sorte de sang-froid. Comme je lui demandais s'il était aussi bouleversé qu'il eût été normal par son crime, il répondit qu'il l'était. Mais alors pourquoi cet air de froideur ? « Parce que, a répondu Ronald Plugging, je ne veux pas que mon chagrin bouleverse davantage ma chère Margaret qui subit déjà une épreuve terrible. »

Après plusieurs jours de témoignages et d'expertises, le président du tribunal, le redoutable lord Sitwell, se lève et déclare que de toute évidence Ronald Plugging, coupable du meurtre affreux de son enfant, a accompli ce geste non dans un acte de démence mais sous l'emprise d'un cauchemar incontrôlable. Il avait alors la conviction qu'il était en train de lutter contre un animal monstrueux, chien ou étalon, qui était en train de mettre sa famille en danger.

Ronald Plugging échappe à la prison. Il est mis en liberté sous condition. La condition principale étant que chaque soir Ronald veuille bien dormir seul dans une chambre que son épouse doit fermer à clef et à double tour pour éviter tout nouveau drame du somnambulisme. Mais la bête qui le hantait sera la plus forte : Ronald mourra en se fracassant le crâne contre les murs de sa chambre close.

LA LOUTRE DU ROI

La nuit tombe sur Wilanow et la plupart des habitants de la ville s'empressent de rentrer chez eux pour y déguster la soupe de choux et de raves. Pourtant la chaleur de cet été de 1692 inciterait aux rêveries nocturnes en galante compagnie. Piotr Tardow, un jeune paysan tout récemment incorporé dans les dragons du roi, chemine au bord de la rivière en songeant à sa promise. Il se voit déjà montant de grade en grade dans la nouvelle armée de Pologne. Il se voit couvert de gloire après s'être battu contre les Russes, contre les Tatars, contre les Turcs. Soudain une ombre se glisse presque entre ses pieds. D'un coup de bâton bien asséné, Piotr assomme l'ombre luisante et poilue...

À quelques mètres de là, quelques heures plus tard, un drame se joue :

— Votre Majesté, nous l'avons retrouvée !

Le domestique qui s'abîme jusqu'au sol de marbre devant Jean III Sobieski, roi de Pologne, n'en mène pas large. Il vient en effet d'apporter une très sinistre nouvelle, et Dieu sait ce que le très catholique roi de Pologne peut décider pour le porteur de contrariétés.

— Où est-elle ? Comment va-t-elle ?

Le domestique n'ose plus répondre ; le nez sur le pavement, il fait avec ses bras étendus des sortes de moulinets impuissants. D'une voix blanche il soupire enfin :

— Majesté ! Hélas ! Hélas ! Elle est morte. Un soldat du régiment des dragons l'a rencontrée en dehors de l'enceinte du palais. Il l'a tuée d'un coup de bâton.

Jean III Sobieski devient tout pâle. Ainsi, ce qu'il craignait est donc arrivé.

— Où est-elle ?

— Majesté, voici sa dépouille...

Un domestique entre en tremblant. Il porte sur ses bras un animal mort, une petite bête à la fourrure luisante. Jean III Sobieski se lève d'un bond et s'approche. Hélas, c'est bien elle. Il la reconnaît, la caresse, l'embrasse. Sa loutre chérie n'est plus qu'un cadavre.

— S'est-on saisi du criminel ?

— Oui, sire, il attend sous bonne garde.

Le dragon, un jeune géant aux cheveux longs et à la barbe frisée, est amené sous bonne escorte. On l'oblige à tomber à genoux devant le maître de la Pologne. Celui-ci lui jette un regard courroucé et annonce :

— Tu as tué la petite bête qui faisait la joie de mes jours. Tu dois payer ton crime. Qu'on le pende !

Le pauvre garçon jette des regards ahuris sur tous les nobles messieurs et les nobles dames qui l'entourent. Jamais il n'aurait rêvé de les voir de si près. Tout ça parce qu'il a vu une bête à fourrure qui courait dans l'herbe et qui venait le flairer de près. Alors il raconte la triste histoire de ce fait divers. Oui, il a fait ce que tout Polonais aurait fait à sa place : il l'a tuée d'un seul coup, pour en vendre la peau à un juif.

On le sait car on a retrouvé le juif et celui-ci a permis de retrouver le vendeur de peau. On connaît même le prix qu'il a payé : 12 sous. Le juif est là, à côté du dragon. On ne peut rien lui reprocher et on l'absout. Le pauvre dragon, lui, transpire à grosses gouttes : maintenant voilà qu'on va le pendre haut et court. Mais enfin, qu'avait-elle de plus que les autres, cette bestiole ?

Il faut pour le comprendre remonter quelques années plus tôt en cette fin du XVIIe siècle. En France Louis XIV est au faîte de sa splendeur. En Pologne Jean III Sobieski, grand admirateur du Roi-Soleil, s'efforce d'installer sa dynastie sur le trône polonais.

Trône qui est un peu trop près du voisin géant et sauvage, la Russie des tsars.

Tout le monde sait que Jean III est un amoureux des bêtes. Si l'on veut se faire bien voir de lui, il est habile de lui offrir quelque bestiole sortant du commun, du canari à l'ours, du casoar au lynx dont les oreilles sont décorées de longs poils. Jean III ne les collectionne pas pour les laisser enfermés dans des cages. Il essaie toujours d'en faire des animaux « de compagnie ».

Le maréchal Chrysostome Passe est, dans ces années-là, le propriétaire d'une jolie loutre qu'il a patiemment apprivoisée. On sait que cet animal est d'un naturel joueur et gracieux. La loutre du maréchal est dotée d'un nom court et facile à retenir : « Ver ». Le soir, Ver se glisse dans le lit du maréchal et jamais elle n'y fait la moindre saleté. Elle s'endort en enfouissant sa jolie tête fine entre ses pattes palmées. Sa superbe fourrure marron brille sur les couvertures de brocart d'or et d'argent.

D'ailleurs Ver est jalouse et considère avec méfiance les domestiques qui frôlent leur maître de trop près. Lui enlever ses bottes est un exercice à risque. Si quelqu'un s'approche de la chambre de son maître, elle pousse un cri strident, se dresse et montre ses petites dents pointues, prête à mordre. Si le maréchal a trop forcé sur l'alcool de grain et s'endort lourdement dans son fauteuil, Ver monte la garde et empêche quiconque de l'approcher. Le maréchal est fier de lui faire exécuter un tour intéressant. Dès qu'elle est au bord d'une rivière, Ver se jette à l'eau où on la voit se déplacer par ondulations gracieuses du corps et de la queue. Bientôt elle remonte à la surface en tenant un beau poisson entre ses dents, puis elle saute sur la berge et vient gentiment déposer sa prise aux pieds de son maître, attendant une caresse. Son maître lui dit alors :

— Grenouille.

Aussitôt la loutre replonge et revient en tenant, avec précaution, une grenouille verte dont le regard semble encore plus ahuri que de coutume. Parfois, comme pour faire peur à son maître, Ver plonge et disparaît complètement pendant presque une minute. On commence à s'écrier qu'elle s'est noyée. Enfin elle réapparaît et tous les assistants applaudissent. Et, à chaque fois, l'assistance est de plus en plus nombreuse, ce qui finit par causer quelques bousculades tant on se presse pour voir l'intelligent « chien d'eau ». Car les occasions sont rares de voir un « chien d'eau » en plein jour : ses habitudes nocturnes la rendent invisible au commun des mortels.

Ver n'aime ni le poisson ni la viande crue. Il ne lui faut que du poulet ou du pigeon bouilli et elle ne s'y intéresse qu'à une condition : qu'il soit abondamment parsemé de persil...

Ver est un vrai chien de garde ; le maréchal, si quelqu'un le côtoie de trop près, s'amuse à crier : « On me touche ! On me touche ! », aussitôt Ver s'agrippe aux basques de l'intrus comme un roquet en furie. Mais Ver est aussi d'humeur sociable. Son compagnon de jeu est un caniche nommé Caporal. Les deux animaux ne se quittent guère. C'est le seul des chiens du palais qu'elle supporte. Si un hôte du maréchal est accompagné de ses propres chiens, ceux-ci ont tout à craindre de la loutre jalouse.

— Cher ami, gardez vos chiens, ma loutre est là.

— Vous avez raison, ils pourraient lui faire un mauvais parti.

— Point du tout : c'est elle qui pourrait les mettre à mal.

— Cette bestiole chétive ? Vous voulez rire.

— Tenez-vous-le pour dit.

Un des chiens du visiteur surgit dans la salle voûtée, tenu en laisse par un domestique. Il renifle une odeur de sauvagine qui l'intrigue.

Ver s'approche sans timidité du molosse et le hume, à distance respectueuse. Le maréchal, qui connaît sa loutre, n'est pas inquiet : Ver sait se faire respecter sans la moindre effusion de sang. Alors que le maréchal et son visiteur reprennent leur conversation un moment interrompue, on entend soudain un jappement surpris : le molosse vient de recevoir un coup de patte griffue en plein sur la truffe. Le maréchal dit :

— Lâchez donc votre dogue, que l'on voie un peu ce qui se passe.

Mais le chien intimidé, désorienté d'être attaqué dans un lieu habité, ne sait comment réagir vis-à-vis de cette bête qui l'agresse sans pourtant le mordre ni le blesser. Il cherche son salut dans la fuite. Ver lui fait comprendre que sa place n'est pas dans « ses » appartements. Le molosse quitte la pièce la queue entre les pattes. Ver ne se contente pas de cette retraite stratégique. Dans la pièce voisine, elle oblige le chien redoutable à chercher refuge derrière le gros poêle en carreaux de faïence vernie. Et Ver continue son agaçant manège. Alors le molosse revient dans la première salle pour y chercher la protection de son maître. Qui hurle de rire en se tapant sur les cuisses. Affolé, le gros chien ne trouve qu'une solution : il saute sur la table où le repas est déjà servi. De ses quatre pattes, il bouscule carafes de cristal et assiettes. Le rôti valse sur le sol. Les verres se brisent. La reine Marie, dont la robe de soie vient d'être tachée, n'apprécie pas ces amusements de rustres gothiques. Ce n'est pas à Versailles que le roi Louis XIV tolérerait un tel manquement à l'étiquette ! Alors on chasse le molosse qui doit se demander quelle erreur il a commise. Ver triomphe et fait un tour d'honneur devant les assistants. Elle est prête à recommencer avec tout nouvel intrus.

Souvent elle se contente de pousser des cris qui glacent de terreur les opposants de tous poils. Quel animal admirable ! Ver devient donc un sujet de conversation dans la haute société polonaise. On admire ses proportions, son corps qui atteint presque trois pieds de long, sans compter la queue qui la rallonge de moitié.

Pour vivre heureux vivons caché, ce dicton concerne aussi les loutres célèbres. À force d'être admirée, Ver est connue du roi Jean III qui se met à désirer d'en devenir le propriétaire. Les rumeurs attisent sa convoitise :

— Sire, connaissez-vous la dernière de Ver, la loutre du maréchal Passe ?

— Contez-moi la chose. Ce petit animal m'intéresse au plus haut point.

— Dernièrement le maréchal se promenait avec sa loutre posée sur son épaule comme à l'habitude. La loutre dormait profondément et un prêtre qui se trouvait là crut qu'il s'agissait d'un collet de fourrure. Il mit la main sur l'animal qui, en se réveillant en sursaut, pensa qu'on l'attaquait. Le prêtre fut mordu jusqu'au sang et s'évanouit en se croyant attaqué par un collet fourré ou par le diable !

Jean III Sobieski s'étrangle de rire :

— Il me la faut ! Il me la faut à tout prix ! Demandez au maréchal ce qu'il désire en échange de sa petite loutre !

Le maréchal Passe n'a aucune intention de se séparer de sa chère petite Ver. Mais ses amis lui font comprendre où sont ses intérêts :

— Offre ta loutre au roi, sinon ton crédit s'en ressentira et il ne verra en toi qu'un obstiné qui lui résiste. Après tout, Ver sera bien traitée, tu le sais. Tu n'as pas intérêt à contrarier celui dont nous dépendons tous. Jean III est si impatient de posséder Ver qu'il dit en souriant d'un air entendu : « Bis dat, qui cito dat. » Passe entend mal le latin ; alors on lui traduit la pensée royale : « Celui qui donne tout de suite donne le double. » Est-ce assez clair ?

Passe, la mort dans l'âme, se prépare à la séparation. On lui apprend que Jean III, point chiche, offre un somptueux cadeau en échange de Ver : deux magnifiques chevaux turcs superbement harnachés. Il n'y a plus à reculer.

Vient le moment où il faut se quitter. Passe a fait préparer une cage confortable qui doit mener Ver jusqu'au palais royal de Cracovie. Quand elle se voit derrière ces barreaux, malgré la litière, malgré le poulet bouilli au persil qui l'attend, Ver se met à gémir et à s'agiter. Elle comprend qu'on va la séparer de son maître adoré. Alors elle pleure. Et le maréchal Passe pleure lui aussi. Il est obligé de se boucher les oreilles et de s'enfuir pour ne plus entendre les appels au secours de sa chère loutre. Bientôt le chariot qui emmène Ver n'est plus qu'un point noir sur la route enneigée.

En arrivant à Cracovie, Ver n'est plus que l'ombre d'elle-même. Elle n'a pas touché au poulet bouilli. Ceux qui l'accueillent s'avouent déçus de son apparence :

— C'est ça, la fameuse Ver, la loutre si vive, si dégourdie, si attachante ?

— C'est sans doute le chagrin de la séparation.

— Il ne manquerait plus qu'elle vienne à crever. Sa Majesté aurait offert les deux étalons turcs en pure perte.

Jean III ne peut attendre pour contempler Ver. Il est un peu déçu, un peu inquiet aussi, mais il déclare :

— Elle va se remettre, il faut un peu de patience.

Le maréchal Passe a pris soin de faire accompa-

291

gner Ver d'un volume complet d'instructions précises quant à la manière de la nourrir, de lui parler, de la toucher, de la récompenser. Un vrai mode d'emploi.

Ver, devant ces inconnus, se révèle peu sociable. Si on tend la main vers elle, elle montre les dents et on se souvient de la mésaventure du prêtre mordu jusqu'au sang. Jean III prend à témoin son épouse, la Française Marie-Casimir de La Grange d'Arquien, mais la reine montre peu d'enthousiasme pour la bestiole à fourrure. Le roi veut caresser Ver. La reine se met à hurler en français :

— Êtes-vous fou ? Voulez-vous vous faire arracher la main ?

Le roi insiste :

— Marysienka ! Ou bien elle me mord et je n'en mourrai pas, ou bien elle se laisse toucher et ce sera un bon début.

Ver, à l'étonnement général, accepte la caresse royale.

Désormais, entre Jean III et la loutre les relations s'améliorent à grands pas. Le roi passe des heures à jouer avec elle. Ver adore escalader la panse rebondie du souverain. On suit à la lettre les instructions communiquées par le maréchal Passe et l'affection s'installe peu à peu entre la loutre et le roi de Pologne. Le casoar est prié d'aller ailleurs, le lynx doit se résigner à courir tout seul.

Désormais Ver est autorisée à se promener librement dans la chambre du roi. La reine est plus réticente envers cet animal qui file comme l'éclair ou qui surgit sans crier gare de dessous les tables pour jouer des tours pendables aux chiens. Jean III, pour l'apprivoiser au mieux, la nourrit de sa propre main. Il a une idée :

— Qu'on installe dans mes appartements des vases remplis d'eau dans lesquels on placera des poissons et des écrevisses susceptibles de lui plaire ou de l'amuser !

Ver a compris ce qu'on attend d'elle : elle saute dans les récipients, s'empare des poissons et vient les présenter aux pieds de son nouveau et royal maître. Jean III s'enthousiasme :

— Désormais je ne mangerai d'autres poissons que ceux que pêchera ma petite loutre chérie et qu'elle m'apportera.

Tout s'annonce donc pour le mieux. Mais la fin est proche.

Lors d'un déplacement de la cour, Ver, intriguée par ces lieux particulièrement inhabituels, se laisse aller à franchir la porte des appartements. Elle en profite pour s'aventurer dans les alentours et s'y attarder jusqu'à la nuit tombée. Jean III, devant cette absence inexpliquée, s'inquiète :

— Qu'on la retrouve immédiatement ! Qu'on envoie une escouade à sa recherche !

Et c'est ainsi qu'un malheureux serviteur se trouve chargé de la pénible mission d'annoncer la tragédie : Ver a été tuée par un jeune dragon qui ignorait la qualité de cette loutre royale.

Pour l'instant la douleur de Jean III est terrible. Il pleure à chaudes larmes, et s'arrache les cheveux de désespoir. Il invoque la justice divine et se désole de l'injustice du sort fait à sa pauvre loutre. La reine Marie fait la moue :

— Calmez-vous, sire. Est-ce ainsi que l'on s'attend à voir réagir le grand roi qui a défait les Turcs devant Vienne ?

Elle omet de citer ses victoires sur les Cosaques, les Suédois et les Tatars.

Dans les couloirs du palais, on s'agite : on ne peut pendre le dragon sans les secours de la religion, il faut aller quérir un confesseur. Mais cette démarche provoque l'indignation légitime de l'évêque de Cracovie, qui revêt ses plus beaux ornements afin de paraître aux yeux de Jean III dans toute sa splendeur ecclésiastique.

— Sire, je viens supplier Votre Majesté de bien vouloir reconsidérer le crime de ce pauvre militaire. Après tout qu'a-t-il fait ? Tuer une bête dont il ignorait la place qu'elle occupait dans votre affection. C'est l'acte d'un ignorant et non celui d'un grand criminel. Peut-on punir ce pauvre garçon comme s'il avait tué père et mère ?

Jean III demande à réfléchir. Puis il se retire dans ses appartements. Quand on lui présente ses repas il refuse de toucher à aucune nourriture. La reine Marie, sollicitée d'intervenir, le fait du bout des lèvres et elle soulève un autre aspect de la question :

— Si vous faites pendre ce jeune soldat, cela ne fera en aucun cas revenir votre loutre chérie. Et si on apprend en France que la Pologne est un pays où l'on pend un bon chrétien pour le meurtre d'une bestiole, que dira-t-on de moi ? Je serai la risée de la cour à Versailles. Je perdrai tout crédit auprès du roi Louis et la Pologne fera figure d'un pays de sauvages !

Après une journée de bouderie, Jean III consent à faire grâce au pauvre dragon. Le juif est condamné à une amende.

CE QUI EST DIT... EST DIT

Accoudé à la barrière blanche de la terrasse de son modeste pavillon, Richard Chapmann prend le frais, profitant de la relative fraîcheur du matin. Car cette journée du 6 août 1952 s'annonce torride à Stockton, ville moyenne de Californie, à une centaine de kilomètres de San Francisco.

Richard Chapmann, 65 ans, retraité des chemins de fer, fait un peu plus que son âge. Il est grand, très maigre, son visage est creusé de rides et les cheveux qui lui restent sont tout blancs. Il est visible que Richard Chapmann a vieilli avant l'âge... La perte de sa femme, qui remonte déjà à une dizaine d'années, et d'autres épreuves en sont sans doute la cause. Richard Chapmann, immobile, sa pipe à la bouche, a l'air de contempler de ses yeux bleus rêveurs le jardinet sans clôture qui entoure sa maison. En fait ses yeux ne sont pas rêveurs, ni contemplatifs. Et c'est même là son plus cruel problème... Richard Chapmann sursaute.

— Eh bien, monsieur Chapmann, je vous ai fait peur ? Vous ne m'aviez pas vue ?

— Effectivement, madame Sinclair, je ne vous avais pas vue.

— Quel distrait vous êtes ! Regardez donc ce que je vous apporte.

Dorothy Sinclair, qui vient de faire irruption, est la voisine de Richard Chapmann. Celui-ci la connaît bien, un petit peu trop même. À 55 ans, corpulente et volubile, Mme Sinclair part du principe qu'un homme seul est désemparé dans la vie et qu'il a avant tout besoin des services de quelqu'un. Et rien ne fait plus plaisir à Mme Sinclair que de rendre service, que ce soit au sein des bonnes œuvres paroissiales, ou auprès de Richard Chapmann. Comme elle ne travaille pas, elle est donc chez lui pour un oui ou pour un non. Chapmann, lui, aurait plutôt envie de tranquillité, mais il n'a jamais osé le lui dire.

— Qu'est-ce que vous m'apportez, madame Sinclair ?

— Vous voyez bien ce que j'ai dans les bras...

Un homme en uniforme traverse à ce moment le jardinet. C'est le facteur du quartier. Il a un mouvement de surprise en apercevant la boule de poils que Mme Sinclair est en train de poser par terre.

— Oh ! Un petit chien ! Qu'il est mignon !...

La voisine secoue sa tête disgracieuse.

— Mignon, c'est d'accord. Mais vous vous rendez compte : cinq qu'elle m'en a fait, ma chienne ! Et avec un berger allemand ! Un croisement de dogue et de berger allemand, comme bâtards on ne fait pas mieux ! Ceux que je ne pourrai pas donner, je serai forcée de les noyer...

Le visage de Richard Chapmann est devenu subitement rayonnant.

— C'est vrai ? Vous me le donnez ?

— Bien sûr. Je viens de vous le dire...

Richard Chapmann prend l'animal dans ses bras.

— Merci, oh ! merci, madame Sinclair ! Je vais l'appeler Dick.

— Ne me remerciez pas, cela m'en fait déjà un de casé. À bientôt, monsieur Chapmann.

Et elle s'éloigne de sa démarche un peu pesante. Richard Chapmann a un sourire.

— Cette pauvre Mme Sinclair, c'est bien la première fois que je suis sincère avec elle !

Le facteur sourit à son tour.

— C'est vrai, cela va vous faire un compagnon.

— Non, ce n'est pas cela. C'est beaucoup plus.

— Ah bon...

Richard Chapmann désigne ses yeux.

— Je ne le lui dirai pas à elle parce qu'elle en profiterait pour jouer les bonnes âmes, mais je vais devenir aveugle. Alors, vous comprenez, le chien...

— Aveugle ! Vous êtes sûr ?

— Oui. Plusieurs médecins me l'ont dit. Il n'y a rien à faire. Je vois de moins en moins. Et cela continuera jusqu'au noir complet.

Après quelques paroles d'encouragement, le facteur reprend sa tournée. Et Richard Chapmann reste seul avec Dick, qui pousse de petits aboiements. La maladie des yeux dont il souffre est effectivement incurable en cette année 1952. Mais tout ira mieux, maintenant qu'il y a Dick. L'avenir est infiniment moins noir, au propre comme au figuré.

14 décembre 1952. La vie de Richard Chapmann a changé du tout au tout depuis quatre mois. Non parce que son acuité visuelle a baissé plus vite que prévu. Cela il l'a supporté avec beaucoup de sang-froid. Mais le grand changement dans son existence, c'est Dick. Dick qu'il a entrepris de dresser le jour même où Dorothy Sinclair le lui a donné. D'abord, connaître son nom et obéir à la voix.

— Dick, ici ! Dick, rapporte ! Au pied, Dick !

Mais tout cela n'était que le début, car Dick s'est tout de suite révélé extraordinairement doué... En prévision de l'infirmité, hélas inévitable, qui l'attendait, Richard Chapmann lui a appris tout ce qui lui serait bientôt indispensable : faire les courses, par exemple. Et Dick a donné toute sa mesure. Au bout de quelques semaines, il savait aller tout seul chez les principaux commerçants et rapporter le nécessaire quotidien. Richard Chapmann lui avait attaché sur le dos deux sacoches de cuir tenues par une ceinture, un peu comme le bât d'un âne, et Dick revenait une heure après avec un bifteck, des légumes, des fruits, du pain, de la bière...

Mais ce n'est pas tout. À la maison, Dick a su rapidement reconnaître les objets en entendant leur nom, et les apporter :

— Dick, va me chercher ma pipe et mon tabac !
Dick, donne-moi ma robe de chambre !...

Et Dick arrivait avec la chose demandée dans la
gueule, tout haletant, les yeux brillants de malice.
Richard se penchait pour le regarder et imprimer son
image dans sa mémoire pendant qu'il en était temps
encore... Du berger allemand, Dick avait presque
tout, sauf le museau, qui était tout noir. Mais surtout,
il avait un air comme aucun animal, un air humain...

Mme Sinclair n'en revenait pas.

— Ça, on peut dire que vous vous y connaissez
en dressage ! Quand je pense qu'il était si pataud
quand je vous l'ai donné !

Mme Sinclair n'était pas la seule à s'émerveiller.
Dans tout le quartier d'abord et bientôt dans tout
Stockton, Dick a vite fait sensation. On se pressait
sur son passage, tandis qu'il allait d'un magasin à
l'autre en tirant la langue, avec ses deux paniers à
provisions sur le dos. On tentait de le cajoler, des
enfants lui offraient des bonbons. Mais Dick n'en
voulait pas. Dick ne s'arrêtait pas, Dick poursuivait
imperturbablement son chemin, fidèle à sa mission,
fidèle à son maître...

Six mois ont encore passé. Nous sommes début
juillet 1953. Ce jour-là, Richard Chapmann est en
train, comme à son habitude, de prendre le frais sur
sa terrasse. Il ne voit rien venir, mais il est prévenu
par les furieux aboiements de Dick. Il s'agit d'un
homme, vêtu d'un costume blanc et portant un chapeau texan. Il se découvre poliment.

— Je me présente : Derek London, imprésario...

Dick continue à émettre des grognements sourds.
Richard Chapmann s'adresse à lui d'une voix
fâchée :

— Ça suffit, Dick ! Laisse ce monsieur tranquille...

Derek London a un sourire.

— Ne grondez pas votre chien, cher monsieur. C'est pour lui que je suis ici.

— Pour Dick ?

— Oui. Je passais en voiture dans Stockton lorsque je l'ai aperçu avec son attirail sur le dos. Le temps de demander votre adresse et me voici... Monsieur Chapmann, votre chien doit faire du cinéma.

Richard Chapmann croit à une plaisanterie.

— Du cinéma ! Tu entends cela, Dick ? Monsieur te voit à Hollywood !

L'imprésario garde tout son calme.

— Parfaitement, monsieur Chapmann : Hollywood... Mais Hollywood n'est pas exactement comme vous l'imaginez. C'est une ville industrielle. On n'y tourne pas que des superproductions. Il y a aussi et surtout des films à petit budget. C'est cela que je vous propose pour l'instant. Si cela marche, on verra...

Cette fois, Richard Chapmann comprend que c'est sérieux.

— Et on commencerait quand ?

— Demain, si vous voulez...

Un an a passé. Derek London, l'imprésario, est de nouveau en face de Richard Chapmann. Mais le cadre n'est plus le même. Richard Chapmann s'est installé dans une luxueuse villa aux alentours de Stockton. Pour entendre l'imprésario, il est mollement assis sur une balancelle au milieu de son parc. Dick, la tête posée sur ses genoux, est assoupi.

— Le dernier épisode de la série *Dick, chien policier* a été un triomphe, Richard...

Richard Chapmann a un gentil sourire.

— C'est à vous et à Dick qu'en revient le mérite. Moi, je n'y suis pour rien. Je me contente d'en profiter.

— Il faut aller beaucoup plus loin, Richard. Il faut frapper un grand coup !... Vous vous souvenez de la première fois, nous avions parlé de superproduction ? Eh bien, c'est maintenant qu'il faut y aller !...

— Vous croyez ?

— J'en suis sûr. C'est mon métier de le savoir...

Il sort quelques papiers de sa serviette.

— J'ai même préparé un projet de contrat. Si vous voulez y jeter un coup d'œil...

Richard Chapmann ne répond pas. Il a un air triste.

— Ah, pardon ! J'oubliais... Cela ne s'arrange pas ?

— Non. Vous êtes le premier à qui je le dis. Mais depuis une semaine, je suis complètement aveugle...

— C'est affreux !

— Non, puisque j'ai Dick... Lisez-moi le contrat.

L'imprésario s'exécute et finit par prendre congé. Richard Chapmann s'assoupit pendant quelque temps sur sa balancelle, mais il est réveillé par de violents aboiements de Dick. Un nouveau visiteur...

— Bonjour, monsieur Chapmann...

Richard a reconnu la voix familière.

— Madame Sinclair ! Cela faisait longtemps que vous n'étiez pas venue me voir !...

Il se tourne vers Dick, qui ne cesse d'aboyer furieusement.

— Eh bien, Dick, calme-toi ! Qu'est-ce qu'il te prend ? C'est Mme Sinclair...

Dick arrête d'aboyer, mais il ne cesse d'émettre un grondement sourd, menaçant... Dorothy Sinclair prend la parole.

— Monsieur Chapmann, je suis venue récupérer Dick...

— Pardon ?

— Oui. Ainsi que je l'ai expliqué à mon avocat,

300

je vous avais confié Dick pour que vous vous char-
giez de son dressage. Maintenant que c'est terminé,
je viens le reprendre...

Richard Chapmann a une expression d'intense
dégoût.

— Sale bonne femme !

— Vos injures n'y changeront rien, monsieur
Chapmann. Ce qui est conclu est conclu : rendez-
moi Dick.

— Madame Sinclair, je suis aveugle !

La grosse femme, qui s'était toujours prétendue si
charitable, a un haussement d'épaules.

— Qu'est-ce que vous voulez que cela me fasse ?
Vous vous achèterez un autre chien. Vous en avez
les moyens maintenant...

— Écoutez, je suis prêt à vous abandonner tous
les cachets à venir de Dick, mais laissez-le-moi...
C'est mon chien. Vous pouvez comprendre cela ? Je
l'aime, lui, et pas un autre !

— Pas question ! Je l'emmène. Allez, viens,
Dick !

Richard Chapmann entend un cri de douleur, puis
la voix furieuse de Dorothy Sinclair.

— La sale bête ! Elle m'a mordue ! Alors, tant
pis pour vous ! Je vous ferai un procès et je le
reprendrai, votre sale chien !...

On entend de nouveaux cris et un bruit de caval-
cade : Dorothy Sinclair s'enfuit dans le parc, pour-
suivie par Dick...

Il y a foule dans le petit tribunal de Stockton, le
6 avril 1954. On est venu de toute la région pour
assister à ce procès qui sort de l'ordinaire. Car l'enjeu est d'importance. Dick, qui a commencé à tourner une superproduction, gagne des centaines de
milliers de dollars. Cela, du moins, c'est l'enjeu de

Mme Sinclair. Pour Richard Chapmann, les dollars sont secondaires. Ce qui compte pour lui, tandis qu'il prend place à son siège, des lunettes noires sur les yeux, c'est de garder Dick... Dick, qui aussitôt qu'il est assis, vient trouver refuge entre ses jambes, comme s'il avait compris qu'on veut le séparer de son maître. En fait, le « comme si » est superflu : Dick a certainement compris...

Dorothy Sinclair arrive la première à la barre.

— Tout cet argent me revient, Votre Honneur. M. Chapmann a honteusement abusé de ma confiance. Dans un esprit de conciliation, je suis prête à lui abandonner une partie des gains, en considération du dressage qu'il a fait, mais Dick doit revenir chez moi.

Dorothy Sinclair fait un pas en direction de M. Chapmann et pointe le doigt vers Dick.

— Dick est à moi !

Il y a un aboiement furieux. Dick bondit vers elle. Richard Chapmann, surpris, manque de tomber en le retenant avec la laisse. Le public, qui est entièrement de leur côté, se met à applaudir frénétiquement et Mme Sinclair se retire avec une grimace de rage.

C'est au tour des témoins. Ils sont tous cités par la défense. Voici le facteur qui était là lors de la remise de Dick à Richard Chapmann.

— Mme Sinclair lui a donné Dick, Votre Honneur.

— Vous en êtes certain ?

— Oui. M. Chapmann a même demandé : « C'est vrai, vous me le donnez ? » Et Mme Sinclair a répondu : « Puisque je vous le dis... »

Et des témoignages, il y en a d'autres : celui d'une voisine à qui Dorothy Sinclair, qui n'avait pas pu placer deux des cinq chiots, a déclaré : « Je vais être obligée de noyer ces petits bâtards » ; celui de June

Simons, une autre voisine, qui fait preuve à la barre de beaucoup de verve :

— Vous vous souvenez que vous m'avez donné une petite chienne, madame Sinclair ? Je l'ai appelée Nelly. C'était exactement le même jour que vous avez donné Dick à M. Chapmann. Dites, madame Sinclair, pourquoi est-ce que vous n'êtes pas venue me réclamer Nelly comme vous avez été réclamer Dick ? Madame Sinclair, vous êtes là, dans la salle. Répondez donc ! Est-ce que, par hasard, ce serait parce que Nelly ne fait pas de cinéma ?...

Le témoin s'approche alors de Dorothy Sinclair, qui n'en mène pas large à son banc.

— Mais je vais vous dire, madame Sinclair : Nelly, vous ne l'auriez jamais eue, parce que c'est ma chienne et que je l'aime. Et Dick, vous ne l'aurez pas non plus, parce qu'il n'est pas à vous, mais à M. Chapmann et qu'en plus M. Chapmann est aveugle !

De nouveau, une rafale d'applaudissements éclate dans le tribunal. Le président en sait assez. Il tape de son maillet sur sa table.

— La plaignante est déboutée. Le chien Dick appartient légitimement à M. Richard Chapmann.

Et c'est la sortie triomphale de Dick et de son maître sous les caméras des actualités qui se sont déplacées pour l'événement. Richard Chapmann, très ému devant les micros, a refusé de parler de projets de cinéma ; il a simplement déclaré :

— C'est une histoire d'amour qui finit bien.

La chaleur étouffante du mois de juillet endort Greenvalley, dans le sud de la Californie, tout près de la frontière mexicaine. Au poste de police, le shérif de garde consulte sa montre : il est près de deux heures du matin. Deux patrouilles sont en train de circuler en ville, histoire de voir si tout se passe bien. Pour une fois on n'a pas signalé d'accident de la circulation, de chauffard ivre brûlant les feux rouges par jeu imbécile.

Au loin on entend l'appel désespéré d'une chatte sur un toit brûlant. Quand le téléphone sonne, le shérif, Peter Delanay, est presque soulagé :

— Police du comté de Vanessa, shérif Delanay, j'écoute...

Au bout du fil une voix féminine :

— Allô, la police ? Ici Mlle Blakely, Betsie Blakely, j'ai peur !

Delanay note : 1 h 50, appel de Mlle Blakely.

— Que se passe-t-il ? Et d'abord d'où appelez-vous ?

— De chez moi, au 508, Carlson Street. J'ai peur.

— Que vous arrive-t-il ?

— Je ne sais pas si vous vous souvenez de moi. Je suis souvent venue vous voir au poste. Vous savez, c'est moi qui envoie les cassettes vidéo.

— Ah oui, mademoiselle Betsie Blakely ! Je vois !

Il voit cette vieille fille grise et terne. C'est une petite bonne femme potelée et toujours mal habillée. Betsie Blakely et ses histoires de dealers, de drogués. Betsie Blakely et ses cassettes vidéo, souvent floues, enregistrées depuis la fenêtre de sa chambre... Qu'est-ce qui lui arrive encore à celle-là ?

— Alors, mademoiselle Blakely, vous me reconnaissez : shérif Delanay. Que vous arrive-t-il ?

— J'ai peur. Les dealers... ils sont sous mes fenêtres ! Ils me font des gestes obscènes. Ils me crient des insultes. Ils disent qu'ils auront ma peau. Venez vite avant qu'il ne soit trop tard...

— Ne craignez rien, mademoiselle Blakely, j'alerte immédiatement la patrouille, ils doivent être dans votre quartier. Gardez votre calme.

La voiture de patrouille, dix minutes plus tard, passe devant le 508, Carlson Street, un pavillon comme on en construisait au début du siècle pour abriter des familles de la petite-bourgeoisie. Le quartier est parfaitement calme : aucune trace de dealer d'aucune sorte dans l'avenue plantée de sapins et d'autres essences. La patrouille passe une seconde fois en sens contraire puis elle rejoint le poste de police.

C'est à ce moment que le téléphone retentit à nouveau :

— Police du comté de Vanessa, shérif Delanay, j'écoute...

— Vite, il y a un incendie dans la Carlson Street, au 508, chez Mlle Blakely.

— Qui êtes-vous ?

— Sa plus proche voisine, au 509. Mon mari est sorti pour essayer d'éteindre le feu mais ça a l'air grave. D'ailleurs d'autres voisins tentent d'enfoncer la porte.

Quelques minutes plus tard, police et pompiers s'activent et pénètrent au 508. Le feu a pris dans la cuisine. Très vite les pompiers s'en rendent maîtres. Mais sur le sol carrelé ils découvrent une femme. Elle respire encore et geint faiblement. Ses brûlures sur le corps et le visage sont impressionnantes et on la transporte jusqu'au Consuelo Hospital Center tout proche. Le pronostic des médecins est rassurant :

— Elle l'a échappé belle, elle s'en tirera, et avec les précautions d'usage elle pourra éviter de rester défigurée.

La presse locale est bientôt sur les lieux. Les journalistes parviennent à pénétrer jusqu'à la chambre de la brûlée. Celle-ci murmure qu'elle a été victime de la vengeance des dealers de drogue. Mais pourquoi les dealers s'intéresseraient-ils à cette vieille fille du genre bigote ?

Le shérif Delanay reprend le dossier de Betsie Blakely. Car elle possède un dossier personnel. Un dossier et pas un casier judiciaire : un dossier d'aide bénévole et de bonne citoyenne. Le premier feuillet porte une date qui situe le début des événements dix ans plus tôt.

Betsie Blakely est née à Greenvalley il y a quarante-cinq ans au 508 de la Carlson Street justement, dans une famille modeste, de cinq filles et un garçon. La famille se disperse avec les années. Betsie reste seule avec sa vieille mère. Secrétaire comptable sans histoires, sans charme, sans grande personnalité, elle est dévouée et bien vue du voisinage.

Et puis, il y a trois ans, changement dans le paysage : Mlle Betsie Blakely, femme effacée et craintive, s'énerve ; elle trouve que son vieux Greenvalley a bien changé depuis quelques années. Les rues tranquilles sont envahies par une faune bruyante. Et il se passe des choses étranges, des conciliabules sous les lampadaires, des coups de feu, des meurtres. On parle de drogue, de délinquance plus ou moins juvénile.

Betsie, le soir, s'enferme chez elle et jette des regards craintifs depuis la fenêtre de sa chambre à coucher :

— Qu'est-ce qu'ils fabriquent ces trois-là ? Ils ne

sont pas du quartier. Qu'est-ce qu'ils attendent ? Tiens, une voiture. Pas une voiture de gens honnêtes. Je n'aime pas ces têtes-là. Mon Dieu, où allons-nous ? Et où trouvent-ils l'argent pour se payer ces voitures de souteneurs ? La prostitution sans doute... La marijuana, la cocaïne. C'est pour ça que Mme Ripley s'est fait voler son sac à main en sortant du drugstore. Quel culot, sous mes fenêtres ! Si j'appelais la police ? Mais ils me traiteraient de vieille folle.

Betsie a une idée. Dès le lendemain elle achète une caméra vidéo et prend bien soin de se faire expliquer comment ça fonctionne :

— Et vous êtes certain que je pourrai filmer même la nuit... si la lumière n'est pas trop bonne ?

Le vendeur est affirmatif. Après quelques essais plus ou moins heureux, Betsie est contente de ses prises de vues : un groupe de jeunes qui « marquent mal ». Sur la cassette, on peut aisément voir leur visage. On voit un échange de petites enveloppes blanches et de liasses de billets. On voit des disputes et on voit clairement les numéros de plaques minéralogiques. Alors Betsie se rend au poste de police, elle raconte son histoire et confie ses cassettes vidéo. On lui fait remarquer que ce qu'elle vient d'enregistrer ne suffira pas à envoyer quiconque derrière les barreaux, mais que cela pourrait être bien utile comme complément d'information convaincante en cas de procès.

Ce que ne dit pas le « dossier Betsie Blakely », c'est que, à ce petit jeu, Betsie est rapidement repérée par les « junkies » qui arpentent Greenvalley. Mais Betsie, si elle est timide, est du genre obstiné.

Maman Blakely rend son dernier soupir. Betsie se sent bien seule. Heureusement sa sœur Missie vient parfois lui rendre visite. Missie ressemble beaucoup à Betsie, même croupe tout en largeur, mêmes cheveux grisonnants et ternes, mêmes lunettes, mêmes vêtements démodés depuis dix ans. La seule chose qui différencie vraiment Missie et Betsie, c'est leur caractère : Missie est une vraie boule d'énergie. Toujours en mouvement, toujours en dehors des normes, toujours en train de se débrouiller pour finir ses fins de mois.

— Et votre sœur Missie, ça fait un moment qu'on ne l'a pas vue chez vous, Betsie. Elle va bien au moins ? Quand vous êtes ensemble je suis incapable de vous distinguer l'une de l'autre, c'est ahurissant !

— Oh ! vous la connaissez, elle doit se promener quelque part en Californie ou ailleurs, à moins qu'elle ne soit à New York ou en Floride.

— C'est fou, vous vous ressemblez tellement et vous êtes si différentes dans votre comportement.

Betsie approuve d'un signe de tête. Si les voisins connaissaient le « pedigree » de Missie, ils ne lui feraient pas si bonne figure : plusieurs condamnations, plusieurs séjours en prison pour prostitution, escroquerie à l'aide sociale, culture de chanvre indien, on en passe et des meilleures. Mais Missie est la sœur de Betsie et elle lui change les idées. Elle la fait tellement rire quand elle lui raconte les différents « sacs de nœuds » qui constituent sa vie mouvementée depuis vingt-cinq ans.

Quand Missie ne séjourne pas chez Betsie, celle-ci n'a comme compagne qu'une chatte bizarre, tricolore et sauvage. Betsie l'appelle Indiana car la chatte ressemble à une « Peau-Rouge » : silencieuse, rusée, l'œil en amande. Indiana reste de longues heures, assise auprès de Betsie. Cependant, dès que Missie vient s'installer pour une ou deux semaines, Indiana s'éloigne ostensiblement de la maison. Missie, une ou deux fois, a cherché à la caresser mais à chaque fois Indiana l'a cruellement griffée jusqu'au sang. Missie s'est étonnée :

— Mais enfin, qu'est-ce que je lui ai fait à cette garce ? C'est mon odeur ou quoi ? Je lui parle gentiment, je n'ai jamais un comportement agressif. Qu'est-ce qu'elle a à me traiter comme ça ?

Betsie est incapable de répondre d'une manière sensée, alors elle dit, entre ses dents :

— Peut-être qu'elle n'approuve pas ton genre de vie...

— Ce n'est pas Emmie qui te l'a offerte ?

— Si, la dernière fois qu'elle est venue me voir... Presque dix ans déjà. Je n'ai pas souvent de nouvelles d'Emmie. On se téléphone pour les fêtes de fin d'année. Chacune a sa vie.

Quelques jours après le dramatique incendie du 508 de la Carlson Street, l'histoire de Betsie et l'attentat criminel dont elle a été victime font la une du journal. La télévision parvient à filmer la victime, couverte de pansements, sur son lit d'hôpital. Betsie, dûment remontée à coups de calmants, se déchaîne contre la « pourriture » qui envahit son vieux Greenvalley depuis quelques années :

— Il faut qu'on sache ce qui se passe. Il faut unir nos efforts pour nettoyer la ville d'une certaine humanité qui ne sème que le désordre et le crime.

On ne reconnaît plus la timide Betsie. Sans doute la mort qui l'a frôlée de si près a-t-elle fait déborder le vase de sa patience. Très bientôt voisins et inconnus se mobilisent. Betsie reçoit chaque jour des fleurs à foison, des chèques de soutien pour sa croisade de « purification » municipale. Le conseil municipal prend quelques mesures d'assainissement public. On parle de Betsie pour une élection. Quand elle sera entièrement remise sur pied !

Au 508 les pompiers, une fois le sinistre maîtrisé, ont vaguement nettoyé les lieux, mais le pavillon est loin d'avoir reprls sa fraîcheur un peu désuète. Un comité de voisins décide de remettre les lieux en état pour que Betsie puisse retrouver un foyer accueillant. C'est surtout la cuisine qui a subi des dégâts. Alors tout un groupe d'hommes et de femmes, papies et mamies pleins d'enthousiasme, attrapent balais et pinceaux, planches et clous pour refaire une cuisine pimpante. Dans un coin un gros congélateur embarrasse un peu tout le monde.

— Il est débranché. Qu'est-ce qu'on fait ?

— On le lessive pour enlever les traces de suie.

— Je ne sais pas ce qu'il y a dedans mais Betsie semble l'avoir hermétiquement fermé avec du gros scotch...

Betsie vient de recevoir des médecins l'annonce de son prochain retour à la maison. Elle donne une dernière interview télévisée et explique en détail les grandes lignes de sa croisade moralisatrice.

À l'autre bout de la Californie, une autre des sœurs Blakely, Emmie, regarde l'émission et reste songeuse : « Eh bien, c'est incroyable ! Betsie en meneuse de croisade. Je n'arrive pas à y croire. Elle qui était si introvertie, si paranoïaque, on dirait qu'elle est prête à mener une revue à Las Vegas... Qu'est-ce qui a pu provoquer une telle métamorphose chez elle ? Les médicaments, le choc de l'attentat ? Et si j'allais la voir ? Ça fait au moins dix ans qu'on ne s'est pas vues. Je pourrais l'aider à reprendre une vie normale. Et puis ça me donnerait l'occasion d'aller sur la tombe de papa et de maman... Tiens, je me demande comment va la chatte, Indiana. Qu'est-ce qu'elle est devenue dans l'incendie ? Oh, elle est assez maligne pour se débrouiller toute seule. »

C'est ainsi qu'Emmie Blakely prend l'autobus

pour rejoindre Greenvalley le jour où Betsie quitte le Consuelo Hospital Center sous une ovation de la foule et les flashs des photographes. Avant de rejoindre son domicile remis à neuf, Betsie demande à passer par la banque :

— J'ai reçu 30 000 dollars de mon comité de soutien. Pas question de perdre un tel chèque. Et puis il faut que je passe prendre ma petite retraite. L'hôpital trois étoiles, c'est fini !

Betsie a vraiment changé. Jamais auparavant elle ne se serait permis de plaisanter avec des problèmes d'argent. Elle ne les aurait même pas évoqués devant des étrangers. Quand Emmie, après avoir prévenu Betsie par téléphone, se présente au 508, Carlson Street, l'accueil qu'elle reçoit n'est pas vraiment chaleureux :

— Tiens, c'est toi. En voilà une idée de débarquer au bout de dix ans.

— Je voulais te soutenir, tu es encore un peu handicapée après tes brûlures. Et puis si les dealers te cherchent des ennuis, ça peut être utile d'être à deux.

— Tu n'as pas l'intention de venir t'installer définitivement chez moi, j'espère.

— Mais non, n'aie pas peur. Dis donc, tu as drôlement repris du poil de la bête. Je ne reconnais plus ma petite Betsie d'autrefois, celle qui restait des heures cachée dans le placard sous l'escalier. Tu te souviens ?

— Ah ! ne m'en parle pas, c'est bien fini cette époque. Quelle gourde cette Betsie... là !

— Et Indiana ?

— Qui ça ? Ah ! cette espèce de... Ma pauvre Emmie, elle a disparu dans l'incendie. C'est la vie...

Mais trois jours plus tard, Emmie croit bien reconnaître Indiana dans le creux d'un buisson au fond du jardin. Elle l'appelle et Indiana, après quelques hésitations, accepte de se laisser caresser. Mieux encore, elle laisse Emmie la prendre dans ses bras. Emmie décide d'en avoir le cœur net. Elle rentre dans la villa et s'installe devant la télévision, Indiana contre elle.

Quand Betsie rentre, un peu plus tard, elle ne remarque pas la chatte aux yeux bridés et s'assied sur le sofa, un whisky bien tassé à la main. C'est à ce moment qu'Indiana décide de se manifester. D'un seul élan elle saute au visage de Betsie et lui lacère la joue. Le verre de whisky tombe sur la moquette. Emmie reste interdite :

— Mon Dieu, si j'avais su ! Mais comment est-ce possible ? Indiana, ton Indiana, elle qui t'aimait tant ! Que s'est-il passé ?

— Est-ce que je sais, moi ? Cette saloperie n'a jamais pu me...

Betsie s'interrompt brutalement :

— Euh... Elle a failli être renversée par une voiture et depuis elle est complètement folle...

Emmie va vers la salle de bains et rapporte de l'eau oxygénée et du coton hydrophile. Tout en nettoyant la trace des griffes d'Indiana, elle demande, tout à trac :

— Et Missie ? Ça fait longtemps que tu as eu des nouvelles d'elle ?

— Missie ? Tu t'intéresses à Missie à présent ? C'est nouveau : tu m'as toujours dit que c'était la honte de la famille. Elle doit être encore en cavale ou en train de se shooter avec n'importe quelle saloperie. Que le diable l'emporte ! Je ne veux plus jamais entendre parler de cette salope !

Emmie reste songeuse : « Quel changement ! Betsie a toujours pris la défense de Missie, envers et contre tout, et voilà qu'elle l'envoie au diable. Je ne reconnais pas notre petite Betsie si timide, si compatissante. J'ai plutôt l'impression de parler à... »

Dès le lendemain Emmie Blakely se rend auprès du shérif Delanay et lui fait part de ses doutes. On interpelle Betsie qui se défend comme un diable dans un bénitier. Puis, au bout de vingt-quatre heures d'interrogatoire, elle s'effondre :

— D'accord, je ne suis pas Betsie. Je suis Missie. Betsie ? Elle est en petits morceaux dans le congélateur depuis quelques semaines. J'étais au bout du rouleau. Je suis venue me réfugier chez elle après une sale histoire. J'avais volé les chéquiers et les bijoux d'une vieille chez qui je servais d'aide ménagère. Alors, en m'appuyant sur notre ressemblance, j'ai décidé de faire disparaître Betsie et d'organiser l'incendie de la maison en le mettant au compte des dealers de drogue. Mais le feu ne démarrait pas : j'ai voulu verser de l'alcool sur les flammes. Tout a explosé et j'ai été gravement brûlée. Vous connaissez la suite...

La maison a été vendue. Missie est allée croupir derrière les barreaux pour vingt ans. Quant à Indiana, la chatte intuitive, elle est partie vivre chez Emmie.

LA RIVALE AUX CHEVEUX BLANCS

Reginald et Vivian Buster achèvent de dîner dans leur hôtel particulier situé au cœur de Londres, dans le quartier résidentiel de Mayfair. Il fait noir et froid, ce 16 janvier 1978. Par les fenêtres fermées, parvient un bruit de circulation assourdi.

— Je m'en vais, ma chère. Vous voudrez bien m'excuser...

Reginald Buster vient de plier sa serviette et de se

lever. Il est de grande taille. Il porte sa cinquantaine avec beaucoup d'élégance.

— Reginald ! Vous ne voulez pas dire maintenant ?...

Vivian Buster est une petite femme brune qui porte elle aussi très bien sa cinquantaine. Vêtue d'une robe noire de grand prix mais discrète, elle a l'air de ce qu'elle est vraiment : une grande dame issue d'une des meilleures familles d'Angleterre. Reginald Buster s'incline vers elle d'une manière un peu raide.

— Mais si, chère amie, je veux dire maintenant.

— Reginald, il faut que nous ayons une explication !

— À quoi bon ? Je vous ai tout dit.

— Vous n'allez pas partir cette nuit ?

— Mais si, comme vous le voyez...

— Par ce temps ?

— Ne soyez pas sotte. À bientôt !

— Au moins, dites-moi quand vous rentrerez !

— Je viens de vous le dire, Vivian : bientôt...

Et Reginald Buster disparaît, après un furtif baiser à sa femme. Quelques minutes plus tard, le son grave de sa puissante voiture retentit dans la rue puis disparaît... Alors, Vivian Buster se met à pleurer.

17 janvier 1978. Les brumes de la veille au soir se sont dissipées. C'est une froide mais claire matinée d'hiver qui s'est levée sur Londres. Dans son bureau, à Scotland Yard, le lieutenant Gibson échange quelques mots avec le sergent Peacock à propos d'une affaire délicate, puisqu'elle concerne Reginald Buster, un des agents de change londoniens les plus en vue.

— Vous allez m'accompagner pour une arresta-

tion pas commode, Peacock : un gentleman de Mayfair, Reginald Buster...

Le sergent Peacock emboîte le pas à son supérieur
hiérarchique.

— Une affaire de meurtre, sir ?

— Non, Peacock. Ce gentleman gère la fortune
de personnes distinguées. Or, récemment, une lady
très connue, dont je ne vous dirai pas le nom, a porté
plainte pour vol de lingots et de valeurs. Après
enquête, il s'avère que le coupable n'est autre que
son agent de change, Reginald Buster, en qui elle
avait toute confiance et qui jouit de la meilleure
réputation sur la place de Londres.

Les deux hommes ont quitté l'immeuble de Scotland Yard. Ils montent ensemble dans une voiture de
police. Peacock prend le volant.

— Une affaire de femme, sir. Je me trompe ?

— Oui, Peacock, vous vous trompez. Il n'y a pas
de femme là-dessous. Cela fait un mois que je surveille notre homme et je peux vous assurer qu'il n'a
pas fait la moindre infidélité à son épouse.

— Alors, le jeu ?

— Pas davantage. Il n'a pas mis le pied dans un
casino ou un cercle privé. Pas question non plus de
poker entre amis.

— Il n'a tout de même pas une vie normale...

— Non. De temps en temps, d'une manière tout
à fait imprévisible, quelquefois en pleine nuit, il
prend sa voiture pour se rendre à Husby, dans les
Cornouailles.

— Pourquoi si loin ?

— Il a acheté, il y a deux ans, une grande maison
au bord de la mer. C'est un manoir du XVIIIe siècle
avec beaucoup de terrain.

— Et qu'est-ce qu'il fait là-bas ?

— Toujours la même chose, Peacock. Il va dans
ses écuries, monte à cheval et s'en va à travers bois.

Je n'ai pas pu savoir où car il est impossible de le suivre en voiture. Il rentre quelques heures plus tard...

La voiture de police circule rapidement dans les rues de Londres. Mayfair n'est plus très loin. Le sergent Peacock déclare, après un long silence :

— J'ai hâte de rencontrer ce gentleman !...

Après avoir annoncé leur qualité, le lieutenant Gibson et le sergent Peacock sont introduits par un domestique dans le salon de l'hôtel particulier de Mayfair. Ils voient arriver Vivian Buster, l'air bouleversé.

— Il est arrivé quelque chose à Reginald !

— Non, madame, rassurez-vous...

— Alors vous venez pour... ?

— L'arrêter... Oui, madame.

Vivian Buster se laisse tomber dans le grand canapé de cuir.

— Il n'est pas là. Il est parti cette nuit... Qu'a-t-il fait ?

— Nous le soupçonnons de vol.

Vivian a un pauvre sourire.

— Je savais qu'un jour ou l'autre Victoria lui ferait perdre la tête...

Le lieutenant Gibson sursaute.

— Pourtant je ne croyais pas...

— Qu'il avait une maîtresse ? Dans un sens j'aurais préféré. Cela aurait été moins humiliant pour moi. Mais j'ai tout de même une rivale...

Il y a un silence que les policiers n'osent pas troubler. Mme Buster reprend :

— Il y a deux ans, mon mari a acheté un manoir dans les Cornouailles. Il s'y est fait installer des écuries.

Le lieutenant Gibson hoche la tête.

— Je sais.

— Vous savez tout, alors...

— Non. Où va-t-il à cheval ?

— Peu importe où ils vont, Victoria et lui. Ils galopent des heures dans les bois ou sur les plages... Ils vont au hasard.

Le lieutenant Mark Gibson ouvre de grands yeux.

— Vous ne voulez tout de même pas dire que... ?

— Que ma rivale est un cheval ? C'est pourtant vrai. Une rivale aux cheveux blancs, ou plutôt à la crinière blanche... Victoria est une jument blanche. C'est pour elle que Reginald a acquis le manoir d'Husby. En fait, le manoir est secondaire, seules comptent les écuries.

— Et c'est pour elle qu'il aurait volé ?

— Bien sûr. C'est pour elle qu'il m'a quittée la nuit dernière. C'est pour elle qu'il a détruit notre ménage.

Le lieutenant Gibson et le sergent Peacock se regardent... Le lieutenant finit par demander :

— Comment est-ce possible ?

Vivian a un soupir.

— Tout s'est passé simplement. C'est incroyable comme tout a été simple...

Vivian Buster a beaucoup de retenue et de distinction dans sa douleur. Elle s'exprime avec un sourire résigné, comme si elle savait depuis longtemps qu'elle aurait un jour ces choses à révéler aux policiers.

— Nous nous sommes mariés très jeunes, Reginald et moi. C'était un mariage d'amour. Car nous n'étions pas du tout du même milieu social...

Le regard de Vivian Buster se voile légèrement. Elle est, en ce moment, un peu plus de vingt ans en arrière.

— Comme vous le savez peut-être, j'appartiens à une famille connue de la bourgeoisie de Londres.

Reginald, lui, est de l'Assistance publique. Pourtant, mes parents ne se sont pas opposés à notre union. Père était très clairvoyant et il a tout de suite senti chez Reginald quelque chose d'exceptionnel.

Vivian Buster parcourt du regard le salon cossu dans lequel ils se trouvent tous les trois.

— Cet hôtel particulier à Mayfair, c'est Reginald qui l'a gagné grâce à son travail... À notre mariage, il s'est installé comme agent de change et il a tout de suite réussi. Il avait beaucoup de charme, il inspirait confiance et il avait un flair incroyable pour faire des bons placements. Seulement, Reginald n'a jamais oublié son enfance à l'Assistance publique et je crois que tout vient de là...

Le lieutenant Gibson et le sergent Peacock se taisent. Poser une question leur semblerait presque indécent tant cette femme inspire le respect.

— Depuis son plus jeune âge, Reginald s'était fait une image de la réussite : posséder des pur-sang, avoir une écurie de course comme les grands de ce monde, comme la reine elle-même.

— Et il a fini par acheter Victoria ?

— Oui. Il y a deux ans et demi. Un pur-sang admirable. Logiquement, elle aurait pu rapporter une fortune sur les champs de courses. Et c'est alors que l'attitude de mon mari a changé.

— Comment cela ?

— Je lui ai demandé : « Quand allons-nous la faire courir ? » Il m'a répondu : « Victoria ne courra pas. J'aurais trop peur qu'il lui arrive quelque chose. Et puis cessez de dire *nous* quand vous parlez d'elle. Victoria est à moi seul et je m'en occuperai seul ! » À partir de là, tout s'est enchaîné. Reginald n'a plus été le même. Je l'ai perdu pour toujours...

Il est visible que Vivian Buster préférerait arrêter là ces confidences douloureuses, mais elle a décidé d'aller jusqu'au bout.

318

— Trois mois après, Reginald achetait le manoir d'Husby. Sur le moment, j'étais ravie. Je pensais que sa passion maladive pour sa jument l'avait quitté au profit de celle des vieilles pierres. Je suis tombée de haut. Il m'a déclaré : « Je veux que vous sachiez que j'ai acheté ce manoir uniquement pour Victoria. Vous n'y mettrez jamais les pieds. Moi seul irai et quand je voudrai. Si vous n'êtes pas de cet avis, il vous reste le divorce. »

Mme Buster secoue la tête.

— Il n'y a rien eu à faire. C'était effectivement cela ou le divorce. J'ai dû m'incliner... Depuis quelques mois, les choses se sont aggravées encore. Il passait plus de la moitié de son temps là-bas. Je me demandais comment il pouvait encore s'occuper de ses affaires et ramener de l'argent. Maintenant, j'ai la réponse...

Le lieutenant prend la parole d'une voix douce.

— Je vais vous demander de venir avec nous à Husby, madame...

Le manoir d'Husby, qui se dresse sur une falaise, est typique du style anglais du XVIIIe siècle avec sa façade tourmentée et romantique. Le sergent Peacock arrête la voiture de police devant la grille, qui est fermée. Le lieutenant Gibson sort, cherche une sonnette, une cloche, mais il n'y en a pas.

À pied, il se décide à faire le tour de la propriété pour trouver un passage. Il arrive en vue d'un muret assez bas, lorsqu'un bruit lui fait tourner la tête. Au loin, en provenance d'un bâtiment qui doit être les écuries, un bolide a jailli. Victoria accourt au grand galop dans sa direction. À mesure qu'elle s'approche, le lieutenant Gibson ne peut s'empêcher de l'admirer. C'est un pur-sang admirablement racé à la robe d'un blanc immaculé, à la longue crinière qui

ressemble effectivement à une chevelure... Maintenant, il distingue aussi le cavalier. Mais peut-on parler de cavalier ? Il semble ne faire qu'un avec la
bête, comme les centaures de la mythologie... Ils
vont droit sur lui. Gibson peut distinguer maintenant
le regard étrangement fixe de Reginald Buster.

— Buster ! Pour l'amour du ciel !...

C'est trop tard. Dans un bond aérien, Victoria
et son cavalier ont sauté par-dessus le muret et
filent dans le chemin. Vivian et Peacock arrivent à
leur tour en courant. Le lieutenant s'adresse à
Mme Buster :

— Où va-t-on par là ?

Vivian Buster répond d'une voix étrangement
calme :

— Vers la falaise...

Le lendemain, la marée haute a ramené les corps
de Reginald et Victoria. Drame de la folie ? Sans
aucun doute. Le surmenage avait fini par épuiser
nerveusement Reginald Buster et peut-être était-il
malade depuis déjà de longues années. Mais à voir
l'homme et l'animal unis ainsi dans la mort, on ne
pouvait s'empêcher de penser à un amour impossible...

CHIENS FÉROCES

Dans le monde d'aujourd'hui qui peut affirmer
n'avoir jamais été cambriolé ? Qui peut affirmer
qu'il ne le sera jamais ? Qui peut assurer que le meilleur des signaux d'alarme, que le vigile le plus fiable
ne seront pas mis en défaut ? L'erreur est humaine.
À plus forte raison, l'erreur peut être mécanique,

électronique, électrique tout simplement. Si vous constatez pour la sixième fois en un an que votre entreprise vient d'être mise à sac, vous déciderez de trouver la bonne solution.

Firmino Da Costa rentre chez lui après une longue journée de travail. Dans la banlieue de São Luis, au nord du Brésil, sa propriété est le symbole de sa réussite. Une maison basse ultramoderne, entourée d'un parc dont les arbres magnifiques, les orchidées font l'orgueil du propriétaire.

— Diablo ! Lucifera !

En sortant de sa voiture, au-delà du porche électronique, Firmino s'attend à voir ses deux chiens de garde se précipiter vers son véhicule et lui faire la fête. Mais rien, pas la moindre présence animale.

— Diablo ! Lucifera !

Pas le moindre aboiement. Même quand ses deux chiens sont occupés dans le parc à courir derrière quelques rats qui les intriguent, Firmino les entend aboyer. Aujourd'hui rien. Firmino sent une inquiétude étrange lui nouer l'estomac.

— Diablo ! Lucifera !

Mais en s'approchant de la maison tout devient clair : les deux chiens, deux magnifiques dobermans noirs comme l'encre, sont étendus sur le sol devant le portail. Firmino s'élance et pose sa main sur le premier animal. Il est mort, mais encore chaud. À côté de Lucifera, la femelle, une boulette de viande qu'elle a mâchée à demi.

— Les salauds ! Ils m'ont empoisonné les chiens !

Firmino jette un coup d'œil vers l'entrée de la maison. La porte est entrebâillée, ce qui est absolument anormal.

— Jacinto ? Hermina ?

Firmino appelle ses domestiques mais il sait bien que c'est inutile. Aujourd'hui il leur a donné congé pour la fête de Yemanja, la déesse de la mer. À l'heure qu'il est, ils doivent être avec des milliers d'autres, en train de jeter à son intention des fleurs, des savonnettes et de l'eau de Cologne dans la mer.

— Les salauds ! Ça y est : ils m'ont encore cambriolé ! Six fois depuis le début de l'année. Ça ne peut plus durer !

Firmino a vite fait le bilan du désastre : la télévision, la chaîne stéréo, quelques pièces d'argenterie qui avaient échappé au dernier cambriolage. Pour le reste rien à craindre : depuis longtemps Firmino a pris l'habitude de ne laisser chez lui ni argent liquide ni bijoux. Quant aux tableaux de valeur, ils sont au coffre de la banque.

Firmino ressort de la maison violée et va jeter une couverture sur les pauvres Diablo et Lucifera, ses deux chiens de garde qui ont été victimes de leur gourmandise. Puis il rentre chez lui et réfléchit. Les prochains seront différents... Je vais leur faire voir. J'ai tout mon temps.

Dès le lendemain Firmino fait venir de chez un de ses amis, Hidalgo Mores, deux molosses, deux mastiffs aux mâchoires menaçantes.

— Firmino, il faut que tu les nourrisses toi-même. Si tu veux qu'ils défendent ta maison il faut qu'ils ne reconnaissent qu'un seul maître : toi !

Les premiers jours sont un peu délicats. Les deux bêtes répondent aux doux noms de Mord et Verdamnis, « meurtre » et « damnation » en allemand. Au bout de six semaines les deux bêtes énormes répondent à peu près aux espoirs de Firmino. Mais celui-ci a une idée, qu'il explique à son ami éleveur :

— Je voudrais arriver à créer une race nouvelle de chiens *épouvantables*. Des gardiens féroces, comme personne n'est parvenu à en inventer jusqu'à

322

présent. Quelles sont les races qui te semblent réunir les meilleures qualités de férocité ?

Hidalgo Mores réfléchit un instant. Puis il attrape un bloc-notes et commence à inscrire :

— Tu as les danois, les mastiffs bien sûr, les rottweilers, les dogues du Tibet, les dobermans, les dogues de Bordeaux, bien qu'ils se fassent de plus en plus rares. Les léonbergs peuvent aussi être intéressants. Je crois qu'il existe encore quelques souches de pitbulls en Angleterre : ce sont des chiens de combat qui ont pratiquement le meurtre dans le sang.

— Ça me plaît bien. Et tu crois que si l'on arrivait à sélectionner les plus féroces, à les marier, à les croiser, on finirait par obtenir le chien de l'enfer dont je rêve ?

— Mais qu'est-ce que tu veux en faire de ce monstre ? Tu veux te faire bouffer tout cru ?

— Je veux en lâcher dans mon parc pour protéger ma propriété contre les voleurs en tous genres. Je veux que le prochain qui osera pénétrer chez moi se retrouve avec les tripes à l'air et que la réputation de mes chiens fasse dresser les cheveux sur la tête de tous les malfrats du Brésil. J'ai envie de profiter de ce que je possède. J'en ai assez de toujours tout enfermer dans les coffres de la banque.

— De toute manière, pour arriver à ça, il nous faudra au moins dix ans, au bas mot.

— J'attendrai. Est-ce que tu te mets de moitié avec moi ? Si nous arrivons à produire ce chien de l'enfer, pas de doute : il y aura une forte demande et nous récupérerons nos billes assez vite.

Hidalgo Mores hoche la tête en silence :

— Bon, on peut toujours essayer. J'espère que nous trouverons toutes les bêtes nécessaires au Brésil. Au moins sur le continent américain. S'il faut les importer d'Europe ou d'Asie, attention aux problèmes de douane.

— Peu importe, je suis prêt à tout...

Pendant les mois qui suivent Firmino suit avec passion les croisements génétiques, la sélection selon les caractères, les accouplements, les mises bas, les régimes alimentaires, l'éducation des chiots, exclusivement dirigée vers un seul but : créer un chien géant, prêt à tuer tout ce qui bouge, sauf son maître. Et encore...

Au bout de dix années d'efforts le « superdog » est enfin prêt. Pas très sympathique à première vue, carré, le mufle agressif, les mâchoires proéminentes, rapide comme l'éclair. Et sautant directement à la gorge de tout ce qui bouge, les autres chiens comme les humains.

Les journalistes, mis au courant, assiègent Firmino :

— Que comptez-vous faire avec cette race de monstres ?

— Protéger mes biens, envers et contre tout.

— Et vous ne craignez pas des accidents, des morts d'innocents qui se trouveraient par hasard sur la route de vos molosses ?

— Personne n'a à se trouver sur leur route. Ils ne sortent pas de chez moi. Celui qui les rencontrera sera obligatoirement à l'intérieur de ma propriété, et en plus il y sera de nuit car mes « monstres » ne sont en liberté que la nuit. Qu'on se le dise...

On se le dit en effet. Les voisins sont un peu inquiets.

— Et si ses chiens s'échappaient ?

Certains ressortent leurs fusils et les tiennent prêts. D'autres ont leurs revolvers dans la boîte à gants. Un livreur imprudent laisse une partie de son postérieur dans une « fausse manœuvre ». Firmino paye rubis sur l'ongle les dommages et intérêts qui lui sont demandés. De toute manière Firmino a souscrit une assurance pour faire face à ce genre de problème.

Du côté des voleurs professionnels, on s'inquiète aussi.

— Bon, on s'en fout de la villa de Firmino Da Costa. De toute manière, c'est une vraie forteresse, il y a les chiens et les systèmes d'alarme. Pas besoin d'aller fourrer son nez là-dedans.

— Oui, mais les monstres de Da Costa ne sont pas les seuls. Il y a de plus en plus de bourgeois qui achètent ces bestioles. Ça devient absolument impossible de franchir un mur de nuit. Et pour les distancer à la course, il faudrait être champion olympique.

— Il faut trouver le moyen de les maîtriser.

Le Brésil est une terre sauvage. La vie humaine est souvent d'une importance relative. Surtout la vie des pauvres, surtout la vie des enfants sans parents... De toute manière, les trois quarts de l'humanité sont bons pour faire de la chair à canon. Pourquoi pas de la pâtée pour chiens ?

C'est par un des employés de l'élevage d'Hidalgo Mores que les gangs s'organisent avec la logique implacable et glacée qui les caractérise.

— Mina, où est ton môme ?

— Mon môme, il dort. Qu'est-ce que tu lui veux ?

— Je veux le voir. De toute manière, avec moi, tu ne poses pas de questions, compris ? Sinon...

Mina Da Oliveira, une petite prostituée de 16 ans, sait qu'elle n'a pas le droit à la parole quand Elmo Nunes lui demande quelque chose. C'est à lui qu'elle doit remettre, nuit après nuit, toutes les liasses de cruzeiros qu'elle parvient à arracher aux clients de passage en échange de sa soumission.

— Qu'est-ce que tu lui veux à mon môme ?

— Peu importe. De toute manière tu ne sais même pas qui est le père. T'en fais pas : s'il lui arrive quelque chose je t'en referai un autre.

Elmo Nunes soulève le rideau qui ferme l'alcôve où dort le nourrisson : un garçon, brun de peau, de 3 mois à peine. Il saisit le bébé qui se réveille et se met à hurler...

Mina se rue sur Elmo :

— Où vas-tu ? Pourquoi as-tu besoin de mon fils ? Que veux-tu lui faire ?

— Ne t'occupe pas de ça. Nous en avons besoin... pour une petite expérience. Ça peut nous rapporter gros. Si tout se passe bien, tu auras ta récompense pour nous avoir prêté ton gamin...

— Si tout se passe bien ? Et si tout ne se passe pas bien ?

— Va donc faire une petite prière pour que Dieu protège ton lardon...

Elmo Nunes, sans écouter davantage les cris de Mina, s'éloigne dans la nuit avec le bébé dans les bras. Il rejoint bientôt son quartier général, un bar sordide deux blocs plus loin :

— Ça y est, j'en ai un, les gars, j'en ai un. Je pense qu'il fera l'affaire.

Les autres hommes qui sont là, en train de boire de la bière et de la liqueur de canne à sucre, s'approchent du bébé :

— Tu crois ? Et s'il se met à brailler ? Et si les clebs nous sautent dessus ?

— T'en fais pas, un bébé est un bébé.

Quelques minutes plus tard, Elmo et ses acolytes montent dans une vieille guimbarde américaine toute cabossée. C'est qu'ils ont besoin de la voiture pour ramener ce qu'ils envisagent de s'approprier...

Bientôt la voiture, tous feux éteints, s'arrête devant le mur d'enceinte qui entoure une superbe propriété bourgeoise. Un des hommes demande à Elmo :

— Tu es certain que ça vaudra la peine ?

— Absolument, la vieille était ce soir au gala de l'Opéra. Notre informateur l'a vue avec tous ses bijoux et un cabochon gros comme ça : un bouchon de carafe qu'elle avait de la peine à porter. Forcément elle a encore tout chez elle. Jusqu'à l'ouverture de la banque demain matin. Si tout se passe bien, on va se goinfrer un maximum...

— Elmo, tu es certain qu'elle a bien des « chiens de l'enfer » ?

— Absolument. La vieille vit toute seule ici. Elle en a acheté quatre il y a six mois et j'aime mieux te dire qu'ils ne sont pas commodes. On a fait un test il y a quinze jours et le gars qui s'est présenté, soi-disant pour proposer des assurances, a pu les voir derrière les grilles de leur cage. Ils n'aboient pas mais ils n'ont pas besoin de ça. S'ils te chopent, tu es mort.

— Tu ne crois pas qu'on pourrait leur jeter des boulettes de cyanure, comme d'habitude ? Moi, ce môme, il me fait pitié. En plus la petite Mina, elle est sympa, elle n'a pas mérité ça...

— T'occupe pas de Mina. Allez, on y va. Tous ensemble, que personne ne reste isolé.

La rue de cette banlieue résidentielle est déserte. Elmo et ses complices garent la voiture dans une allée sombre. Il faut dire qu'avec ses portières de toutes les couleurs, elle détonne un peu dans ce quartier luxueux. Pas le genre de « poubelle » que les propriétaires du coin ont l'habitude d'utiliser. Si une patrouille de police la repère, elle pourra éveiller leurs soupçons.

— Ça y est, tout le monde est prêt ? Qui a le lardon ?

— C'est moi. Qu'est-ce que j'en fais ?

— Tu sautes par-dessus le mur et tu fonces avec. Tu le poses sur la pelouse. Et n'oublie pas : il faut que le môme soit entre toi et les chiens.

D'un seul élan les quatre hommes sautent à l'intérieur de la propriété. Des lampadaires électriques illuminent la pelouse, la façade et la piscine d'un bleu paradisiaque. Pinto, qui tient l'enfant de Mina, le brandit à bout de bras.

— Attention, voilà les fauves !

Effectivement quatre museaux noirs viennent de surgir au coin du bâtiment. Des bêtes énormes hautes sur pattes. Sous leur pelage noir on voit leurs muscles puissants. Ils s'élancent en silence vers les quatre cambrioleurs. Pinto pose l'enfant sur la pelouse, en pleine lumière. Les quatre fauves, les mâchoires béantes, se ruent sur le bébé...

Le lendemain les journaux de Bahia et de tout le nord du Brésil annoncent sur cinq colonnes à la une : « Cambriolage sensationnel. Dona Serafina de Nopales, la veuve du magnat du café, cambriolée par une bande d'audacieux cambrioleurs. Tous ses plus beaux bijoux ont disparu. » Dans le corps de l'article on explique que la veuve richissime avait pourtant, pour la protéger, quatre « chiens de l'enfer », de ces animaux patiemment mis au point par Firmino Da Costa et son ami Hidalgo Mores. L'article explique : « Élément mystérieux : après le départ des malfaiteurs, on a retrouvé, abandonné sur la pelouse, un bébé inconnu âgé d'environ 3 mois. Les services sociaux appelés par la police ont eu le plus grand mal à le récupérer : en effet les quatre "chiens de l'enfer" de Dona Serafina de Nopales étaient tous les quatre autour de l'enfant... Ils se déchaînaient et menaçaient d'égorger toute personne qui se serait approchée du bébé... par ailleurs en parfaite santé. »

Firmino Da Costa et Hidalgo Mores ont dû changer toute leur campagne de publicité pour vendre leurs chiens. On se les arrache désormais comme chiens de garde pour enfants en bas âge... Mina n'a pu récupérer son bébé qu'en expliquant qu'on le lui avait dérobé alors qu'elle était avec un client. Un officier de police, a-t-elle cru bon de préciser...

UN BIEN CURIEUX CHEMINOT

Nous sommes en 1877, à l'autre bout du monde, en Afrique du Sud. Le chemin de fer commence à s'implanter entre Le Cap, Johannesburg, Pretoria, Durban et d'autres villes en pleine expansion.

Quand il y a un réseau de chemin de fer, il y a des rails, des wagons, des employés, des aiguillages et toute une machinerie complexe. Et il y aussi des accidents. Des petits accidents et des accidents graves. C'est d'un accident grave que James Wide est victime. Il est en train d'installer une lampe à l'arrière d'un wagon de marchandises lorsque, d'une manière imprévisible, le wagon recule brusquement. À l'autre bout du train, la locomotive vient de s'accrocher au train en marche arrière. Normalement cela n'aurait dû avoir lieu qu'une demi-heure plus tard mais, Dieu sait pourquoi, les chauffeurs de la locomotive ont pris, de leur propre initiative, la décision de « s'avancer un peu » dans leur besogne.

C'est pourquoi, avant d'avoir eu le temps de réaliser ce qui lui arrive, James Wide reçoit le butoir du wagon en pleine poitrine. Le souffle coupé il tombe en arrière. Sa tête va heurter le rail et il sombre dans l'évanouissement le plus profond.

C'est sans doute mieux pour lui car son inconscience lui épargne l'horreur de voir les roues du train reculant vers lui. Le wagon ne recule pas de beaucoup, six pieds au maximum. Mais sur ces six pieds de métal les deux jambes de James sont posées.

Quand James reprend conscience il est couché sur un lit de l'hôpital de Durban. Une infirmière au bonnet empesé et à l'uniforme impeccable lui éponge le front.

James dit, comme il se doit :

— Où est-ce que je suis ? Qu'est-ce qui m'est arrivé ?

— Vous êtes au Victoria's Hospital. Tout va bien. Vous avez eu un accident.

— Ah oui ! je me souviens. Mais pourquoi ce bon Dieu de train...

— Ne jurez pas, mon ami, vous êtes entre les mains du Seigneur.

— ... Mais pourquoi a-t-il reculé ? Qu'est-ce que j'ai ?

— Vous avez perdu vos deux jambes.

Malgré sa faiblesse James Wide rejette brutalement le drap et la couverture. Il ne s'attend pas à voir ce qu'il voit : ses deux jambes d'Écossais vigoureux ont disparu. Ou plutôt elles ont été coupées net au-dessus du genou. De drôles de pansements ronds terminent à 10 pouces de l'aine ce qui était ses deux jambes. James se met à pleurer doucement et demande avec une petite voix d'enfant perdu :

— Alors je n'ai plus de jambes ? Mais qu'est-ce que je vais devenir maintenant ?

L'infirmière dit en lui tapotant la main :

— N'ayez pas peur. Vous êtes entre les mains de Dieu. Priez et tout s'arrangera.

James n'a pas le cœur à prier. En 1877, la société n'a pas trop de cœur pour les ouvriers qui n'ont plus de jambes. Et James, à 42 ans, se dit que sa vie est fichue.

Mais, prière ou pas, un ange gardien doit s'intéresser au sort du pauvre James. D'abord la cicatrisation de ses blessures se fait dans de bonnes conditions et bientôt ses moignons ont assez belle allure. On lui installe des pilons de bois munis de cuvettes de feutre qui finissent par lui permettre de se déplacer en se soutenant avec des béquilles. Comme James est doté d'une solide constitution et d'une bonne musculature, il reprend du mouvement et même déclenche une certaine admiration parmi le personnel médical et les autres pensionnaires du Victoria's Hospital.

— Dis donc, James, mais tu trottes comme un lapin !

— Oui, je me débrouille, mais quand même, avec mes jambes c'était autre chose. Et puis, pour ce qui est de courir les filles... Je ne crois pas qu'il y en ait une qui arrive à se décider. Je suis condamné à rester vieux garçon. Ah, si je pouvais retrouver un boulot ! Vous savez ce qui me manque le plus ? Eh bien, ce sont les locomotives. Les garces, avec leur sifflet et leur panache de fumée, elles me faisaient plus d'effet que toutes les filles de Durban...

Et James d'y aller d'un gros soupir proche d'un sanglot.

Pourtant une nouvelle surprise l'attend. Au bout de six mois il reçoit la visite d'un monsieur à chapeau haut de forme et à cravate de soie :

— Cher monsieur Wide, la compagnie des chemins de fer de Durban s'est émue de votre triste accident. Devant vos états de service et le dévouement fidèle que vous avez marqué depuis toujours envers la compagnie, nous avons décidé de vous proposer de reprendre une activité chez nous.

James Wide ouvre des yeux effarés :

— Une activité ? Avec mes pilons et mes béquilles ? Vous me voyez en train de courir entre les rails ?

Le monsieur sourit avec bienveillance :

— Non, mais puisque vous dites que les locomotives vous manquent, que diriez-vous de prendre un poste de gardien d'aiguillage ? Il y a un nœud ferroviaire à la tour Uitenhage qui pourrait fort bien convenir à quelqu'un dans votre condition.

James Wide sent son cœur battre et son silence est éloquent : il attend des détails. Le monsieur explique :

— Ce poste est constitué d'un petit bungalow en bois très proche de la voie. À l'intérieur les leviers vous permettent d'actionner l'aiguillage sans sortir de chez vous. Il y a un puits qui vous approvisionnera en eau fraîche, un bout de terrain dans lequel, avec l'aide de quelqu'un, vous pourriez faire pousser vos légumes. Une gamine noire pour vous faire la cuisine, s'occuper du ménage et du linge, et... du reste, et vous vivrez comme un roi !

Le monsieur en haut-de-forme, bien que protestant, est du genre bon vivant. Les allusions coquines ne lui font pas peur. James Wide, rouquin et poilu, est de race blanche et, en 1877, un Blanc sans jambes peut encore vivre comme un roi quand la population noire est si nombreuse et si bon marché.

Et c'est ainsi que, le mois suivant, James Wide prend possession de son nouveau poste de travail. Il n'est pas déçu ; d'ailleurs tout vaut mieux que de rester à attendre la mort sous les eucalyptus de l'hôpital. James Wide est du genre qui doit absolument s'occuper.

L'aide-jardinier, Gregory, et la fille noire, Wilma, Ngunis d'origine, se révèlent égaux à ce qu'on attend d'eux. Gentils, obéissants mais sans enthousiasme débordant. James reçoit des instructions détaillées sur ses devoirs et sur les horaires, sur la direction qu'il doit donner à chaque convoi. Ce sont essentiellement des trains de marchandises qui charrient les toutes nouvelles richesses de ce pays neuf et en pleine expansion. James, avant de s'installer, a reçu en cadeau un chiot de race indéfinie proche du saint-bernard. On le lui a offert avec comme simple commentaire :

— Il faudra bien quelqu'un pour te tenir chaud la nuit et te protéger si quelqu'un vient voler tes aiguillages ou tes béquilles !

James considère le chiot avec un sourire attendri et il annonce :

— Je vais l'appeler Glasgow, ça me rappellera le pays de mes ancêtres !

Une nouvelle vie commence donc pour James. Très rapidement il est parfaitement adapté à ses nouvelles fonctions et accomplit ses tâches quotidiennes sans l'ombre d'un problème. L'inspecteur qui lui rend visite au moins une fois par semaine le félicite chaudement :

— Alors, Wide, n'êtes-vous pas comme un coq en pâte ? Ça vous plaît ?

James répond par quelques monosyllabes. L'inspecteur dit :

— Qu'est-ce que vous bricolez là ?

— Bah ! Il faut bien que je m'occupe. Alors j'ai récupéré deux trains de roues, que la compagnie avait jetés au rebut, et je me fabrique une plateforme pour circuler sur les rails. Vous voyez, quand j'aurai fixé une sorte de fauteuil là-dessus, avec ce système de levier j'arriverai à faire avancer la plate-forme sur les rails à la force des bras.

— Ben, dites donc ! Il faut une sacrée force pour arriver à remuer ça !

James, avec un grand sourire, retrousse ses manches de chemise :

— Regardez, j'ai perdu mes mollets mais pour ce qui est des biceps ils sont encore un peu là !

L'autre ne peut qu'être d'accord.

Très bientôt James mobilise quelques Noirs du coin pour les premiers essais. Tous les costauds du voisinage unissent leurs efforts pour placer la « draisine » de Wide sur les rails. Mais James refuse toute aide pour s'installer sur le fauteuil du « capitaine ». Glasgow, le chien indéfini, s'empresse de sauter sur la plate-forme et vogue la galère. James saisit le balancier qui commande le mouvement et, d'un coup de ses bras puissants, il met la machine en marche. Les Noirs qui assistent à la scène éclatent en cris de joie.

Dans les buissons qui bordent la voie, un spectateur se cache et pourtant ne perd rien de la scène. C'est un jeune babouin que la curiosité a poussé là. Pour l'instant ce petit mâle cherche sa place en ce bas monde. Son museau allongé comme celui d'un chien lui donne un certain air de ressemblance avec Glasgow, qui n'a pas daigné se rendre compte de sa présence.

Après ce premier voyage en draisine la vie professionnelle de James Wide s'organise différemment. Tous les jours il prend place sur son engin et se déplace sur les rails, du nord au sud, à la force de ses biceps qui finissent par prendre un volume impressionnant. Il calcule le temps de ses déplacements et s'arrange pour garer la draisine sur des voies de garage quand un convoi passe. Ces déplacements ne sont pas simplement des promenades d'exercice musculaire. James, quand il part, emporte non seulement ses béquilles mais différents marteaux, masses et outils divers qui lui permettent d'effectuer contrôles et petites réparations. La compagnie apprécie ces initiatives. Décidément, on a bien fait de proposer ce travail « réservé » à James Wide, un cul-de-jatte qui, si l'on peut dire, « n'a pas les deux pieds dans le même sabot » !

À présent on a installé dans le bungalow de James un poste télégraphique qui lui permet, après un temps d'apprentissage, de communiquer avec les bureaux de la compagnie. La sécurité du réseau en est d'autant accrue.

Est-ce le bruit mystérieux du télégraphe ou la curiosité naturelle du babouin ? N'est-ce pas plus simplement la présence de bananiers dans le bout de terrain accordé à James ? Toujours est-il qu'un beau jour celui-ci aperçoit le jeune singe au beau milieu de son carré de salades. Glasgow considère le cynocéphale avec une indifférence extrême. James, par jeu, se met à faire des bruits avec sa bouche du genre « tsss ! tsss ! ». Le jeune babouin, décidément très peu timide, lève la tête et, sans lâcher la banane qu'il déguste, regarde James. James jurerait qu'il lui sourit !

James qui grignotait quelques cacahuètes en lance une vers le babouin. L'autre, après avoir jeté un regard de défi à l'homme aux pattes de bois, s'élance et saisit la graine d'arachide qu'il dépiaute soigneusement de son enveloppe avant de l'engloutir. Dès le lendemain, le babouin est à nouveau là. Apparemment ni Glasgow ni James ne l'impressionnent.

— Jack !

James a lancé ce nom comme ça : Jack ! Quand il était jeune, il y a une quarantaine d'années, là-bas en Écosse, il avait un copain qui se prénommait Jack et James trouve une certaine ressemblance entre le singe à nez de chien et son copain qui avait toujours l'air d'être enrhumé.

— Jack ! Tsss ! Tsss ! Viens !

Le babouin a hésité. Pourquoi s'approcherait-il de cet être qui n'est pas un singe ? Les babouins aiment vivre en société. James se remémore ce qu'on lui a dit : dans les environs, il paraît qu'il y a des fermiers qui ont réussi à utiliser des femelles babouins pour garder les troupeaux. Les femelles sont plus douces, moins prêtes à courir le guilledou, plus attachées à leurs maîtres barbus. Les mâles auraient tôt fait d'abandonner les vaches pour galoper derrière une jolie babouine, surtout quand le rut leur colore le derrière en rouge vif. James se dit : « Si une femelle accepte de garder un troupeau de vaches et de le ramener à l'écurie, qui sait, un mâle pourrait peut-être s'intéresser à la mécanique ! Et qui sait si ce sacré singe ne serait pas capable d'apprendre le morse pour utiliser le télégraphe ! » James éclate de rire : il imagine Jack coiffé de la petite casquette galonnée qui est le signe de ses fonctions au sein de la compagnie des chemins de fer. La tête de l'inspecteur s'il surprenait Jack en train de manœuvrer les aiguillages ou d'envoyer des rapports d'activité à Durban !

— Tiens, te voilà, toi ? Qu'est-ce que tu veux ? Une banane ? Une cacahuète ?

La cacahuète fera l'affaire et dès qu'il l'a en bouche le jeune babouin s'enfuit. Mais James sent bien qu'il sera là dès le lendemain.

Dans les jours qui suivent, Jack le babouin devient un habitué du poste d'aiguillage. Glasgow n'est pas jaloux. Il admet que le singe vienne partager son domaine. Après tout chacun a droit à sa ration de caresses, à sa nourriture. Ils ne se font aucune concurrence. James, en bon Écossais, se dit :

« Toi, mon coco, il faudra bien que tu me rendes des petits services. »

Jack, qui reste de plus en plus longtemps dans le bungalow, observe ce qui se passe autour de lui. La première qui l'intéresse est Wilma, la jeune fille qui fait la cuisine. Jack l'observe tandis qu'elle balaye le sol. Il fronce un peu le nez comme s'il faisait un effort pour comprendre le maniement et la finalité du balai. Et un jour c'est la surprise : James découvre Jack... en plein balayage ! Il a bien compris comment il faut disposer ses mains sur l'ustensile pour le faire aller d'arrière en avant. Il a compris aussi, de toute évidence, ce qu'est la poussière et qu'il faut pousser celle-ci vers la porte grande ouverte pour la jeter dehors. James applaudit des deux mains devant cet exercice. Wilma, quand il lui raconte ça, est un peu vexée et hausse les épaules en marmonnant :

— Peut-être le singe il balaie mieux que moi, mais moi sais faire des choses que jamais singe fera !

Le second exercice auquel Jack s'attaque est la corvée d'eau. Après avoir observé Wilma jeter le seau dans le puits et actionner la manivelle pour le remonter plein, il parvient à en faire autant. Bien évidemment, au début, il laisse retomber quelques seaux dans le puits mais il « pige » vite comme on dit et, dès lors, Wilma ne lui ménage plus son admiration. Il suffit qu'elle frappe un coup sur le seau pour que Jack se rue et exécute la manœuvre.

Après le puits et le balai, Jack s'intéresse au jardinage. Il parvient à comprendre qu'il faut enlever certaines mauvaises herbes, il effectue sans problème des exercices d'arrosage et il n'a pas son pareil pour récolter carottes ou autres tubercules. James doit cependant modérer son enthousiasme : pas question de ramasser toutes les carottes d'un coup ! Les babouins, c'est bien connu, n'ont pas le sens inné de la mesure et de la prévision dans les récoltes.

James est ravi de son babouin qui, désormais, dort dans le bungalow, quand les nuits sont fraîches. Si les nuits sont chaudes, Jack s'installe sur la terrasse. Il fait merveille comme « singe de garde ». Au moindre bruit suspect, au moindre crissement de pas, Jack pousse un cri strident. Cela suffit à réveiller Glasgow qui deviendrait un peu dur d'oreille. Et Glasgow, sans chercher plus loin, se met à aboyer avec conviction. Si un rôdeur insistait, il pourrait à la rigueur négliger, à tort d'ailleurs, les crocs de Jack mais les aboiements de Glasgow le décourageraient.

Un jour Jack comprend le mouvement qui fait avancer le « trolley ». Jusqu'à présent Glasgow, dans ses bons jours, s'était contenté de pousser de ses fortes épaules de gros chien la draisine. Mais un jour, hélas, Glasgow reste à bayer aux corneilles sur les rails. Une locomotive arrive haut le pied. Glasgow qui, avec les années, est devenu pratiquement sourd ne l'entend pas... et part directement au paradis des braves chiens. Jack, devant le corps broyé et sanglant de son copain, se répand en gémissements désespérés. Puis il s'accroche au cou de James comme pour lui dire : « Je suis là. Je te consolerai de tout désormais. »

Désormais, Jack est seul à « souquer » avec James. La réputation du babouin surdoué franchit les limites de la ville. Les messieurs en haut-de-forme viennent admirer son travail. Ils sont un peu réticents mais ils voient Jack, sur un simple signe de son maître, manœuvrer seul les leviers des aiguillages. Et jamais il ne se trompe. Les petites erreurs des débuts n'ont jamais provoqué le moindre accident. Ce tandem hors du commun durera neuf années d'amitié et de confiance sans disputes.

La nuit suisse est chaude au bord du lac. Mme Frazier a du mal à trouver le sommeil. Elle se retourne dans son lit pourtant confortable. Soudain elle réalise qu'elle n'a pas entendu Christelle rentrer. Mais avec les cachets qu'elle prend pour dormir depuis son veuvage, cela n'a rien de bien surprenant.

Mme Frazier n'a rien à craindre. Quand Christelle rentre sagement vers minuit, sa mère sait parfaitement d'où elle vient : Christelle a été passer la soirée chez son fiancé, Siméon. Oh, pas encore chez Siméon, mais dans la famille de Siméon, chez les Maurelon, ceux qui élèvent des chiens. Ils sont bien, les Maurelon, des gens honnêtes, courageux, travailleurs, qui ont réussi à la force du poignet.

Christelle et Siméon sont donc fiancés. Ils attendent pour se marier que Siméon soit un peu installé dans la vie pour un bonheur sans grande ambition. Siméon envisage d'être maroquinier.

— Christelle ? Tu es là ?

Mme Frazier avance dans le couloir à l'étage de leur villa. Elle appelle, à voix basse. Pas de réponse. Christelle dort-elle ? Non, Christelle ne dort pas : dans sa chambre de jeune fille sage, le lit n'est pas défait. Mme Frazier regarde la pendule : trois heures. Où est donc Christelle ? Mme Frazier sent un petit pincement étreindre son cœur malade. Que faire ? Téléphoner chez les Maurelon ? À trois heures ce n'est guère convenable. Après tout il y a peut-être une explication à l'absence de Christelle. Les Maurelon auront voulu fêter quelque chose. De toutes les manières, s'il était arrivé quelque chose, Christelle, Siméon, M. ou Mme Maurelon auraient trouvé le moyen de la prévenir.

Mme Frazier se remet au lit, mais, comme on peut

le penser, elle ne parvient pas à se rendormir. Elle réfléchit : « Christelle m'a dit que M. Maurelon a des problèmes depuis quelques mois, avec ses histoires de chenil sans permis. Il paraît qu'il a perdu au moins vingt kilos depuis la dernière fois où je l'ai vu... Elle me dit que l'ambiance est tendue dans la maison. Et puis tous ces chiens qui aboient tout le temps pour un oui pour un non. »

À huit heures, le lendemain matin, Marguerite Frazier est de plus en plus inquiète de ne pas avoir de nouvelles de Christelle, sa fille unique, le trésor de sa vie.

Elle compose le numéro des Maurelon. Au bout du compte, après d'innombrables sonneries sans réponse elle raccroche le combiné.

Quand le taxi la dépose devant le 201 de la rue des Flaugettes, rien ne semble bouger dans le pavillon un peu gris et terne où demeurent les Maurelon. Pourtant le pavillon n'est pas mort, loin de là. Dans le jardin attenant, un chenil de béton et de grillage abrite des chiens de race, des bergers, des bouviers, qui font de bons chiens de garde, des races qui demandent à être surveillées. Tous ces animaux donnent de la voix avec un ensemble angoissant. Que veulent-ils ? La liberté ? De la nourriture ?

Mme Frazier hésite : il lui semble que certains chiens hurlent à la mort. Elle dit au taxi :

— Attendez-moi un instant, je vais voir s'il y a quelqu'un.

Elle ouvre la porte de la grille. Son intrusion dans le domaine des Maurelon semble redoubler la nervosité des chiens dont la voix monte d'un cran. Dans les villas voisines, nettement plus cossues que celle des Maurelon, elle aperçoit des rideaux qui se soulèvent, des ombres de visages qui guettent. Que se passe-t-il ?

Personne ne répond aux coups de sonnette de

Mme Frazier. Elle insiste. Enfin, il doit bien y avoir quelqu'un ! Christelle lui a dit que, depuis quelques semaines, les Maurelon vivent pratiquement cloîtrés chez eux, ne sortant que pour nourrir leurs bêtes. Siméon est le seul qui aille en ville pour terminer son stage de maroquinier. Nouveau coup de sonnette : Mme Frazier sent la sueur lui couler le long du cou. Elle reste collée sur la sonnette qui émet un appel strident à l'intérieur. Pas de réponse. Chez les voisins les rideaux s'agitent davantage.

— Conduisez-moi à la gendarmerie, s'il vous plaît.

Le taxi démarre. Il demande :

— Pas de problème trop grave, ma petite dame ?

Mme Frazier fait non de la tête. Un gros soupir lui soulève la poitrine.

Quand elle revient chez les Maurelon avec les gendarmes, ceux-ci constatent que tous les volets de la villa sont fermés. Pourtant il est presque onze heures du matin. Pas de réponse aux coups de sonnette virulents.

— Essayons de voir si l'on peut entrer par-derrière.

La porte de la cuisine, qui donne sur le jardin, finit par céder devant la technique du serrurier qui a été mandé sur les lieux.

— Madame, s'il vous plaît, restez ici. Nous vous préviendrons s'il y a quelque chose qui vous concerne...

Au bout de quelques instants le capitaine des gendarmes revient, le visage fermé.

— Veuillez me suivre, je vous prie.

Mme Frazier sait que son cœur va éclater. Et bientôt elle découvre ce qu'elle n'aurait jamais voulu voir : Christelle, sa petite Christelle, étendue morte dans le couloir. Elle a son manteau de lapin et un filet de sang fait une tache horrible sur le carrelage blanc et noir.

— Elle est morte ?

— Oui, apparemment elle a reçu une balle dans la nuque.

Mme Frazier n'en saura pas plus pour l'instant. Un peu plus tard, réanimée et ramenée chez elle, Mme Frazier en apprend davantage. Non seulement Christelle a été tuée mais, avec elle, on a trouvé trois autres cadavres dans la villa grise : Siméon Maurelon, lui aussi mort d'une balle dans la nuque, et Hortense Maurelon, sa mère, exécutée d'une troisième balle ; enfin, pendu au lustre du salon, Sabin Maurelon, le père qui, avant que la corde ne lui brise la nuque, a pris la précaution de se tirer une balle dans la tempe. Histoire de ne pas se rater. Histoire de ne pas rater la fin d'une existence ratée...

Une histoire qui aurait dû être heureuse pourtant. Modeste, c'est certain, mais heureuse quand même.

Sabin Maurelon est un petit rouquin, un petit garçon plein de vie entre son père et sa mère. Le père, Maurice, est un ouvrier courageux qui travaille dans la machine-outil ; la mère, Micheline, courageuse aussi et toujours gaie, tient son ménage avec la perfection... suisse. Jusqu'au jour où, victime d'une mauvaise hérédité, elle disparaît en quelques mois. Sabin voit son monde s'effondrer. Tout son monde en vérité, car son père se révèle incapable d'élever correctement son petit Sabin. Alors, après consultation du service social, on décide que le mieux pour son avenir est de confier l'enfant à une œuvre qui s'occupe des orphelins. Bien sûr Maurice viendra le voir, bien sûr Sabin passera de temps en temps une journée avec son papa, mais Sabin fait la découverte d'une discipline un peu rude. Il se sent abandonné, deux fois orphelin.

Les années passent et Sabin, peu à peu, s'habitue à sa nouvelle vie, à ses nouveaux éducateurs, à son nouvel avenir. Lui aussi, comme papa, accepte de devenir ouvrier sidérurgiste. Son destin se dessine vers une normalité médiocre.

Pourtant un éclair de lumière vient mettre un peu de chaleur dans cette vie terne et déjà un peu poussiéreuse. Il y a les orphelins et il y a les orphelines. Parmi elles Hortense n'a qu'un an de moins que Sabin. Elle aussi possède des cheveux d'un roux flamboyant. Elle aussi vient d'une famille qui aurait dû être sans histoires, elle aussi n'a d'autre ambition que de rencontrer un brave cœur, lui donner une famille et entretenir scrupuleusement un foyer sans éclat. Alors, puisqu'ils sont faits pour vivre dans le même univers sans gloire, Sabin et Hortense se marient et prennent leur petit envol.

Tout d'abord ils s'installent dans un appartement correct, dans un quartier correct, et donnent le jour à un fils qui correspond à leurs ambitions : Siméon. Comme ils sont organisés et raisonnables, ils décident de ne pas augmenter la famille avant d'avoir réalisé un rêve : avoir une maison à eux. Pendant dix ans Sabin et Hortense, d'accord pour le même objectif, économisent sou à sou pour concrétiser leur rêve.

En 1976, enfin, les Maurelon accèdent à la propriété : le 201, rue des Flaugettes, à Meuzy-sur-Oin. Un drôle de village où d'anciennes propriétés bourgeoises ont été morcelées. Les parcs cossus sont devenus des petites parcelles agrémentées de pavillons de banlieue construits pour des employés ou de petits commerçants. Les Maurelon s'installent et bientôt tout le voisinage s'habitue à la rondeur joviale de Sabin, au sourire d'Hortense, aux rires de

Siméon. Des voisins bricoleurs, serviables, qui ne font pas de bruit...

Justement, le bruit, voilà le cœur du problème.

Comme Siméon est un enfant unique, il manifeste bientôt l'envie d'un animal de compagnie. Le jardin des Maurelon les incite à adjoindre un chien au noyau familial. Bien sûr Sabin élève déjà des poules, des pigeons et quelques lapins qui améliorent les menus, mais c'est un animal qui ne soit pas destiné à la casserole que Siméon veut.

— Siméon, va voir dans le jardin, il y a une surprise pour toi.

Siméon hésite un peu et se précipite. Après tout c'est le jour de son anniversaire, tous les espoirs sont permis.

— Ouah ! C'est pour moi ? C'est pour moi ? Comment qu'il s'appelle ?

— Comment s'appelle-t-il ? si tu permets. Pour l'instant il n'a pas de nom, c'est ton chien, c'est à toi de lui en donner un.

Le chien, un superbe airedale, reçoit illico le nom de Satanas. Pourquoi ? Mystère car ce chien n'a rien de très maléfique. Ou alors personne n'est encore au courant...

Dans les mois qui suivent Satanas change littéralement la vie des Maurelon. Il faut le sortir, le nourrir, surveiller son poil et sa santé, le faire suivre par le vétérinaire. Sabin se met à lire tout ce qui concerne les airedales. Puis il passe aux autres races de chiens. Sabin découvre tout un monde nouveau, les chiens de race, les chiens rares. Satanas vit libre entre maison et jardin.

D'articles en livres spécialisés, Sabin découvre une race inconnue dans le canton, les hovawarts. Il parvient à s'en procurer un couple. Hortense s'informe avant l'arrivée des animaux :

— Tu ne crois pas que trois gros chiens c'est un peu trop pour nous ?

— Ne t'inquiète pas, j'ai mon idée. Tu sais, la machine-outil a ses charmes, mais l'élevage des chiens de race, c'est autre chose. Ça peut nous permettre de parcourir le monde. Les concours internationaux, et puis les chiens, c'est plein de vie. Tu comprends ?

— Mais ces hovawarts, il faut leur construire un enclos.

— Siméon et moi, on va s'y mettre. Tu sais, il est fou de joie. Je vais demander le permis de construire à la mairie. C'est une formalité et en une semaine les hovawarts auront leur petit nid douillet...

Après tout, pourquoi pas ?

Bien sûr les hovawarts sont un peu plus bruyants que l'airedale. Avec lequel, Dieu sait pourquoi, ils ne sympathisent pas du tout. C'est qu'il s'agit de chiens un peu encombrants. Alors, enfermés presque toute la journée, les hovawarts donnent de la voix, pour tout et rien. Les voisins s'informent :

— Alors, monsieur Maurelon, ils en font du raffut vos nouveaux chiens. Vous avez l'intention de les garder ?

— C'est-à-dire... dès que j'aurai un amateur. Ce sont des bêtes magnifiques, vous savez.

— S'ils sont aussi beaux que bruyants, ce doit être quelque chose.

Le vrai problème c'est que Sabin, un peu déçu par sa carrière de sidérurgiste, commence à entrer dans un rêve : deux chiens, une portée, un autre couple, d'autres portées, un phénomène de boule de neige, une réputation qui augmente dans les milieux cynophiles, des médailles dans les concours, des voyages... Alors pour suivre son rêve, Sabin agrandit son chenil : encore plus de béton, plus de grillage, plus d'animaux, plus d'aboiements, plus de plaintes des voisins dans un quartier autrefois paisible. Sabin reçoit les doléances et arrondit les angles autant qu'il peut mais les voisins trouvent que la vie du quartier a changé.

— Toute la journée ces animaux aboient. C'est infernal. La nuit, ça se calme un peu, mais il suffit qu'une voiture, une moto, un piéton passe et les voilà tous en branle.

— Autrefois, à la belle saison, je recevais des amis, nous organisions des barbecues. À présent c'est strictement impossible ; les aboiements des chiens empêchent toute conversation. C'est un cauchemar.

— Et moi c'est encore pire : les enfants n'osent plus jouer dans le jardin, ils ont peur qu'un chien ne s'échappe et vienne les attaquer.

Devant les récriminations des voisins, Sabin Maurelon décide de faire un geste : il entreprend la construction d'une sorte de mur antibruit en montant des palissades de tôle ondulée tout autour du chenil. Apparemment ce n'est pas très efficace sur le plan sonore et c'est franchement hideux sur le plan visuel :

— Regardez-moi ça, on se croirait dans un bidonville ! Pas de doute que cela fasse chuter le prix de toutes les propriétés du quartier.

— Puisqu'on n'obtient rien de plein gré, il faut porter plainte auprès des autorités communales. Vous savez combien il a de bestioles à présent ? Dix-huit, pas moins, je le tiens de l'assistante du vétérinaire qui remplit les carnets de santé. Pourquoi pas trente-six pendant qu'on y est ?

Et c'est ainsi que Sabin reçoit des lettres recommandées de la part du bourgmestre. On lui demande des explications. Mais Sabin, tout en reconnaissant la nuisance causée par ses dix-huit hovawarts, en rejette la faute sur le voisinage :

— Ce sont les gamins qui viennent près de chez moi pour exciter mes hovawarts. Ils font éclater des pétards. Et quand ils passent devant chez moi, ils aiment bien courir avec un bâton qui frappe tous les rayons de ma grille. Du coup mes chiens se déchaînent, c'est normal !

Cette lutte de voisinage est usante pour les nerfs. Maintenant qu'il possède dix-huit hovawarts Sabin est pris d'une angoisse : « Et si on m'oblige à me séparer de mes bêtes ? Qu'est-ce qu'elles vont devenir ? Elles vont finir à la Société protectrice des animaux. Elles aussi seront orphelines. On sait ce que ça veut dire : si personne n'en veut, elles finiront euthanasiées. Ça, jamais. »

Sabin sort sa carabine 22 long rifle et son revolver. Hortense n'ose pas demander pourquoi.

Si encore Siméon montrait de l'intérêt pour l'élevage paternel ! Mais non, Siméon est un jour mordu par un animal particulièrement nerveux. Le coup de dents de trop qui fait basculer la vie de quatre personnes sans histoires. Siméon, du haut de ses vingt ans, explose :

— Y'en a marre de ces chiens ! S'ils veulent me bouffer, c'est le comble. Pas question pour moi de m'intéresser à ces clébards !

Sabin espérait pourtant que Siméon allait suivre une filière professionnelle pour pouvoir développer l'élevage, devenir un vrai technicien. Mais Siméon annonce :

— Moi, ce qui me plaît, c'est le travail du cuir. Il y a un stage de formation pour devenir maroquinier.

Sabin sombre alors dans une dépression profonde. Le voilà obligé de quitter son emploi. Le médecin lui prescrit un antidépresseur puissant. Désormais son horizon se limite au 201, rue des Flaugettes, à Hortense et à ses vingt-quatre hovawarts, car ceux-ci, entre deux aboiements infernaux, se reproduisent allègrement.

C'est vers cette époque que Siméon fait la connaissance de Christelle Frazier, une jeune et jolie secrétaire qui n'est pas trop incommodée par les aboiements. On parle mariage. Dans la vie rétrécie des Maurelon, les visites de Christelle deviennent le seul contact avec le monde extérieur et hostile. Sabin ne dort plus, il maigrit à vue d'œil : en quelques semaines il perd vingt kilos...

Une nouvelle convocation du bourgmestre aboutit à une mise en demeure en règle :

— Monsieur Maurelon, où sont votre permis de construire votre chenil et votre permis d'exercer la profession d'éleveur de chiens ?

— Ils sont chez mon avocat. Je vous les ferai parvenir dans deux jours.

Mensonge désespéré. Ni l'un ni l'autre document n'existent.

C'est pourquoi un soir, après le dîner, une nouvelle dispute oppose Siméon et son père. Le fils dit à sa fiancée :

— Habille-toi, nous partons. En ce qui me concerne, c'est définitif !

Sabin sait ce qu'il doit faire. Il attrape sa carabine. Christelle est la première à recevoir une balle dans la nuque. Siméon, puis Hortense suivent. Enfin Sabin se donne la mort.

Les hovawarts seront expédiés à la Société protectrice des animaux...

Justine Ménard vit seule, dans un logement triste et lépreux, au troisième étage d'un pavillon d'une banlieue poussiéreuse. La voisine du dessous est scandalisé parce que Justine a un fils et que ce fils, qui vient la voir à bord d'une confortable voiture, la laisse seule dans ce deux pièces minable. Et aujourd'hui, la voisine constate que Justine ne peut plus se lever de son lit.

— Madame Ménard, qu'est-ce qui vous arrive ce matin ?

— Je n'ai plus de force dans les jambes. Ce n'est rien, ça va passer. C'est le changement de temps. On dirait des crampes.

— Je vais appeler le docteur. C'est bien le docteur Vineuil qui vous soigne, celui qui habite juste en face ?

— Mais non, ne le dérangez pas. Ça va encore faire des frais, des médicaments qui ne me feront rien. Ça ira mieux demain.

— N'empêche, vous m'inquiétez. C'est la première fois que ça vous arrive ?

— Non, non, ne vous inquiétez pas, madame Faivre.

— J'ai fait du pot-au-feu, je vais vous en monter avec du bouillon. Une nuit de sommeil et vous vous trouverez bien mieux.

— Ce que je vais vous demander, madame Faivre, c'est de passer chez le boucher pour lui prendre un peu de viande pour Galopin. Il sait ce que je prends d'habitude.

— Ah, c'est vrai, il y a Galopin. Pauvre bête ! Qu'est-ce qu'il va devenir si vous ne pouvez plus vous lever ? Qu'est-ce que je fais avec sa viande ? Je la lui donne crue ou je la passe un peu à la poêle ?

— Un peu cuite avec du riz. Tenez, il y en a un paquet sur l'étagère.

Galopin, un gros corniaud au long poil hirsute, couché au pied du lit, a entendu son nom. Il remue la queue en regardant alternativement sa maîtresse et Mme Faivre. Son regard déjà fatigué est plein de tendresse et de confiance.

— Et votre fils, madame Ménard, vous allez le prévenir ?

— Non, absolument pas. Gilles a ses propres problèmes, sa femme et ses enfants. Je ne tiens pas à ce qu'on le dérange. Je vais me rétablir.

Et la voisine du dessous repart en hochant la tête. Elle sait ce qu'elle doit faire.

Au début de la semaine suivante, en effet, un visage nouveau fait son apparition dans le jardinet un peu abandonné qui entoure le pavillon.

— Mme Ménard, s'il vous plaît, c'est bien ici ?

— Oui, je suis sa voisine, Mme Faivre. Mme Ménard est au-dessus. C'est à quel sujet ?

— Je suis l'assistante sociale. C'est vous, je crois, qui avez prévenu le bureau à la mairie ?

— Oui, c'est exact. Dans l'état où elle est, je ne sais plus comment faire. Mes visites quotidiennes et le petit ménage que je fais chez elle ne suffisent plus. Elle a un fils qui a une très bonne situation. Il faut qu'il la prenne chez lui. C'est pour ça que je vous ai demandé de venir la voir. Je vais vous accompagner, c'est moi qui ai les clefs. D'ailleurs, il est l'heure de sortir Galopin.

— Galopin ?

— C'est son chien, un gros corniaud. Sa seule compagnie.

D'une démarche ankylosée, Mme Faivre grimpe les escaliers, suivie par l'assistante sociale qui examine avec un dégoût un peu blasé les taches d'humidité sur les murs de l'escalier.

— Madame Ménard, c'est moi, Mme Faivre, voilà une visite pour vous.

Justine Ménard, assise dans un vieux fauteuil Voltaire, les jambes recouvertes d'un plaid écossais délavé, regarde par la fenêtre sans voir le paysage. Elle considère avec étonnement l'inconnue qui suit sa voisine.

— Oui ? C'est pour quoi ?

— Je suis Mlle Arbessier, du service social. Quelqu'un nous a suggéré de vous rendre une petite visite pour savoir si tout va pour le mieux. Les personnes de votre âge ont parfois besoin d'un petit coup de main. C'est peut-être une démarche à effectuer, un droit à faire valoir. Vous pourriez peut-être bénéficier d'une aide de la mairie, être invitée à l'arbre de Noël.

— Oh, l'arbre de Noël ! C'est encore loin. Et de toute manière je ne peux pratiquement plus bouger d'ici. J'ai les jambes comme mortes. À peine la force de me tirer de mon lit et de faire le nécessaire, un brin de toilette. Je ne suis bien que dans mon fauteuil ou dans mon lit. Je veux mourir chez moi.

— Eh bien, nous allons parler un peut de tout ça, dit Mlle Arbessier en sortant son bloc-notes. Merci, madame Faivre, je pense que nous n'allons pas vous demander de rester. Je passerai vous dire deux mots en partant.

Mme Faivre, vexée d'être obligée de quitter les lieux, pince un peu les lèvres.

— Oui, comme vous voulez ! Tu viens, Galopin ?

Le vieux corniaud, en voyant qu'elle décroche la laisse pendue au portemanteau, se met debout en frétillant, autant qu'il le peut encore à son âge. Justine intervient :

— Merci, madame Faivre. En passant devant le boucher, n'oubliez pas sa viande.

Dès que la voisine a, à regret, franchi le seuil et

refermé la porte, Mlle Arbessier entreprend de poser à Justine Ménard les questions indiscrètes concernant ses revenus et sa situation de famille.

— Vous avez effectivement de quoi vivre, modestement, je l'admets, mais le plus inquiétant, c'est votre état physique qui semble se dégrader. Qu'en pense votre médecin traitant ?

— Il ne peut rien faire pour moi. D'ailleurs ses médicaments sont encore dans le paquet de la pharmacie. Ça me détraque l'estomac et ça me donne des vertiges.

— Écoutez, madame Ménard, il faut voir les choses en face. Si vous devenez incapable de vivre seule, il faudra envisager une hospitalisation dans un service spécialisé.

— Jamais de la vie ! (Justine Ménard fait un mouvement pour se lever de son fauteuil, mais elle retombe lourdement.) Jamais. Je ne veux pas bouger d'ici, vous entendez ? J'ai toujours vécu ici, j'y ai fermé les yeux de mon mari, j'y ai élevé mon fils...

— Justement, vous avez un fils. Il faut que je prenne contact avec lui.

— C'est inutile. Je ne veux pas non plus aller chez lui. Ma belle-fille me déteste.

— Vraiment ? C'est ennuyeux. Quelle est l'adresse de votre fils ?

— Ne m'embêtez plus avec ça. Je ne vous la donnerai pas.

— Soyez raisonnable. De toute manière, si je fais une enquête, je finirai bien par la découvrir. La police est faite pour ça. Il vaut mieux que vous me la donniez.

Justine Ménard ferme les yeux. Puis elle tend la main vers le portemanteau qui orne la porte d'entrée :

— Dans la poche de mon manteau.

Mlle Arbessier retire du manteau une enveloppe

bleue. Au dos, l'adresse de l'expéditeur : Gilles Ménard, 125, avenue de la Liberté, Vincennes. L'enveloppe respire l'aisance bourgeoise.

— D'après ce que je vois il n'est pas dans la misère.

— Laissez mon fils en dehors de ça !

Comme on s'en doute, l'assistante sociale n'en fait rien. Quelques jours plus tard, elle se présente à l'entrée du 125, avenue de la Liberté. Immeuble cossu, bourgeois, construit aux alentours de 1900, petit jardinet soigneusement entretenu. Un concierge apparaît qui, aimablement, précise :

— M. Ménard, 2e étage droite en sortant de l'ascenseur.

Quand elle sonne à la porte du fils Ménard, c'est la fille de la maison qui vient ouvrir.

— Je suis Mlle Arbessier, assistante sociale, j'ai rendez-vous avec ton papa.

— Papa, c'est la dame qui vient pour grand-mère.

La maîtresse de maison apparaît, élégante, souriante :

— Ah, vous venez pour ma belle-mère. Comment va-t-elle ? Quelle histoire tout de même...

— Les parents négligés par leurs enfants ne me semblent pas une « histoire » particulièrement passionnante. Mais en tout cas elle est assez banale.

La maîtresse de maison fronce les sourcils d'un air d'incompréhension et fait entrer la visiteuse dans le salon. Gilles Ménard, le fils de Justine, est là, il se lève. Il est lui aussi vêtu avec élégance. D'ailleurs tout l'appartement est cossu, sinon luxueux.

— Monsieur, je vous ai demandé de me recevoir à la suite de la visite que j'ai faite à votre mère. C'est une voisine qui m'a alertée et je ne comprends pas, en voyant votre train de vie, comment vous pouvez vous désintéresser à un tel point de votre maman. Vous avez des devoirs, ne l'oubliez pas...

— Moi ? Mais comment ça ? Ça fait des années que je lui demande de venir s'installer ici, chez nous. Elle ne veut rien entendre. Tenez, suivez-moi, vous allez voir...

Mlle Arbessier accompagne Gilles Ménard au bout du couloir soigneusement astiqué.

— Regardez, sa chambre est prête, depuis des années. Impossible de la décider.

La chambre est tendue d'un joli papier à fleurs, meublée avec goût d'un grand lit à la courtepointe brodée, d'un petit secrétaire ancien et d'une grande armoire rustique. Un cadre parfait pour une vieille dame.

— Mamie va venir vivre avec nous ?

C'est Jean-Michel, le garçon de la famille, qui arrive tout joyeux de l'école.

— Peut-être, on va essayer de la persuader encore une fois.

— Écoutez, tout ça semble mystérieux. Je crois qu'il faut que nous rendions ensemble visite à votre mère. Mais son état de santé va peut-être poser un problème.

— Si elle est d'accord pour venir chez nous, j'arrangerai tout au mieux. J'ai les moyens.

— Alors, demain, vers dix-huit heures ?

— Parfait, j'espère que nous parviendrons enfin à la décider. Mais j'en doute un peu : elle est têtue.

Le lendemain soir, Gilles Ménard rejoint Mlle Arbessier au seuil du pavillon où demeure sa mère. Les voilà tous les deux dans l'escalier. Mme Faivre s'excuse :

— Je n'ai pas pu aller voir votre mère cet après-midi. Il a fallu que j'aille rendre visite à ma sœur qui est hospitalisée. Ce pauvre Galopin doit être impatient de sortir. Je vous accompagne.

Mais quand le trio pénètre dans l'humble deux pièces, surprise : Justine Ménard a disparu. Aucune trace d'elle. Pas plus d'ailleurs que de Galopin. Aussitôt on examine le jardinet qui entoure le pavillon. Malgré la nuit tombée il est bien évident que Justine n'est nulle part. Le voisin du dessous ne l'a pas vue lui non plus.

— Vous êtes certain ? Elle n'a pas appelé à l'aide ? La police n'est pas venue ? Ou une ambulance ? Ou quelqu'un d'autre ?

— Quand je vous dis que je n'ai rien vu et rien entendu. D'ailleurs je ne suis pas chargé de surveiller votre mère.

— C'est incroyable, comment a-t-elle pu s'en aller ? commente Mme Faivre. Quand je l'ai vue ce matin, elle était couchée dans son lit, incapable de bouger, Galopin allongé à côté d'elle.

Gilles remarque :

— Si elle a trouvé la force de se lever et de s'en aller, c'est que son état n'est pas aussi grave. C'est une bonne chose et, d'autre part, si elle est partie elle n'a pas pu aller bien loin.

— Vous avez raison, monsieur Ménard, nous ferions bien d'examiner les alentours. Était-elle au courant de notre visite, madame Faivre ?

— Eh bien, oui, je n'ai pas pu résister, et ce matin je lui ai dit que vous viendriez tous les deux. J'ai pensé que ça lui remonterait le moral de savoir qu'on s'occupait d'elle.

— Apparemment ça n'a pas eu l'effet escompté.

— Bon, je vous laisse, je suis chez moi, si jamais vous avez besoin de quelque chose.

— Auriez-vous une lampe électrique ?

— Bien sûr, celle que j'utilise pour aller à la cave chercher du charbon.

La pluie, comme par malchance, s'est mise à tomber. Mais Gilles Ménard et Mlle Arbessier n'hésitent pas. Il faut retrouver Justine Ménard. On est au seuil de l'hiver.

Non loin du pavillon, des terrains vagues, la ligne de chemin de fer, des fossés, des détritus, des trous perfides dans le terrain, surtout de nuit, des barbelés : autant de pièges. Gilles et l'assistante sociale se fraient un chemin difficile à travers les gravats et les broussailles. Des rats leur filent entre les pieds.

— Et si on allait voir par là ? On dirait qu'il y a une sorte de cabanon.

— Oui, il faut vérifier si elle ne s'est pas cachée à l'intérieur. Sinon il faudra demander l'aide des gendarmes.

— Mais enfin, où a-t-elle bien pu passer ? Vous êtes certaine qu'elle était incapable de bouger ?

— C'est ce que j'ai cru constater et c'est ce que m'a confirmé Mme Faivre.

La porte du cabanon n'est pas fermée à clef. Elle grince sinistrement. À l'intérieur, dans le faisceau de la lampe électrique, assise sur un vieux matelas rongé par les souris, grelottante et serrant Galopin contre sa poitrine, Justine Ménard apparaît, seule, immobile dans le noir.

— Madame Ménard, mais qu'est-ce que vous faites là ?

— Maman, qu'est-ce qui se passe ?

— Laissez-moi tranquille. Je ne veux pas qu'on m'oblige à quitter le pavillon. C'est là que je veux mourir, chez moi.

— Mais qui vous parle de mourir ? Votre fils Gilles m'a répété qu'il vous attend chez lui, j'ai visité la chambre qu'il vous a préparée. Vos petits-enfants sont impatients de vous voir arriver. Votre belle-fille m'a répété qu'elle ne comprend pas pourquoi vous refusez de venir vivre chez eux.

— Pourtant, elle le sait bien pourquoi je ne veux pas vivre avec eux...

— Ah bon ! et pourquoi, s'il te plaît, maman ?

Pourquoi Annette le sait-elle mieux que moi ? J'ai besoin d'une explication.

L'explication, Justine Ménard la donne, une fois rentrée chez elle, devant un bon café :

— La dernière fois que vous êtes venus, Annette et toi, elle m'a dit, en regardant Galopin : « Quel horrible corniaud. Et il met des poils partout. Quand vous viendrez vivre à la maison, il faudra vous en débarrasser, je ne tiens pas à passer mon temps à nettoyer la moquette. » Voilà pourquoi je veux rester seule ici. Je ne veux pas qu'on me sépare de Galopin. Ça fait treize ans qu'il vit avec moi et personne ne me l'enlèvera...

Quelques jours plus tard, enfin rassurée, Justine Ménard s'installe dans sa jolie chambre fleurie chez Gilles et Annette, avec Galopin. Tout le monde lui a promis que jamais on ne la séparerait de son corniaud adoré.

— Ne t'en fais pas, a soufflé Gilles à sa femme, Galopin a 13 ans... Un peu de patience. Le prochain aura le poil court.

UN BOUCHE À BEC

Septembre colore la campagne dans les environs de Bordeaux. Les feuilles roussissent et la récolte du raisin est le grand sujet de toutes les conversations ;

— Ce sera une bonne année sans doute.

On rêve de bouteilles qui deviendront délectables et mémorables. Mais à la campagne, il n'y a pas que la vigne et le vin. Il y a aussi des animaux que l'on élève, que l'on soigne et qu'on surveille...

— Émilie ! Viens donc voir. J'ai l'impression que les poules ont l'air patraque !

Émilie essuie ses mains sur son tablier pour rejoindre sa mère qui est en train de distribuer le grain dans les mangeoires du poulailler.

— Qu'est-ce qu'elles ont ?

— Regarde toi-même, elles respirent mal

— Si ça se trouve elles sont enrhumées. Tu as déjà vu ça ?

— Jamais, mais je crois que c'est déjà arrivé chez Mme Paillet.

— Et si elles allaient toutes crever ? Qu'est-ce qu'on peut faire ?

— Je vais téléphoner à Mme Paillet. Elle me dira ce qu'elle a fait, c'était il y a deux ans.

Mme Paillet indique volontiers ce qu'elle a fait, elle a consulté le vétérinaire du coin.

— Il m'a donné un médicament. J'ai oublié le nom. Du « Biomex », « Biovex ». Je ne sais plus. Demandez-lui.

Le vétérinaire appelé à la rescousse se déplace jusqu'au poulailler d'Émilie et examine les poules, une par une :

— Pas de doute, elles sont enrhumées. Pas étonnant, avec les brumes matinales. Tenez, constatez vous-même : vos poules ont les narines bouchées. Elles sont obligées de respirer par la bouche, ce qui leur donne une sorte de râle. Voyez : elles gardent le bec entrouvert.

Le vétérinaire rassure les fermières.

— Donnez-leur du Biotess. Vous en mettez quelques gouttes dans l'eau des abreuvoirs.

Une fois en possession du médicament, Émilie et sa mère suivent scrupuleusement les instructions du médecin. Il ne reste plus qu'à attendre.

— Tu sais, ça n'a pas l'air de leur faire beaucoup d'effet ce médicament. Regarde, elles ne picorent plus, elles se traînent. Je suis inquiète. Si elles allaient toutes crever !...

— C'est fatal. Quand tu es malade, tu ne te nourris pas toi non plus. Elles n'ont même pas la force d'aller boire. Il faut leur administrer les gouttes directement dans le bec. Pas d'autre solution.

— Eh bien, comme on dit, on n'est pas sorties de l'auberge !

— Allez, maman, tu m'en attrapes une et on va lui mettre le Biotess directement dans le gosier.

Et c'est ainsi qu'Émilie et sa mère se mettent en devoir d'attraper les volailles l'une après l'autre. Les poulettes ne semblent pas apprécier d'être immobilisées. Un instinct ancestral leur dit sans doute qu'une poule qu'on saisit est bien mal partie. Mais elles sont si faibles sur leurs pattes qu'elles n'ont plus la force d'échapper à leur « bienfaitrice ». Il faut les coincer sous le bras. Il faut leur ouvrir le bec et y glisser rapidement une petite seringue qui fait office de compte-gouttes, en prenant soin de ne pas les blesser. Trois gouttes et on libère les poules qui s'éloignent en titubant et en se demandant ce qui leur arrive...

Dès le second jour, la maman d'Émilie lui donne un coup de main pour le « gavage » des poules. À deux c'est quand même plus facile : une qui tient fermement la poule, l'autre qui ouvre le bec et y introduit la seringue.

— Tu sais, Émilie, elles sont si faibles qu'elles n'arrivent même plus à croquer les grains de maïs ! Elles vont mourir de faim.

— On va leur donner du pain trempé dans du lait. Pas d'autre alternative.

Il faut à nouveau attraper chaque poule, la coincer une fois de plus entre les genoux et lui ouvrir le bec de force pour y glisser des petites boulettes de mie de pain imbibée de lait. Un travail délicat qui prend du temps... Mais ce sont les aléas de la vie de fermière. Espérons que tout cela se terminera bien...

— Elles ne sont pas idiotes, ces bestioles. Tu as remarqué ? Une fois qu'on les a gavées elles sont moins réticentes. Elles se laissent attraper beaucoup plus facilement. Elles doivent apprécier d'être nourries à la becquée !

— Tu as vu Chantecler ?

Chantecler, c'est le coq qui règne sur toutes ces dames poulettes. Un superbe animal, en temps normal. Aujourd'hui Chantecler est comme toutes les poules : il a la « goutte au nez » et il ouvre le bec pour respirer. Mais dès qu'on lui a administré les premières gouttes et les premières boulettes de pain imbibé de lait, Chantecler se distingue par son comportement.

— Regarde, il n'est pas idiot notre Chantecler, on dirait qu'il comprend qu'on fait ça pour son bien.

En effet, quand vient son tour d'être traité, Chantecler ne se débat pas au moment où on l'attrape ni quand on le coince sous le bras, alors que, d'habitude, il est très capable de griffer cruellement d'un coup d'ergot. Et ce qui est le plus remarquable, c'est que, spontanément, il ouvre, comme dirait le bon La Fontaine, un large bec pour qu'on y glisse ce qui est bon pour lui...

— Regarde Chantecler, il ne part pas en courant. On dirait même qu'il en redemande !

Mais le lendemain Chantecler semble avoir des problèmes. Émilie est la première à le remarquer :

— Maman, Chantecler va mal. Regarde : sa crête change de couleur. Elle devient toute foncée.

— Tu crois ? Pourtant j'ai fait attention en lui mettant ses gouttes.

— Peut-être que tu as été un peu trop vite. Ou alors c'est parti dans les bronches. Dans le « trou du dimanche » comme tu dis !

Trou du dimanche ou pas, Chantecler vient de tomber raide, les pattes en l'air. Il est évanoui. Émilie aime bien Chantecler. Et puis c'est un bon reproducteur...

Émilie se précipite sur le téléphone et compose le numéro du vétérinaire. À l'autre bout du fil, la sonnerie retentit une fois, deux fois, dix fois :

— Il est sorti ! Qu'est-ce que je vais faire ?

— Regarde dans les pages jaunes. Appelle un autre véto !

Mais l'autre vétérinaire se révèle assez laconique.

— Oh, vous savez, si votre coq a déjà perdu connaissance, il n'y a plus rien à faire. Il n'en a plus pour très longtemps... Il va certainement mourir !

Émilie, les nerfs en pelote, n'attend même pas la fin de la phrase et raccroche brutalement au nez du praticien...

— Il y a sûrement quelque chose à faire !

Émilie, soudain, se remémore un film qu'elle a vu à la télévision quand elle était petite fille. Un personnage avait pour compagnon un hamster qui, pour quelque raison obscure, était tombé sans connaissance. Alors son propriétaire lui faisait du « bouche à bouche ». Il soufflait de l'air dans les poumons du petit animal en s'aidant du tube d'un stylobille.

— Vite, maman, apporte-moi un stylobille. Même un qui ne marche plus !

Maman ne comprend pas pourquoi il faut ce stylo. Mais elle n'a pas le temps de poser des questions. Émilie après avoir raccroché le téléphone se précipite vers Chantecler toujours sans connaissance au milieu des poules qui l'entourent respectueusement. On dirait les épouses d'un harem qui assistent, désolées, à l'agonie de leur seigneur et maître.

Émilie n'a pas la patience d'attendre le stylo à bille. Chantecler est une grosse bête. Si elle veut lui faire du « bouche à bouche », il va être trop lourd à soulever et à maintenir. Autant le laisser sur le sol. Alors c'est Émilie qui se couche dans la poussière. Elle entrouvre le bec du coq, délicatement mais rapidement, et elle se met à souffler de l'air dans ses poumons. Comme elle l'a vu faire au cours de secourisme de la paroisse... Doucement, régulièrement. Quand elle ne souffle pas, elle presse le bréchet du coq pour expulser l'air des bronches.

Et le miracle a lieu. C'est la crête de Chantecler qui indique ce qui se passe :

— Maman, regarde, sa crête change de couleur. Elle était presque noire et elle tourne au rouge foncé.

Après le rouge foncé, c'est la couleur bordeaux, puis bientôt un rouge clair. Le rouge de la vie qui revient...

— Ça y est ! il a repris ses esprits !

Chantecler soudain se remet sur ses pattes et s'ébroue un peu. On dirait presque qu'il va lancer son cri du matin. Mais non, il s'éloigne simplement, d'un air de dire :

— Où suis-je ? Qu'est-ce qui m'est arrivé ?

Dorénavant Chantecler ne quitte plus Émilie d'une semelle. De toute évidence il a compris qu'elle lui avait sauvé la vie. Et ce qui est le plus amusant, c'est de voir comment il se comporte à l'heure des gouttes : alors qu'il faut attraper chaque poule et lui fourrer la seringue dans le bec, Chantecler se conduit en « grand garçon ». Il se tient bien sage sur le perchoir. Et en voyant arriver la seringue, il ouvre spontanément un large bec... Pendant que les gouttes glissent dans son gosier, il regarde Émilie, fixement, les yeux dans les yeux. Pas de doute, il lui dit silencieusement : « Merci, Émilie, tu m'as sauvé la vie... »

Émilie est ravie d'avoir sauvé son coq. Maintenant l'épidémie de rhume n'est plus qu'un mauvais souvenir. Toutes les poules, sauf celles qui sont passées à la casserole, entourent Chantecler de leur admiration fervente. Lui est devenu gros et gras, plus beau encore qu'avant sa maladie.

Tous les matins Émilie se sent fière de Chantecler. Car il possède un plumage superbe, en particulier deux magnifiques plumes plantées dans le croupion. Leurs couleurs mordorées sont magnifiques. Émilie en admirant ces deux plumes se dit : « Si j'osais, je lui arracherais bien. Elles seraient superbes dans un vase, avec des fleurs séchées. Mais, pauvre Chantecler, je ne peux pas lui faire ça. Je ne peux pas lui martyriser le croupion. Ça ne serait pas gentil. »

Chantecler comprend-il la convoitise d'Émilie ? En tout cas, un matin, au beau milieu du poulailler, Émilie, en allant ramasser les œufs tout frais pondus, trouve deux des belles plumes de Chantecler, délicatement posées dans la paille, comme un cadeau discret.

PAS DE POULET POUR ROUSSETTE

Joël Vierne, ancien de la guerre d'Indochine, nous a raconté une aventure datée de cette période. Mais alors que presque tous les événements liés à cette page sombre de notre histoire sont faits de violence et de souffrance, son récit a la particularité d'être charmant.

Nous sommes pendant l'été 1950, au cœur de la jungle indochinoise. Les fusiliers de la 46e section de tirailleurs, regroupés sur une hauteur, accomplissent la mission qui leur a été assignée : pilonner au mortier la petite bourgade de Fufa. À la fin de la journée, ils s'avancent vers l'objectif avec toutes les précautions possibles.

Les habitations flambent, il y a des débris partout, mais pas un cadavre. Visiblement tout le monde était parti depuis longtemps. Et c'est alors que les soldats entendent, depuis une vieille maison, une des seules restées intactes, le plus étrange des bruits : un miaulement ! Ils entrent... Pas de doute, c'est bien un chat. Une grosse chatte rousse à la tête ronde et aimable, qui les fixe de ses yeux d'agate. Comment ne s'est-elle pas enfuie, avec la violence des tirs ? C'est incroyable ! Et elle est là, à se lécher les pattes aussi placidement que si elle était au coin du feu dans une demeure douillette, auprès de ses maîtres.

La 46e section l'entoure et c'est à qui lui fera le plus de mamours : la joie d'avoir réussi la mission, sans le moindre blessé, rend tout le monde euphorique. La chatte se laisse faire, mais soudain elle se dirige vers l'un des hommes, Joël Vierne. Ignorant les autres, la voilà qui se met à décrire des huit entre ses jambes, tout en ronronnant. Au sein du groupe, c'est la surprise, car le soldat Vierne, un barbu hirsute, n'a rien d'attirant. Il est renfermé, bougon, et guère apprécié de ses camarades.

— Hé, Vierne, comment cela se fait ? Tu avais des chats chez toi ?

— Non. Et je ne les aime pas spécialement. Mais celle-là, elle me plaît !

L'adjudant qui commande la section met fin à ces commentaires.

— Les gars, j'ai décidé qu'elle serait notre mascotte et je la baptise Roussette ! Vierne, comme c'est toi qu'elle a l'air de préférer, tu t'occuperas d'elle.

Joël Vierne a juste le temps de répondre :

— Avec joie, mon adjudant !

Roussette, comme si elle avait compris, lui saute alors sur l'épaule et regarde tous les autres du haut de son perchoir, ravie, impériale...

Les opérations reprennent. Roussette vit désormais avec Joël Vierne et avec lui seul ; elle marche à ses côtés, elle dort avec lui, elle mange ce qu'il lui donne. Les membres de la 46e section, un peu vexés, essaient de tenter leur chance : ils lui offrent des morceaux de leur ration, des poissons pêchés dans les cours d'eau, quand un instant de détente le permet. Roussette renifle ces présents et se détourne dédaigneusement. On la caresse, on la câline, elle se laisse faire un moment, puis elle émet un petit crachement signifiant que c'est suffisant, et retourne auprès de son maître.

Dans la 46e section, on ne parle plus que de Roussette et tout le monde s'en félicite. On oublie pour une fois les êtres chers restés au loin, le mal du pays, le danger qui guette, les nouvelles de la guerre, qui ne sont pas bonnes. Le moral remonte en flèche. D'autant que, depuis que la mascotte est là, elle semble réellement jouer son rôle : il n'y a aucun incident, aucun accrochage, aucun blessé à déplorer.

Mais c'est évidemment chez Joël Vierne que le changement est le plus visible. Lui, le solitaire, le taciturne, est devenu le boute-en-train du groupe, même s'il doit se priver un peu pour que Roussette ait de quoi manger...

Pourtant la guerre est la guerre et ce genre d'épisode, aussi attendrissant qu'il soit, ne peut durer longtemps. Quinze jours plus tard, alors que la 46e section est revenue à son camp de base, elle est désignée pour prendre le PC ennemi, à 35 km de là.

C'est une mission très dangereuse, dans une région infestée de tireurs isolés. Chaque homme n'emportera que le strict nécessaire en nourriture, afin d'avoir un maximum de munitions et il n'est, bien sûr, pas question d'emmener Roussette, qui risquerait de les faire repérer. Si on l'aperçoit, ordre est même donné de l'abattre à vue. La mort dans l'âme, Joël Vierne doit la laisser au camp ; il la remet au cuisinier, un homme jovial qui promet de bien la nourrir, et il part rassuré pour elle, mais le cœur gros...

La première journée de marche, aux aguets, est éprouvante, mais elle se passe sans incident. À la nuit, la 46ᵉ section, malgré le danger que cela représente, bivouaque dans la forêt sans allumer de feu. Joël Vierne est en train de chercher avec peine le sommeil lorsqu'il se croit déjà en train de rêver : il lui a semblé entendre un ronronnement. Mais non, il ne rêve pas : c'est elle, c'est Roussette ! À présent, elle se frotte contre lui... Comme si elle savait qu'elle risquait sa vie si elle le suivait le jour, elle a attendu qu'on ne puisse plus la voir pour venir le rejoindre. Il lui chuchote :

— Va-t'en !

En réponse, il y a un petit miaulement plaintif... Joël Vierne pousse un soupir. C'est vrai, elle doit avoir faim, après tout le chemin qu'elle a fait. Il ne peut se résoudre à la chasser. Il lui donne une partie de sa maigre ration et, lorsqu'elle est repue, elle vient s'installer dans ses bras. Le matin, en se réveillant, Joël se rend compte que la chatte n'est plus là. D'elle-même, comme si elle avait compris le danger qu'elle courait en restant, elle a disparu...

Joël Vierne se remet en marche avec les autres, tremblant à tout instant de voir Roussette surgir et trottiner à ses côtés. Il entend déjà la rafale meurtrière que ne manquera pas de lui décocher un de ses camarades. Mais non, Roussette est invisible.

A-t-elle rebroussé chemin ? Eh bien, pas du tout ! Car le soir même, quand la nuit est bien noire, il sent le frôlement familier et perçoit le discret ronronnement. Mais en route, il a eu le temps de réfléchir et, cette fois, malgré toute la douleur qu'il éprouve, il a décidé de mettre un terme à cette aventure. D'abord, sa ration est presque épuisée : il ne peut plus la nourrir. Et puis, s'il encourage la chatte à le suivre, elle risque de les mettre tous en danger. Il est un soldat. Il doit d'abord penser à son devoir et à la sécurité de ses camarades...

Alors que Roussette, comme à son habitude, se blottit contre lui en ronronnant, il se saisit d'une branche et la frappe... Il y a un petit cri douloureux et étonné et un bruit de course féline dans la nuit. Roussette s'est enfuie.

Voilà : c'est fini... Les jours et les nuits suivants, Joël Vierne ne revoit plus sa fidèle compagne. Il est triste, au point qu'il en oublie presque le danger qui l'entoure. Il est sûr que Roussette est morte, car elle n'est pas faite pour survivre dans un milieu aussi impitoyable que la jungle. Il a un vague espoir qu'elle ait pu quand même retrouver le camp et le cuisinier, mais il n'y croit guère...

Et puis la réalité reprend ses droits. Soudain, dans une clairière que rien n'annonçait, apparaissent deux baraques hâtivement érigées. C'est le PC viet-minh. La 46e section avance avec d'infinies précautions. Elle constate des traces d'évacuation récente : des papiers gras, un tas d'ordures fraîches, une chemise déchirée posée sur une branche. L'adversaire est parti. Pourquoi, alors qu'il lui était possible de tendre une embuscade meurtrière ? Mystère...

C'est à ce moment que Joël Vierne entend un craquement derrière lui. Il se retourne, prêt à tirer ;

pourtant, il ne tire pas et ses camarades non plus, malgré les ordres. Car c'est Roussette ! Ils sont trop stupéfaits, et puis il n'y a plus de danger maintenant que l'ennemi est parti.

Sans se soucier d'eux, la chatte se précipite dans une des baraques. En agissant ainsi, elle leur rend un grand service, car il peut y avoir des hommes dissimulés à l'intérieur et elle fait office d'éclaireur... Un moment s'écoule. C'est le silence, tout est calme... Joël Vierne s'élance en compagnie d'un autre soldat. Il n'y a effectivement personne, à part précisément Roussette sur une table, en train de flairer un magnifique poulet rôti... Un poulet, après toutes les privations qu'ils ont endurées avec leurs maigres rations ! Le camarade de Joël a un cri du cœur :

— Ah, non, sale bête !

Il ramasse un caillou et le lance dans sa direction. Mais il rate sa cible et ne touche que le poulet, tandis que la chatte a prestement sauté à terre. C'est alors qu'ils sont tous les deux propulsés en arrière dans un souffle d'ouragan et un bruit de fin du monde... Le poulet était piégé ; Roussette, en voulant s'en emparer, leur a sauvé la vie, mais elle doit être en petits morceaux : c'est la dernière pensée de Joël Vierne avant de perdre connaissance...

Quand il reprend ses esprits, il est sur un brancard. Et, presque aussitôt après, il sent un poids familier sur son ventre. Mais oui, c'est elle, c'est Roussette !... L'adjudant, constatant qu'il a repris connaissance, s'approche de lui.

— On a rempli notre mission, Vierne, on rentre au camp.

— Ce que j'ai, mon adjudant, c'est grave ?

— Pas trop. Blessures à la tête et aux bras. Vous vous en sortirez. Mais pour elle, c'est un vrai miracle. Elle était par terre et la mine a sauté en l'air...

L'adjudant marque un silence.

— Dites, Vierne, maintenant il n'y a pas de doute : Roussette est vraiment la mascotte de la 46e section. Vous allez être soigné à Saigon et sans doute rapatrié. Alors, vous nous la laisserez, hein ? Avec elle, on est sûrs de s'en sortir...

Le soldat Joël Vierne, qui sent la boule de poils roux sur son ventre, regarde son supérieur avec un faible sourire :

— Moi, je veux bien, mon adjudant, mais elle, est-ce qu'elle voudra ?...

Bien entendu, Roussette n'a pas voulu. Elle est restée avec Joël. Le personnel de l'hôpital l'a nourrie, tandis qu'il soignait son maître, dont l'état, à cause d'une perte grave de mobilité du bras droit, impliquait une réforme définitive.

Joël Vierne est donc rentré en France et Roussette l'a suivi. Elle s'est très bien adaptée à sa nouvelle vie. Dans le village qu'habitait Joël, au bord de la Loire, elle a fait beaucoup de petits. Elle y a fini ses jours, longtemps, longtemps après la fin de la guerre d'Indochine. Et jusqu'au bout, elle a eu droit, outre les caresses et l'amour de son maître, à sa gâterie immuable et quotidienne : un morceau de poulet !

MÈRE CONTRE MÈRE

Chacun de nous a une opinion bien arrêtée sur les gens de son entourage. On dit : « Mme Untel est comme ci, M. Untel est comme ça... Jamais l'oncle Henri ou la tante Marthe ne serait capable de ceci ou cela... » Et c'est vrai dans le fond. Les intéressés eux-mêmes pensent souvent la même chose. Jusqu'au jour... Jusqu'au jour où se présente une situation vraiment exceptionnelle. Alors tout peut changer, à un point qu'on a parfois du mal à imaginer...

Nous sommes en 1972. Jean-Claude et Élisabeth Laurent, qui vont bientôt fêter leurs dix ans de mariage, sont un couple sans histoires. Il a 35 ans, elle en a 33 ; ils ont deux enfants : Rosalie, 8 ans, et Michel, 5. M. Laurent est cadre supérieur au siège toulousain d'une multinationale. C'est le type même de l'homme dynamique, assez autoritaire et sûr de lui.

Élisabeth Laurent, au contraire, est du genre effacé. Elle est menue : cinquante kilos pour un mètre cinquante-cinq. C'est un petit bout de bonne femme, selon l'expression. Avec cela, elle se montre bonne épouse et bonne mère ; elle est douce, patiente et attentionnée. Elle ne travaille pas. Pour Élisabeth Laurent, tout ce qui compte, c'est élever ses enfants. La vie au foyer représente à ses yeux ce qu'on peut rêver de mieux, même s'il faut passer toute son existence dans l'ombre de son mari...

C'est à un point tel que Jean-Claude lui en fait parfois reproche, par exemple pour la conduite :

— Tu devrais être un peu plus active. Tu ne sais même pas conduire.

— A quoi cela servirait-il ? C'est toi qui conduis.

— S'il m'arrivait quelque chose... Je ne sais pas, moi. Si je me cassais une jambe, qu'est-ce que tu deviendrais ? Qui est-ce qui emmènerait les enfants à l'école ?

— Ne parle pas de malheur !

— Je ne parle pas de malheur, je parle de choses qui se produisent couramment. Tu vas me faire le plaisir d'apprendre ! Je vais te payer des leçons.

Élisabeth affiche un air boudeur, mais elle se plie à la décision de son mari. Elle se plie toujours aux décisions de son mari. Seulement, quelques semaines plus tard, elle annonce à Jean-Claude avec un petit air satisfait :

— J'ai arrêté mes leçons de conduite. Mon moniteur m'a dit que ce n'était pas la peine.

— Comment cela, pas la peine ?

— Je ne suis pas douée. Je confonds tout. Je suis trop inattentive. C'est lui qui le dit...

M. Laurent regarde son épouse comme on regarde un enfant et pousse un profond soupir.

— Ma pauvre Élisabeth, j'espère qu'il ne t'arrivera jamais rien de grave !

Élisabeth, d'abord surprise, répond le plus naturellement du monde, avec un charmant sourire :

— Mais s'il arrive quelque chose, tu seras là, mon chéri !

Été 1972. Les Laurent ont décidé de faire un grand voyage. Jusqu'à présent, si Jean-Claude se déplaçait beaucoup pour son travail, notamment en Amérique du Nord, Élisabeth connaissait en tout et pour tout Le Lavandou où ils louaient une villa chaque été. Mais cette année-là, elle a eu envie d'aller voir ces pays lointains dont lui parlait son mari et ils ont opté pour le Canada.

Inutile de dire que les enfants ont été ravis. Ils ont pris l'avion pour la première fois et le début des vacances a été un enchantement : le Québec, Montréal, le Saint-Laurent et ses îles, tout a plu aux petits et aux grands. Mais ce 30 août, c'est le clou de leurs vacances. Toute la famille visite la réserve naturelle de la province du Québec, au nord du pays. M. Laurent, qui a les moyens, a bien fait les choses : ils s'y sont rendus en avion privé et là, ils ont loué une Land-Rover pour parcourir les routes et les pistes.

Les montagnes, les forêts de sapins, les saumons remontant la rivière, les renards, les cerfs : tout leur arrache des cris d'admiration. Rosalie et Michel n'ont qu'un regret : ils voudraient à tout prix voir un ours et jusqu'ici, bien qu'ils soient nombreux dans la réserve, aucun n'a daigné se manifester.

Il est midi. La voiture se trouve au bord d'un plateau qui surplombe un splendide panorama. Le temps est radieux et même chaud ; jamais on ne se croirait dans une contrée aussi nordique. Jean-Claude Laurent décide de s'arrêter pour pique-niquer sur place.

Et tout le monde descend. Élisabeth en tête, avec Rosalie, portant les couvertures, M. Laurent derrière, avec Michel et les provisions. Ce dernier s'adresse à son père d'un ton enjoué.

— Hé, papa, peut-être que cette fois on va les voir, les ours !

— Peut-être. Mais il faudra être prudent...

Prudent, c'est Jean-Claude Laurent qui ne l'est pas. Le règlement de la réserve est formel : il est interdit de sortir de sa voiture. Pour manger, en particulier, on doit rester à l'intérieur. Mais Jean-Claude a trouvé qu'il serait dommage de ne pas profiter d'un tel cadre. Si un danger se manifeste, on pourra toujours remonter dans le véhicule...

Soudain, il y a un bruit, un bruit de branches cassées, suivi d'un grognement. Élisabeth serre instinctivement sa fille contre elle et se retourne. D'un buisson tout proche, un petit ours vient de surgir. Michel a un cri :

— Oh, papa, regarde comme il est mignon !

Rosalie fait écho à son frère :

— Maman, je peux aller le caresser ?

Élisabeth regarde de tous ses yeux. Effectivement l'ours n'est pas très gros. C'est même un ourson. Il est moins grand qu'elle et il n'a pas l'air agressif. Il reste là, planté devant eux, un peu ballot, se demandant ce qu'il doit faire.

Mais le problème est qu'il se trouve entre les Laurent et leur voiture. Il n'est pas possible, comme l'avait prévu Jean-Claude, de regagner l'auto. Alors, ce dernier se met à crier et à agiter les bras pour le faire fuir. L'ourson le regarde, tout étonné, et soudain, il a l'air d'avoir effectivement peur. Il s'enfuit derrière les arbres aussi rapidement qu'il est venu.

Mme Laurent respire. Même si c'est un ourson, ils ont eu chaud. Rosalie et Michel qui, eux, n'ont pas éprouvé la moindre inquiétude, manifestent leur désappointement.

— Pourquoi l'ours est parti ? On voulait jouer avec lui. Ce n'est pas juste.

La voix des deux enfants se tait brusquement. Un autre grognement vient de retentir. Mais il n'a rien de comparable avec le précédent. C'est un rugissement, un hurlement, semblable au son d'une meute de chiens de chasse déchaînés. Un nouvel ours vient de surgir sur le chemin, au même endroit. Une masse énorme, avec sa fourrure noire et argent et sa bosse caractéristique au bas de la nuque.

Élisabeth Laurent note tous ces détails avec une absence d'émotion qui l'étonne. Elle se dit simplement : « Un grizzli adulte de grande taille. Il est au moins deux fois plus grand que Jean-Claude. C'est une femelle, la mère qui accompagnait l'ourson... »

La suite se passe à toute allure. Jean-Claude Laurent, qui était le plus près du fauve, tente de fuir, mais il est attaqué le premier. L'ourse le renverse d'un seul coup de sa terrible patte. Élisabeth voit l'animal s'acharner sur lui. La bête lui a agrippé la jambe. Aux côtés de son père, le petit Michel, paralysé de terreur, reste immobile comme une statue, les yeux grands ouverts.

Élisabeth ne pense à rien, ne réfléchit pas. L'impensable est arrivé : ils sont tous en danger de mort et il n'y a qu'elle qui puisse agir. Et, alors qu'elle s'en serait toujours crue incapable, elle agit ! Les gestes qu'elle accomplit lui sont dictés par quelque chose qui la dépasse, qui vient peut-être du fond des âges, qui remonte à l'origine de l'homme...

Elle s'est jetée contre un arbre, elle tire de toutes ses forces. Et ce petit bout de femme, cette ménagère douce et attentionnée, arrache sans difficulté une grosse branche. Maintenant elle la tient fermement devant elle et, comme dans un tournoi, elle se rue à l'assaut du fauve.

Elle agit sans peur, sans courage, elle est au-delà. Elle va droit devant elle et frappe l'ourse en plein museau.

Surprise, la bête lâche la jambe de Jean-Claude Laurent et fait face à son agresseur. Élisabeth est deux fois et demie plus petite qu'elle, mais le combat n'est pas inégal. La jeune femme frappe de toutes ses forces avec sa lourde branche : à la tête, aux pattes, au tronc. Des coups terribles, des coups de bûcheron qui font vaciller l'animal.

Et au bout d'une minute environ, l'ourse, avec un mouvement de corps qui ressemble à un haussement d'épaules, s'éloigne lourdement. Elle abandonne. Le combat est terminé...

Élisabeth se précipite sur son mari. Sa jambe saigne beaucoup. Il faut faire vite et les enfants sont en état de choc. Ils ne pleurent pas, ils sont muets et immobiles...

Et Élisabeth Laurent, qui n'a pas voulu apprendre à conduire, parce qu'elle pensait que ce n'était pas nécessaire pour une femme, Élisabeth si peu douée, si inattentive, gagne en un temps record, au volant de la Land-Rover de location, la maison du garde forestier le plus proche. Heureusement l'hémorragie de Jean-Claude n'est pas grave. Il est rapidement mis hors de danger. Quant aux enfants, ils en sont quittes pour la peur.

Pourtant, dès qu'ils ont été remis, Élisabeth a tenu à leur parler de ce qui s'était passé. Elle leur a expliqué :

— Vous savez, il ne faut pas en vouloir à l'ourse. Nous avions fait peur à son ourson. C'était une maman qui défendait son petit. Alors moi aussi, j'ai fait la même chose pour vous défendre.

Oui, l'espace de quelques minutes, le petit bout de femme, l'épouse douce et soumise, s'est elle aussi métamorphosée en bête féroce pour la même raison que l'animal qui l'attaquait. Un combat mère contre mère, instinct contre instinct.

Dans le fond, c'est peut-être pour cela que l'ourse n'a pas insisté. Peut-être a-t-elle compris que son adversaire ne faisait elle aussi que défendre les siens...

LE GOUFFRE DE LA VACHE MORTE

— Caramba ! Caramba ! Où es-tu encore, sacrée bestiole ? Viens ici ! Non, ce n'est pas possible ! Tu dois rassembler les moutons, pas les mordre !

Caramba, une sorte de griffon, une chienne de 3 ans, regarde son maître, le père Salvador, avec dans le regard un mélange d'interrogation et d'incompréhension. On dirait qu'elle demande :

« Qu'est-ce que j'ai encore fait ? Tu me dis de rassembler les moutons, eh bien ! je les rassemble. Mais certains sont imbéciles. Si je ne leur mords pas un peu les pattes, ils refusent de comprendre. Alors je mords. J'aboie d'abord et je mords ensuite. Ce n'est pas ce que tu veux ? »

Non, ce n'est pas ce que veut le père Salvador :

— Ça fait trois brebis blessées en un seul mois. J'en ai assez de les soigner, de leur voir traîner la patte ! Caramba, si tu ne comprends pas, je vais être obligé de me débarrasser de toi. Je ne peux pas dépenser mon argent à nourrir une chienne qui ne sait pas faire son travail. Ton sort sera vite réglé.

Mais Caramba ne peut lutter contre son instinct. À nouveau elle court derrière le troupeau et, à nouveau, emportée par le désir de bien faire, elle ne peut s'empêcher de mordre une brebis qui s'attarde trop à son gré.

— Caramba ! Ici, couchée ! Au pied !

Salvador attend que Caramba soit à ses pieds. Sa truffe touche le bout des bottes du paysan espagnol.

— Tant pis pour toi, ma fille, tu l'auras voulu !

Il saisit la chienne à bras-le-corps. Caramba remue la queue. Il est rare qu'elle se retrouve entre les bras de son maître. Pour elle c'est une fête inhabituelle.

Salvador, sa chienne entre les bras, gravit une pente de rocaille qui domine le pré. Il vient d'arriver auprès d'un gouffre qui s'ouvre au flanc de la colline. Ce gouffre se nomme Vacamuerta, la « Vache morte ». Le nom est assez explicite. Dans ce puits naturel, de temps en temps, une bête égarée loin d'un troupeau dégringole. C'est noir, froid, à pic. Personne n'a jamais tenté d'aller voir en bas ce qui se passe.

Ceux qui s'intéressent à la chose ont tenté de lancer des pierres pour calculer la profondeur du trou, l'instituteur estime qu'il doit y avoir près de soixante-dix mètres de profondeur. Une véritable porte de l'enfer...

Caramba n'a pas eu le temps de comprendre. Après l'avoir un peu balancée d'avant en arrière, le père Salvador vient de jeter sa chienne dans le gouffre. La bête pousse un cri, un aboiement d'incompréhension, et disparaît en chute libre, avalée par la montagne.

Salvador reste un moment à contempler le trou noir où il vient de jeter l'animal. « On ne sait jamais, avec cette foutue bourrique. Elle serait capable de s'accrocher un peu plus bas et de remonter », se dit-il.

Mais non, il n'y a rien à craindre. Jamais ni homme ni bête n'est remonté du trou de la Vache morte. Le jour même Salvador se rend au marché du village et négocie l'achat de deux nouveaux chiens, garantis excellents bergers, pour remplacer cette folle de Caramba.

Les saisons changent, l'hiver succède à l'automne. Puis le printemps arrive. Trois ans s'écoulent.

— Dites donc, père Salvador, vous qui habitez tout près du gouffre de la Vache morte, vous n'y avez jamais perdu de bête ?

— Ah ! Ne m'en parlez pas. Depuis trois générations, on en a perdu des vaches, des cochons, des moutons. Il doit y en avoir, des os, dans ce trou. Et pas seulement des carcasses d'animaux. Des hommes aussi.

— Il paraît même que pendant les guerres napoléoniennes, les paysans du coin ont balancé au fond pas mal de soldats français, tout vivants.

— Et pendant la guerre civile aussi, en 1936, il y en a plus d'un qui a fait le grand plongeon là-dedans.

Des curés et aussi des rouges. Des hommes et des femmes à ce qu'on dit.

Celui qui parle avec le père Salvador est un jeune homme sportif, un garçon de la ville : Eusebio Millares.

— Père Salvador, c'est vous qui êtes propriétaire du terrain. En quelque sorte c'est vous le propriétaire du gouffre. Je fais partie d'un club de spéléologie et la Vache morte nous intéresse beaucoup. Nous donneriez-vous l'autorisation de tenter une descente là-dedans ?

Salvador hésite :

— Ben, c'est-à-dire... Je suppose que vous me donneriez un petit dédommagement. Quelques pesetas. Vous comprenez, si des gens viennent piétiner chez moi...

Eusebio Millares a un demi-sourire :

— Je ne crois pas que le dommage soit bien grand. Mais je vais voir ce que le club pourrait vous offrir.

Deux semaines plus tard l'équipe de spéléologues est à pied d'œuvre, équipée de cordes, d'échelles, de lampes frontales, de combinaisons et de bottes de caoutchouc. On débroussaille les abords du gouffre. Puis les spéléos descendent à l'aide d'un treuil et disparaissent dans l'obscurité froide de la Vache morte. En haut Salvador et deux membres de l'équipe entament la longue attente. Un poste de téléphone de campagne relie ceux du haut et ceux du bas. Les communications sont difficiles et réduites au minimum.

Salvador commente :

— Je me demande bien ce qu'ils espèrent trouver. C'est des coups à se casser quelque chose.

— Mais c'est passionnant de découvrir ce qu'il y a en bas. Déjà on sait que le fond du gouffre est occupé par une sorte de lac. Si les légendes sont exactes, on pourrait trouver des vestiges intéressants sur le plan historique.

Au fond du gouffre, pendant ce temps, une surprise attend les explorateurs. Dans les profondeurs sombres, venant d'une salle que personne ne parvient à situer, un cri d'animal se fait entendre :

— Qu'est-ce que c'est que ça ? On dirait un loup...

Le cri se renouvelle, douloureux, suppliant.

— Ça me donne froid dans le dos. Ça me fait penser à un chien qui hurlerait à la mort. Ça vient de la droite. Allons voir par là.

Les spéléos, avec précaution, avancent dans la direction du cri. Plus ils se rapprochent, plus l'animal pousse son hurlement de manière continue.

— C'est peut-être un phénomène acoustique : un animal qui hurle près d'un orifice naturel d'une des cavernes. On l'entend comme s'il était tout près, mais en fait il est à l'extérieur.

— Regardez, là, droit devant ! Qu'est-ce que c'est ?

Dans la lumière des projecteurs l'animal que l'on ne parvient pas encore à définir vraiment semble aveugle. La lumière le fait souffrir. Mais le cri de mort s'est transformé en un aboiement joyeux. Joyeux mais très faible...

La bête reste immobile tandis qu'Eusebio s'approche d'elle. C'est un chien, recouvert d'une formidable quantité de poils. Dès que l'animal sent le contact de la main du jeune homme il se met à manifester sa joie en remuant la queue.

— Pas de doute, c'est un chien. Mais qu'est-ce qu'il fait là ?

Avec une corde Eusebio et ses camarades confectionnent un harnais. Une communication téléphonique avec la surface et le chien commence à monter doucement vers la lumière du soleil.

— Allez-y doucement. Ils ont trouvé un chien au fond...

— Un chien ?

La nouvelle se répand très vite jusqu'au village et des badauds accourent. Ils ont le temps car il faudra six heures pour que l'animal parvienne enfin à la liberté. Les conversations vont bon train :

— C'est peut-être une race de chien troglodyte ?

— Ou un nouvel animal tout à fait inconnu.

Salvador fait grise mine.

— Ma chienne Caramba, elle est tombée dans le trou de la Vache morte. Mais ça fait plus de trois ans. Ça ne peut pas être elle. Jamais elle n'aurait survécu.

Et pourtant, dès que l'animal apparaît à la surface, il n'y a plus de doute possible. Après un moment d'hésitation pour réhabituer ses yeux à la lumière du jour, Caramba se précipite... vers Salvador qui, rouge de honte, a un mouvement de recul :

— Qu'est-ce que tu veux, toi ? Tu ne vas pas me mordre comme tu faisais avec les moutons ?

Mais Caramba, sans rancune, exprime sa joie de retrouver... son assassin.

Quand Eusebio et son équipe remontent à la surface, la discussion s'engage. Tous les paysans ont reconnu Caramba, disparue depuis trois ans.

— Comment a-t-elle pu survivre depuis qu'elle est tombée dans le gouffre ?

— Tout d'abord, malgré une chute de plus de soixante mètres, elle a atterri dans le petit lac qui forme le fond du gouffre. C'est un peu miraculeux mais elle n'était pas blessée.

— Oui, d'accord, mais comment a-t-elle survécu pendant trois ans ?

— D'après les constatations que nous avons faites, elle a dû subsister en dévorant la carcasse de deux sangliers qui, eux aussi, étaient tombés dans le gouffre. Mais qui s'étaient tués. En bas la température avoisine zéro degré. Les deux cochons étaient comme conservés au réfrigérateur.

— Pour tenir trois ans !

Salvador intervient :

— Très régulièrement il y a des animaux, gros ou petits, qui tombent là-dedans. Des biches parfois. À chaque fois elle a dû s'en nourrir.

— Oui, mais comment s'est-elle protégée du froid ?

— Étant dans une obscurité totale, elle n'a pas fait sa mue comme elle aurait dû, et elle est maintenant comme recouverte d'une triple toison de poils.

Quelques semaines plus tard, Caramba, toute à la joie de retrouver son maître, se remet à courir derrière les moutons. Mais à présent, en suivant peut-être les conseils de Pardo et Nika, les deux nouveaux chiens de Salvador, elle comprend enfin que les moutons sont faits pour être guidés et plus jamais mordus.

Cependant une justice immanente veille. Quelques mois plus tard, au cours d'une nuit d'orage, le père Salvador disparaît. Caramba rentre seule à la maison. Son maître, aveuglé par la pluie pense-t-on, s'est trop approché du gouffre de la Vache morte. Quand on le retrouve au fond, il est mort depuis plusieurs heures...

POUR L'AMOUR DE CÉSAR

Germain Castarède est un rude montagnard, jeune, barbu, maigre et dur au travail. Mais l'argent semble le fuir, désespérément. Depuis toujours. C'est de famille. Son père, avant de disparaître prématurément, n'était qu'un modeste bûcheron. Depuis sa mort Germain doit subvenir comme il peut aux besoins de sa vieille mère, entretenir leur petit chalet et cultiver le jardin. Mais Germain n'est pas malheureux : homme de la montagne, il ne vit que pour celle-ci. Son seul bonheur réel c'est de partir, seul, pour de longues randonnées, hiver comme été. Germain aimerait bien une compagnie pour ces grandes balades dans la forêt silencieuse ou sur les pentes enneigées et vierges : « Ce serait chouette si je pouvais avoir un chien. Un chien à moi. Rien qu'à moi. »

Pour ce qui concerne les chiens, Germain ne devrait pas se plaindre. Il se fait un peu d'argent de poche en travaillant au chenil de La Canche, son village de montagne. Ah, il y a de belles bêtes, hors de prix. Des gagnants de concours, des animaux à pedigree. Germain espère toujours qu'on lui en donnera un, un jour. Même s'il était un peu mal venu, même s'il avait un défaut. Mais non, jamais aucun des chiots nouveau-nés ne présente la moindre tare... Germain les cajole, les nourrit, les lave, les promène, mais chaque soir il rentre seul chez lui.

Un jour le facteur apporte une lettre pour Germain. La chose est suffisamment rare pour qu'il s'étonne :

— Maman ! C'est une lettre de Gustave ! Tu sais, le représentant de commerce qui est venu faire du ski avec sa famille l'année dernière.

Maman Castarède hausse les épaules. Oui : elle se souvient vaguement de Gustave et de sa petite famille. L'épouse de Gustave venait l'encombrer dans la cuisine pour lui arracher le secret de sa tourte au reblochon et aux pommes de terre. Maman Castarède lui avait presque tout dit... sauf le petit truc qui fait l'essentiel...

— Maman ! Gustave me propose un chiot : un chien des Pyrénées. Gratuit ! Ce sont des amis à lui qui lui en proposent un et il s'est souvenu que je voulais absolument un chien comme ça !

Le soir même, Germain répond à son ami. D'accord pour le chien des Pyrénées. Et la lettre part aussitôt. Deux semaines plus tard, la famille de Gustave arrive au grand complet pour une semaine de ski. Et avec elle, César, le chiot des Pyrénées. D'un seul regard, César et Germain se comprennent : c'est le grand amour.

Pendant les semaines qui suivent, Germain passe une bonne partie de son temps à éduquer César. Non pas que celui-ci soit d'un caractère retors, mais il faut bien que l'animal comprenne ce qu'il doit à son maître. Puis vient le grand jour : celui d'une course en montagne. Tous les deux, Germain et César, et un sac à dos rempli de matériel.

Jusqu'à présent Germain et César n'ont effectué ensemble que des reconnaissances en forêt :

— Tu sais, maman, il est super ce chien. Je sens qu'on va être heureux ensemble.

L'avenir va bientôt le démontrer.

Pour cette grande balade Germain décide de partir à ski, du côté de la Grande Jorasse. Il est treize heures, le soleil de ce début mars incite à la bonne humeur. Germain et César viennent de sortir d'une cheminée de vingt mètres de large. La neige est profonde, intacte, épaisse.

— César, hop, monte là !

Germain indique à César une petite corniche rocheuse, en dehors de la neige profonde. Germain quitte ses skis et dit :

— Je vais mettre les crampons maintenant.

César l'observe. Germain s'avance sur la glace

qui recouvre la neige. César suit sur la petite corniche de roche. La glace craque sous les crampons.

— Il faut y aller mollo, mon César. Tu sais, la montagne est traîtresse parfois. Mais pourquoi je te dis ça, à toi, un chien des Pyrénées ! Tu sais tout ça par cœur, depuis des générations. C'est ça...

Germain n'a pas le temps de finir sa phrase. S'est-il laissé emporter par l'enthousiasme ? Quoi qu'il en soit, la plaque de glace sur laquelle ses crampons font une sorte de pointillé vient de céder brusquement sous ses pas. Germain disparaît dans l'avalanche...

— César ! César...

Le cri de Germain se perd dans le grondement de l'avalanche. César regarde le gros nuage de neige qui engloutit son maître et l'entraîne 200 mètres plus bas. Quand la neige retombe, lentement, dans la lumière de la montagne, on ne voit plus rien de Germain.

César hésite. Il hume du côté de la vallée puis il se décide : il saute de la corniche de pierre et commence à courir dans la neige, vers le bas. Il hume l'avalanche, il se met à gratter, gratter, désespérément. Décidément César est un surdoué. Au bout de cinq minutes, il parvient jusqu'à un bras humain. Alors César saisit la manche et tire, tire, tire en arrière avec l'énergie du désespoir. Enfin, le visage de Germain Castarède apparaît à la lumière.

Germain n'est pas du genre à renoncer. Dès qu'il est remis sur pied, il annonce :

— On ne va pas rentrer comme ça. On va essayer un autre parcours. Mais on va passer la nuit au refuge

César ne semble ni approuver ni désapprouver. Il suit Germain. Le lendemain, Germain a repris des forces après une bonne nuit dans le refuge.

— Regarde-moi ce soleil ! On va faire une balade superbe !

Mais Germain, un peu secoué par l'expérience de la veille, ne veut pas tenter deux fois le diable :

— Aujourd'hui on va rentrer. Sinon il faudrait qu'on tente de passer cette vire en plein sur la pente glacée. Si tu veux...

Mais Germain, une fois encore, est interrompu. Cette fois c'est César qui vient de glisser et qui dévale la pente. Dix mètres, vingt mètres, trente mètres, ça n'en finit pas. Il disparaît au bout d'un toboggan de quatre-vingt-dix mètres. Pour Germain il ne reste plus qu'une seule chose à faire : descendre, en rappel.

Germain sort son matériel et commence la descente. Il lui faudrait trois rappels de trente mètres chacun pour arriver à l'endroit où César a disparu de sa vue. Mais au cours du troisième rappel, Germain dévisse à son tour.

— Ah, c'est pas vrai ! César ! César !

Heureusement César est sain et sauf. Il arrive en boitant un peu, mais ce n'est pas grave. Et soudain la neige se met à tomber.

— Quelle journée ! On va essayer de passer par la forêt de Pastevel. Après, on pourrait remonter jusqu'au pas de la Pitié... Et redescendre ensuite vers les Deux Sources !

Avec une rapidité surprenante, le temps a changé du tout au tout. La neige est maintenant prise dans des rafales de vent d'une violence inouïe. Chaque fois que Germain ouvre la bouche dans l'effort, les flocons s'engouffrent jusqu'au fond de sa gorge, lui coupant le souffle. La température tombe très vite. Germain veut consulter son thermomètre, mais celui-ci a éclaté. Germain se dit : « Il doit faire un moins trente. »

Une fois dans la forêt, c'est un autre problème.

Germain ne parvient pas à voir à plus d'un mètre. Un brouillard épais comme du coton noie tout. Germain sait que des précipices redoutables sont là, tout près.

— Bon sang, on ne va jamais trouver le pas de la Pitié. Il va falloir passer la nuit ici, dans la forêt. Heureusement que tu es là, mon César. On se réchauffera un peu.

La température tombe encore. César doit avoir faim car il se met à ronger l'écorce des arbres pour tromper son estomac. Germain suce de la glace pour calmer sa soif. Il coupe des branches d'épicéa et dans une sorte de clairière il arrive à former trois lettres : SOS.

— J'espère qu'on les verra de là-haut s'ils envoient un hélico. On va bien finir par s'inquiéter de notre disparition...

Effectivement, dans la journée du lendemain, Germain entend le ronronnement des hélicoptères. Mais sans les voir. Et eux non plus, au-dessus de la brume, n'aperçoivent ni Germain ni son SOS. La nuit tombe à nouveau, puis c'est le jour. Germain et César sont partis depuis lundi, et ils sont toujours prisonniers de la forêt le vendredi matin. Voilà cinq jours qu'ils sont sans nourriture. Germain a pu faire une sorte d'igloo dans une congère. César et lui sont là, épuisés mais serrés l'un contre l'autre.

Ce n'est qu'au début de l'après-midi du vendredi que le soleil consent à nouveau à se montrer. Soudain un peu de ciel bleu. Mais il ne sont pas au bout de leurs peines...

Germain et César tournent encore pendant des heures dans la forêt : une descente, un creux et ça remonte. Germain ne sait plus du tout où il se trouve. Le désespoir commence à le saisir à la gorge.

— Mais bon Dieu, on ne va pas crever ici, à tourner en rond !

À chaque fois qu'il croit être dans la descente vers la vallée, vers n'importe où dans la vallée, il est arrêté par un ravin infranchissable, ou bien il est obligé de remonter vers Dieu sait où ! À nouveau c'est la nuit.

— Regarde, César, il y a des lumières en bas.

Mais comment rejoindre ces lumières, ces gens qui regardent leur télévision sans se douter qu'une tragédie se joue là-haut ? Germain descend deux fois en rappel avec César serré contre lui ; son chien n'est pas encore adulte mais il doit peser dans les quarante kilos.

C'est César qui craque le premier. Soudain il échappe à Germain et se réfugie dans une anfractuosité. Il regarde son maître et semble lui dire : « Laisse-moi tout seul ici. Tente ta chance tout seul. À deux on n'y arrivera pas. »

Germain insiste :

— Allez, César, viens avec moi.

En vain : César a décidé de ne pas faire un pas de plus et, faute de pouvoir s'expliquer, lui montre les dents et fait mine de le mordre.

Alors Germain l'abandonne et se décide à descendre seul. À huit heures du soir il arrive enfin aux Deux Sources, à la ferme du père Calmette. Il appelle, il gémit plutôt. Quand le père Calmette l'aperçoit, Germain s'évanouit. Il se réveille sur un lit d'hôpital :

— Je suis là depuis combien de temps ?

— Depuis hier soir.

— Il faut que j'y aille : mon chien, César, est resté là-haut ! Il faut que je le récupère !

— Pas question de vous laisser sortir dans l'état où vous êtes !

Alors Germain n'hésite pas : il s'enfuit. Il y a maintenant une semaine qu'il est parti avec César. Aidé de trois cordées et des scouts, Germain mettra trois heures à retrouver César qui aboie de joie en entendant sa voix. On le descendra vers la vallée à l'aide d'un treuil. Germain dit :

— Je ne suis qu'une pauvre cloche...

En tout cas une cloche au cœur gros comme ça !

UN GROS GIBIER

Dès le jour de l'ouverture de la chasse, les campagnes et les bois résonnent de coups de fusil. Dans tous les sens. Les amis des bêtes s'énervent et vouent les chasseurs à l'enfer. Mais parfois l'enfer vient tout seul. En tout cas, si ce n'est pas l'enfer, c'est le purgatoire...

François, 45 ans, a une femme et trois filles. Dès l'ouverture de la chasse, François enfile son « uniforme » : des boots bien chauds, un pantalon et une belle casquette de camouflage, une veste kaki doublée de mouton. Puis il prend son fusil et dit à son épouse :

— À ce soir ! Je vais te rapporter quelque chose de bon : un lièvre ou deux. Ou peut-être une perdrix. Ou un faisan.

— Oui, c'est ça, mon chou : un faisan. Pourquoi pas deux pendant que tu y es ! On pourrait inviter mes parents et ta sœur !

François n'apprécie guère ce genre d'humour. Surtout que Cécile, sa femme, ajoute en lui entourant le cou avec une belle écharpe écossaise :

— Sois prudent et ne rentre pas trop tard ce soir... J'ai prévu une timbale de macaronis...

Les trois filles se mettent à danser en chantant sur l'air des lampions :

— Des macaronis, des macaronis, avec du fromage !

Aujourd'hui François a décidé de chasser seul. Ce n'est pas prudent. Depuis quelque temps il se sent déprimé. Même les copains chasseurs lui tapent sur les nerfs. Toujours les mêmes plaisanteries. En dessous du niveau de la ceinture. Et les déjeuners de chasseurs : on boit trop, on mange trop, et la journée qui n'en finit plus...

Alors François monte dans son 4 × 4 et part, vers le plus profond de la forêt des Ardennes. Tirer quelques coups de fusil, ça va lui remettre les nerfs dans le bon sens... Il a emporté son caméscope, on ne sait jamais.

Au bout de quelques kilomètres, François s'arrête. Il connaît le coin de réputation. Il paraît même qu'il y a du sanglier dans les parages. Bien sûr ce n'est pas le même fusil pour le lièvre et le sanglier, mais François s'est récemment offert, en secret, l'arme qui doit pulvériser tous les cochons sauvages. Il la sort de son étui et s'exclame :

— Magnifique ! Si avec ça je ne fais pas une hécatombe !

François, qui ignore qu'une hécatombe est en fait le massacre de cent bœufs pour honorer les dieux de l'Antiquité grecque, se contenterait d'un seul « bestiau ». Il ouvre la boîte de balles et en glisse dans l'arme à double canon. Puis il sort de son véhicule bien garé sur le bas-côté. Il ferme le 4 × 4 à clef et s'enfonce dans le bois touffu après avoir crié, comme ça, pour le plaisir :

— Taïaut ! Taïaut !

Ses gros souliers de cuir écrasent les feuilles mortes et les bogues de châtaignes. De temps en temps il aperçoit des champignons. Mais il est trop tôt pour ramasser des bolets. François grogne :

— J'espère bien que je ne vais pas partir avec un fusil pour le sanglier et rentrer avec des bolets et des trompettes de la mort ! C'est bon mais quand même, de quoi j'aurais l'air !

C'est en remontant d'une petite cuvette pleine de feuilles mortes que le miracle a lieu : François se trouve presque nez à nez avec un solitaire. Un gros sanglier qui n'a pas l'air bien aimable. François marchait avec son fusil à l'épaule. En fixant le sanglier qui est occupé à farfouiller et à se gaver de glands, il fait glisser l'arme, épaule et tire.

— Ça y est ! Je l'ai eu ! Je l'ai eu !

Mais François a presque honte. Il a foudroyé le sanglier alors que celui-ci était occupé ailleurs. Cela aurait été plus glorieux si l'animal l'avait regardé dans le blanc des yeux. Un combat d'homme à homme en quelque sorte...

— Bon, c'est pas tout ça. Comment vais-je le transporter ? C'est que la bagnole n'est pas tout près ! Je vais aller à la voiture pour chercher une corde.

Le mot « corde » porte malheur au théâtre et aussi sur un bateau. Que dit la tradition des chasseurs ? Mystère.

François, qui a tout prévu — ou presque —, sort une petite boussole de sa poche. Il doit repartir dans la direction du nord-nord-ouest. Pour être bien sûr de revenir jusqu'au sanglier, François prend la belle écharpe écossaise que Cécile lui a nouée autour du cou et en tire quelques fils rouges... qu'il attache aux branches basses, comme le Petit Poucet. En chemin vers le 4 × 4, François se dit : « J'ai de la chance, le terrain descend vers la route. Sinon je n'étais pas sorti de l'auberge. »

Mais en arrivant au 4 × 4 François voit son bonheur gâché d'un seul coup :

— La vache ! Qui a fait ça ?

La question reste sans réponse. Nul chant d'oiseau ne vient indiquer qui est le gougnafier qui a forcé la serrure de sa voiture. Le caméscope de François a disparu. Disparus aussi l'autoradio et le plaid écossais qui était à l'arrière du véhicule.

François fait alors le tour de sa voiture. Et pousse toute une nouvelle série de jurons :

— La roue de secours ! Ah, bande de vaches ! Et même le cric ! Les salauds.

Il est en effet évident que le vol n'a pu être l'œuvre d'un seul homme.

Une fois la mauvaise surprise avalée, François se remémore que là-bas, un peu plus loin dans la forêt, un sanglier gras et dodu l'attend. Évidemment ça ne remplacera pas le caméscope et l'autoradio. Alors François s'allège au maximum : il dépose son beau fusil tout neuf, la gibecière qui de toute façon est trop petite pour contenir un sanglier et les cartouches. Puis il repart avec une longue corde de nylon lovée sur l'épaule.

— Encore heureux qu'il ne m'aient pas piqué ma corde.

Grâce à ses petits bouts de laine multicolore, il retrouve la piste sans difficulté. Mais une fois arrivé à la cuvette, il est bien déçu :

— Mais où est-ce qu'il est passé ce cochon-là ?

Sous le coup de la surprise, François laisse tomber son lasso de nylon sur le sol. Car le cochon, c'est le cas de dire, a disparu :

François, machinalement, appelle :

— Eh oh ! Eh oh !

Comme si le sanglier allait répondre ! François se dit :

« Quelle andouille je suis à appeler comme ça.

C'est tout juste bon à attirer l'attention d'autres chasseurs ! »

François sort de sa botte son couteau de chasse. L'arme d'acier avec laquelle il aurait dû donner le coup de grâce au sanglier :

— Pourtant il avait l'air bien mort, ce cochon ! Il s'est peut-être faufilé dans les buissons !

Avec son poignard François écarte les bruyères, les broussailles, mais rien.

— Nom d'une pipe en bois ! Quelqu'un m'a piqué mon sanglier !

Pas de doute : un peu plus loin, dans la boue d'un chemin marécageux, on voit nettement la trace d'un corps et tout autour des traces de bottes. Celles de plusieurs personnes apparemment. Elles..., « ils » plutôt, sont tombés sur le sanglier abattu par François :

— Ah, les saligauds ! Eh bien, ils n'ont pas perdu de temps ! Ils auraient quand même pu attendre un peu pour savoir s'il était à quelqu'un ce sanglier. Ils auraient pu crier. Mais non : ils ont embarqué mon cochon sans l'ombre d'une hésitation.

François songe à suivre les traces. Mais à quoi bon ? En admettant qu'il y parvienne, il va certainement aboutir à une route. Et sur cette route, il y aura des traces qui conduiront à une voiture... disparue depuis longtemps !

— Bon, le sanglier, c'est terminé. Dès samedi prochain, je repars au lièvre... ou à la perdrix ou au faisan.

Tout en suivant les traces laissées par les voleurs de sangliers, François a un peu tourné dans le bois. Sans prendre la précaution de marquer son chemin avec de nouveaux bouts de laine rouge. Mais il a encore sa petite boussole et il finit par retrouver la cuvette. Après il ne lui reste plus qu'à se repérer sur les bouts de laine pour arriver jusqu'à son 4 × 4...

— Alors là, le sanglier c'est terminé ! N.I. NI :
c'est fini !

Comme il a raison ! Car, quand il rejoint son véhicule, François a un coup au cœur :

— Mon flingue ! Où est passé mon flingue ?

Question sans réponse : le beau fusil à deux coups
flambant neuf, qui portait la marque d'un des meilleurs armuriers français, disparu, envolé, volatilisé...
Avec la gibecière et la cartouchière d'ailleurs.

François se laisse tomber sur le siège de sa
voiture :

— Alors ils étaient là, tout près ! Ils me surveil-
laient ! Ils n'ont eu qu'à se servir dès que je suis
reparti !

François essaye de garder son calme :

— Ça, je l'ai bien cherché ! Mais quelle idée
d'avoir laissé mon fusil et tout le bazar sur le siège
de la bagnole ! Je n'ai pas plus de cervelle qu'un
étourneau ! C'est d'avoir trouvé ma bagnole forcée
qui m'a déconcentré ! Ce sont peut-être les mêmes
qui m'ont piqué le sanglier. Non, quand même pas :
ils ne pouvaient pas être en train de traîner cette
grosse masse là-bas et m'embarquer mon deux
coups ici ! Quelle journée ! Ah, je m'en souviendrai
de celle-là !

C'est à ce moment que François se dit qu'il a
oublié quelque chose : là-bas, près de l'endroit où
il a laissé son gibier, il a oublié ses dix mètres de
corde.

— Ah non, ça c'est trop ! Je ne vais pas leur en
faire cadeau en plus !

En donnant de grands coups de poing sur les
troncs d'arbres, François repart vers la cuvette. Il
connaît le chemin par cœur et, très vite, il retrouve
son lasso qui est resté là où il l'a laissé tomber.

— Bon, maintenant la plaisanterie a assez duré.
Je file à la voiture et je rentre. Les macaronis de

Cécile vont peut-être me remonter le moral. Comme je n'ai rien dit à Cécile à propos du fusil à sanglier, je n'ai qu'à mettre ça dans ma poche avec mon mouchoir par-dessus. D'ailleurs, c'est décidé, j'arrête la chasse ! Ras-le-bol des « pan pan pan ». C'est la mère Bardot qui va être contente !

Voici François arrivé sur la route. D'abord il se dit :

« Je me suis trompé d'endroit ? Dans mon délire, j'ai dû dériver sur la droite. À moins que ce ne soit sur la gauche ! Mais enfin, où est passée la bagnole ? »

Et voilà François qui se met à hurler, seul sur la route déserte qui traverse la forêt indifférente :

— Où est passée ma bagnole ! Qui a piqué ma bagnole ? Que les salauds qui m'ont embarqué ma bagnole se montrent un peu s'ils sont des hommes !

C'est une voiture de gendarmes qui a récupéré François marchant, complètement abattu, sur le bord de la route, dans la nuit noire. Avec son rouleau de corde sur l'épaule, ils ont cru qu'il allait se pendre. Après tout, pourquoi pas ?

LA CHANCE DE LEUR VIE

Au début du XIXe siècle, l'Amérique représente le rêve pour des milliers d'Européens vivant dans la misère. Irlandais réduits à la famine par la surpopulation et par les mauvaises récoltes. Polonais qui fuient la botte tsariste et les pogroms. Italiens du Mezzogiorno accablés d'enfants et exploités par des propriétaires terriens avides et sans pitié. Ils mettent de côté le prix du passage qui les amène en bateau jusqu'à la statue de la Liberté.

Mais une fois passée la quarantaine imposée aux émigrants, tout n'est pas rose. Même si les cousins déjà installés se poussent un peu pour faire de la place aux nouveaux arrivants, la vie est dure, les dollars rares et si l'on veut élever ses enfants dans les grands principes d'honnêteté il faut être prêt à relever ses manches, à dormir à plusieurs dans le même lit, à avaler plus de pommes de terre que de langoustes. Et en plus il faut se faire à la vie des grandes cités, loin des horizons tant aimés, loin de la verte Angleterre, de la Pologne irremplaçable, des collines chéries qui bordent le golfe de Naples.

— Mary, regarde ce que je lis dans le journal.

Mary O'Casey a les bras qui trempent dans la lessive ! C'est qu'il faut bien laver toutes les chemises, les jupons et les chaussettes de la famille O'Casey. On est sept à table tous les soirs...

— Tu as acheté le journal ?

— Que tu es bête. Je l'ai trouvé dans la rue. Pas question de dépenser un penny, mais on ne sait jamais, on peut y lire quelque chose d'intéressant. Et justement, écoute : il y a un certain M. Milaney qui fait une annonce.

— Et qu'est-ce qu'il annonce ? Il a du travail à proposer ? Quelque chose qu'un paysan irlandais puisse faire à New York ?

— Écoute : « Moi, Barnaby H. Kesler Milaney, arrivé au crépuscule de mon existence, je peux dire que j'ai eu de la chance. Arrivé en 1882 dans la libre Amérique j'ai fait prospérer les quelques dollars que j'ai pu amasser et, aujourd'hui, grâce aux possibilités qui s'offrent à tous ici, je suis à la tête d'une honnête fortune qui me permet d'envisager de prendre une retraite sinon dorée au moins confortable... »

— Il a bien de la chance, ce Milaney...

— « Mais quand je suis arrivé ici, j'ai connu moi aussi la misère et la faim. Je sais comme il est douloureux de rester plusieurs jours sans prendre un vrai repas, cherchant sa pitance parmi les déchets des marchés, dormant sous les escaliers avec pour seule couverture une méchante veste rapiécée, mendiant même quelques cents pour survivre. J'ai connu la vermine, la crasse, les humiliations et l'implacable enchaînement de l'exclusion qui vous met hors de la société et vous enlève toute chance de vivre avec un minimum de dignité... »

— Arrête, Sean O'Casey, on connaît tout ça, pas besoin d'en rajouter...

— Mais attends un peu, Mary, si je lis l'annonce depuis le début, c'est parce que la suite est intéressante... Alors je continue : « Et dans le fond de ma misère, je me suis dit maintes fois : je ferais n'importe quoi pour m'en sortir, j'accepterais n'importe quel travail, aussi humiliant soit-il, pour gagner les quelques dollars qu'il me faut pour m'en sortir. J'accepterais les besognes les plus humiliantes, les moins ragoûtantes. Eh bien un jour j'en suis sorti, et après avoir remercié Dieu de sa bonté je me suis fait une promesse solennelle : je me suis juré de donner, moi aussi, sa chance à un de mes frères déshérités. C'est pourquoi aujourd'hui, 14 mars, j'annonce par la voie de la presse que je vais consacrer 11 700 dollars pour aider trois de mes frères en misère. J'ai choisi ce chiffre parce qu'il indique, malheureusement, la part de mes économies que je peux consacrer à aider trois malheureux. Je dis bien trois et chacun d'eux, s'il parvient à accomplir ce que je demande, se verra donc attribuer 11 700 dollars divisés par trois, c'est-à-dire une part de 3 900 dollars. Ainsi donc, j'espère bien, grâce à Dieu, donner une chance à trois de mes nouveaux compatriotes... Je dis nouveaux mais après tout pourquoi ? Mon offre s'adresse à tout habitant de la libre Amérique à condition qu'il soit vraiment dans la misère et qu'il puisse le prouver... »

Mary s'interrompt dans sa lessive :

— Sean O'Casey, on dirait que ce fameux M. Milaney habite dans le quartier, c'est certainement à toi qu'il a pensé en écrivant son annonce. C'est ton portrait tout craché. Et qu'est-ce qu'il faut faire pour récupérer le magot ? Se présenter à son domicile ?

— Mais non, il faut d'abord écrire... pour expliquer sa situation.

— Je vois que les difficultés commencent. Surtout s'il exige qu'on ne fasse pas de fautes d'orthographe.

Sean et Mary O'Casey ne sont pas les seuls à lire l'annonce du généreux M. Milaney. À quelques blocs de là, dans un taudis semblable au leur, d'autres familles lisent, elles aussi, avec plus ou moins de difficultés, la proposition de Barnaby H. Kesler Milaney.

C'est le cas de Pavel Sholemski qui, lui, n'arrive pas d'Irlande. Il y a plusieurs années qu'il a débarqué de Pologne à New York, et la seule chose qu'il soit parvenu à faire, c'est une nombreuse famille. Avec l'aide de sa femme, la pauvre Rachel déjà toute déformée par les naissances et la mauvaise nourriture.

— Tu te rends compte, Rachel, il propose 3 900 dollars à trois hommes courageux qui seraient prêts à montrer leur détermination, leur volonté de s'en sortir...

— S'en sortir, mon pauvre Pavel... Dieu préserve... Tu crois que c'est une proposition honnête ?

— Écoute la suite : « Avec les 3 900 dollars qu'il aura gagnés, en quelques minutes et sans accomplir rien de malhonnête ni d'illégal, chacun de ceux qui seront sélectionnés pourra ouvrir un petit commerce, ou nourrir sa famille jusqu'à ce qu'il ait trouvé un emploi décent, ou envoyer ses enfants à l'école sans qu'ils soient obligés de travailler dès leur plus jeune âge... »

— Et qu'est-ce qu'il faut faire pour être sélectionné, Pavel ?

— « Les trois candidats devront prouver qu'ils appartiennent bien à la race des hommes courageux dont l'Amérique a besoin. Ils devront, en public, démontrer leur courage, physique et moral. »

Gianfranco Moreloni, lui aussi, vit dans la misère avec toute sa nichée. Chez lui aussi une épouse accablée de tâches ménagères écoute avec intérêt et scepticisme la suite de la proposition du généreux Barnaby Milaney.

Gianfranco, en butant un peu sur les mots anglais, donne plus de détails.

— « Ceux qui seront sélectionnés devront pour mériter les 3 900 dollars accomplir un des exploits suivants, au choix : Proposition A : Déguster un saladier rempli de cloportes vivants... »

Sean O'Casey, Pavel Sholemski et Gianfranco Moreloni ont tous les trois le même haut-le-cœur en lisant cette ligne. Et chacun dans sa langue maternelle s'écrie :

— Bouffer un saladier de cloportes vivants, mais c'est dégueulasse ! Ce bonhomme est fou.

Mais aussitôt Sean, Pavel et Gianfranco passent à la proposition numéro deux. Et des milliers d'autres en même temps qu'eux. La proposition suivante n'est pas plus réjouissante que la première, au contraire :

« Proposition B : Le candidat devra manger un rat cru. »

— Cru ? Pourquoi pas vivant pendant qu'il y est !

Mais dans des centaines de taudis des épouses, logiques en diable, commentent :

— Bah, un rat c'est de la viande. Il ne demande pas de manger les os... Et c'est quoi la troisième proposition ?

« Proposition C : La troisième épreuve consistera pour celui qui la choisira librement à déguster un saladier rempli avec des yeux de lapins... »

Inutile de dire que beaucoup de ceux qui étaient intéressés par la proposition de Milaney décident, dès cet instant, que, toute réflexion faite, ils ne sont pas dans une aussi grande misère que ça.

Mais beaucoup d'autres, après une nuit agitée, se disent que 3 900 dollars, c'est la solution pour s'en sortir et qu'après tout, avaler des cloportes vivants, un rat cru ou des yeux de lapins ne met pas votre vie en danger.

— On doit y arriver en une heure, plus ou moins. Et si on a quelque chose à boire pour faire passer ça, on n'en meurt pas... 3 900 dollars... Ça donne à réfléchir. C'est la chance de ma vie...

Et c'est ainsi que Sean O'Casey, Pavel Sholemski et Gianfranco Moreloni finissent par être sélectionnés. M. Milaney fait bien les choses. S'il est généreux, il a aussi le sens de la publicité qui fait la grandeur de l'Amérique. Les journaux new-yorkais, enchantés de l'aubaine, tiennent leurs lecteurs au courant des détails du « show ».

Car il s'agit bien d'un grand show. Il faut qu'un

maximum de gens puissent assister à l'exploit des trois candidats au bonheur :

« Voici la photographie des trois hommes courageux qui vont faire la démonstration de leur détermination pour décrocher les 3 900 dollars avec lesquels ils vont pouvoir donner une nouvelle chance à leurs familles respectives. Cette épreuve mémorable aura lieu le 17 octobre prochain dans la salle de l'Excelsior et nous invitons tous ceux qui veulent venir encourager nos trois valeureux concitoyens à se présenter nombreux pour les soutenir. Le prix des places est de dix dollars par adulte, cinq dollars seulement pour les militaires et les enfants de moins de 15 ans. Venez nombreux pour assister à des exploits qui feront date dans votre mémoire. »

Inutile de préciser que la salle de l'Excelsior est bourrée à craquer pour cette fameuse soirée. Les femmes sont aussi nombreuses que les hommes, ce qui prouve qu'elles ont l'estomac moins délicat qu'elles ne le prétendent... Le présentateur, Elmer Waterfield, en jaquette et pantalon à rayures, chauffe la salle. À intervalles réguliers, l'orchestre attaque l'air traditionnel « Elle descend de la montagne... » et toute la salle reprend en chœur.

— Mesdames, messieurs, voici pour nos candidats le moment décisif, l'instant crucial où ils vont faire la preuve de leurs qualités de décision, de courage et... d'appétit. Dans la loge d'honneur j'ai le plaisir de vous annoncer la présence de notre généreux mécène : Barnaby H. Kesler Milaney...

La foule applaudit à tout rompre. L'orchestre attaque à nouveau. Puis le rideau rouge s'ouvre et l'on voit une table sur laquelle trois récipients sont posés. Derrière la table trois chaises.

— Mesdames, messieurs, voici nos trois candidats...

Sean, Pavel et Gianfranco pénètrent en file

indienne sur la scène. Ils ont tous les trois revêtu leurs meilleurs vêtements. Les spectateurs qui possèdent des jumelles peuvent constater que leurs chemises sont propres mais élimées. Ils peuvent voir du même coup que leurs fronts sont moites de transpiration.

Le présentateur procède au tirage au sort : Gianfranco tire l'as de pique, Pavel tire le roi et Sean la dame.

— À Gianfranco l'honneur. Que décidez-vous de déguster, cher Gianfranco ?

Gianfranco a depuis longtemps réfléchi au problème.

— Je choisis le rat cru...

La foule hurle son enthousiasme. Dans la coulisse Mme Moreloni, entourée de tous ses enfants, verse une larme.

— Il a de la chance, il n'a qu'à s'imaginer que c'est du lapin cru...

Tandis que les deux autres candidats se tiennent au garde-à-vous de chaque côté de la table, Gianfranco se met à table et attaque le plat du jour d'un couteau et d'une fourchette qui s'efforcent de ne pas trembler. La première bouchée lui arrache une grimace mais les encouragements des Italiens de la salle lui font chaud au cœur et en cinquante-cinq minutes exactement il engloutit le rat tout entier. Elmer Waterfield, qui connaît son métier, insiste pour qu'il fasse disparaître la moindre fibre musculaire qui subsiste encore sur les os. Quand c'est fait la foule éclate en bravos délirants et, du haut de sa loge d'honneur, Barnaby H. Kesler Milaney applaudit avec l'air triomphant d'un président nouvellement élu. Puis le rideau retombe et l'orchestre se déchaîne à nouveau.

Après un court entracte, c'est au tour de Pavel Sholemski de se mettre à table. Lui a depuis longtemps décidé de s'attaquer au saladier rempli d'yeux de lapins. Bien sûr, s'il avait tiré l'as, il aurait lui aussi préféré le rat cru, mais après tout, un œil de lapin ça s'avale d'un coup, sans mâcher... Pavel transpire abondamment et espère de tout son cœur arriver à bout du saladier sanguinolent. Il essaie d'estimer d'un coup d'œil combien il peut y avoir d'yeux gluants dans ce fichu saladier et pense : « Pourvu que je ne vomisse pas avant la fin, devant tout le monde... »

Mais Pavel, en à peine trois quarts d'heure, finit par avaler d'un dernier petit coup de glotte le dernier œil de lapin et, même s'il manque de tourner de l'œil, il se dit qu'il n'en aurait pas avalé un de plus mais il écoute les applaudissements et la fanfare en se répétant : « Ça y est, j'ai réussi, j'ai mes 3 900 dollars. Merci, mon Dieu. »

Et c'est au tour de Sean. Les Irlandais présents dans la salle entonnent en chœur un air de chez eux où il est question de l'amour d'une certaine Molly O'Hara. Sean se dit : « Je voudrais voir la tête de Molly O'Hara si elle devait avaler tous ces cloportes. »

Mais il a une idée qui lui remonte un peu le moral : « Et si, au lieu de cloportes, c'étaient des crevettes ? J'en ai avalé des tonnes toutes crues et même vivantes. » Alors Sean O'Casey se lance, plante sa fourchette dans le saladier grouillant de cloportes et enfourne la première bouchée en s'efforçant de mâcher le plus vite possible pour empêcher les « crustacés » d'un genre spécial de trop s'agiter sur sa langue...

Dans la salle quelques spectatrices s'évanouissent. Elmer Waterfield, tout près du pauvre Irlandais, l'encourage sans trop regarder les répugnantes bestioles, qui courent dans le saladier pour échapper à la fourchette de Sean et à leur destin...

Maintenant Sean est lancé. Il a trouvé le rythme : une bouchée, mâcher à toute vitesse, avaler. Après tout le goût n'est pas si désagréable, un peu fade. Dommage qu'il n'y ait pas de sel à ajouter. De temps en temps il avale un grand verre d'eau et se concentre sur une seule pensée : « Je vais y arriver. Je vais y arriver... 3 900 dollars. Mary s'achètera une robe neuve et je pourrai avoir une carriole... 3 900 dollars ! »

Son esprit s'efforce d'oublier ce qu'il est en train de faire. Il mange. Au bout de quelques minutes il ne sait plus ce qu'il mange. Il avale des dollars... Même si ce sont des dollars qui bougent, qui frétillent et même qui couinent un peu...

Et Sean finit par avaler le dernier cloporte. Tout seul. Il prend même le temps de le garder une seconde entre les lèvres, comme un défi au public et aux dernières spectatrices qui tournent de l'œil. Puis il ouvre la bouche toute grande et tire la langue pour que tout le monde voie l'insecte. Enfin il attrape le saladier vide et le retourne. Mais aucun son ne sort de sa gorge quand il veut s'écrier : « Ça y est ! J'ai réussi ! »

D'ailleurs s'il parvenait à crier personne ne l'entendrait. Les applaudissements frénétiques redonnent des couleurs aux spectatrices évanouies. La fanfare attaque une dernière fois « Elle descend de la montagne ». Les spectateurs lancent leurs chapeaux et leurs casquettes, leurs cannes vers le plafond... Pavel et Gianfranco arrivent sur le plateau en applaudissant leur camarade de misère. Les familles émues envahissent la scène, l'enthousiasme est à son comble.

Elmer Waterfield a le plus grand mal à se faire entendre pour annoncer la dernière phase du spectacle :

— Mesdames, messieurs, un peu de calme je

vous prie ! Si vous voulez bien vous asseoir, le grand moment est enfin arrivé et notre généreux donateur Barnaby H. Kesler Milaney va remettre lui-même les chèques promis à nos trois valeureux compatriotes...

Au balcon de la loge d'honneur, Barnaby H. Kesler Milaney soulève son haut-de-forme pour saluer la foule. Il brandit dans sa main gauche ce que tout le monde reconnaît : des chèques bancaires. Sur la scène Pavel et Gianfranco serrent les mains moites de Sean. Elmer Waterfield essaie de mettre de l'ordre parmi leurs nombreux enfants qui courent un peu partout...

Milaney a quitté sa loge et Elmer Waterfield regarde à présent vers la coulisse où il doit apparaître :

— Dans quelques secondes, M. Milaney va nous rejoindre pour récompenser nos valeureux héros. Un peu de patience...

Mais les spectateurs manquent de patience. Quelqu'un entonne « Milaney ! Milaney ! » sur l'air des lampions. D'autres se mettent à battre des mains et à frapper le sol à coups de canne et de talon : « Milaney ! Milaney ! »

Elmer Waterfield s'approche de la coulisse. Il regarde s'il aperçoit le généreux M. Milaney. Il sourit largement.

Mais toujours pas de Barnaby H. Kesler Milaney. On a simplement su qu'en quittant sa loge d'honneur il était passé au contrôle et avait empoché le contenu de la recette : 15 000 dollars versés par les spectateurs. Depuis, plus personne ne l'a jamais revu...

Mélanie De Kleerke est assise sous un parasol dans le jardin de sa villa très cossue des environs de Bruges.

— Bernie, Suzana ! Arrêtez un peu de faire les fous ! Allez vous laver les mains. Il est l'heure du goûter ! Et que je n'aie pas besoin de le dire trois fois !

Bernie, le garçon, n'a que 3 ans. Il en est encore au stade où l'on découvre le monde. Pour l'instant le monde de Bernie ce sont ses parents, sa grande sœur et le très joli jardin de la villa bourgeoise des De Kleerke.

Suzana arrête le jeu qui fait tellement rire son petit frère. Couchée sur le dos, elle le tient à bout de bras et le fait sauter en l'air, sans le lâcher. Bernie adore ces sensations « fortes ». Suzana a 13 ans et elle sait qu'elle doit obéir à sa mère sans discuter. D'ailleurs la perspective du goûter l'inciterait à obéir si besoin était. Elle se met sur ses pieds et prend Bernie par la main pour l'entraîner vers la cuisine. Là, elle perche Bernie sur un tabouret et lui lave les mains sous le robinet. Puis les deux enfants reviennent en courant. Mélanie De Kleerke fait l'inspection des mains encore humides.

— Bon, installez-vous à l'ombre, je reviens tout de suite.

Mélanie s'éloigne d'un pas rapide. Elle pénètre dans la cuisine et en ressort bientôt avec un plateau chargé de jus de fruits frais, de pain beurré et de confitures. Il y a aussi des bonbons. Pas étonnant que Suzana commence à être un peu dodue. Comme sa mère d'ailleurs. Suzana, qui joue avec sa poupée, dit :

— Maman, il y a un monsieur derrière la haie.

Mélanie pose le plateau sur la table de fer :

— Quel monsieur ?

— Pendant que tu étais dans la cuisine, il y a un monsieur qui a essayé d'ouvrir la grille.

Mélanie regarde autour d'elle. Pas de trace.

— C'était le facteur sans doute.

— Non, ce n'était pas le facteur. Le facteur tire la sonnette quand il a besoin de te donner un paquet. Il avait une drôle de tête. Il n'était pas rasé et avait un chapeau tout cabossé. C'était un clochard, je crois...

Suzana est une petite fille qui se montre toujours prudente dans ses affirmations : un clochard « peut-être ».

Mélanie fait une petite grimace. Ce quartier résidentiel est rarement fréquenté par les clochards. Autant dire qu'on n'en voit jamais aucun. Ils auraient vite fait d'être repérés par la police. Et pourquoi ce « clochard » aurait-il essayé d'entrer dans le jardin de cette villa très bourgeoise ?

Mélanie regarde encore autour d'elle et, au bout de l'allée, elle voit effectivement, dépassant de la haie, une tête masculine. L'homme s'éloigne dans l'avenue et jette justement un regard vers Mélanie et ses deux enfants. Il est déjà dans l'ombre des platanes. Mélanie lui trouve un regard brillant de mauvaises intentions.

— Ne vous goinfrez pas de nourriture comme des petits cochons.

Bernie regarde sa mère : pourquoi Maman trouve-t-elle anormal de se barbouiller avec de la confiture de fraises ? C'est un des plaisirs du goûter.

Quand Xavier De Kleerke rentre en fin de journée, un peu fatigué mais heureux de tous les bons de commande qu'il est parvenu à faire signer, Mélanie lui prépare un apéritif qui le détend un peu. Puis elle en vient très vite à l'« incident » du clochard.

— Je ne l'ai pas vu tenter d'entrer mais Suzana l'a vu. N'est-ce pas, Suzana ?

Suzana, la bouche pleine de cacahuètes, répond en mâchouillant :

— Oui, il avait une drôle d'allure. Il m'a fait peur. Dis, papa, si maman n'avait pas été là et si le bonhomme était entré, qu'est-ce que j'aurais pu lui dire ?

Xavier et Mélanie soupirent, un peu perplexes. Mélanie dit :

— Après tout c'est vrai. Quand je vais faire une course en ville, Suzana reste seule avec Bernie. Elle est assez grande pour téléphoner mais enfin que ferait-elle si un clochard animé de mauvaises intentions parvenait à s'introduire ici ? Je ne peux pas les enfermer à clef dans la maison.

Xavier répond :

— Au fond, ce qu'il nous faudrait, c'est un chien de garde. Un gros animal dont la taille dissuade toute intrusion. Et en plus d'une race qui supporte les enfants. Bernie est encore petit : il faudrait un chien qui accepte de se laisser tirer les poils, qui consente à se laisser monter sur le dos.

Mélanie approuve mais émet quelques réserves :

— Oui, mais une race qui n'aboie pas à tout bout de champ. Les chiens qui aboient pour un oui pour un non me tapent sur les nerfs !

Suzana a cessé de mâchouiller les cacahuètes :

— Oh oui, papa, un chien ! Super ! Un gros chien gentil. Comment est-ce qu'on va l'appeler ?

— On verra ça quand on l'aura choisi. Ça dépend de son caractère, de son allure.

Mélanie s'interroge à voix haute :

— Et combien ça va coûter un chien comme ça ?

— Ça dépend s'il est de race pure ; s'il a un pedigree. Ça peut aller jusqu'à 40 000 francs. Mais un bon chien c'est du bonheur pour quinze ans et nous ne pouvons pas jouer avec la sécurité des enfants.

Xavier ne sait pas en disant cela à quel point il se trompe lourdement...

Quelques jours plus tard, lors d'une promenade dominicale en voiture, les De Kleerke aperçoivent un panneau publicitaire en pleine campagne : « Chenil des Princes. Élevage de races sélectionnées. Pedigree prestigieux. Spécialiste de chiens de garde, chien de chasse, chien de compagnie. »

Xavier De Kleerke freine et s'arrête sur le bas-côté de la route.

— Et si on allait jeter un coup d'œil ?

Quand les De Kleerke regagnent leur maison, la voiture compte un passager de plus : un superbe saint-bernard de 4 ans. Il est là, assis sur la banquette arrière, sage comme une image. Déjà Bernie lui tire les poils, comme prévu. Suzana n'arrête pas de l'embrasser dans le cou. Sa langue rose pend et il jette sur sa toute nouvelle famille un regard chargé d'amour. Suzana répète sans s'arrêter :

— Comment on va l'appeler ? Dis, papa, comment on va l'appeler ? Dis, maman !

Mélanie, au bout de quelques kilomètres, lance un peu excédée :

— Mais oui, on va lui trouver un nom. Son nom polonais est vraiment imprononçable : Szczecin ! Il paraît que c'est la ville où il est né.

Suzana continue sa rengaine :

— Alors comment on va l'appeler ?

Xavier s'énerve :

— Silence à la fin ! D'abord il faut lui trouver un nom qui commence par un S.

— Oh ! oui, papa ! « Silence » ! C'est un joli

nom. Aucune de mes copines n'a un chien qui s'appelle Silence.

Xavier, tout en conduisant, fait des essais :

— Silence, ici ! Silence ! Attaque, Silence ! C'est un peu bizarre mais il faut avouer que c'est original.

Et c'est ainsi que Silence découvre son nouveau foyer et le jardin plein de fleurs. On lui a acheté au chenil un énorme panier et une niche qui a été chargée dans le coffre. Mélanie a aussi pensé aux boîtes de croquettes. Demain on lui fera un régime strict et on commencera les longues promenades en laisse et puis il faudra penser à le mettre à l'école de dressage. En effet un bon gros toutou, aussi sympathique soit-il, a besoin d'être dressé. Sinon il risque de ne pas savoir bien communiquer avec sa nouvelle « famille ».

Silence se révèle une adorable boule de poils, déjà bien costaud pour son âge. Pourtant son regard manque un peu de franchise par moments. Xavier et Mélanie, le soir même, se penchent sur le pedigree de leur adorable toutou : « Silence est né en Pologne, son père se nommait Paprika de Zooj et sa mère Perlina von Klamurt. Quelle famille noble, il va finir par nous donner des complexes ! »

Silence est devenu Silence de Zooj et, malgré sa particule, il ne montre aucune réticence à aller se rouler dans l'herbe, même les jours de pluie. Tout s'annonce bien et Mélanie ne craint plus de s'éloigner de la villa. Suzana et Bernie sont sous bonne garde. Silence est un peu « chien fou » mais tout va s'arranger après quelques semaines d'éducation. Mélanie explique à Silence ce qu'on attend de lui :

— Tu fais bien attention à ce que personne n'entre ici quand je suis absente. Tu aboies bien fort. Et que personne ne s'approche de Suzana ni de Bernie. Tu as compris ? Et puis la semaine prochaine, je vais t'emmener chez un gentil monsieur qui va t'apprendre plein de trucs amusants. Et après on te présentera dans des concours et tu gagneras des médailles, et puis on te trouvera une jolie fiancée et tu auras tout plein de beaux petits saint-bernard, adorables comme toi.

Silence regarde Mélanie avec un bon regard qui donne l'impression qu'il a tout compris et Mélanie termine ses explications par un gros baiser sur la truffe noire humide et froide. Elle ne sait pas qu'elle est en train de risquer sa vie...

Trois jours avant le début des séances de dressage, Mélanie prend la voiture pour aller faire quelques courses en ville. Le temps, en ce mois de mai, est splendide. Elle fait d'ultimes recommandations au trio composé de Silence, de Suzana et de Bernie.

— Je serai de retour dans une heure. Nous irons à la piscine. Pas toi, Silence : tu garderas la maison.

La voiture s'éloigne le long de l'avenue plantée de platanes.

Suzana décide de faire une partie de balançoire. Bernie se précipite vers Silence. Bernie vient d'inventer un nouveau cri qui l'amuse beaucoup : une sorte de gazouillis qui se termine par une note stridente. Il a décidé d'apprendre son cri à Silence. Le saint-bernard écoute, immobile, comme glacé. Suzana, occupée à se balancer le plus haut possible, ne remarque pas l'étrange immobilité du gros toutou. Bernie s'avance en titubant un peu vers son tout nouvel ami. C'est si amusant d'attraper les grosses touffes de poils blancs et noirs. Bernie pousse à nouveau son cri de guerre.

Entre deux va-et-vient de la balançoire, Suzana voit Silence ouvrir une large gueule, comme s'il bâillait. Elle le voit s'élancer vers Bernie. La balançoire remonte vers le ciel et Suzana ne voit pas la

410

séquence suivante. Mais l'instant d'après, elle se laisse tomber de la balançoire. Elle ne croit pas ce qu'elle voit.

Silence, le bon gros toutou, a saisi Bernie à la gorge. Et Suzana comprend qu'il ne s'agit pas d'un jeu : du sang coule à flots du cou de son petit frère. Elle s'élance pour que le chien lâche prise. Mais le regard de Silence la cloue sur place. Elle comprend qu'elle ne pourra rien faire toute seule. Bernie ne remue plus, comme une poupée brisée. Le sang coule de plus en plus fort. Suzana se met à hurler :

— Monsieur Wittold ! Monsieur Wittold ! Au secours, le chien mange Bernie !

M. Wittold est le voisin le plus proche. Justement il est en train de passer la tondeuse dans le jardin, de l'autre côté de la haie mitoyenne. Le bruit du moteur couvre d'abord la voix de Suzana, mais il finit par percevoir le cri déchirant d'appel à l'aide. Sans prendre le temps de passer par la rue, M. Wittold, quadragénaire robuste et sportif, fonce tête baissée dans la haie, comme un rugbyman effectuant un plaquage. Sans prendre garde aux égratignures, il atterrit sur le ventre dans le jardin des De Kleerke et reste un instant figé d'horreur : Silence, le bon toutou, a la gueule refermée sur le cou disloqué de Bernie. Il secoue l'enfant dont la tête est penchée selon un angle bizarre. M. Wittold n'écoute que son courage et, de ses mains puissantes protégées par des gants de jardin, il saisit les mâchoires de Silence qui cherche à gagner le fond du jardin. Quand Silence ouvre enfin ses mâchoires d'acier, le corps de Bernie tombe sur l'herbe sanglante. M. Wittold prend Bernie pour l'emmener dans la villa mais il sait déjà que l'enfant est mort, la tête en partie séparée du corps. Suzana, secouée de sanglots, s'est écroulée sur le gazon. M. Wittold téléphone à la police. Qui ne peut que constater la tragédie...

Quand Mélanie rentre de ses courses, tout enjouée, la voiture de la police stationnée devant chez elle l'inquiète. Xavier De Kleerke, à son tour, prévenu par son entreprise, ne peut que constater le désastre. Silence, du sang plein les babines, est muselé. Il jette un regard plein d'innocence sur ses nouveaux maîtres, l'air de dire : « Qu'est-ce que j'ai fait de mal ? » Celui qui comprendrait Silence pourrait traduire son regard par : « Après tout, je n'ai fait que mon métier. Ce qu'on m'a appris... »

Aussitôt après la tragédie, Silence est emmené à la fourrière municipale. Ses jours sont comptés car un chien qui a tué aura sans doute la même pulsion criminelle. Une seule solution : l'élimination par une piqûre mortelle. Mais la police comme les vétérinaires se demandent comment un saint-bernard, à la réputation de sauveteur, a pu égorger un enfant. Un enfant si jeune qu'on ne pouvait en aucun cas lui attribuer la moindre agression perverse envers le « bon toutou ».

On enquête auprès du Chenil des Princes dont le propriétaire a le plus parfait air d'innocence qu'on puisse imaginer. Il admet sans aucune réticence que Szczecin, alias Silence, lui a été confié par ses anciens propriétaires qui se plaignaient du mauvais caractère de l'animal. Il aurait mordu quelqu'un, ce qu'il n'a pas jugé utile de préciser. À part ça le directeur du chenil sait que Silence a été acheté en Allemagne de l'Est avec tout un lot de bons chiens aux gueules sympathiques. Des saint-bernard bien sous tous rapports. Mais l'enquête va révéler que l'Histoire avec un grand H peut réserver bien des surprises.

412

Au mois de juin 1961, la guerre froide entre le bloc occidental et les pays satellites de l'URSS bat son plein. Berlin, ancienne capitale orgueilleuse du IIIᵉ Reich, a été pilonnée sous les bombes et se remet lentement de ses ruines. Elle est partagée entre les Américains et leurs alliés français et anglais d'une part, les Soviétiques d'autre part. Mais de plus en plus d'Allemands dits « de l'Est » prennent la poudre d'escampette vers les rêves du monde libéral. En onze ans, 3 600 000 Berlinois choisissent l'Ouest. Soudain tout se bloque. Les Berlinois de l'Est qui travaillent à l'Ouest perdent leur emploi, ceux de l'Ouest qui travaillent à l'Est se retrouvent aussi au chômage. Le Mur de la honte est mis en place, Berlin est coupé en deux : 43 kilomètres d'un mur de 3,50 mètres de haut. Cent douze autres isolent Berlin-Ouest de la République démocratique allemande, c'est-à-dire du bloc sous l'autorité soviétique. Palissades, murs divers, fossés, miradors, abris bétonnés complètent un dispositif particulièrement dissuasif. Désormais les familles allemandes déchirées en sont réduites à se faire de loin de pitoyables signes avec les mouchoirs et à verser des larmes de désespoir.

En plus des murs et des miradors, on installe 293 postes de « chiens de garde ». Car certains Allemands de l'Est, désespérés de ce qu'ils considèrent comme un emprisonnement à perpétuité, tentent encore le tout pour le tout pour franchir le mur par tous les moyens. Il y a ceux qui se cachent dans les doubles fonds de véhicules autorisés à franchir la frontière, ceux qui tentent de courir à travers le no man's land mortel, qui bravent le tir des mitraillettes, les mines qui truffent le terrain et les chiens de garde dont la férocité devient rapidement légendaire. Cinq cent quatre-vingt-huit de ces malheureux y laisseront

413

leur peau. Ceux qui ont pu échapper à leurs crocs en donneront une description assez précise :

— Ce sont des saint-bernard. C'est bizarre car, normalement, ces chiens sont très gentils. Je ne sais pas ce qu'ils leur font bouffer mais ces saint-bernard-là ne font pas de quartier : ils ont été dressés pour tuer.

En fait il ne s'agit pas vraiment de saint-bernard mais d'un croisement entre des braves sauveteurs des Alpes et des « bergers du Caucase ». Le résultat possède la bonne tête du saint-bernard et l'agressivité du caucasien. Ce nouveau produit, baptisé « gardien de Moscou », est un chien de frontière particulièrement féroce et apprécié. À tel point que les autorités soviétiques décident d'en interdire l'exportation : le « gardien de Moscou », qualifié de « particularité nationale », devient une fierté du régime. Mais en février 1990, le monde célèbre dans le champagne et les feux d'artifice le démantèlement du « Mur de la honte ». Les « gardiens de Moscou » se retrouvent au chômage. Que vont-ils devenir ? Des chevaliers d'industrie trouvent la solution : vendre ces chiens à la gueule sympathique comme chiens de compagnie... Les « gardiens de Moscou » deviennent des « saint-bernard » au regard plein d'amour...

C'est quelques mois plus tard que Xavier et Mélanie tombent amoureux d'un « gardien de Moscou » en le prenant pour un gentil saint-bernard et qu'ils choisissent un assassin professionnel pour garder leurs enfants...

Dans le Paris de la Belle Époque, c'est-à-dire aux environs de 1900, la vie est belle. Elle est belle en tout cas pour ceux qui ont de l'argent. Et pour ceux qui sont en bonne santé comme chacun sait. Victorien Sardou, l'immortel auteur de l'immortelle *Madame Sans-Gêne*, fait partie de ces deux catégories.

Ce soir, un dîner extrêmement élégant réunit quelques grands noms du Paris littéraire et nobiliaire. Quelques actrices, quelques militaires, quelques banquiers, une douzaine de personnes tout au plus. L'ambiance n'est pas au grand cérémonial et la conversation va bon train. Victorien Sardou est l'invité d'honneur et on attend de sa part un discours qui restera dans les mémoires.

M. Sardou, après les hors-d'œuvre et les poissons, se dit qu'il est temps d'intervenir avant que les vins capiteux et les volailles délicieuses ne commencent à endormir les convives. Il se lève donc et, pour obtenir un peu d'attention, saisit le couteau d'argent à portée de sa main et s'en sert comme d'un petit maillet pour frapper le verre de cristal qui, devant son assiette, contient un bordeaux 1880. Mais le coup que donne Sardou sur le verre a dû être porté avec un peu trop de nervosité. Alors que Sardou s'apprêtait à dire : « Mes amis, je réclame un peu de votre aimable attention... », il fait une grimace désolée. La maîtresse de maison vient d'assister à la fin d'un de ses plus beaux verres. Une pièce du service qu'elle a reçu pour son mariage. Le verre est en miettes et le service est dépareillé. En voyant le désastre, elle pense immédiatement : « Je n'ai plus qu'à écrire à Baccarat pour en commander six autres. »

Le verre de M. Sardou, on le sait, était plein d'un magnifique mouton-rothschild 1880 et ce nectar précieux se répand sur la nappe de batiste blanche brodée à la main par les sœurs d'un couvent d'Alençon.

La maîtresse des lieux, si elle a reçu une éducation parfaite qui lui interdit de laisser voir sa contrariété, est cependant au courant de toutes les astuces qui permettent de limiter les dégâts, d'empêcher qu'une maladresse ne se mue en catastrophe. C'est en tout cas ce qu'elle croit. Elle tend une main gantée de chevreau ivoire vers la salière d'argent. Elle entend la voix de sa vieille nourrice à l'accent berrichon : « Ma petite Adèle, quand on fait une tache de vin rouge sur une nappe, il faut immédiatement la saupoudrer de sel ! »

Dire adieu à sa nappe ! Il ne manquerait plus que ça : un verre de cristal brisé, une nappe anéantie : M. Sardou a beau avoir de l'esprit comme quatre, il devrait apprendre à maîtriser sa force quand il va en société !

La baronne Adèle de L... tend donc sa main gantée de chevreau vers la salière de cristal et d'argent et, d'un geste décidé, dévisse le couvercle. Puis, sans hésiter, elle inonde la tache rouge de sel. La neige blanche se teinte en rose... Au passage, les invités admirent la finesse des attaches princières de la baronne. Certains, plus au courant que les autres, pensent : « Pour une fille de vignerons, Adèle a une sacrée allure. On ne croirait pas qu'elle est le fumier dont le baron avait besoin pour engraisser ses terres à particule ! »

Le sel fait à présent un petit monticule juste devant Victorien Sardou. Pour une fois le brillant causeur, un peu rouge de confusion, se trouve sans un mot d'esprit à lancer. Un mot qui serait pourtant le bienvenu pour transformer sa maladresse en morceau choisi de conversation mondaine. Le malheur est que M. Sardou est superstitieux en diable. Enfin ni plus ni moins que quatre-vingt pour cent du gratin parisien. Dans son esprit un peu contrarié, une pensée fulgure : « Renverser la salière porte malheur ! C'est signe que l'on va se disputer ! » Et « se disputer », dans le Paris élégant de 1900, on sait ce que cela signifie : échanger des épithètes, qui sait, se souffleter avec des gants vengeurs, s'expédier des témoins, se donner rendez-vous au petit matin (blême comme il se doit), échanger quelques balles meurtrières ou quelques coups d'épée bien pointue. On risque de dériver jusqu'à mort d'homme. Tout cela pour un malheureux petit tas de sel de mer jeté sur une petite tache de bordeaux millésimé par une maîtresse de maison irréfléchie. Aussi invraisemblable que cela puisse paraître, toutes ces pensées, tous ces développements apparaissent dans l'esprit de Victorien Sardou avec la violence d'une décharge de foudre dans une nuit d'encre... C'est le privilège d'un esprit créatif et génial.

Alors Victorien Sardou, lui aussi abreuvé à la source de la sagesse populaire, nourri de vieilles traditions, impressionné par des angoisses ancestrales, fait ce que vous auriez fait à sa place : sa fine main d'écrivain se tend vers le monticule de sel rosi par le vin. Entre le pouce et l'index droits, il saisit une pincée de sel et, tout en regardant la tablée d'un sourire triomphant, Sardou expédie la pincée de sel par-dessus son épaule... gauche. La tradition exige en effet que le sel soit expédié par-dessus l'épaule gauche et... sans regarder. Faute de quoi le maléfice du sel ne serait pas annulé.

Quelques convives sont déjà en train d'applaudir cette noble attitude de l'invité d'honneur. Tous les regards étant fixés sur le sourire de Sardou, personne ne prend immédiatement conscience du drame qui se joue.

Au moment où le « cher grand auteur » expédie la pincée de sel, un personnage stylé entre dans la salle à manger. Son visage grave et ses rouflaquettes indiqueraient à eux seuls sa fonction : c'est le valet chargé du service de table. Il a belle allure avec sa livrée incrustée de galons d'argent et sa perruque blanche à la française. Le valet avance d'un pas décidé. Entre ses deux bras tendus, il tient un superbe plat d'argenterie du XVIIe siècle. Il ne regarde que son plat car il doit surveiller l'aplomb du vaisseau d'argent : il ne s'agit pas d'aller renverser les poulardes grasses et dorées, découpées avec art, qui sont le quatrième service du dîner de ce soir. Le valet, les yeux rivés sur les poulardes et leur jus fumant, ne voit pas arriver la pincée de sel. Et la reçoit en plein dans les yeux...

On a beau être un valet expérimenté, avec toutes les références du monde, on a beau être équipé de gants immaculés, on a beau tout ce qu'on veut, le fait de recevoir dans les yeux une giclée de sel fin, même imprégné de mouton-rothschild 1880, ne peut manquer de vous déstabiliser, physiquement et moralement. Pour l'instant ce qui est le plus déstabilisé, ce sont les poulardes truffées et leur jus onctueux. Le valet en livrée brodée lâche le plateau d'argent et les poulardes s'en vont valser sur le tapis d'Orient. Les invités pincent les lèvres pour ne pas crier et peut-être aussi pour ne pas rire : « On va voir si la belle baronne Adèle va se sortir de ce mauvais pas. Peut-être va-t-elle lancer un de ces jurons bien poissards comme on doit en connaître dans sa famille un peu bouseuse ! »

La baronne Adèle garde son sang-froid. En même temps deux pensées lui viennent sous son diadème de perles et de diamants d'origine royale : « Du jus de poularde sur mes tapis persans ! Il va falloir que j'appelle d'urgence la maison Dugrenier pour qu'ils viennent les chercher et qu'ils les nettoient avant que la graisse n'ait eu le temps de sécher et de s'incruster de manière irréparable ! »

La seconde pensée la ramène à la réalité immédiate : « Il y avait trois poulardes sur le plateau. La quatrième est pour le personnel. Que va pouvoir improviser la cuisinière pour remplacer ce quatrième service ? Bien sûr il y a le rôti de bœuf vert pré qui doit suivre. À moins qu'elle puisse nous préparer les bars prévus pour le déjeuner de demain... »

La baronne Adèle perçoit soudain, du coin de l'œil, une ombre fauve qui traverse le salon. Sur l'instant elle ne réalise pas de quoi il s'agit.

Ce qui a bondi depuis la grande cheminée où brûlent quelques bûches centenaires, ce sont deux lévriers, Anton et Brigand, qui dormaient hypocritement auprès de l'âtre. Les deux bêtes, pourtant régulièrement nourries, savent bien que, lors des dîners mondains, il se trouve souvent quelque âme charitable pour leur glisser un pilon de volaille. Et puis, au moment du changement de service, la cuisinière et ses aides savent aussi penser à eux.

Mais les deux chiens ne pouvaient prévoir pareille aubaine. Avant même que le plat ait été proposé aux invités, voilà qu'on leur sert les poulardes entières, avec truffes et jus, directement sur le tapis persan. Et il y a même l'accompagnement, les petits fonds d'artichaut et les pommes dauphine. Les deux lévriers, sans se poser la moindre question, sans réfléchir aux interdictions, aux punitions ni aux coups de cravache éventuels, s'élancent. Seuls comptent les effluves délicieux. Anton et Brigand se ruent donc et engloutissent directement deux cuisses de poulardes.

Pour ne pas perdre de temps, Anton et Brigand décident d'avaler d'un seul coup les deux morceaux succulents. Dame, une cuisse c'est bien, mais il y a d'autres morceaux épars sur les fleurs persanes du tapis... Anton parvient à ingérer d'un seul coup la cuisse qu'il a choisie ; Brigand, quant à lui, a moins de chance...

Victorien Sardou, devant ce remue-ménage, est resté la main en l'air. Il avait déjà en bouche les premiers mots de l'allocution « improvisée » qu'il avait écrite ce matin même sur son bureau Empire : « Mes chers amis, c'est avec une émotion bien légitime... » En voyant les deux lévriers engloutir les morceaux de poularde, Sardou, amoureux de la langue française, a soudain un doute : doit-on dire « cuisse », « cuisseau » ou « cuissot » pour une volaille ? De vieux souvenirs de la « dictée de Compiègne » où l'impératrice Eugénie fit, par le nombre de ses fautes d'orthographe, la preuve qu'elle était plus française de cœur que d'éducation, lui reviennent, incongrus. Il décide, à juste titre : « Le cuisseau est dans le veau, le cuissot dans le sanglier, la cuisse dans le poulet. »

La baronne Adèle est perdue dans d'autres pensées. Ce verre de cristal brisé, cette tache de vin, cette pincée de sel, ces poulardes répandues, voilà tout ce qu'il faut pour faire un entrefilet à l'acide sulfurique dans la presse parisienne. Elle le lit d'avance : « Mercredi soir, jolie avalanche de catastrophes chez la très mondaine baronne de L..., célèbre par ses épaules et ses émeraudes. Victorien Sardou, le très parisien... »

Mais quelqu'un d'autre vient de se lever d'un bond, renversant son verre de bordeaux. C'est le baron, époux d'Adèle ; il est le seul à se rendre compte du drame : foin des cristaux, des discours, des poulardes et des tapis persans. Il ne voit qu'une chose : Brigand est en train de s'étouffer.

Brigand, son lévrier chéri, est en danger de mort. Le baron se précipite et renverse aussi au passage le valet en livrée ponceau qui en est toujours à frotter ses yeux larmoyants et doublement salés puisqu'à présent des larmes abondantes lui coulent le long des joues.

Le baron s'agenouille près de Brigand qui se débat en étouffant, en bavant, en crachant et en gémissant tout à la fois. Anton, indifférent, s'est mis en devoir d'engloutir une seconde cuisse de poularde truffée. Personne ne songe à l'en empêcher...

Le baron saisit la gueule de Brigand et la dirige vers lui : aucune autre solution que d'extraire, de gré ou de force, l'os qui s'est fiché en travers de la gorge du chien.

— Aidez-moi, bon Dieu ! hurle le baron.

« Aidez-moi », d'accord mais : à qui s'adresse-t-il en particulier ? Parle-t-il à la belle Adèle ? Elle serait bien en peine de faire quoi que ce soit d'utile, avec ses attaches princières et ses gants de chevreau. Pas assez de force pour tenir la gueule de Brigand ouverte, pas assez de courage, pas assez d'amour des chiens de son époux. Le valet à la livrée ponceau n'est pas payé pour s'occuper des chiens et il a les deux mains occupées à se frotter les yeux. Quant aux invités, ils savent que les bonnes manières interdisent au baron de faire appel à leurs services... Pourtant c'est ce qu'il fait.

Le baron se décide à ouvrir tout grand la gueule de Brigand. Il lui semble qu'il aperçoit le pilon de poularde là, tout près, coincé dans le gosier de l'animal, au milieu d'une mousse de salive de sang et de jus aux truffes.

— Aidez-moi ! répète le baron plaintivement.

Un officier de cavalerie dont les parents possèdent une meute en Sologne se lève et vient à la rescousse. Il maintient les mâchoires puissantes de Brigand ouvertes tandis que le baron essaye d'atteindre le pilon assassin. Impossible : la main du baron, héritée de générations inavouées de paysans et de solda-tesque, est trop forte pour entrer dans la gueule du chien qui se débat en hurlant. Il faut que deux autres invités viennent pour maintenir la bête, maculent leurs habits de soirée en s'agenouillant dans le jus de poularde. La baronne, blême comme une morte, se dit : « Il faudra les dédommager. Comment ? Je ne vais pas leur envoyer des fleurs ni des chocolats de chez Ladurée. Et si je leur offrais une de mes aquarelles représentant des fleurs ? À moins que nous ne les invitions dans notre loge à l'Opéra... »

Toutes ces considérations mondaines n'arrangent pas les affaires du baron et de ses aides. Une invitée, jugeant qu'on ne fait pas assez attention à elle, en profite pour s'évanouir. Elle choisit son point de chute : un fringant lieutenant de cavalerie qui a au moins vingt ans de moins qu'elle. Les femmes de chambre de la baronne sont appelées pour lui admi-nistrer des sels.

Le baron se met à hurler :

— Hector, venez donc nous aider ! Bougre d'an-douille. N'êtes-vous donc bon à rien ?

Hector n'a que 16 ans et le simple son de la voix de son père a pour effet de le tétaniser. Normalement il n'aurait pas dû assister à ce dîner mais aujourd'hui étant le jour de son anniversaire, on lui a offert la présence du célèbre dramaturge Victorien Sardou en guise de cadeau inoubliable. À lui d'en tirer parti.

Hector se lève brusquement, terrorisé, et dit d'une voix blanche et haut perchée :

— Oui, père ! Vous me parlez ?

— Bien sûr, crétin hexagonal, que je vous parle. Mais qu'est-ce que vous avez dans la tête ? Du jus de navet ou est-ce simplement la cervelle des Crami-gnon !

Cette allusion à la famille de la baronne amène quelques sourires sur les visages des invités qui, à présent, ont tous abandonné leurs places respectives et leurs serviettes de table damassées pour entourer le baron et son chien à demi mort. On piétine les morceaux de poulardes. Morceaux que les bonnes, à genoux et en tablier empesé, s'efforcent de retirer de sous les souliers vernis et les délicates chaussures tendues de soie aux couleurs tendres. La baronne, épuisée par tant d'émotions, s'est laissée retomber sur sa chaise. Sa camériste s'empresse à lui administrer des sels mais elle murmure :

— Donnez-moi vite un verre de fine champagne, je vais m'évanouir.

— Hector, venez ici, triple buse !

Hector obtempère et s'approche de son baron de père qui maintient la gueule de Brigand ouverte autant qu'il peut. Brigand se débat autant qu'il peut lui aussi :

— Enfoncez votre main et attrapez ce pilon de poularde.

Hector, hébété, demande :

— Ce pilon de quoi ?

— Ce pilon d'autruche, pauvre c...

La crudité du mot a étonné l'assistance. Hector récidive :

— Que voulez-vous que je fasse, père ?

— Enfoncez votre main dans la gueule de Brigand et arrachez cet os qui est en train de le tuer. Me comprenez-vous ?

Hector ne comprend qu'à moitié — c'est chez lui hélas trop habituel —, mais devant la fureur paternelle, il enfonce la main dans la bouche de Brigand. Brigand, dans un ultime réflexe de défense, referme les mâchoires. Hector hurlerait bien s'il osait. Il retire sa main ensanglantée. Il tient le pilon mais son propre auriculaire pend lamentablement : Brigand l'a à moitié sectionné.

Un des invités, en plastron immaculé, est chirurgien. Il regarde le doigt et laisse tomber son diagnostic :

— Rien à faire, il va falloir l'amputer.

Ce qui est fait par ses soins sur la table de la cuisine.

Hector est diminué, Brigand enfermé quelques jours. Victorien Sardou se dit que le sel porte vraiment malheur...

PETITES CAUSES, GRANDS EFFETS

Frau Grauss tricote chez elle un joli pull-over pour son fils Fritz. Avec un motif de jacquard : des edelweiss bien blancs sur un fond vert et bleu. Elle est contente : son pull avance et, malgré la complexité de son ouvrage, elle espère en venir à bout avant la fin de la semaine. Tout est calme. Le soleil de printemps entre par la fenêtre grande ouverte. Même Mitzi, la chatte noire, blanche et beige, se réchauffe sur l'appui de la fenêtre. Les yeux fermés elle dort à moitié. Quatre étages plus bas, l'agitation de la rue. Frau Grauss entend des bruits d'outils dans la salle de bains : rien d'étonnant à ça, le plombier est venu pour réparer la douche que Fritz a trouvé le moyen de démolir, Dieu sait comment. Le plombier, Herr Trauber, ouvre la porte qui fait communiquer la salle de bains et la salle de séjour.

— Frau Grauss, j'aurais besoin d'un seau en plastique. Vous avez ça ?

Sabine Grauss va répondre qu'elle en a un dans

la cuisine. Mais soudain, elle ne peut plus parler. En ouvrant la porte de communication, le plombier a créé un courant d'air entre la fenêtre de la salle de bains et celle de la salle de séjour. Ce courant d'air passant juste sous le nez de Sabine Grauss provoque une réaction banale : elle sent qu'elle va éternuer.

— Ça y est, je suis encore partie pour dix-sept fois.

Car depuis plusieurs générations, dans la famille de Sabine, on répète que les éternuements vont toujours par série de dix-sept.

Normalement Sabine devrait attraper son mouchoir, un bout de son tablier, n'importe quoi et bloquer cet éternuement qui monte. Mais pour l'instant, elle est en train de tricoter une manche du pull-over, avec quatre aiguilles et toutes les laines du jacquard ! Ça fait pas mal de choses à maintenir en place pour ne pas perdre de mailles.

Alors, tant pis, Sabine Grauss éternue : « Atchoum ! » C'est un éternuement énorme, tonitruant, cataclysmique. On dirait que tout l'air de sa forte poitrine s'évacue en un quart de seconde. Juste le temps de récupérer, de remplir ses poumons et c'est reparti. « Atchoum ! »

Le plombier en est abasourdi. Jamais de sa vie il n'a entendu un tel éternuement. Un bruit qui fait trembler les vitres !

Mitzi, la chatte noire, blanche et beige, endormie au soleil sur l'appui de la fenêtre, a certainement déjà entendu Sabine éternuer. Mais aujourd'hui Mitzi est réveillée en sursaut par l'explosion. Elle saute brusquement en l'air. Quand on dort au soleil à la hauteur du quatrième étage, cet exercice n'est pas conseillé. On risque de perdre l'équilibre. Surtout quand on est une grosse minette à la bedaine un peu pendouillante.

Sabine, entre le deuxième et le troisième éternuement, a le temps de voir Mitzi disparaître, aspirée par le vide. Du coup elle lâche son tricot, perd des mailles et se précipite vers la fenêtre. Elle veut crier : « Mitzi » mais, comme elle éternue en même temps, cela donne un : « Mitzchoum ! » lamentable. Et inutile. De toute manière Mitzi est déjà arrivée en bas ! On a beau dire que les chats ont neuf vies... !

Frau Grauss arrive à la fenêtre ! Elle glisse un peu sur son parquet impeccable. Pour un peu elle basculerait elle aussi et irait rejoindre Mitzi, quatre étages plus bas.

« Atchoum ! » Sabine jette un regard désespéré vers la rue. À première vue pas de trace de la chatte. Au rez-de-chaussée de l'immeuble, le grand store de l'épicier protège son étal de fruits des ardeurs du soleil. Une grande bâche jaune canari, solide. Pas de doute : Mitzi a dû tomber sur la bâche. D'ailleurs celle-ci est encore animée d'une sorte de vibration. Un peu comme si quelqu'un ou quelque chose venaient de l'utiliser en guise de trampoline.

« Atchoum ! » Sabine a des larmes plein les yeux. À cause de son éternuement.

Mais où est donc passée Mitzi ? Dans l'instant qui suit, Frau Grauss obtient la réponse à son angoissante question. Un crissement de pneumatiques qui freinent en catastrophe et Frau Grauss, du haut de son quatrième étage, voit, juste en bas, une splendide voiture de sport décapotable rouge vif faire une embardée et quitter la droite de la chaussée pour foncer vers la gauche.

Depuis son quatrième et malgré ses yeux pleins de larmes, Sabine Grauss se demande ce qui peut bien arriver au conducteur de la voiture rouge. De toute évidence, il vient de perdre le contrôle de son véhicule. Vous en feriez tout autant si une grosse chatte noire, blanche et beige, tombée d'on ne sait où, vous atterrissait sur le visage, toutes griffes dehors...

Alors le chauffeur de la voiture rouge, le nez enfoui dans les poils noirs, blancs et beiges du ventre de Mitzi, panique. Mitzi, elle, affolée par sa chute, pousse des cris qui ne sont même plus des miaulements, plutôt une sorte d'appel au secours, en se cramponnant de toutes ses forces où elle peut, c'est-à-dire dans le cuir chevelu du conducteur de la voiture rouge... Avec les deux pattes de devant bien agrippées juste derrière les oreilles. Avec les pattes de derrière, tout aussi griffues et tout aussi cramponnées, Mitzi laboure la chemise en soie et les pectoraux du conducteur. Et elle n'arrête pas de pousser son cri inhumain...

C'est pourquoi la voiture fait une embardée vers la gauche. Et vlan ! la jolie voiture rouge emboutit une tout aussi jolie voiture bleue, une familiale, qui en fait un demi-tour sur elle-même.

« Mitzi ! Atchoum ! » Là-haut, depuis son quatrième étage Frau Grauss alterne les cris de douleur inquiets et les éternuements. Elle en est au moins à son sixième. Le plombier intrigué par le bruit des chocs l'a rejointe et essaie de se glisser à côté d'elle dans l'embrasure de la fenêtre. Sabine ne lui laisse pas beaucoup de place.

— Oh, nom d'une pipe !

Le plombier ne comprend pas encore trop ce qui se passe en bas et il n'a pas tout vu !

La jolie voiture bleue, qui arrivait dans le sens inverse de la décapotable rouge, est donc partie pour faire un demi-tour sur elle-même, au milieu de la circulation, juste à la hauteur du carrefour. C'est ainsi qu'elle heurte de plein fouet une camionnette de livraison chargée de bières. Les caisses bien empilées pour être faciles à décharger prennent une ligne centrifuge.

Voilà tout le carrefour qui nage dans la bière mousseuse et dans les bouteilles plus ou moins brisées. Celles qui sont intactes roulent gaiement vers les caniveaux ou bien sous les roues d'autres véhicules qui arrivent.

Frau Grauss commence à entendre, entre deux éternuements, les bruits d'avertisseurs, les crissements de freins et même les exclamations de piétons qui se demandent où ils pourraient se mettre à l'abri de cette fin du monde.

— Ah ben, dites donc, vous parlez d'un bazar !

Le plombier est presque content. Il va avoir quelque chose de sensationnel à raconter à sa femme, à ses enfants et à ses copains...

La camionnette de livraison de bière finit par s'arrêter... Où elle peut : c'est-à-dire en plein dans l'autobus de la ligne R, au moment où celui-ci s'approchait de l'arrêt. L'autobus, sous cette poussée inattendue, monte sur le trottoir, décapite un réverbère et démolit l'abri-bus... Et puis tout s'immobilise, dans un silence impressionnant. Chauffeurs et témoins, voyageurs et piétons restent un instant silencieux.

— Atchoum !

Tout le monde lève la tête. On vient d'entendre l'énorme éternuement de Frau Grauss. Même quatre étages plus bas. C'est comme un signal de reprise des activités. Tout le monde se met à parler en même temps.

— Arrêtez ce chat ! Arrêtez ce chat !

C'est le conducteur de la jolie petite décapotable rouge, dressé derrière son volant, le visage ensanglanté, qui désigne d'un doigt vengeur une grosse boule de poils noirs, blancs et beiges fonçant à travers le carrefour.

Mitzi qui, normalement, adore lamper un peu de bière bien fraîche, a le plus grand mal à traverser le carrefour. Elle patine dans le liquide gluant et mousseux, mais elle sait exactement où elle va : elle entre comme une fusée sous le porche entrouvert du 127, Friedrichstrasse et, sans reprendre son souffle, grimpe jusqu'au quatrième étage.

Frau Grauss a vu sa chatte chérie zigzaguant entre les bouteilles de bière brisées entrer dans son immeuble. Elle ouvre la porte de l'appartement :

— Atchoum ! Ma Mitzi ! Comme j'ai eu peur ! Viens voir maman.

Si Mitzi pouvait répondre, elle répliquerait certainement que celle qui a eu le plus peur des deux, c'est celle qui a dégringolé du quatrième étage, qui a rebondi comme une balle de tennis sur la bâche de l'épicier et qui s'est trouvée propulsée sur le crâne d'un inconnu au volant d'une petite voiture décapotable rouge vif.

Mais Mitzi ne répond rien. Elle file dans la cuisine et se glisse, péniblement, à cause de son embonpoint, sous le buffet. Impossible de l'en faire sortir pour le moment. D'autant plus que Sabine Grauss éternue toujours comme si elle tirait des coups de canon.

On sonne à la porte. Un mouchoir en papier sur le nez, Frau Grauss va ouvrir. Devant elle, un inconnu, le visage en sang et rouge de colère :

— Madame, je viens de suivre votre chat jusqu'ici. Si cet animal ne m'avait pas sauté sur le visage quand je conduisais, tout ça ne serait pas arrivé.

— Atchoum ! Excusez-moi. Mais cette pauvre Mitzi ne vous a pas sauté sur le visage, elle est tombée de la fenêtre. Heureusement qu'elle a rebondi sur le store de l'épicier, ça lui a sauvé la vie.

— Je ne sais pas si ça lui a sauvé la vie mais ça a bousillé ma voiture. J'espère que vous êtes bien assurée.

Sabine Grauss n'en sait rien. Qui irait s'assurer contre le risque de chat rebondissant du quatrième étage sur le crâne d'un automobiliste qui passe ?

Voilà qu'on sonne à la porte. À présent c'est tout un groupe compact : il y a d'abord deux agents de police, avec des petits carnets dans une main et des stylos dans l'autre. Et puis il y a aussi le chauffeur de la voiture bleue, le livreur de bière et le conducteur de l'autobus... Sabine Grauss qui éternue de plus belle dans le courant d'air ne ferait entrer personne mais les policiers demandent des sièges et une table pour écrire leurs rapports plus à l'aise.

Le plombier, lui, penché à la fenêtre, contemple le désastre tout à son aise en s'exclamant à intervalles réguliers :

— Ah ben, ça alors, quand je vais raconter ça à Gertrud !

— Dites donc, Herr Trauber, allez donc le chercher dans la cuisine ce fameux seau en plastique. Je suppose que vous n'avez pas fini de réparer la douche !

Le plombier ne se le fait pas dire deux fois.

Dans la salle à manger, les policiers essayent de remettre un peu d'ordre dans les constats, les plaintes et les responsabilités mutuelles, réciproques, consécutives et relatives.

— Vous, l'autobus, vous avez été tamponné par le livreur de bière ?

— C'est pour ça que j'ai perdu le contrôle : imparable.

— Et vous, le livreur de bière, vous avez été percuté par la Volkswagen bleue ?

— Tout à fait.

— Et vous, la Volkswagen, vous avez été heurté par la Mercedes rouge ?

— Absolument.

— Et vous, la Mercedes rouge, vous avez été aveuglé par le chat ?

— Encore heureux qu'il ne m'ait pas crevé les yeux !

— Et ce chat vous appartient, n'est-ce pas, madame ?

— Ce n'est pas un chat, c'est une chatte. Pauvre bête, vous vous rendez compte, une chute de quatre étages sur le store de l'épicier. J'ai eu aussi peur que si c'était moi qui étais tombée.

L'épicier qui, entre-temps, est arrivé lui aussi, remarque finement :

— Si ça avait été vous, vous n'auriez sûrement pas rebondi. Ma toile et mes tomates n'y auraient pas résisté.

Le policier qui porte deux galons commente :

— Donc c'est la chatte de Frau Grauss qui doit être considérée comme responsable de l'accident !

— Atchoum ! Ah, mais pardon, je ne suis pas du tout d'accord. Si ma chatte est tombée du quatrième étage, c'est parce qu'elle a eu peur.

— Et de quoi ?

— Atchoum !... De mon éternuement. Vous voyez, c'est assez impressionnant. Surtout si on est en train de dormir.

— Alors c'est vous, chère madame, qui êtes responsable. C'est donc à vous de payer les dégâts. Vous ou votre assurance. Apparemment vous allez en avoir pour une bonne pincée.

Frau Grauss se sent prise au piège. Mais elle n'est pas à bout d'arguments.

— Ah, mais pardon : si j'ai éternué, c'est parce que je me suis soudain trouvée en plein courant d'air. Le responsable, c'est l'auteur du courant d'air.

— C'est-à-dire ?

— Herr Trauber, le plombier ici présent, qui a ouvert la porte sans refermer auparavant la fenêtre de la salle de bains, ouverte par ses soins.

Herr Trauber, qui ne s'attendait pas à cette attaque, revient :

— Ah ben ! celle-là, c'est la meilleure ! Quand je vais raconter ça à Gertrud ! On est convoqué pour réparer une douche qui tient à peine tellement c'est de la camelote et tout à coup on se retrouve responsable de toute une série de carambolages. Ah, mais ça ne va pas se passer comme ça !

— Eh bien ! c'est ce qu'on verra. Vous n'aviez qu'à fermer la fenêtre avant d'ouvrir la porte. Ou bien à apporter votre matériel avec vous. En tant que cliente, je n'ai pas à vous fournir de seau en plastique.

— Bon, puisque c'est comme ça, je vais attaquer votre fils. Après tout, c'est lui qui a démoli votre douche. C'est donc lui le responsable.

Inutile de dire que les protagonistes se séparent de très mauvaise humeur. De fil en aiguille, devant l'énormité des dégâts, l'affaire se retrouva devant le tribunal de Cologne.

C'est Mitzi, pauvre boule de poils noirs, blancs et beiges, qui fut déclarée responsable de ce magnifique carambolage. Herr Trauber fut déclaré parfaitement innocent du crime d'ouverture intempestive de porte. Le juge trancha nettement :

— Frau Grauss, en tant que propriétaire de la chatte nommée Mitzi, vous êtes condamnée à régler les frais engagés par les différentes sociétés d'assurances.

Heureusement pour elle, Sabine Grauss, prise en

plein tribunal d'une nouvelle série d'éternuements tonitruants, trouva quand même la force de dire :

— J'ai vérifié mes assurances. J'en ai une qui couvre ma responsabilité civile à titre individuel et j'avais pris la précaution de préciser l'existence de Mitzi.

En sortant du tribunal, Sabine Grauss houspilla le petit Fritz :

— Je m'en fiche que tu n'aimes pas ton nouveau pull-over. À moi il me plaît. En attendant il faut trouver un nouveau plombier pour réparer ta douche.

LA SURPRISE DU REQUIN

Nous sommes en 1937 et la paix semble régner sur le monde. Particulièrement sur une certaine partie du monde : l'Australie.

Dans une petite impasse non loin de Sydney, plusieurs hommes discutent à voix basse. Espèrent-ils respecter le sommeil d'éventuels voisins à cette heure tardive ? Ou bien veulent-ils tout simplement éviter les oreilles indiscrètes ? À propos d'oreilles, les leurs arborent des formes un peu étranges, en forme de feuilles de choux. Mieux vaut ne pas parler de leurs nez qui racontent des histoires de directs du droit et de crochets du gauche.

Devant l'entrée des artistes du Boxing Stars Club, quelques amateurs mal éclairés par une lanterne miteuse sont lancés dans une discussion orageuse. Il est question de match truqué, de milliers de dollars perdus et de « dernier avertissement ». L'un des hommes, la figure barrée de sparadrap tout frais et les yeux pochés par des coups sévères, grommelle des menaces assorties des pires jurons australiens. La veste qu'il porte négligemment jetée sur ses épaules laisse voir des bras puissants ornés de tatouages élaborés. Il est question de « fils de pute » et d'« enfant de salaud ». La routine dans ces impasses sordides. Comédie, drame ou tragédie ? Qui pourrait le dire ?

Quelques jours plus tard, en ce début du mois d'avril, le soleil matinal éclaire à perte de vue une mer couleur d'émeraude. Augustus Galeworth, un habitant de Sydney, est déjà sur le pont. Dans le vrai sens du terme : il dirige d'une main ferme et douce sa vieille barque à moteur, la *Stella Marina*. Comme chaque jour ce retraité à l'allure sportive a enfilé son suroît et ses bottes pour une bonne partie de pêche à la ligne. Dans les eaux chaudes de la baie de Kagely Sand, non loin de Sydney, le pêcheur n'espère pas simplement quelques maquereaux bien gras mais bien une belle pièce. Ici la mer sait se défendre car elle sert d'asile aux plus redoutables de ses habitants : les monstrueux requins blancs tueurs d'homme. Le requin-tigre n'est pas mal non plus dans le genre. Alors Augustus vérifie bien moteur, bateau et équipement. Pas question de se retrouver par-dessus bord car la présence des requins-tigres pourrait transformer les flots d'azur en bain de sang...

Mais, pour l'instant, Augustus est tout à la joie de la pêche. Sa barque se dirige vers les lignes qu'il a posées la veille au soir. Avec un peu de chance...

— Ah ! Ah ! On dirait qu'il y a quelque chose sur la troisième.

En effet la bouée qui marque la position de la ligne s'agite furieusement, comme si le diable lui-même tirait sur un des hameçons montés en série.

434

Augustus tire précautionneusement sur le filin épais. Un hameçon apparaît, vide de tout appât.

— Vacherie !

Augustus continue à tirer. Un museau pointu apparaît : pas de doute, il s'agit d'un jeune requin, mais l'œil rond et froid qui est la caractéristique de l'animal n'exprime rien. Le jeune requin est mort : il n'en reste que la tête, tout le corps a disparu. On voit même la ligne secondaire qui traverse la tête, au bout de cette ligne une présence vivante et dangereuse s'agite furieusement dans l'ombre des eaux chaudes :

— Bigre ! Toi, mon coco, tu as l'air d'un fameux lascar !

Le fameux lascar auquel s'adresse Augustus semble être un de ces monstres des mers australes qui font se dresser les cheveux sur la tête de ceux qui ont l'occasion de les approcher : un requin-tigre. Déjà Augustus voit sa redoutable mâchoire fendre la surface de la mer. Les dents impressionnantes paraissent capables de dévorer tout ce qui bouge à proximité : poissons, marins, et jusqu'à Augustus. Le requin-tigre semble tout à fait disposé à bouffer le bastingage de la barque et même le moteur si l'idée lui en venait.

Augustus voit soudain son adversaire s'élancer hors des flots. Pas de doute, le monstre est de très mauvaise humeur. La raison en est claire : le filin d'acier qui s'enfonce entre ses mâchoires menaçantes doit s'être logé profondément dans sa gueule et le harpon que le requin a avalé doit être bien accroché quelque part dans sa chair.

— *Galeocardo arcticus !*

Augustus ne vient pas de décocher une nouvelle injure au requin. Bien au contraire, il s'agit du nom savant de sa prise : le requin-tigre. Pas loin de cinq mètres, l'animal ! Augustus ne peut s'empêcher de ressentir un frisson glacé le long de l'épine dorsale. Inutile d'essayer de hisser le monstre à bord. Le *Galeocardo* doit peser près d'une tonne. Il faudrait lui tirer une balle dans la tête. L'assommer à coups de batte de base-ball serait trop risqué. Une seule solution : tirer « Galeo » jusqu'au port, en utilisant les six mètres de filin d'acier de la ligne comme une laisse un peu spéciale.

Augustus bloque la ligne à l'arrière de la barque et remet doucement le moteur en marche. Galeo n'apprécie pas d'être entraîné ainsi vers un destin nébuleux. Il se cabre, se cambre et renâcle. À chaque bond, la *Stella Marina* d'Augustus se cabre elle aussi. La proue sort de l'eau et Augustus a du mal à garder son équilibre.

Quand il arrive au port de Kagely Sand, Augustus est tout fier de l'idée qui vient de lui traverser la tête : Galeo est trop beau pour être découpé en tranches et vendu à la criée. Un tel animal mérite un destin plus spectaculaire : devenir l'ornement le plus prestigieux du zoo marin local.

Tandis que la *Stella Marina* continue de sauter au bord du quai, au gré de Galeo qui essaye de faire des ronds dans l'eau malgré sa laisse d'acier, Augustus se hâte de contacter le zoo marin pour exposer son projet. La réponse de la direction est aussi rapide qu'enthousiaste. L'affaire est faite. Le destin de Galeo est scellé.

Quelques jours plus tard, Galeo, un peu désorienté par son environnement, s'habitue à son nouvel horaire. Il tourne en rond, fait des huit entre les parois de verre de son aquarium. Derrière ce verre, cette eau soudain durcie, il y a d'étranges poissons immobiles qui regardent Galeo. Des poissons sans nageoires. Deux fois par jour d'autres poissons immangeables viennent déverser des poissons mangeables dans sa prison. Alors il avale tout ce qui bouge sans se poser de questions métaphysiques.

Les poissons immangeables, autrement dit les visiteurs du zoo marin, sont impressionnés par les mâchoires de Galeo, par sa façon de gober des poissons de plusieurs kilos.

— Tu vois, Samie, comme il mange bien ! C'est pour ça qu'il est grand est gros, parce qu'il mange bien. Si tu veux être grand et fort comme lui, il faut bien manger ton poisson.

— M'est égal, quand j'serai grand, j'veux pas nager au zoo marin.

Soudain un cri d'effroi s'échappe de la bouche des visiteurs. Galeo se met à nager à toute vitesse comme s'il cherchait à s'échapper. Les huit qu'il fait dans l'eau s'accélèrent de manière inquiétante. Qui sait ce qu'il serait capable de faire ce bougre-là ! Le cri d'effroi est suivi d'un autre plutôt dans le genre cri de dégoût. Galeo, qui avale si rapidement sa nourriture, doit souffrir d'une indigestion car il est en train de vomir. C'est d'abord une giclée un peu sanglante qui s'échappe de sa gueule et transforme l'eau de l'aquarium en boue peu ragoûtante.

— Regarde, maman, le requin vient de recracher un bout de pieuvre !

— Oh ! ça me soulève le cœur. S'il fait ça tout les jours ils pourraient prévenir.

— Regarde, maman, il a craché une boîte de bière ! Regarde, maman, on dirait...

Maman n'a pas besoin d'en entendre davantage. Elle aussi est en train de vomir sur le béton mouillé du passage souterrain. Ce qu'elle vient de voir flotter est tout simplement un bras humain. Coupé net au niveau de l'épaule. La maman de Sam crie, bêtement :

— Au secours !

Un gardien intervient et fait évacuer le souterrain. On tire un rideau qui dissimule l'aquarium aux yeux du public. Là-haut, très bientôt, deux gardiens armés d'épuisettes essayent de récupérer le bras. Un bras droit poilu, grisâtre, répugnant, appartenant à un homme. Une fois le bras tiré hors de l'eau, on constate qu'il porte un tatouage : deux boxeurs s'affrontant, la garde haute ; un dessin un peu naïf, sans doute la reproduction d'une photographie prise dans un magazine spécialisé.

Première conclusion : le propriétaire du bras, mort ou vivant, est un amateur du noble art. Une seconde conclusion s'impose : le bras porte encore, à la hauteur du poignet, un cordage bien serré, du genre qui fait mal. Un nœud de marin difficile à défaire. Le genre de nœud utilisé quand on veut immobiliser quelqu'un juste avant de... lui régler son compte.

Du coup Galeo acquiert un regain de popularité. Trois jours après son indigestion il reprend sa routine et ses huit mélancoliques.

Pendant ce temps le bras orphelin, déposé à l'institut médico-légal, parle autant qu'un bras peut le faire. Il dit qu'il n'a pas été séparé de son propriétaire légitime par un coup de dents de Galeo : pas de traces probantes. De toutes les manières on n'a pas signalé d'accident de baignade ni de pêche. Le bras ne provient pas non plus d'un amphithéâtre de médecine, macabre plaisanterie de carabin en mal de blague morbide.

Reste une seule conclusion logique : ce bras appartient à un homme âgé d'une quarantaine d'années ; cet individu, de race blanche, peut appartenir au milieu de la boxe soit comme pratiquant, soit comme amateur. Il a été séparé du buste de son propriétaire à l'aide d'une scie. L'opération a été exécutée par un amateur ; ce n'est pas un travail de boucher ni de chirurgien, mais sans doute un règlement de comptes. Reste à découvrir qui est la victime. Reste à retrouver le cadavre. Parce que, après tout, un bras n'est qu'un bras. Pas un cadavre. Avec un bras, pas de crime. Pour le mobile, on verra plus tard. Quant aux assassins, en Australie, avec tous ces kilomètres de désert, on n'arrive pas toujours, hélas, à leur mettre le grappin dessus.

La presse accepte bien évidemment de publier la photo du bras, avec le tatouage bien en évidence : les deux boxeurs. Et on attend.

Au bout de trois jours un individu qui ne brille ni par le charme ni par la distinction se présente au poste de police de Kagely Sand :

— Je me nomme Herbert Borden. Je viens pour le bras tatoué : je le reconnais. C'est le tatouage que mon frère Peter s'est fait faire à Wellington, en Nouvelle-Zélande, il y a dix ans, après un combat de boxe. Il avait gagné le titre de champion poids mouche, contre un certain William Willoughby. Un fameux combat. Il a mis Willoughby KO au deuxième round. Alors après le combat, on est partis en java et quand on a été bien pétés, Peter s'est fait tatouer ces deux boxeurs sur le bras droit.

— Intéressant, mais êtes-vous bien certain qu'il s'agit du bras de votre frère ? Le tatoueur de Wellington doit être comme les autres : il a un catalogue de motifs tout prêts et il a dû exécuter ce combat de boxe sur pas mal d'autres bras que celui de votre frère.

— Oh non. Ça, pas d'erreur, regardez, là, sur le bras d'un des deux boxeurs : deux initiales, S et T. C'était les initiales de Sylvia Terrygan, sa fiancée du moment...

— Donc s'il s'agit du bras de votre frère, je suppose que vous ignorez où ce dernier peut se trouver aujourd'hui.

— Justement, il a disparu depuis la fin du mois de mars. Le 29 exactement.

Le lieutenant de police remarque :

— Augustus Galeworth a pêché le requin le 14 avril, quinze jours plus tard. L'état de décomposition du bras, compte tenu des sucs de digestion, correspond à peu près. À part ça, monsieur Borden, que pouvez-vous nous dire de votre frère Peter ?

— Il a arrêté la boxe il y a trois ans. Trop de coups. Il était devenu sourd. Ça lui portait sur le tempérament. Depuis il traîne ses guêtres un peu partout, il organise des petits combats plus ou moins truqués, il vivote.

— Et il vit de quoi ?

— Il est très fort au billard. Mais là aussi, comme du temps de la boxe, il s'est mis dans de foutues combines. Peter, il n'avait pas que des amis.

— Dites donc, mais au fait, Peter Borden, ça me rappelle quelque chose tout d'un coup. Il n'aurait pas été arrêté il n'y a pas longtemps dans une affaire d'escroquerie à l'assurance ? Un hangar plein de vêtements qui aurait pris feu en pleine nuit...

Herbert Borden soupire :

— Oui, c'est bien lui. Mais il n'avait pas fait le coup tout seul. Alors quand il a touché le pactole, il y a eu de l'eau dans le gaz avec deux copains à lui qui n'étaient pas d'accord dans la répartition des bénéfices. Ils vivaient tous les trois dans un bungalow au milieu du bush. Le mois dernier Peter est arrivé en pleine nuit chez moi pour que je l'héberge. Il avait l'air aux abois et m'a expliqué qu'il fallait qu'il change d'air. Il espérait quitter l'Australie. Ou bien aller se perdre au fin fond du désert... Ou dans une tribu d'aborigènes. Au petit matin il est parti, et depuis plus la moindre nouvelle. Alors, vous comprenez, quand je vois ce tatouage, j'ai l'impression que les autres ont réussi à lui faire la peau.

Les deux complices impliqués dans l'escroquerie à l'assurance sont faciles à identifier mais la police a le plus grand mal à les retrouver. L'un se nomme Homer Cullard et l'autre Andrew Cravenski. Eux aussi ont quitté le bungalow du bush. Sur place on trouve un matelas ensanglanté, quelques couteaux de boucherie. Mais personne. Il y a dans un coin trois petits tonneaux de bois, de ceux dans lesquels les bouilleurs de cru du coin mettent jusqu'à maturation l'infâme piquette qu'ils nomment whisky. Des traces sur le sol sablonneux font voir qu'il y avait un quatrième tonneau.

— Chef, vous ne croyez pas qu'on aurait pu y mettre le corps d'un boxeur poids mouche ?

— À la grande rigueur, une fois coupé en morceaux. Mais ça devait être tout juste. Même si on a mis la tête autre part.

— J'ai comme l'idée que c'est ce qui s'est passé. Regardez autour des marques du tonneau, c'est bien du sang séché.

— Pas de doute. Mais alors pourquoi le requin a-t-il avalé ce bras ?

— Pas trop difficile à comprendre. Le pauvre Peter Borden, une fois découpé en morceaux, ne devait pas entrer complètement dans le tonneau. Alors, quand ils sont allés tout jeter en mer, ils ont lesté le bras avec quelque chose : ce qui explique le morceau de cordage qui était noué autour du poignet... Le bras aura tenté la gourmandise du requin-tigre.

Cullard se fait finalement coincer :

— Bon, ça semble assez simple. On embarque

Cullard et on le colle au trou : il va en tirer pour quelques années.

Les choses, au fond, n'ont pas traîné puisque nous sommes à la mi-mai, soit à peine un mois après l'« indigestion » de Galeo au zoo marin. Mais Cullard pousse des cris qui ont tout l'air d'être ceux d'un innocent. Son avocat le calme en lui faisant remarquer qu'un bras même droit, même tatoué, n'est pas un cadavre, indispensable à une accusation de meurtre. Les experts, comme de bien entendu, commencent à ergoter et se disputent sur le temps nécessaire à un requin-tigre pour digérer un bras musclé.

Puis les policiers, que l'affaire commence à amuser, finissent par mettre la main sur l'insaisissable Andrew Cravenski. Celui-ci prend un air sournois et mystérieux pour laisser entendre que, tout en étant innocent dans cette affaire sanglante, il sait « des choses » et que si on lui promet une indulgence en échange de sa collaboration il pourrait bien communiquer quelques détails insolites et précis sur la disparition de Peter Borden, boxeur et joueur de billard dévoyé.

Remis en liberté contre le versement d'une caution, prié de ne pas trop s'éloigner de Sydney et des environs, Andrew se retrouve libre. Malheureusement, une semaine plus tard, il n'est plus en mesure de faire aucune confidence. La police municipale, intriguée par une voiture qui a versé dans le fossé, découvre Andrew complètement refroidi. Une balle anonyme lui a fait un petit trou sanglant dans la nuque avant de ressortir par le front et de trouer le pare-brise.

Il ne reste que le requin-tigre comme unique témoin de cette sombre affaire. Mais les promenades en forme de huit dans l'aquarium doivent miner le moral du squale car il dépérit à vue d'œil. Bientôt on le retrouve le ventre en l'air. Galeo a vécu. La direction du zoo en profite pour l'autopsier. Sait-on jamais : si son estomac recelait un indice que l'on puisse directement relier à l'affaire du « bras tatoué » ? Mais rien d'intéressant ne sort de l'estomac de Galeo.

Quelque part en Australie, un tireur d'élite se met à respirer : personne ne retrouvera jamais sa trace. Il maudit un peu Augustus Galeworth et sa « pêche au gros », puis il reprend son calme. Homer Cullard, quant à lui soupçonné un long moment, est libéré faute de preuves. Il lui reste encore trente ans à vivre. Quand il meurt dans son lit à un âge où tout le monde devient respectable, l'affaire n'a pas avancé d'un cran.

La mâchoire de Galeo figure toujours en bonne place au zoo marin.

Table

Composition réalisée par NORD COMPO

IMPRIMÉ EN ALLEMAGNE PAR ELSNERDRUCK
Dépôt légal Édit. : 17334 – 02/2002
LIBRAIRIE GÉNÉRALE FRANÇAISE - 43, quai de Grenelle - 75015 Paris
ISBN : 9782253152293